W0383084

*« "Stróż zabił" – szło przez całe miasto.*
*Tylko profesorowa niewiele sobie z tego robiła,*
*bo w tej układance nic się nie zgadzało. »*

*« "Le concierge a tué", disait tout Cracovie.*
*Seule Zofia n'était pas d'accord, car dans tout ce puzzle*
*rien ne correspondait. »*

# MADAME MOHR A DISPARU

Ouvrage publié sous le titre original de
TAJEMNICA DOMU HELCLÓW

Cette traduction est publiée avec l'aimable accord
de Spoleczny Instytut Wydawniczy Znak
Sp. z.o.o. Krakow, Pologne

www.agullo-editions.com

Conception graphique : Cyril Favory
Image de couverture : d'après Scherzo di Follia (1863-1866),
Pierre-Louis Pierson (1822-1913).
Metropolitan Museum of Art of New York City.
Gift of George Davis, 1948.

MARYLA SZYMICZKOWA

# Madame Mohr a disparu

Traduit du polonais par
Marie Furman-Bouvard

Agullo

*À la mémoire de Krystyna Latawcowa*
*née Dutkiewicz, veuve d'un titulaire*
*de maîtrise en économie.*

# TABLE DES MATIÈRES

conservation des monuments, que Matejko vivra encore longtemps, croyez-moi, que l'on peut faire l'intermédiaire des années durant, ce qu'il convient de faire pour se coucher à côté de Mme Helcel, et enfin ce qu'a découvert le concierge.

Chapitre IV – dans lequel nous apprenons qu'un étudiant est un gredin, que le jour de l'inauguration du théâtre Cracovie se bouche comme une bouteille, qu'une cousine peut avoir l'âge d'être grand-mère, que le foyer abonde en faune et flore, qu'au sommet d'une montagne en verre dort une princesse qu'un jeune paysan en chemise de lin va réveiller, et qu'un cadavre, ce n'est pas assez.

Chapitre V – dans lequel Zofia jette un coup d'œil par une porte ouverte, dévoile son passé de détective (célèbre affaire du sucrier en argent), où elle explique à Ignacy la supériorité technologique de la fourchette et fait un rêve horrible.

Chapitre VI – dans lequel Zofia Turbotyńska ne manifeste aucun intérêt pour le système digestif de la salamandre, se met à l'affût dans une porte cochère et discute à table de sujets qu'une honnête femme n'aborde pas en mangeant du silure.

Chapitre VII – dans lequel Mme Turbotyńska engage des dépenses à cause de sa funeste manie de l'enquête, parvient, en suivant le fil, au dessert, et de là, à deux dames et un roi.

Chapitre VIII – dans lequel une petite plume de paon se promène un samedi dans Cracovie, le concierge se laisse envoûter par la voix d'Helena Modrzejewska, Zofia Turbotyńska contemple en rêve la cachette aux trésors, passe un marché douteux pour enfin trouver deux-trois indices dans un nid d'amour.

Chapitre IX – dans lequel Zofia Turbotyńska doit recourir à des manœuvres moralement équivoques, prend conscience que tout un chapitre du livre de sa vie a été arraché, encourage la rivalité de deux mâles valeureux, se retrouve dans une zone frontière mauro-alpine étrangement sordide, et découvre que tous les veufs n'ont pas perdu leur femme, et que la police veille au grain.

Chapitre X – dans lequel Mme Turbotyńska se trouve en désaccord avec *Le Temps* mais prend le parti d'usages immémoriaux, et Cracovie subit une perte irréparable. Le jour du triomphe devient une journée de surprises, les accusations sont laissées pour plus tard, le cimetière de Rakowicki reçoit la visite d'Ulysse, qui a quelque chose à dire sur chaque tombe.

Chapitre XI – dans lequel Cracovie se prépare avec impatience à ses célébrations préférées, Zofia Turbotyńska rougit de honte en suivant un cortège funèbre de quatrième classe, un mystérieux jeune homme apparaît dans les buissons, la sœur de Mme Mohr disparaît sous des cascades de tulle noir. C'est dimanche, et puisque c'est dimanche il y a visitation en prison et la menace de détruire le foyer familial du couple directorial.

# AVANT-PROPOS

À la fin du XVIIIe siècle, la Pologne avait été divisée entre trois empires : la Russie, la Prusse et l'Autriche, et tout au long du XIXe siècle, elle n'exista pas en tant que pays indépendant. Cracovie, l'ancienne capitale de la Pologne, avait un statut particulier : en 1815, à la suite des guerres napoléoniennes et du Congrès de Vienne, la ville et ses environs sont devenus une petite république semi-autonome sous le contrôle des trois empires. En conséquence, la capitale de la partie autrichienne de la Pologne – la région connue sous le nom de Galicie – était la ville historiquement moins importante mais plus grande de Lemberg (aujourd'hui Lviv en Ukraine). L'autonomie de la petite république fut de plus en plus restreinte, ce qui conduisit à de la résistance, principalement de la part de la haute bourgeoisie et de la noblesse. Vers le milieu du XIXe siècle, l'Europe connaît des troubles qui s'intensifient, culminant avec la vague d'insurrections de 1848 connue sous le nom de Printemps des peuples, lorsque diverses nationalités, notamment les Hongrois et les Polonais, tentent de regagner leur indépendance au sein des empires. En 1846, alors qu'un soulèvement allait éclater à Cracovie, les autorités autrichiennes incitèrent les paysans à massacrer la noblesse. Malgré cette action, connue sous le nom de « massacre de Galicie », le soulèvement eut lieu et fut réprimé dans le sang. Par la suite, la république fut abolie et Cracovie, incorporée dans la partie autrichienne, où elle continua d'occuper la deuxième place derrière Lemberg, qui s'agrandit et s'enrichit. Cependant, le Printemps des peuples conduisit à un changement de pouvoir à Vienne. En décembre 1848, Franz Joseph Habsbourg, dix-huit ans, devint empereur. Il régna pendant près de soixante-huit ans, plus longtemps que la reine Victoria ; comme elle, il donnerait à toute l'époque un caractère distinctif. En 1867, pour tenter de sauver son vaste domaine – plus de deux fois la taille des îles britanniques – de la désintégration, il le transforma en Autriche-Hongrie, combinant de façon égale l'empire d'Autriche et le royaume de Hongrie, chacun avec ses propres parlement et gouvernement, unis par la figure du monarque. En 1893, lorsque cette histoire se déroule, Cracovie abritait un mélange très divers d'ethnies, de langues et de religions issues de tout l'empire. Outre les Polonais et les Autrichiens, il y avait des Tchèques, des Slovaques, des Italiens, des Hongrois et des Ukrainiens (appelés Ruthènes à l'époque), et surtout des juifs. Les juifs représentaient plus d'un quart de la population de la ville, mais la plupart d'entre eux n'étaient pas assimilés et menaient leur propre vie séparée. Même ceux qui étaient intégrés à la société étaient traités comme des citoyens de seconde zone. Malgré sa richesse culturelle et son grand passé historique, Cracovie était une ville de province. Transformée en bastion entouré de forts, elle ne pouvait s'étendre et ne comptait qu'environ soixante-dix mille citoyens. La Galicie était une région arriérée, la plus pauvre non seulement d'Autriche-Hongrie, mais de toute l'Europe à l'époque. Pourtant, il y régnait une plus grande liberté que dans les parties allemandes, et surtout russes, de l'ancienne Pologne, où de fréquents soulèvements continuaient d'éclater contre les puissances de tutelle oppressives. Les Polonais étaient représentés au sein du Parlement et même du gouvernement de l'Empire austro-hongrois ; ils étaient autorisés à étudier librement en polonais dans les écoles et à l'université Jagellon – qui datait de l'époque médiévale, lorsque Copernic y étudiait – et à fonder des institutions culturelles. Cracovie devint un centre majeur de culture et d'enseignement, un lieu vital non seulement pour la Galicie mais aussi pour toutes les terres polonaises, abritant de nombreux auteurs, universitaires et artistes de premier plan. Sans surprise, de nombreux Polonais se considéraient comme de loyaux sujets de Sa Majesté impériale et considéraient la double monarchie d'Autriche-Hongrie – ce pays étrange que nous connaissons bien grâce aux romans de Joseph Roth et de Robert Musil – comme leur patrie ; bien que politiquement assez libérale dans le contexte de l'Europe contemporaine, en termes de société et de culture, elle était douloureusement conservatrice, pleine d'hypocrisie et d'inégalités sociales, un lieu où le désir de changement augmentait progressivement.

# PROLOGUE

*Dans lequel on ne voit pas grand-chose, on n'y entend pas grand-chose non plus.*

À cette heure de la nuit le couloir est complètement désert, mais la lueur bleutée de la lune qui glisse à travers les branches des arbres dispose sur les portes et les murs d'étranges dessins qui, à chaque instant, se mêlent et forment des figures : une nonne en habit ample portant une cornette, une vieille femme voûtée, un concierge trapu. Mais ce n'est rien, ce n'est rien.

Ce serait tellement plus facile si la chambre se trouvait dans l'aile latérale, après le coin... mais sa porte est visible depuis la pièce vitrée au bout du couloir, fortement éclairée par une lampe ; ici se rejoignent les deux parties du bâtiment, celle des hommes et celle des femmes, et dans le bureau, dont la porte est fermée à clé, un cerbère monte habituellement la garde en habit de sœur de la Charité ; pour l'heure cependant, grâce au Ciel, le cerbère est absent.

Il revient, s'efforçant de marcher sans bruit. Il se glisse dans la chambre, avance vers le corps qui gît dans les draps en désordre ; on voit qu'ils ont été défaits par les spasmes de l'agonie, mais le visage paraît étonnamment calme, comme si après la mort lui était venue une sorte de douceur.

Le plus difficile est de la soulever. Le talon nu, qui dépasse de sous la couverture, heurte le plancher. Pas un bruit. Non, personne ne vient, personne n'a rien entendu. Il reste juste à faire le lit. Et hop ! Qui pourrait s'attendre à ce qu'un corps soit si lourd ? Plus que durant la vie. Combien pouvait-elle peser ? Quatre pierres ? Un quintal ? Non, moins d'un quintal. C'est maigre comme tout, rien que la peau et les os, une tête d'oiseau, les mains comme les pattes d'une chauve-souris. La vie vient juste de la quitter, pourtant c'est comme porter la grande cloche Zygmunt. Elle a poussé un soupir ? Non, impossible. Mais l'impression persiste que le cadavre va revenir à la vie et se venger. Encore quatre mètres environ, trois, deux. En temps normal, ce couloir ne paraît pas aussi long, mais à présent, ça traîne, ça traîne à n'en plus finir. Par chance, il n'y a aucune porte ici, aucune serrure, la montée est aisée. Quoi qu'il en soit, voilà l'escalier. Il est neuf, il ne craque pas.

# CHAPITRE I

*Dans lequel nous faisons la connaissance des habitants d'un certain appartement sis rue Saint-Jean, apprenons la manière dont Vienne se venge de Cracovie, l'utilité de sept étalons, ce qui peut venir à bout de nombreux fléaux, l'immense utilité de certains livres, ou encore combien peut être grande la rapacité des dames de la bonne société et le tragique accident d'un député hongrois du fait d'une bouteille de slivovitz.*

Le samedi 14 octobre de l'année 1893, au-dessus de l'immeuble Au Paon de la rue Saint-Jean, à Cracovie, la masse d'un gros nuage gris foncé, bleuté par endroits, faisait peser la menace d'une averse.

— Franciszka, soupira Mme Turbotyńska d'un air renfrogné, redoutant le pire (devoir dépenser vingt centimes de fiacre pour le retour), les courses ne se feront pas toutes seules.

Puis, ignorant le commentaire sentencieux de la cuisinière (« À la saint Jérôme, pluie y a ou pas, c'est tout comme » – même si le père et docteur de l'Église avait été commémoré une semaine auparavant), elle gagna l'antichambre, boutonna adroitement les deux rangées des boutons noirs de ses bottines, enfila ses gants de cuir couleur cerise glacée, ajusta son chapeau neuf acquis dans le Magasin de Mode de Maria Prauss et se contempla dans la glace. Elle approchait de ses quarante printemps, mais constata avec satisfaction qu'elle était tout à fait jolie. Peut-être que cette dernière année elle avait pris un peu de poids, mais elle se tenait droite et la silhouette restait séduisante. Le teint clair, la peau lisse, quelques rides à peine – dont une plus visible, sur le front, entre les sourcils, trop souvent froncés peut-être. Un visage ovale aux traits plutôt sévères, adoucis toutefois par des sourcils joliment dessinés, des yeux vifs, bordés de cils foncés... le nez légèrement busqué... les lèvres, eh bien, les lèvres pourraient être plus pulpeuses, mais elle se consolait en se disant que les lèvres minces lui donnaient l'air d'une Anglaise raffinée.

Elle tendit la main pour prendre un parapluie dans la grande potiche en faïence posée près de la porte, hérissée des cannes de promenade de son mari. Ses doigts voletèrent un instant au-dessus des poignées : tête de perroquet en argent avec un œil en topaze, trompe enroulée d'un éléphant, boule en ivoire (offerte par des étudiants reconnaissants quelques années auparavant), petit crâne brillant (souvenir de l'époque où Ignacy Turbotyński terminait ses études de médecine), pour finalement saisir un dragon chinois pourchassant la perle. Un cadeau, comme aimait à le rappeler Zofia, de sa sœur qui habitait Vienne. Un dernier regard jeté par-dessus l'épaule vers le miroir – suffisamment charmeur pour se plaire à elle-même, suffisamment sévère pour que Franciszka n'ose pas le juger d'un petit sourire moqueur ; elles étaient prêtes pour leur expédition place Szczepański.

Elles suivaient toujours le même chemin : rue Saint-Jean puis Saint-Thomas, jetant de temps à autre des coups d'œil courroucés vers le même nuage qui grossissait, enflait, tourbillonnait au-dessus de Piask.

— À Krowodrza, il doit tomber des cordes maintenant, dit Franciszka en direction du ciel, avec un reproche non dissimulé dans la voix.

Néanmoins, elle savait que la vie de Mme Turbotyńska comportait des valeurs encore plus sacrées que l'hostie de l'élévation ; le déjeuner solide du dimanche midi en faisait partie, par conséquent aussi les importantes courses du samedi.

Elles arrivaient au débouché de la rue Saint-Thomas, et Franciszka, le panier sur l'épaule, marchant à quelques pas derrière Madame, savait parfaitement ce qui allait se produire : à hauteur de l'immeuble de Sędziwój, la cocarde de son chapeau frémit soudain et bifurqua vers la droite, suivie par le reste du chapeau et de la tête de Zofia. Elle poussa son gémissement, car de là on pouvait voir « ce crime », « cette hideuse masure, digne d'une gare dans une ville de garnison », à savoir une imposante construction d'escaliers d'évacuation couverts, ajoutés quelques années auparavant au bâtiment du Théâtre municipal après l'incendie du Ringtheater de Vienne.

— Je comprends qu'il y a eu alors près de quatre cents personnes brûlées vives, disait Mme Turbotyńska, mais est-ce une raison pour que Vienne se venge de Cracovie en érigeant pareille monstruosité ? Grâce au Ciel, le nouveau théâtre ouvre sous peu.

Après le gémissement rituel, la cocarde revenait à sa place. Il fallait passer aux choses sérieuses.

La place Szczepański était vaste, entourée d'immeubles trapus en pierre. À intervalles irréguliers se dressaient sur le pavé sale des bazars de guingois aux toits couverts de bardeaux, encombrés de tables, de tabourets, de tonneaux de choucroute ou de cornichons, de fagots de bois, de bottes de balais, de paniers en osier pleins à craquer de poires, de pommes, de pommes de terre, de choux-fleurs, apportés ici par les paysans des villages environnants – et ainsi de suite jusqu'à l'autre bout de la place, fermée par le bâtiment le plus long, divisé en étals successifs devant lesquels s'affairaient marchandes et clientes ainsi qu'une poignée de garnements crasseux que l'on chassait régulièrement, qui flairaient une bonne occasion de chiper une pomme ou saisir une pièce tombée par terre. Mais le gros de la foule était composé de servantes et de cuisinières – la femme du professeur avait un avis tranché sur les maîtresses de maison qui laissaient le personnel faire les courses livré à lui-même : « Ils partent avec une poignée de pièces d'or rhénan et reviennent avec une unique botte de persil, fané de surcroît. » Certes, il lui arrivait d'envoyer la petite bonne chercher quelques broutilles au marché, à la pharmacie ou à la boutique de passementerie, mais les courses du samedi, elle devait s'en charger personnellement.

Lorsqu'elle passait entre les étals, son cerveau travaillait tel un arithmomètre ou quelque autre machine à calculer : toute une succession de jours et de semaines se déroulait dans sa tête, avec petits déjeuners, déjeuners, goûters et dîners, exigeant en quantité nécessaire farine, beurre, lait, crème fraîche, saindoux, sucre et miel, corbeilles de fruits, bouteilles de vin, chapons, demi-oies, escalopes et plats en gelée. Entre le panier de pommes et la table chargée de fromages enveloppés dans des feuilles de raifort, elle pouvait convertir de mémoire les chopines en pintes viennoises, les onces en pierres, les boisseaux en mesurettes de produits alimentaires qu'elle allait administrer durant les jours, les semaines et les mois à venir. Elle ne se trompait qu'avec les nouvelles pièces. L'année précédente, en effet, Vienne avait remplacé les florins d'argent par des couronnes d'or. Mais comme les deux monnaies avaient légalement cours – on appelait centimes les braves anciens kreuzers tout comme les nouveaux hellers qui valaient moitié moins que leurs prédécesseurs –, de nombreux malentendus se produisaient au marché quand une maîtresse de maison protestait contre la vie chère. « Vingt centimes le kilo de chou-rave ?! C'est du vol ! » Là-dessus la marchande la calmait : « Vous énervez pas comme ça, madame la conseillère, les centimes, les nouveaux, pas les anciens ! »

Quoi qu'il en soit, parvenue dans ses calculs et ses prévisions aux viandes qu'elle avait réglées par avance – les escalopes seraient servies au déjeuner d'aujourd'hui, la poularde, livrée avant quatre heures par le petit commis du boucher de la place du Petit Marché –, Zofia passait à l'organisation des pâtisseries pour les jours de la semaine à venir, lorsqu'elle fut tirée de ses calculs par un mélodieux :

— Cousine ! Cou-si-ne !

Au-dessus des silhouettes de deux paysannes de Bronowice emmitouflées dans leur châle et qui vendaient des champignons cueillis au petit matin, elle aperçut une figure haute et sévère qui venait à pas menus du côté du théâtre : Józefa Dutkiewicz. Il est vrai qu'elles étaient liées par un lointain cousinage du côté d'une tante qu'elles avaient vue la dernière fois une trentaine d'années auparavant (et qui résidait depuis longtemps dans le cimetière de Brzesk). Leur lien le plus fort, cependant, était une très ancienne et ardente antipathie mutuelle, plus précisément un duel étiré sur des années dans l'art de lancer des piques, chaque coup porté masqué par une excessive amabilité. Le résultat final demeurait toujours incertain. Mme Dutkiewicz, née Korwin-Kunachowicz, devenue par mariage, ainsi qu'elle le soulignait souvent, Mme Trzaska-Dutkiewicz, venait sans conteste d'une famille plus prestigieuse que Mme Turbotyńska (née Glodt, des plus ordinaires, de la ville de Przemyśl), en outre l'un de ses cousins était même conseiller du gouverneur. Mme Turbotyńska l'emportait cependant par la position de son mari – l'épouse d'un professeur d'université battait de plusieurs longueurs la veuve d'un fonctionnaire de la Société des Assurances mutuelles. Qui plus est, le vieux Dutkiewicz l'avait rendue veuve à peine un an plus tôt, et la modeste retraite d'un fonctionnaire ne permettait guère de garder à son service à la fois une cuisinière et une femme de chambre ; c'est pourquoi, le cœur lourd, la cousine avait dû renvoyer Franciszka. « Il est plus facile d'apprendre à une femme de chambre à faire la cuisine que l'inverse, expliquait-elle de sa voix chantante, et après la mort de Jan j'étais lasse de voir autant d'âmes déambuler dans la maison. » Mme Turbotyńska aurait dérogé à sa nature si elle n'avait pas, à l'époque, profité de la situation, d'autant qu'elle avait constamment des soucis avec son personnel de maison et recherchait toujours une nouvelle employée, car ou bien elle venait juste de renvoyer la femme de chambre ou la cuisinière, ou bien elle s'apprêtait à le faire. Elle examina instantanément la situation – en tant qu'infatigable fureteuse elle avait une connaissance solide de la plupart des événements qui se déroulaient à l'intérieur du parc Planty qui ceinturait la ville – et enjôla si efficacement la cousine et sa cuisinière qu'une semaine après la première conversation, cette dernière quittait la rue Saint-Florian et emménageait rue Saint-Jean, emmenant de chez Mme Dutkiewicz son petit coffre en bois. Et ce fut l'une des plus grandes réussites dans la vie de Mme Turbotyńska : Franciszka Gawędzina qui, une décennie auparavant, s'était retrouvée chez Józefa Dutkiewicz venant directement de son village natal de Kęt, en tant que Frania âgée d'à peine quatorze ans, était une femme adroite, honnête et perspicace. Elle fut instruite dans toutes les tâches et, cerise sur le gâteau, elle maîtrisa si parfaitement la cuisine galicienne traditionnelle, avec une mention particulière pour les desserts, qu'au regard de ses qualités vint à se ternir ce qui était le but premier de l'intrigue : la joie de dépouiller sa rivale et de lui enlever une servante de longue date. Il est possible d'ailleurs que si Franciszka était arrivée dans l'immeuble Au Paon, envoyée directement par une agence de placement, Zofia l'aurait renvoyée au bout d'un mois sous n'importe quel prétexte, comme elle en avait l'habitude; mais comme il s'agissait cette fois d'un triomphe dans sa lutte contre Mme Dutkiewicz, elle avait serré plusieurs fois les dents et, au bout de six mois, elle ne s'imaginait plus la vie sans cette jeune fille mince, taciturne, aux grands yeux et aux grandes mains rouges.

— Zofia, ravie de te rencontrer! s'écria faussement Mme Dutkiewicz qui, croisant deux porteurs chargés de sacs de jute, parvint au milieu de la place avec, dans son sillage, une servante affairée.

— Józefa, quel plaisir de te voir! répliqua Mme Turbotyńska avec le même manque de sincérité dans la voix.

Inexpérimentée dans les joutes des dames de la bonne société, Franciszka se sentait mal à l'aise à l'occasion de ces rencontres et, à la vue de son ancienne patronne, elle se recroquevilla sur elle-même. Mme Dutkiewicz exprima certes à haute voix sa satisfaction de ce que « la fidèle Frania » eût trouvé « une si digne patronne », mais le regard sévère qu'elle jeta sur son ancienne cuisinière ne laissait aucun doute à ce sujet. À Cracovie le « pardon » était un terme strictement théologique, sans portée pratique dans la vie de tous les jours.

Après une révérence polie et une question aimable sur la santé, balbutiée tête baissée, Franciszka recula sur le côté, cédant la place aux redoutables duellistes. Se tenant modestement à une certaine distance, elle contemplait de vieilles affiches qui se délitaient sur le mur du bazar fermant la place Szczepański du côté du parc Planty. Plissant légèrement les yeux, elle déchiffrait tout bas : *LE GRAND CIRQUE SIDOLI Aujourd'hui samedi 16 septembre ! Un grand, remarquable, magnifique spectacle…* là, une déchirure horizontale traversait l'affiche ; en bas, en lettres plus petites, ce qui fit plisser à la jeune fille les yeux encore plus, la liste des attractions : *la représentation de Cezar Sidoli, remarquable cavalier jockey anglais, ensuite Miss Mary Annie Gordon, interprétant Attila, un étalon noir de Russie en liberté, un tableau hippologique avec sept étalons et, clou du spectacle, « Le soupirant bondissant », grande pantomime mise en scène par le directeur.* Son cœur battit plus fort sous sa chemise. Ces chamarrures ! Ces roulements de tambours !

Le véritable spectacle cependant se déroulait à peine à une encablure de là, où, conscientes de l'imminence de l'orage, les deux magnifiques volailles cracoviennes s'affrontaient, accompagnées de leurs servantes qui, telles des écuyers d'autrefois comme on en voit sur les stèles funéraires du cloître des Dominicains, au lieu de heaumes portaient des paniers remplis de légumes.

Toujours en deuil, qu'elle devrait porter jusqu'à la fin de sa vie, ses cheveux gris attachés haut sur le crâne, vêtue d'une robe simple mais élégante, à la mode deux saisons auparavant, Mme Dutkiewicz se tenait droite avec beaucoup d'élégance; plus jeune de près d'une décennie, Mme Turbotyńska était vêtue de manière plus colorée (on pourrait dire plus « criarde »), mais elle ne le cédait en rien à la première dame; elle n'avait jamais été belle, mais dans sa trente-huitième année elle passait toujours pour une « jolie femme ». Et les rares mèches grises dans ses cheveux châtains avaient pour seul effet (sur ce point elle faisait confiance aux messieurs qui la complimentaient) de l'embellir encore.

Elles se tenaient toutes deux presque immobiles; des mots étaient échangés, des phrases, mais cela n'avait pas la moindre importance. Voilà, des commérages et des amabilités cracoviennes. Seul comptait ce qui se passait entre les mots : les gestes, les sourires, les esquives. On voyait bien qui perdait l'escarmouche : Zofia était distraite, elle jetait des coups d'œil irrités tantôt vers le nuage, tantôt vers la file de fiacres stationnés devant le théâtre; si la pluie tombait avant qu'elles ne pussent rentrer, il faudrait régler la brève course en voiture le même prix que pour un quart d'heure à sillonner la ville, vingt centimes! Du vol en plein jour. Par chance, le nuage, qui continuait à tourbillonner et à enfler, arborant des teintes de plus en plus violacées, envahissant la plus grande partie du ciel, se retenait pour le moment de pleuvoir.

Enfin, un terme à la conversation fut trouvé dont aucune des deux dames ne se sentait offensée et toutes deux partirent dans des directions opposées, chacune avec à la traîne une servante lourdement chargée.

Après avoir salué Mme Dutkiewicz, Zofia fit encore lestement le tour de quelques étals, montrant d'un doigt gainé de cuir cerise glacée un très beau chou-fleur ici, une poire blette là. Franciszka s'affairait et rangeait dans son panier qui s'alourdissait de nouveaux cornets en papier ; elles parvinrent ainsi à l'extrémité de la place quand Zofia lança sans tourner la tête : « Nous allons faire un petit détour pour passer encore à la pharmacie », et elles prirent la rue Saint-Étienne.

— S'il vous plaît, madame, est-ce que je pourrais avoir ma matinée de libre après-demain ?

En d'autres circonstances, Zofia se serait sans doute arrêtée et aurait joint les mains, mais en l'occurrence elle n'en avait pas le temps ; elle regarda juste sa servante avec une pointe d'apitoiement et, sans ralentir, lança sa tirade :

— Franciszka, Franciszka, encore le cirque Sidoli ? Quel âge as-tu ? Quinze ans ou presque le double ? Tu vas encore gaspiller ton argent pour voir ces bêtises à cheval ? Ou bien ce joli cœur qui amuse la foule en sautant d'un ballon en parachute ? À vélo qui plus est ?

Franciszka demeura silencieuse un instant, se remémorant cette incroyable soirée où, assise aux places les moins chères, elle n'avait pu détacher les yeux des uniformes scintillant d'or et des rangées de chevaux. Ces lueurs lorsque l'écuyère se dressait sur les étriers, ces cris de frayeur et d'émerveillement ! Si elle le pouvait, elle irait voir les spectacles de cirque même deux fois par jour, d'autant que le programme (comme le proclamaient les affiches placardées en ville) était « varié et riche ». Mais ce n'était pas le problème aujourd'hui.

— Non, madame, je voudrais rendre visite à ma grand-mère à la Maison Helcel.

En digne bourgeoise de Cracovie, Zofia Turbotyńska n'était pas une enthousiaste des jours de congé ; ce temps gâché pouvait être consacré à quelque tâche utile, par exemple nettoyer l'argenterie ou laver quelques carreaux ; mais enfin, il fallait faire une croix sur une demi-journée par semaine, qui non seulement était garantie par contrat mais aussi par l'usage, c'est-à-dire les habitudes de la maison Dutkiewicz, que Franciszka avait apportées de la rue Saint-Florian à la rue Saint-Jean. Et de deux maux, le moindre était qu'elle rendît visite à l'aïeule Gawędzina plutôt que de traîner dans des cirques ou des kermesses. À vrai dire Zofia était orpheline depuis longtemps déjà et n'avait dans sa famille aucune grand-mère ou grand-père dont elle pût prendre soin ou qu'elle pût visiter à la Maison Helcel ; elle-même ne pouvait espérer que dans une quarantaine d'années quelqu'un lui rendît visite dans ce type d'établissement mais, sur le principe, elle approuvait qu'on prît part à la vie de famille.

— Bien entendu, Franciszka.

Elle hocha de la tête, du chapeau et de la cocarde puis, sans ralentir, décida elle aussi de faire une petite excursion.

Dans sa lutte de tous les jours pour se muer en une Cracovienne authentique, à qui personne n'oserait reprocher son extraction provinciale, Zofia menait diverses campagnes, dont une campagne caritative. Encore récemment, elle rêvait de devenir présidente de la section féminine pour la 19e Exposition nationale à Lwów, mais, hélas, lors de la réunion dans les locaux de la Caisse d'Épargne, on ne procéda à aucun vote. Le directeur de l'exposition, vice-président de la ville de Lwów, Marchwicki, prit la parole et annonça d'une voix suave que l'on avait choisi au poste de présidente l'épouse de Polanowski, promoteur de l'exposition, et on adjoignit à celle-ci, pour l'aider dans sa tâche, une kyrielle de grandes dames : la duchesse Sapieżyna, les comtesses Badeniowa et Laskowska, l'épouse du délégué du Gouverneur à Cracovie. Il ajouta au cercle encore sa propre femme. Elles avaient tout accaparé, ces rapaces bonnes femmes, tout, jusqu'à la dernière miette : Badeniowa, les orphelinats, les dispensaires et les œuvres caritatives ; Polanowska, l'éducation populaire, l'école ménagère, le soin des enfants et la formation des bonnes ; Marchwicka, quant à elle, prit les travaux de couture, les cours pour les femmes et l'organisation des bazars et, en plus, elle y ajouta toute la commission des associations féminines. Inassouvie ! Messaline de la bienfaisance, Jézabel du mouvement coopératif !

C'est pourquoi la femme du professeur avait décidé de suivre un autre chemin, plus local, et de gagner ses galons pour les soins apportés aux malades et aux pauvres de Cracovie. Elle ne disposait certes pas de gros capitaux (et même si elle en avait disposé, elle ne les aurait pas dépensés à la légère), mais elle était débrouillarde, ambitieuse et elle possédait l'art de diriger les gens de telle sorte que d'eux-mêmes ils lui facilitaient ceci ou cela. Elle choisit comme champ d'action la Société de Bienfaisance, et comme but à atteindre : devenir membre du comité d'administration de la section féminine de la Société. Il allait de soi que les sièges de présidente et de vice-présidente étaient occupés par les comtesses Potocki, celui de la seconde vice-présidente par Mme Gwiazdomorska, épouse du vice-président du Conseil général, et les membres suivants, quand ce n'était pas une princesse, c'était une comtesse qui talonnait une baronne. Mais il arrivait qu'il y eût parmi les membres des dames sans blasons – et c'était le but que Zofia s'était fixé. Elle savait, cependant, qu'elle n'était pas la seule à l'avoir en ligne de mire ; d'autres dames du même statut que le sien (certaines particulièrement acharnées dans leurs soins aux vieillards) se rendaient assidûment à la Maison Helcel. Il fallait y aller aussi, se montrer, prendre contact avec les religieuses.

— Nous irons ensemble, Franciszka, dit-elle en passant la porte de la pharmacie Au Tigre d'Or.

Elles étaient les seules clientes, c'était un sauve-qui-peut général avant l'inévitable averse. Zofia leva machinalement les yeux : au mur, au-dessus des armoires sombres, pendait toujours le portrait de l'ancien propriétaire récemment décédé, Fortunat Gralewski, orné d'un ruban de crêpe noir ; ses nom et prénom figuraient toujours sur toutes les étiquettes et, assurément, ils y resteraient un certain temps, jusqu'à ce que les réserves s'épuisent. Alors on en imprimerait de nouvelles, sur lesquelles le même vin médicinal Condurango ou Sagrada serait vendu sous le nom de la fille – qui avait épousé ce bon à rien, ce barbouilleur de Malczewski. *Ainsi passe la gloire du monde*, se dit Zofia, *et de la pharmacie cracovienne.*

— Deux flacons de vin contre le choléra, dit-elle à haute voix.

Les journaux rapportaient chaque jour de nouveaux cas, *Le Temps* avait même une rubrique spéciale intitulée *CHOLÉRA*. Pour le moment, on y évoquait des noms de villes et de villages éloignés : Stanisławowo, Worochta, Mikuliczyno, mais depuis que le nom de mauvaise augure de « Rymanów » avait été mentionné, Zofia sentait que le choléra se trouvait *ante portas* et qu'il convenait de correctement s'en prémunir. Malheureusement, pour ce qui était de soigner cette maladie, le professeur Turbotyński professait des opinions médicales profondément ennuyeuses, déclarant que le vin, certes pouvait être très bon, pouvait revigorer l'organisme, mais était impuissant à guérir le choléra ; il répétait à satiété des propos sur les bactéries Vibrio et l'hygiène, et proclamait que le seul remède salutaire serait l'installation d'un bon réseau de distribution d'eau. Mais elle avait sa propre opinion : l'efficacité du lavage des mains était à moitié aussi efficace que le vin « recommandé par les sommités médicales ».

— D'airelles de chez Schwarz de Vienne, ou de chez Gutunic ?

— Et celui de chez Gutunic, il vient d'où ?

— De Vienne, lui aussi. Un vin dalmatien (le commis myope, levant le flacon à hauteur de ses yeux, déchiffrait lentement l'inscription sur l'étiquette), contient des tanins. Soigne les maladies de l'estomac et des intestins.

— Peut-être quand même le vin d'airelles de chez Schwarz, répliqua-t-elle avec dignité.

*Gutunic*, pensa-t-elle, *qu'est-ce que c'est comme nom ? Certainement pas viennois.*

Franciszka à l'écart ne pipait mot, mais elle aussi sur la question du choléra avait son opinion, qu'elle avait honte toutefois de partager, souvent gourmandée qu'elle était par Mme Dutkiewicz et ses nouveaux patrons pour avoir parlé de ses croyances en la magie. Elle avait recours à un oracle médical qu'elle consultait religieusement à chaque occasion : *Secours angélique et assistance en grande misère.* Si on lui demandait quel était le livre le plus important du monde, elle aurait assurément répondu sans hésiter, en bonne chrétienne, que c'était la Bible. Mais si l'on plongeait dans le fond du tréfonds de son cœur, il apparaîtrait que c'était plutôt le *Secours angélique.* On pouvait en effet trouver dans la Bible de nombreuses histoires édifiantes et des récits pleins de sagesse, mais les moyens pour résoudre les problèmes employés par Judith ou les procédés médicaux de Tobie s'avéraient inapplicables dans la vie quotidienne où l'être humain se trouvait en butte à toutes sortes de soucis.

Dans ces circonstances, le *Secours angélique* était particulièrement utile, où l'on pouvait apprendre par quels moyens il était possible de rendre dociles les animaux domestiques, quelles étaient les méthodes infaillibles contre les taches de rousseur, les vomissements, les mouches, les crampes, la peur de l'eau, quelle substance ferait que tout ce que l'homme lisait et entendait, il s'en souviendrait, comment se débarrasser des verrues, rendre un couple stérile fertile, calmer les coups de tonnerre et les pluies persistantes.

Sur la question du choléra, le livre ne se prononçait sans doute pas avec beaucoup de précision, mais Franciszka n'avait de cesse de chercher et parfois elle s'endormait en tournant les pages graisseuses. Pour le moment, ayant appris que le choléra s'accompagne de diarrhées, elle s'était concentrée sur les moyens de soigner *la diarrhée blanche et la diarrhée sanglante.* On peut soigner la première avec un morceau d'argile rouge, de la taille d'un œuf de poule, séché au four, écrasé dans un mortier et dilué puis bouilli dans une pinte d'eau de rivière, mais puisée dans le sens du courant. Pour la seconde : deux cuillerées de myrtilles réduites en poudre et diluées dans du vin chaud, il fallait ensuite manger une soupe grasse à base de viande de bœuf, rester au chaud et frictionner le nombril toutes les heures avec de l'huile de muscade. Elle avait déjà mis de côté de l'huile de muscade, des myrtilles séchées également, et on pouvait sans problème acheter du bœuf. Elle était fin prête. Parfois, en s'endormant, elle s'imaginait cette scène magnifique où Zofia rendait l'âme, son mari délirait sur les canalisations d'eau, elle laissait tomber son verre de vin d'airelles, alors que Franciszka, appliquant les remèdes du *Secours angélique* moqué et méprisé, sauve la vie de ses deux employeurs, en leur faisant boire les myrtilles diluées dans du vin chaud et en leur frictionnant le nombril toutes les heures avec de l'huile de muscade. Elle gagne ainsi non seulement leur reconnaissance éternelle mais aussi le respect pour son petit livre.

— … et encore quelque chose pour les vapeurs. Ah, et de la pâte Pompadour.

— De la pâte Pompadour de chez Rix? Hélas, madame le docteur, on n'en trouve que rue Saint-Florian, chez Wiszniewski…

— … Madame le professeur. Mon mari a été nommé (là, elle prononça toutes les syllabes encore plus lentement et plus clairement que d'habitude) pro-fes-seur de l'université Jagellon. Déjà plusieurs mois de cela.

— Veuillez m'excuser, madame le professeur.

— Oh, une bagatelle, fit-elle avec un rire forcé, vraiment, une bagatelle. Combien vous dois-je ?

En réalité, le poste de professeur d'Ignacy n'était nullement une bagatelle, mais le couronnement rêvé durant de longues années d'une ascension planifiée de tous les degrés de la bonne société cracovienne. Zofia Turbotyńska, née Glodt, n'était pas une Cracovienne de souche. Elle était née et avait grandi à Przemyśl, sans compter le séjour d'un an dans le pensionnat des sœurs du Saint-Sacrement à Lwów, dont elle ne gardait pas le meilleur souvenir; ayant néanmoins reçu une excellente éducation domestique grâce à l'inestimable Mlle Buchbinder, elle avait épousé Ignacy Turbotyński du blason Wadwicz, issu d'une famille modeste mais respectée, originaire de Tyniec, et établie à Cracovie depuis des générations – et dès lors, elle avait fait ce qui était en son pouvoir pour que personne ne se souvienne de son origine de Przemyśl. À vrai dire, avec le temps, elle-même finit presque par l'oublier. Elle avait adopté tous les usages de la bourgeoisie locale et les respectait avec une telle ferveur que son mari parfois en souriait de commisération : elle faisait ses courses à la Halle aux Draps, achetait les produits coloniaux exclusivement chez Antoni Hawełka, n'allait à la messe du dimanche qu'à Notre-Dame, et parmi les journaux ne lisait que *Le Temps*. On pouvait l'interroger sur la parentèle des plus grandes familles de Cracovie plusieurs générations en arrière, quant aux commérages, à l'intérieur du parc Planty, elle n'avait pas sa pareille.

La première goutte tomba sur la cocarde au sommet du chapeau juste sur le seuil de l'immeuble; elles étaient sauvées. Elles, et les vingt centimes non dépensés en fiacre.

— Bonjour Ignacy, dit Zofia de devant la glace de l'entrée, ôtant ses gants et les rangeant dans une boîte japonaise en laque noire.

Un silence se fit; dans l'entrebâillement de la porte elle apercevait son mari, ou plutôt un petit bout : la tâche claire de sa calvitie au sommet du crâne, qui dépassait des grandes pages du *Temps*. Sur la table, on voyait une paire de ciseaux et deux articles découpés.

— Le roi Humbert est tombé de cheval, déclara enfin le professeur Turbotyński. Mais, par bonheur, rien de grave.

— Très bien, répliqua-t-elle avec une joie véritable, comme s'il s'agissait d'un bon ami.

Elle écoutait toujours avec beaucoup d'intérêt les nouvelles au sujet des têtes couronnées, fussent-elles italiennes ; personne comme elle n'était en mesure de se remémorer qui tenait sur les fonts baptismaux le moins important membre de la famille impériale ou de quoi souffrait dans son enfance l'épouse morganatique d'un des Hohenzollern.

— Il a eu beaucoup plus de chance que le député hongrois, M. Bokros, qui est tombé de la fenêtre en essayant d'attraper une bouteille de slivovitz, ajouta son mari, sans lever les yeux.

— Eh bien, je dis toujours que la consommation excessive de boissons conduit à une fin malheureuse, conclut avec force Zofia.

# CHAPITRE II

*Dans lequel nous apprenons que certains économisent des centimes sur les calèches, que d'autres dilapident des millions de pièces d'or rhénan, que même des comtesses peuvent se joindre à une foule de badauds, comment se hisser au sommet de l'Olympe, et enfin ce que l'on perd le plus souvent dans un établissement de charité.*

Zofia Turbotyńska se posait rarement des questions de nature théologique ; elle était pieuse comme la plupart des gens, c'est-à-dire qu'avant de se coucher elle récitait un *Je vous salue…* et un *Notre Père*, elle assistait à la messe solennelle le dimanche et fêtait les grandes dates de l'année liturgique, elle accomplissait aussi divers rituels, mais Dieu n'occupait pas souvent le centre de son attention. Parfois, cependant, comme ce matin-là, l'idée lui venait à l'esprit qu'une Instance supérieure, la Providence, l'Œil de Dieu, veillait sur elle, la contemplant du haut du triangle glorieux auréolé de rayons d'or, comme celui du grand autel chez les sœurs de la Présentation ; que dans son incommensurable bonté, Dieu lui-même avait décrété ce temps magnifique, sachant qu'elle allait se rendre avec Franciszka à la

Maison Helcel, qu'elle devait traverser le parc Planty et remonter toute la rue Długa, non loin d'endroits où une femme respectable ne devrait pas s'aventurer.

Elles marchaient en silence ; dans les rues Saint-Jean et des Piaristes, ou dans les allées du parc, on pouvait encore rencontrer une figure connue qu'on pouvait saluer, mais elles ne croisèrent aucun visage familier en dépit du soleil magnifique, particulièrement en cette saison. Rue Długa, Zofia cessa de regarder à droite et à gauche, car elle savait qu'elle ne rencontrerait ici personne de la bonne société, que des boulangères, des maçons, des marchandes de quatre saisons. Elles venaient de passer la rue Tortu, lorsqu'à l'angle de la place Słowiański une puanteur d'abattoir leur souffla au visage : de sang coulant dans les égouts, de carcasses et de morceaux de viande, qui s'étalaient dans l'air étonnamment chaud de cette matinée. Zofia fit la grimace, détourna le visage et grimaça de plus belle, car son regard tomba sur une tranchée béante entre deux immeubles.

— C'était terrible, laissa échapper Franciszka qui, au même instant, jetait un coup d'œil vers les décombres mal dissimulées par une palissade. Terrible.

— C'est ce qui arrive quand le premier menuisier venu se met en tête de faire le bâtisseur, il s'adjoint des ouvriers de son acabit… celui-ci maçon, celui-là couvreur, et les voilà qui se mettent à édifier des immeubles vertigineux. Un bâtiment de trois étages, large de quatre fenêtres, souffla-t-elle, quelle ambition pour un menuisier ! Chez nous, Au Paon, l'immeuble est ancien, trois fenêtres en tout et pour tout, deux étages, et personne, à ma connaissance, ne se plaint. Mais ceux-là se hissent, grimpent vers le ciel…

— … comme cette tour de Babel à Paris, c'est que de l'impiété, acquiesça la servante, c'est pas pareil quand c'est à la gloire de Dieu, mais pour faire des logements ordinaires, pour de simples gens ?

Elles continuèrent leur chemin en silence, toutes deux se remémorant cette journée de juillet où l'on avait envoyé Franciszka au marché de Kleparz chercher des framboises pour le dessert ; elle était rentrée au bout d'une bonne heure, les mains vides, les joues rouges et, reprenant difficilement son souffle, raconta que, sur le point d'acheter les framboises, elle fut entraînée par la foule qui courait le long de la rue Krzywa en direction de la rue Długa. « C'est une catastrophe, criaient les gens, une catastrophe, un immeuble en construction s'est effondré ! » Elle suivit les autres en courant, il y avait du peuple, au moins dix mille personnes : le maire de la ville, la société de secours, les pompiers… L'apprenti maçon qui se tenait à côté de Franciszka était accouru de Dębniki, au sud de la rivière. Mais l'enlèvement des décombres prenait du temps, aussi rentra-t-elle docilement à la maison. « Peut-être que Monsieur et Madame voudraient y aller et voir la chose ? » avait-elle demandé timidement à Zofia, mais elle entendit en retour une remarque générale sur ce qui convient et à qui, et ce qui ne convient pas. Plus précisément, elle s'entendit dire que jouer les badauds convenait rien qu'aux servantes, à quoi elle avait répliqué que des personnes de la meilleure société étaient venues sur place. « Lorsque les pompiers ont entendu le maçon enseveli de sous les planches, de sous les décombres, vivant, sain et sauf, Mme la comtesse Tarnowska a couru chez les pères missionnaires et a fait venir un prêtre. La comtesse en personne. Et ce prêtre, quel courage, des poutres pendent au-dessus de sa tête, les murs des appartements, et lui, il entre et absout... et fort à propos, car quand les pompiers ont commencé à creuser, le maçon a été finalement enseveli et tué, il s'en est donc allé directement au Ciel. » C'était une de ces journées où Franciszka ne fut pas renvoyée pour avoir riposté avec la « comtesse », justement parce que Zofia avait réussi à l'arracher à la cousine Dutkiewicz.

À ce jour, Zofia avait encore honte de sa remarque d'alors, non, pas tant de la remarque que d'avoir été battue dans un échange verbal par sa propre servante ; aussi allongeait-elle le pas, indifférente aux gouttelettes de sueur qui perlaient sur son front. Elle se hâtait de rejoindre la Maison Helcel et de quitter la rue Długa. Elle songea à ses exercices spirituels : elle allait se montrer sous son meilleur jour de chrétienne, de dame qui vient en aide aux pauvres par l'aumône, elle devait donc s'y préparer intérieurement. Peut-être en accomplissant une bonne action ? Un instant, elle envisagea de donner à Franciszka une couronne entière, pour qu'elle soulage sa vieille grand-mère, qu'elle lui achète quelque chose de joli ; mais tout cela n'était évidemment que des rêveries de son âme par trop généreuse ; la vertu de la bienfaisance est belle, mais parfois elle s'oppose de manière criante à la vertu de l'économie. Non, non. Puisque le Bon Dieu, dans sa bienveillante sollicitude à son endroit, lui avait préparé une si belle journée, avait illuminé tout Cracovie des rayons jaillissant de son triangle d'or, pourquoi ne pas donner les vingt centimes qu'elle avait économisés ? Quarante, pour l'aller et le retour ? Bon, n'exagérons pas, on ignore quel temps il fera dans une heure, se mentit-elle à elle-même, car dans le ciel parfaitement bleu n'apparaissait aucun nuage (comme toutes les personnes intelligentes, elle était experte dans l'art de se leurrer soi-même). Par ailleurs, il est possible qu'elles s'attardent chez les sœurs, le déjeuner doit cependant être servi à l'heure, et qui sait s'il ne faudra pas rentrer précipitamment, sans égard à la dépense ? Restons-en donc à vingt centimes. Mais eux aussi exigeaient d'être justifiés. Il restait jusqu'à l'anniversaire de Franciszka très exactement cinq mois, mais dès aujourd'hui Zofia pouvait en son for intérieur considérer ces vingt centimes comme un acompte du cadeau d'anniversaire annuel.

— Franciszka ?

— Oui, madame ?

—Voilà (elle s'arrêta un instant, ouvrit son porte-monnaie en coquillage irisé de lueur nacrée dans la belle lumière du soleil, et en retira avec circonspection une pièce de vingt centimes), achète au marché des friandises pour ta grand-mère. Les vieilles personnes adorent tout ce qui est sucré.

Franciszka fit une révérence, la remercia et s'empressa parmi les étals ; Zofia s'arrêta à l'ombre d'un arbre à moitié dénudé de ses feuilles et se plongea dans une douce médiation sur les secrets de son cœur généreux qui, en un instant, peut se séparer d'une somme d'argent juste pour réconforter une vieille femme totalement inconnue. Un sourire paisible sur les lèvres, elle regardait la jeune fille acheter quelques gâteaux ou des caramels dans un cornet qu'elle serrait tel un trophée, et se signer pieusement devant la statue de la Vierge Marie Immaculée.

De la place, on avait une vue à couper le souffle sur la Maison des Pauvres de la fondation Ludwik et Anna Helcel, la plus récente et la plus grande fondation caritative de la ville de Cracovie. Dans toutes les conversations, elle était citée comme l'exemple du plus remarquable amour chrétien ; Zofia aussi acquiesçait docilement aux soupirs pieux et aux exclamations que suscitait ce geste de grands seigneurs. Elle pensait cependant en son for intérieur que pour dépenser deux millions de pièces d'or rhénan d'une main légère pour les pauvres, il fallait être réellement gâté par l'éducation reçue depuis ses plus jeunes années dans une opulence infinie… Ces pauvres hères sortis d'on ne sait quelles tanières, de caves aux murs moisis, de mansardes où soufflait le vent, fallait-il d'emblée leur construire un véritable palais ? Les fortunes réunies des Treutler et des Helcel : une banque, six immeubles de rapport dont deux sur la place du Marché, quatre échoppes dans la Halle aux Draps, une kyrielle de métairies, et tout cela en pure perte, car dans un bâtiment moins somptueux les sœurs de la Charité pouvaient aussi bien s'occuper des vieillards et des convalescents… Rien que le coût des champs rachetés à quelques familles de maraîchers de Kleparz, auxquels venait s'ajouter celui du projet de Prylinski, la construction, les matériaux apportés parfois de Lwów et de Vienne, et enfin tout l'aménagement intérieur – tout cela avait largement englouti six cent mille, autant que le montant annuel du budget de la ville de Cracovie.

Même si, il fallait le reconnaître, le bâtiment valait le coup d'œil.

Haut de deux étages, d'une allure monumentale, surmonté d'une coupole, il apparaissait tout aussi magnifique que cet après-midi de juillet trois ans auparavant, lorsque Son Éminence avait consacré la chapelle de la Maison. Zofia Turbotyńska aimait à se remémorer cette journée où elle, à l'époque encore une simple femme de docteur, s'était trouvée parmi les plus riches de ce monde (Cracovie était en effet pour elle le monde entier ; elle trouvait peut-être, certes, un peu de place pour Vienne).

Elle avait la sensation de s'être hissée sur l'Olympe – les simples fidèles, en effet, ne pouvaient se tenir que sur le seuil de la chapelle tant que l'évêque et les prêtres n'avaient pas fini de célébrer l'office, quant aux invités, ils purent accéder par des escaliers étroits en colimaçon jusqu'à la galerie et au chœur. Élevés jusqu'aux voûtes, sous les chapiteaux corinthiens des colonnes, tous baignaient dans les lueurs dorées des autels flambant neufs. Elle-même se trouvait certes parmi les invités les moins prestigieux (les jeunes filles de l'orphelinat dirigé par les sœurs, les artisans qui avaient élevé ce bâtiment), mais elle voyait devant elle de véritables dieux et déesses : les conseillers municipaux, les conseillers de la cour, de distinguées comtesses de la section féminine de la Société de Bienfaisance, les maîtres Kossak et Matejko, et avant tout son excellence le président de l'Académie des Beaux-Arts, le comte Tarnowski, Zeus barbu lanceur de foudre, plus un Chronos qui, dirigeant *Le Temps*, présidait à l'évolution de tout ce qui était cher au cœur de Zofia Turbotyńska. En contrebas, dans la chapelle, elle voyait le cardinal Dunajewski ; vêtu d'un vêtement d'or, parmi les chants du chœur de la cathédrale, il resplendissait d'une lumière céleste, tel un Apollon. « Son Éminence était magnifique avec la tiare sur ses cheveux argentés », racontait-elle ensuite tout émue à sa cousine Dutkiewicz, et à tous ceux qui voulaient l'entendre.

Elle devait son entrée à cette cérémonie à sœur Alojza, assistante maternelle de l'orphelinat, dont elle avait fait la connaissance lors de l'organisation d'une loterie caritative en faveur de l'hospice pour jeunes filles, dirigé par les sœurs de la Charité. Ayant passé toute sa vie dans le couvent (d'abord à l'orphelinat, ensuite dans la congrégation des Sœurs de la Charité de Saint-Vincent de Paul), Alojza avait acquis une qualité inestimable aux yeux de Zofia, à savoir qu'elle était quasi complètement dépourvue d'une volonté propre et, tombée aux mains de « Mme Turbotyńska », elle lui obéissait en tout au doigt et à l'œil. En fait, le rôle de guide dans sa vie aurait dû incomber de par sa fonction à la mère supérieure de la congrégation, mais sœur Alojza avait un penchant naturel pour ressentir la force mentale d'autrui ; la mère supérieure Juhel était certes qualifiée de « sévère » par ses partisans et de « mégère française » par ses détracteurs, mais, comparée à Mme Turbotyńska, elle paraissait bien terne.

Après avoir passé le portail puis le seuil de l'établissement, on voyait la riche façade ornée d'inscriptions latines, de blasons et de l'effigie de Notre-Dame de Częstochowa, façade conçue comme une vitrine de magasin, destinée à exalter la piété et la charité des deux familles marchandes. Zofia quitta Franciszka, qui se dirigea vers les chambres des pensionnaires pauvres pour régaler sa mamie des friandises et des tout derniers ragots de la ville ; elle-même emprunta l'escalier qui montait entre les deux rangées de colonnes doriques du vestibule et tourna à gauche, vers le bureau où elle espérait trouver sœur Alojza. Mais la porte était close. Elle se dirigea vers une porte blanche, haute jusqu'au plafond, faite de petits croisillons, puis se mit en quête de la sœur. Elle croisa en chemin deux ou trois religieuses qui allaient dans diverses directions – l'une d'elles conduisait par le bras une vieille décrépite ; elles lui paraissaient toutes frêles et faibles, même si elle savait bien que parmi les nonnes se rencontraient des femmes plus solides que bien des hommes. Elle entendit soudain derrière elle des pas énergiques; elle se retourna et se trouva nez à nez avec la supérieure de la Maison, la mère Jadwiga Zaleska, de petite taille, potelée, au visage avenant certes, mais taillé grossièrement et d'autant plus rond qu'il était auréolé d'une large cornette d'un blanc éclatant.

— Bonjour ma Mère, le Seigneur soit avec vous.

— Pour les siècles des siècles.

À l'évidence, la religieuse se hâtait quelque part, mais elle s'arrêta par politesse.

— À quoi devons-nous votre charmante visite?

— Je suis venue discuter avec sœur Alojza des lots pour notre loterie en faveur des enfants scrofuleux.

— Fort bien, fort bien. Dieu vous viendra en aide, car le dessein est noble.

— Oh, il y a tant de charité chez nous ces derniers temps... Certains financent de magnifiques établissements, ainsi M. et Mme Helcel ou le prince Lubomirski, d'autres, comme moi, une personne ordinaire...

— Ah, ce Lubomirski et son nouvel hospice... souffla la religieuse. L'œuvre est assurément belle, mais cette coupole... (Elle baissa la voix.) Lorsque notre mère supérieure Juhel, encore en France, avait écrit à Mme Helcel, elle avait tout de suite évoqué le Palais des Invalides. Et voilà le résultat, nous avons cette belle chapelle, surmontée d'une coupole véritablement parisienne ou florentine, qu'on a fait venir d'une aciérie de Friedland... et voilà qu'ici, comme par un fait exprès, à quelques encablures, ils en construisent une nouvelle!

— Ma Mère, vraiment, il n'y a pas de quoi fouetter un chat. D'abord parce que tout cela reste dans la famille, sœurs de la Charité ici, sœurs de la Charité là-bas, ensuite (et à cet instant elle baissa la voix) le prince leur a laissé bien moins de capitaux, ce que trahit le bâtiment lui-même. Chez vous, la chapelle est quasi indépendante, comme une église de ville, haute, élancée, là-bas juste une coupole posée sur le toit. Aucune proportion, aucune beauté.

— Ah (la mère supérieure se fendit d'un large sourire), le plus important est que tous ces efforts soient à la gloire de Dieu, et pour aider les pauvres garçonnets, nos infantelets, qui connaissent ainsi l'amour infini de l'Éternel et le prix du dur labeur. En attendant (elle fronça les sourcils, se rappelant manifestement une obligation pénible), il est temps pour moi. Sœur Alojza devrait être à l'étage.

Et elle s'en fut droit devant elle avec tant d'énergie qu'elle en fit froufrouter les larges manches de son habit.

Ce n'est qu'à ce moment-là, après un coup d'œil circulaire sur le large couloir, que Mme Turbotyńska réalisa que quelque chose sortait de l'ordinaire ; les sœurs, certes, se montraient toujours avenantes envers les malades, mais on ne pouvait pas dire qu'elles le faisaient avec la dernière énergie ; elles se déplaçaient sans hâte, inclinant légèrement la cornette sur leur tête, et quand elles servaient un verre d'eau ou pansaient un bras, elles le faisaient toujours à un rythme ralenti, contemplatif. Alors que les sœurs qu'elle avait croisées plus tôt se déplaçaient sans conteste trop rapidement, nerveusement, y compris la sœur décharnée, maigre, accompagnant une vieille pensionnaire qui avait toutes les peines du monde à la suivre. Quelque chose d'extraordinaire avait dû se produire dans la Maison Helcel. Était-ce la visite annoncée d'une dame de la Société de Bienfaisance ? Dans à peine un mois, Son Éminence allait inaugurer l'Hospice de Lubomirski ;

peut-être projetait-il de rendre visite à la supérieure de la Maison pour régler certains détails ? La réponse à ses questions, Zofia devait l'obtenir dans les plus brefs délais. Par chance, voilà que sœur Alojza descendait l'escalier (ou plutôt roulait telle une balle, d'une marche à l'autre, ou plutôt sautant deux marches à la fois).

— Le Seigneur soit avec vous…

— … pour les siècles des siècles, amen, Mme Turbotyńska, pour les siècles des siècles, haleta la religieuse.

Oui, elle aussi était troublée ; elle fit une pause, mais il semblait que les diverses parties de son corps voulaient toujours se mouvoir dans différentes directions. Seuls ses yeux restaient fixés sur la visiteuse, immobiles, inquiets. Il est vrai qu'Alojza souffrait depuis son enfance d'exophtalmie, et elle paraissait regarder le monde avec un mélange de fascination et d'incompréhension ; et même, considérant qu'outre son exophtalmie elle avait aussi des incisives légèrement saillantes, de terreur.

— C'est vous justement que je suis venue voir. Cette fois, avec une requête.

— Une requête ? Ah… (Alojza regarda autour d'elle, tendue, comme si elle cherchait du regard quelque chose qui aurait pu lui éviter cette conversation)… et dans le bureau maintenant… dans le bureau… on ne peut pas… impossible… peut-être une autre fois ? Non… (elle réalisa qu'il ne convenait guère de se débarrasser ainsi de la visiteuse)… nous pouvons peut-être passer au jardin ?

— Je ne voudrais pas vous causer le moindre souci, répliqua Zofia, ce qui signifiait bien évidemment qu'elle n'avait pas l'intention de discuter de questions importantes n'importe où, sous n'importe quel érable ou quelque autre frêne, mais comme il convenait, dans le bureau de l'institution.

— Mais pas du tout… nous pouvons… quelques mots, ici même… si cela ne vous dérange pas. Que faire, il n'a jamais été dit que promouvoir la charité à Cracovie était chose simple, aisée et agréable.

— J'apporte mon aide à l'organisation de la loterie en faveur des enfants scrofuleux, commença Zofia avec une mauvaise humeur évidente de se voir reçue dans un couloir, comme le premier fournisseur venu. Je crois me souvenir que la congrégation possède ici des ateliers fort bien équipés. Peut-être serait-il possible de faire appel au bon cœur des pensionnaires et à des dons qui seraient ensuite tirés au sort avec grand profit… Des crèches peut-être, de jolis paniers tressés, des broderies…

Elle fit une pause et regarda attentivement un des jardiniers accouru par la grande porte d'entrée, qui après avoir secoué la boue laissée par la pluie de samedi de ses chaussures se hâta de grimper à l'étage tout agité.

— C'en est assez !

Elle s'interrompit si brutalement que sœur Alojza sursauta.

— C'en est assez, répéta-t-elle d'un ton sans réplique, allez-vous m'expliquer ce qu'il se passe ici ? Qu'est-ce que toute cette agitation ? Une visite de l'Archevêque ? De la Supérieure générale ? L'arrivée d'un nouveau pensionnaire particulièrement remarquable ?

— Allons tout de même dehors, chuchota prudemment la religieuse, c'est plus tranquille.

Elles tournèrent dans le couloir, passèrent par une porte latérale, prirent un petit escalier et continuèrent le long du côté de la chapelle jusqu'au jardin, qui s'étendait entre les ailes du bâtiment. Ah, ces jeunes petits arbres, ces pelouses, ces petits bancs, ces massifs, ces petites allées – en tout cela, Zofia voyait de nouvelles démonstrations vulgaires des fortunes réunies des Helcel et des Treutler qui, même dans le jardin, étalaient leur prodigalité, alors qu'on aurait pu faire ici un potager, et à la place de l'actuel potager édifier des immeubles de rapport.

Elles s'assirent toutes deux sur un banc, Zofia très droite, le menton levé, la main posée sur la poignée de son ombrelle fichée dans la terre fraîchement ratissée de l'allée, et Alojza, voûtée, crispée. Même de là on voyait que quelque chose bouillonnait, crépitait dans la Maison ; des rideaux bougeaient, des silhouettes passaient furtivement.

— Eh bien ?

— Oh, ce n'est rien de grave…

Sœur Alojza s'efforçait de minimiser la chose, mais la minimisation n'allait pas de pair avec les yeux exorbités, aussi il semblait, par ailleurs à juste titre, qu'elle minimisait désespérément.

— … c'est juste qu'une de nos pensionnaires a disparu. C'est fréquent.

— Fréquent ? (Zofia leva un sourcil, visiblement irritée de ce que la sœur tentât de lui dissimuler quelque chose.) Et alors, vous prenez tout simplement un nouveau pensionnaire à sa place ? Et si le premier est finalement retrouvé, vous le hachez pour en faire des boulettes ?

Sœur Alojza lui jeta un regard où se mêlaient à proportions égales l'incrédulité et la crainte que son soupçon fût réel.

— Mais non, pas du tout, on continue de la chercher. D'habitude, on les retrouve assez rapidement. Ce sont toujours les mêmes : celles dont la vieillesse a tourneboulé la tête. L'une d'elles, des environs de Kowodra, grandie à la campagne, se cachait toujours dans l'étable et se recouvrait de paille. Une autre farfouillait dans le cellier où, rassasiée, elle s'endormait avec une tranche de pain dans la main. Les plus jeunes, les convalescents (elle leva les yeux vers le ciel) s'échappent parfois la nuit tombée pour des raisons impies, et c'est toujours le meilleur signe de leur guérison. Mais cette fois…

— … cette fois on ne l'a pas retrouvée ?

— Eh bien, non. C'est pourquoi la supérieure Zaleska a appelé en renfort les cuisinières, les jardiniers et les sœurs qui n'ont pas de patients urgents, et même les bonnes de l'étage supérieur… oui, parce que je ne l'ai pas dit… cette dame, qui a disparu… non seulement elle a toute sa tête… (là elle lança un regard plein de respect) mais en plus elle vit à l'étage supérieur !

La Maison Helcel, outre son capital inamovible, possédait également un revenu régulier : il était pensé en effet comme institution pérenne qui, à tout jamais, assurerait le gîte et le couvert aux malades et aux pauvres ; qui serait tel un *perpetuum mobile* de la charité. Les pensionnaires les plus démunis, appelés prébendaires, envoyés dans l'établissement par le conseil municipal, ne déboursaient rien pour leur séjour, en revanche, ils vivaient dans des dortoirs, sans confort particulier ; ceux qui le pouvaient encore contribuaient à leur entretien en travaillant dans les ateliers. Tous les autres cependant, admis au fur et à mesure que des places se libéraient, étaient divisés en trois catégories, selon lesquelles ils payaient leur séjour, contribuant en même temps à la prise en charge des parias. Les plus aisés disposaient de leur propres serviteurs et occupaient des appartements de deux pièces, équipés en général de meubles apportés ici de leur ancienne vie, plus exubérante. Par les portes entrouvertes, on apercevait parfois des fauteuils Louis-quelque-chose aux garnitures quelque peu élimées, des commodes de style Biedermeier transportées ici d'un manoir de la région de Petite Pologne ou d'un salon bourgeois, des crucifix en bois d'ébène, des bouquets artificiels sous des cloches de verre, des photos, des bénédictions papales dans des cadres dorés, des portraits d'époux et de parents décédés depuis longtemps.

— Quelqu'un d'important ?

— Madame Mohr, une sainte femme, très discrète et pieuse, veuve d'un juge de la Cour supérieure de justice. Le soir, je lui ai encore souhaité bonne nuit, et le matin, pffft, disparue, évanouie, on a passé toutes les pièces de la Maison au peigne fin… Disparue comme une pierre dans l'eau !

Elle s'interrompit et croisa les mains si fort que ses doigts devinrent tout blancs, puis elle reprit en hésitant :

— Quant à la loterie, madame, je ne peux rien promettre, car tout dépend de la supérieure Zaleska, mais je lui en toucherai un mot et je prierai pour que sa décision soit favorable. Je n'ai pas le cœur à vous importuner davantage…

— Ce n'est rien, répondit Zofia, levant le sourcil gauche, je vous rendrai visite une autre fois, lorsque dans cette maison d'intranquille vieillesse le calme sera revenu, et Mme Mohr sera retournée sous sa couette. Que Dieu vous garde, Sœur Alojza…

Elle se leva, la nonne se dressa après elle de sa chaise, répétant qu'elle la reconduirait volontiers jusqu'au vestibule. Elles s'en furent à travers le jardin, l'une élancée et hautaine, l'autre trapue et ronde, telles des versions féminines de Don Quichotte et Sancho Panza.

— Que fais-tu là, Franciszka ? dit Zofia, après avoir salué la religieuse, à sa bonne qui l'attendait patiemment au pied de l'une des colonnes. C'est ton jour de congé.

— Oui, oui… mais je ne voulais pas partir comme ça, sans dire au revoir.

— Non, non, c'est ton temps libre, n'en perds pas une minute…

« Aimons-nous comme des frères », « faisons nos compte comme des juifs », Zofia employait souvent ce genre d'expressions de réassurance, depuis que, encore jeune fille, elle avait compris d'après de délicates allusions que sa grand-mère Glodt n'était pas issue d'une famille aussi catholique que l'on avait l'habitude de le proclamer.

— Je vais me débrouiller et finir moi-même la préparation du repas. D'ailleurs, presque tout est prêt. J'espère que tu as trouvé ta grand-mère en bonne santé ?

— Oui, madame.

— Très bien. Ne perds pas ton temps en bêtises.

— Oui, madame. Au revoir, madame.

Une sœur affairée passa près d'elles en courant. Mme Mohr visiblement n'avait toujours pas réintégré sa couette.

— Au revoir, répondit Mme Turbotyńska, et elle descendit l'escalier de son pas le plus digne, royal, qu'elle avait maîtrisé grâce aux cours de bonne éducation pour demoiselles dans sa ville natale.

Ce qui rentre une fois dans le sang n'en sort jamais.

Sur le chemin du retour, elle prêtait encore moins attention à ce qui l'entourait qu'à l'aller; de temps à autre seulement, elle regardait sa petite montre agrafée sur sa poitrine, ornée d'émail bleu, et jetait un coup d'œil sur le minuscule cadran, comme si elle y cherchait les solutions aux plus grands problèmes de la vie, mais la montre n'indiquait invariablement que l'heure qu'il était.

À l'instar du bouillonnement actuel dans la Maison Helcel, dans le cœur de Zofia Turbotyńska née Glodt quelque chose bouillonnait depuis longtemps et ne trouvait pas d'issue. Elle n'avait pas d'enfant et, malgré des consultations chez des médecins de Lwów et de Vienne, voire, en ravalant sa pudeur, les visites auprès de collègues d'Ignacy, très clairement on ne pouvait pas y remédier. Une liaison? Absolument pas. Certaines femmes s'assuraient ainsi une descendance, mais cela n'entrait pas en ligne de compte. Elle aimait comme tout le monde : elle était tombée amoureuse, elle avait épousé, et puisqu'il était son mari légal, elle l'aimait, sans s'appesantir là-dessus à l'excès. Elle exprimait son dévouement par la ponctualité des repas, la tenue parfaite de la maison et dans le soutien de la carrière de son mari.

Ignacy Telesfor Turbotyński, bien que seulement de dix ans plus âgé que son épouse, paraissait beaucoup plus mûr. C'était peut-être dû à ses épais favoris, déjà grisonnants, qu'il laissait pousser en signe de loyauté à la Famille Régnante, ou c'était peut-être sa manière de manifester son rapport à l'époque contemporaine : du temps qui s'écoulait, seul l'intéressait quasi exclusivement le temps passé ainsi que *Le Temps*, auquel il était régulièrement abonné et qu'un livreur lui portait chaque après-midi.

À la fin de ses études à Cracovie et à Göttingen, Ignacy Turbotyński obtint un poste à la faculté d'anatomie. Il travailla pendant de nombreuses années en tant que premier puis second assistant, fut ensuite nommé maître de conférences, et enfin professeur extraordinaire de l'université Jagellon, obtenant, selon lui, tout ce à quoi il pouvait prétendre. Plus précisément, tout ce qu'il n'aurait pas obtenu sans l'aide de sa femme. C'était Zofia (même si, lorsqu'on l'interrogeait sur la spécialité de son époux, elle baissait les yeux, confuse, et faisait mine d'être incapable de distinguer un tibia d'un fémur) qui, durant des années, avait fait jouer adroitement toutes sortes de relations et de liens de parenté, qui tissait des intrigues, murmurait un mot tantôt à celle-ci, tantôt à celui-là, ouvrant ainsi à Ignacy le chemin de nouvelles promotions. Il était considéré comme quelqu'un d'efficace et de fiable, mais guère plus. « Nul besoin de fermer les fenêtres, disait-on avec malice, le turbot n'est pas un aigle, il ne s'envolera point. » Turbotyński n'avait pas à son actif de travaux d'envergure, il ne s'intéressait guère aux nouveautés que ses collègues plus jeunes et plus ambitieux tentaient ardemment d'introduire, avec à leur tête le fringant, débrouillard et familier des milieux scientifiques allemands, le professeur Kostanecki. Ignacy se spécialisait avant tout dans l'élaboration de spécimens anatomiques, science qu'il avait acquise sous le regard attentif du professeur Ludwik Teichmann, dont les exemplaires remarquables, comme aimait à le souligner Turbotyński, « remportaient des prix lors d'expositions universelles ». Les spécimens de Turbotyński ne remportaient certes pas la même célébrité dans toute l'Europe, mais grâce à son travail consciencieux la petite salle du musée du Theatrum Anatomicum s'était enrichie de nombreux nouveaux exemplaires dont (et le professeur en était particulièrement fier) un échantillon remarquablement préparé des artères de *Eretmochelys imbricata*, la tortue imbriquée à écailles.

Le professeur Teichmann, qui habitait non loin, rue Saint-Florian (« Sa fille a épousé un *baron* », disait avec dévotion Zofia, ce qui, dans son esprit, annulait totalement le discret impair de la foi calviniste professée par le savant), était le maître de Turbotyński. Dans un an, il allait prendre sa retraite de directeur de la faculté, mais il était d'ores et déjà notoire qu'il serait remplacé par Kostanecki, et non Turbotyński qui, contrairement à sa femme, ne manifestait aucune ambition de direction et n'était nullement intéressé par la sollicitation d'un poste quelconque. Il rentrait à la maison en dégageant une odeur de formaldéhyde et de mastic pour vitres, utilisés dans la préparation des spécimens, s'asseyait dans son fauteuil, allumait un cigare et lisait son journal de la première à la dernière page, partageant avec sa femme les informations du monde, selon lui, les plus intéressantes.

Zofia savait bien que, pour le moment, elle ne parviendrait pas à obtenir de nouveaux honneurs à Ignacy ; peut-être dans une décennie ou deux, un hommage lié à l'ancienneté dans le poste, son honorabilité générale et la progression des cheveux blancs ; une médaille, un diplôme honoraire, un livre commémoratif. Elle avait fait pour lui jusqu'à présent tout ce qui était en son pouvoir, et le temps était venu de faire aussi quelque chose pour elle-même. Elle avait échoué à participer à l'Exposition nationale de Lwów, et au sein de la Société de Bienfaisance, il était difficile de faire son chemin sans titre ou sans mari dans les plus hautes instances de la ville ou de la province. En même temps, dans sa vie quotidienne, dans la gestion du personnel de maison et l'échange des potins, elle se sentait comme dans un corset noué trop serré. Parfois, allongée sur le canapé, elle posait son livre sur sa poitrine, avec l'index comme marque-page, et songeait qu'à une autre époque elle aurait pu être davantage elle-même ; elle se voyait comme Cléopâtre, Zénobie, ou encore Grazyna, ou peut-être Elizabeth l'Anglaise, ou Jeanne d'Arc finalement – en tout cas, comme une femme de pouvoir, à la tête d'une armée qu'elle mène au combat, vêtue d'une armure magnifique, sortie tout droit d'un tableau de Matejko, ou de robes somptueuses comme sur les toiles de Gierymski, ou encore des antiques draperies à la Siemiradzki… En attendant, elle devait se contenter de donner ses recommandations à Franciszka, de planifier les repas pour la semaine à venir et de veiller à ce que la poularde fût retirée à temps du four.

# CHAPITRE III

*Long, mais substantiel, dans lequel nous découvrons les usages cracoviens en matière de conservation des monuments, que Matejko vivra encore longtemps, croyez-moi, que l'on peut faire l'intermédiaire des années durant, ce qu'il convient de faire pour se coucher à côté de Mme Helcel, et enfin ce qu'a découvert le concierge.*

— Ignacy, fit Zofia en entamant prudemment la conversation, je n'imagine pas qu'en tant que professeur de l'Université et personnalité *éminente* tu ne sois pas invité à l'inauguration du théâtre…

Plus que quiconque, elle savait de source sûre qu'une commission municipale extraordinaire allait se pencher sous peu sur la question qui suscitait un vif intérêt dans la majorité des foyers cracoviens : la répartition des billets pour les festivités qui se dérouleraient dans moins d'une semaine. Le nouveau bâtiment était certes vaste et imposant, mais il était notoire qu'il ne contiendrait pas tous les bourgeois de Cracovie.

— Zofia, soupira Ignacy, repoussant de sa fourchette un petit bout de feuille de laurier sur le bord de l'assiette, tu ne veux tout de même pas me dire que tu as l'intention de te rendre à cette fête de fous ?

M. Turbotyński, qui, par principe, ne s'intéressait que médiocrement aux choses de la culture, avait un rapport éminemment critique envers le nouveau théâtre ; il était d'avis que les sommes astronomiques dépensées par le conseil municipal pour la construction et l'équipement du temple de Melpomène auraient dû aller à une déesse dont il se souciait bien davantage, à savoir Hygeia, déesse de la Santé, de la Propreté et de l'Hygiène.

— Tu sais que je m'intéresse au plus haut point aux choses de la culture (il ignora ostensiblement le sourcil levé de son épouse), que je tiens en haute estime l'art national (le sourcil se leva encore), mais ces messieurs du conseil ont dû sombrer dans la confusion mentale, *confusio mentis*, lorsqu'ils ont décidé que le théâtre était plus important qu'un système de canalisations, dont Cracovie est privé depuis que les Suédois ont démantelé les puisards et les conduites il y a plus de deux cents ans. Le choléra ! Le typhus ! La dysenterie ! Voire l'alcoolisme : l'eau de puits est déplaisante à l'œil, infecte au goût, aussi le peuple assoiffé, n'ayant rien d'autre pour étancher sa soif, se tourne d'autant plus volontiers vers la chope et le verre, s'exposant ainsi à un désastre moral…

Après ces paroles, il prit son verre, but quelques gorgées de riesling, et le reposa exactement sur le rond imprimé sur la nappe. Zofia se taisait ; elle savait parfaitement que l'évocation de ce sujet allait déclencher la tirade de son mari, c'est pourquoi elle laissait passer l'orage, concentrée sur son filet de sandre et ses projets d'enquête.

— Peu importe que la commission centrale viennoise de conservation des monuments ait souhaité la sauvegarde de l'antique hôpital du Saint-Esprit, peu importe que le comte Tarnowski en personne ait appelé à préserver ces vestiges du passé ! Ah que non ! M. Asnyk et tous ces réformateurs des sept douleurs, qui emplissent les colonnes de ce torchon de *Reforma*, ont tellement vilipendé ces « murs hideux » que l'on a commis cet acte barbare et démoli l'hôpital, à l'exception unique, promise à la commission impériale, de préserver la petite église du Saint-Esprit…

Zofia regardait son mari, l'écoutant égrener faits et opinions qu'elle connaissait par cœur, relatés chaque fois exactement dans le même ordre, et s'efforçait par toute son attitude d'exprimer un intérêt plein et entier.

— Et voici que brusquement, l'été dernier, alors que le théâtre était achevé et que l'église n'en gênait en rien la vue, ils ont résolu de la démolir. À peine maître Matejko a-t-il eu le temps de proposer au conseil municipal de restaurer le sanctuaire sur ses propres deniers, dès le lendemain la nouvelle a circulé que le toit s'était effondré et qu'il fallait absolument démolir, que c'était une question de vie, de mort inéluctable pour les enfants… C'est un mystère extraordinaire, les voûtes s'effondrent comme sur commande, comme au son des trompettes de Jéricho. Le danger était si grand qu'ils n'ont pas démoli l'église pendant des mois.

Le visage de Turbotyński devenait de plus en plus rouge, ce qui, par contraste, donnait l'impression que ses favoris étaient parcourus d'explosions électriques autour d'une boule rouge.

— Des bousilleurs ! Maître Matejko a eu raison de renvoyer son diplôme de citoyen d'honneur au maire et d'annoncer qu'il ne se ferait pas ensevelir dans la crypte de la basilique Saint-Michel, comme tant d'autres grands hommes avant lui. Il a eu raison !

— Oh, ce ne sont que paroles en l'air. Matejko vient à peine de fêter son cinquantième anniversaire, il vivra encore au moins autant. Il aura le temps de se rabibocher dix fois avec les conseillers et il sera inhumé à Skałka, comme de bien entendu.

Zofia n'y tenait plus. À vrai dire, elle exécrait autant que son mari les têtes creuses de *Nowa Reforma*, mais au fond d'elle-même elle était ravie à la perspective du magnifique théâtre moderne, même s'il était édifié en lieu et place d'une bicoque médiévale.

— En outre, je suis certaine que maître Matejko assistera à l'inauguration. Ainsi que le comte Tarnowski. Indépendamment de ce que tu penses au sujet du théâtre, les élites de la ville se doivent de participer à cette inauguration. Et demain, en tant que professeur de l'université, tu marcheras de l'église Sainte-Anne vers le Collegium Novum avec tes confrères. En toge ! (Zofia palpita à l'idée de ce moment mémorable.) Tu peux dire ce que tu veux, mais je n'imagine pas que nous puissions ne pas assister à l'ouverture du théâtre.

— Chère Zofia…

*Ah, oui, le dessert*, se rappela Zofia. Elle froissa sa serviette, la jeta sur la nappe et alla dans la cuisine. La demi-journée de libre est chose sainte. Mais ne pouvoir finir tranquillement son repas, devoir faire des allers-retours, de la salle à manger à la cuisine et de la cuisine dans la salle à manger, lui provoquerait sûrement un jour des ulcères d'estomac ; pour le moment ce n'était qu'une colère froide. Elle revint, portant sur un plateau de la crème au citron, frémissante de colère comme la crème frémissait dans les coupes qui tintinnabulaient doucement en se heurtant bord à bord. Sans doute Franciszka avait préparé la crème, tourné, râpé, mais c'est la maîtresse de maison qui devait s'arrêter de manger, aller et revenir avec le plateau. Puis ramasser les restes peu ragoûtants, assiettes maculées de sauce, avec un grain de poivre, couteaux et fourchettes poisseux...

— Ignacy, dit-elle, considérant à raison que la question des billets était réglée et que le professeur se mettrait en quatre pour les obtenir, Franciszka seule n'y arrive plus. C'est au-dessus de ses forces. Elle ne peut pas faire la cuisine et, en plus, le ménage dans toute la maison.

— Je n'y vois pas d'inconvénient, Zofia, répliqua-t-il, en saisissant sa coupe et une petite cuiller avec une habileté inattendue. Il faut de nouveau rendre visite à l'une des agences de placement du personnel de maison, qu'ils se chargent du recrutement. Chez Mme Vogler ? Rue de L'Hôpital, chez... comment s'appelle-t-elle déjà ?...

— Mme Wolska ? Non, non, il n'y a pas mieux que Mme Mikulska, elle est dans le métier depuis plus de vingt ans, elle est la première à Cracovie à avoir ouvert un bureau mandaté par les autorités et je me suis toujours adressée à elle...

— Et tu as toujours congédié la fille après un mois ou deux...

— Ignacy ! s'écria-t-elle, pleine d'une sainte colère, comme toujours lorsqu'on lui disait la vérité en face.

— C'est Franciszka qui est avec nous depuis le plus longtemps, et elle est venue de chez ta cousine et non de chez Mme Mikulska. Demande peut-être à Józefa si elle n'a pas quelqu'un en vue, déclara-t-il en réprimant un sourire.

— Tu es parfois vraiment impossible.

Ils restèrent encore un moment assis, sans rien dire, chacun plongé dans ses pensées. Elle cherchait un moyen de lui rendre la monnaie de sa pièce pour ses remarques désobligeantes, lui se demandait comment se lever poliment de table, sans provoquer sa colère, des regards éloquents et des soupirs sonores. Lorsque Franciszka était là, il suffisait de lui demander de débarrasser ou de servir le thé dans le bureau, mais des jours comme celui-ci, la situation dépendait complètement de Zofia. Théoriquement, il pouvait faire mine de s'endormir à table, mais tout de même, il restait encore deux ans jusqu'à ses cinquante ans et il estimait que ce genre de procédé n'était pas digne de lui, en ferait un vieux barbon obligé par conséquent de remplacer sa veste par une redingote, les favoris par d'épaisses moustaches, de piquer des sommes au coin du poêle, se réveiller de temps en autre pour déclamer quelques sentences sur l'ancienne noblesse et se rendormir aussitôt. Oh, ce n'était assurément pas encore pour lui ! Il resta donc assis très droit, roulant du bout des doigts quelques miettes sur la nappe.

— Je vais me retirer pour lire, dit enfin Zofia. Si tu es encore là lorsque Franciszka rentrera, veille à ce qu'elle débarrasse la table. Dis-lui aussi de ne pas me déranger.

Il acquiesça, puis écouta ses pas : sonores dans la salle à manger, de plus en plus étouffés dans le couloir ; il entendit encore la clé tourner dans la serrure de la porte de la chambre à coucher. Il connaissait par cœur ses faits et gestes : à présent, elle s'avance vers l'étagère de ses livres préférés, hésite un instant, choisit l'édition allemande des *Histoires* de Poe et lit pour la énième fois *Le Double Crime dans la rue Morgue* ou *Le Scarabée d'or*. Ou peut-être l'un des ouvrages de Gaboriau, qu'elle avait acheté lors de leur voyage de noces à Paris ou qu'elle avait fait venir plus tard, en qualité de jeune épouse ? Un récit en tout cas sur le crime et le châtiment, mais pas de Dostoïevski. Il voyait son index qui glissait sur le dos des livres et… oui, le gémissement des ressorts du vieux fauteuil, amené de sa ville natale. Puis, silence, silence, silence.

La journée du lendemain se déroula pour Zofia sous le signe de l'inauguration solennelle de l'année académique à l'Université, où, avec la plus grande satisfaction, elle contempla Ignacy en toge – cependant, songea-t-elle, elle devait veiller à ce qu'il portât ce costume non comme une simple veste, mais avec la distinction qui s'imposait. Or, dès mercredi, elle décida de rendre une nouvelle visite à sœur Alojza, et de finaliser son projet de loterie.

La mère Zaleska n'était pas particulièrement généreuse et considérait que les objets fabriqués dans les ateliers constituaient des espèces de contributions, légitimement dues par les pensionnaires au palais – car qu'était la Maison Helcel sinon un palais ? Elle accueillait donc avec réticence toutes les tentatives de lui soutirer ne fût-ce que quelques cuillers en bois ; mais Zofia avait aussi ses procédés pour parvenir à ses fins. D'abord, elle entretenait de bonnes relations avec l'une des tantes âgées de la supérieure, grandement despotique. Ensuite, elle fournissait à la mère Zaleska son dessert préféré : des figues, dont elle était devenue friande lors des années passées à Smyrne ; la religieuse l'en remerciait toujours chaleureusement, il lui arrivait cependant de souligner que même les meilleures figues des magasins coloniaux de Galicie ne valaient pas celles qu'elle mangeait là-bas. Et enfin, Zofia lui avait jadis rendu un petit service, mais essentiel, du genre de ceux que l'on n'oublie pas – ne fût-ce que parce que la personne qui vous l'a rendu le rappellerait avec plaisir.

Elle passa devant l'entrée du bureau et jeta un coup d'œil curieux dans le couloir. La Maison paraissait à son ordinaire : toute l'agitation de l'avant-veille était retombée, aucune excitation dans les voix ne se faisait entendre, dans les couloirs déambulaient les convalescents aux yeux cernés et les vieillards qui traînaient la jambe, certains d'entre eux étaient sans doute venus au monde au siècle précédent, et parmi eux voletaient majestueusement les cornets blancs des sœurs de la Charité, de nouveau à leur rythme habituel *moderato*. Elle recula et s'arrêta devant la porte du bureau.

— Que soit béni le nom de Notre Seigneur, dit-elle en s'inclinant légèrement avant de franchir le seuil. Je me réjouis de vous voir à votre bureau, ma sœur, ainsi inutile de sortir dans le jardin, le temps vient de se gâter…

D'emblée elle appuya son parapluie contre le fauteuil le plus proche et dévisagea sœur Alojza avec une certaine affabilité, mais sans la laisser prendre la parole.

— Et nous avons une tonne de sujets à discuter ! Je comprends que la pauvre égarée est revenue chez elle ?

— Pour les siècles des siècles, madame, gémit la nonne, chaque jour et chaque nuit nous prions à ce sujet notre Seigneur Jésus-Christ.

— Ah ?

Elle pencha vivement la tête à gauche, comme une perdrix, se racla la gorge et déclara sur un ton moins jovial :

— Non que je veuille vous éduquer en matière de foi, mais il faudrait peut-être d'abord essayer chez saint Antoine de Padoue ? Quoique, après plusieurs jours, ce serait plutôt chez saint Jude Tadeusz…

Alojza ne savait que répondre ; elle n'avait jamais compris ni les plaisanteries, ni l'ironie, ni les allusions, elle fit donc ce qu'elle estimait approprié dans ce genre de situations : elle leva les yeux au ciel et resta ainsi à regarder le plafond, comme si elle y pistait une araignée ou une mouche voletant autour de la lampe.

— La porte de l'établissement est bien fermée la nuit ?

La question fusa tout à trac. Alojza se trouva toute déconcertée. Elle était justement en train de réfléchir si, à propos de la vieille dame perdue, elle devait adresser ses prières à saint Antoine, comme s'il s'agissait d'un petit peigne tombé par terre et poussé sous une commode ou d'un rosaire égaré, ou alors s'il fallait effectivement s'adresser désormais à saint Jude Tadeusz, et voilà qu'il y avait un nouveau revirement.

— La porte ? répondit-elle. Oui, la porte est fermée. Et il y a le concierge. Personne n'est sorti. On n'a trouvé aucune trace de la pauvre dame.

— Qui a l'habitude ici de se déplacer la nuit dans le couloir ?

Zofia laissa de côté pour l'instant la question des lots pour sa loterie : crèches encollées, serviettes brodées, pommeaux de canne sculptés à la main, bref tout ce bric-à-brac qu'elle aurait ensuite à fourguer aux bourgeoises de Cracovie en faveur des enfants scrofuleux.

— Plus précisément à l'étage le plus élevé ? Des sœurs ? Des servantes ? Des pensionnaires ?

— Parfois, si… (Alojza rougit) l'une de nos dames ne souhaite pas utiliser le vase de nuit, mais préfère… se rendre aux… toilettes… en général, cependant, elles préfèrent rester dans leur chambre. Mais certaines refusent que le vase reste dans la chambre, même recouvert d'une serviette épaisse et rangé dans la table de nuit… elles réveillent leur bonne et lui demandent de… (parler de la physiologie humaine était pour la pauvre sœur un tel calvaire que le souffle vint à lui manquer tandis qu'elle essayait de trouver les euphémismes les plus inoffensifs) régler… le problème.

— Quelqu'un les a interrogées ?

— Qui ?

— Les sœurs, les bonnes.

— Mais pour quoi faire ? (Les yeux d'Alojza se firent encore plus grands et plus exorbités.) Il ne s'agit pas ici de bavardage, mais de retrouver la malheureuse Mme Mohr, qui s'est cachée on ne sait où, qui s'est peut-être évanouie, qui est peut-être morte, mon Dicu, gardez-la sous votre protection…

— La mère Zaleska s'active quelque part ici ?

— Non, elle est partie chez l'archevêque, pour…

— C'est parfait. En ce cas, c'est nous qui allons nous activer !

Oh, dans les veines de Zofia Turbotyńska bouillonna le sang des Glodt, sang de pharmaciens qui palpite à la vue de cases sur un formulaire, de bilans, de rapprochements ! Oh, ce cœur bondit, qui se délecte tant des romans de crimes révélés et châtiés !

La mère supérieure était susceptible de rentrer à tout moment, il fallait donc trouver un endroit où Zofia pourrait se mettre à l'œuvre pour une heure ou deux.

— La chambre de Mme Mohr ? demanda-t-elle d'un ton qui n'avait rien d'interrogatif.

— Mais c'est sa chambre, là où se trouvent ses affaires, sa propriété…

— En cet instant (Zofia jeta un regard condescendant à sœur Alojza), après trois jours entiers, il s'agit plutôt d'un héritage.

La nonne saisit à sa ceinture un trousseau de clés, en choisit une, la tourna dans la serrure. L'intérieur de la chambre était ordonné jusqu'à l'excès, tout y paraissait même rangé de façon obsessionnelle : partout régnait la symétrie. À chaque bibelot sur l'étagère correspondait un autre, à chaque coussin sur le fauteuil, son jumeau ; quelques livres étaient disposés à la manière des tuyaux d'orgues : au milieu le plus haut, sur les côtés ceux qui étaient de plus en plus petits. Lorsque Alojza s'absenta un instant pour vérifier si l'autorité supérieure n'apparaissait pas dans les parages, Zofia s'installa confortablement devant un petit secrétaire ; elle en profita pour jeter un coup d'œil involontaire dans quelques tiroirs : partout le même ordre régnait.

— J'ai demandé à sœur Teresa, qui a fait le ménage ici dimanche matin, commença Alojza, remontée du rez-de-chaussée après avoir vérifié que la mère supérieure n'était toujours pas là. Le lit était fait, seule une couverture manquait. Elle n'a trouvé aucun objet, n'a débarrassé qu'un vase avec des fleurs fanées et des assiettes sales. Elle n'a remarqué rien de particulier.

— Parfait, parfait, fit Zofia en écrivant quelque chose dans son petit carnet, où elle notait d'habitude des recettes de cuisine intéressantes, des ébauches de poèmes et des potins plus complexes.

Peu après, une autre pensée lui vint, en relation avec sa seconde mission, la mission caritative :

— Il conviendrait que je rende visite en personne aux dames de cet étage… Quant aux membres du personnel… Le mieux serait de les convoquer ici tous ensemble, mais nous ne pouvons pas paralyser le fonctionnement de la Maison. (Alojza acquiesça vigoureusement à ces mots.) Vous voulez bien me les envoyer ici au fur et à mesure ?

Commencèrent pour Alojza des heures d'épreuve physique, c'est-à-dire des allers-retours incessants entre le rez-de-chaussée et le second étage. Franchir des centaines, des milliers de marches ! Vérifier que la mère Zaleska n'arrivait pas, fournir diverses informations à Mme Turbotyńska, lui amener le concierge, puis les jardiniers, ensuite la cuisinière, bref, toutes les personnes avec lesquelles, à vrai dire, Zofia aurait préféré ne pas discuter personnellement ; mais c'est ce qu'exigeaient d'elle les principes du jeu dans lequel elle avait décidé de s'engager, à savoir entrer dans la peau d'une détective de roman. Plus que par les plébéiens, elle était intéressée par les résidents des appartements de l'étage le plus élevé – en fait les résidentes, car après l'extinction des lumières on fermait la porte qui séparait l'aile des femmes de celle des hommes ; donc, pour le moment, il convenait de concentrer l'attention sur cet antre d'aristocrates âgées, de riches veuves et de vieilles demoiselles, dernières héritières de fortunes bourgeoises. Ainsi que sur leur personnel de service.

Chacune de ces femmes (Zofia en était consciente) représentait un monde à part qui, avec les autres mondes, était soit relié par un subtil réseau d'interdépendances, soit s'en retranchait résolument ; se perpétuaient ici d'antiques animosités, qui avaient fleuri jadis lors de bals organisés par la ville et dans les grands salons sombres des immeubles de Cracovie, sous des solives Renaissance et des plafonds baroques ; il y avait des alliances des plus cordiales, qui remontaient au temps où ces vieilles dames ridées émerveillaient leurs parents comme fillettes vêtues de robes de mousseline (elle était certaine que dès cette époque elles étaient au fond de leur âme hargneuses et rancunières), et il y avait enfin les relations les plus étranges, et en même temps les plus durables, à savoir les animosités combinées en un tout avec les alliances : les amitiés haineuses. C'est sur ces sentiments qu'elle comptait le plus, car personne ne médit avec plus de malveillance qu'une amie rancunière. Et qui sait, peut-être qu'à cette occasion émergerait un détail significatif de la vie de Mme Mohr, « une sainte femme » ?

Zofia, les yeux fixés sur son petit carnet, allait maintenant d'une chambre à une autre ; indifférente à la question de savoir si elle trouvait dans l'occupante de ladite chambre une interlocutrice favorablement disposée ou non, elle les interrogeait soigneusement l'une après l'autre. Sans oublier, à l'occasion, qu'elle avait à mener dans la Maison Helcel sa mission de loterie.

— Entrez !

L'invitation parvint enfin de derrière la porte après quelques longues minutes d'attente ; une clé grinça dans la serrure et une bonne corpulente, de petite taille, au visage jauni et lisse comme une vieille boule de billard, fit entrer la visiteuse dans l'antichambre de la comtesse Żeleńska.

La maîtresse des lieux était visible dès le seuil : elle avait dû se préparer à donner audience pendant les dernières minutes ; elle reposait dans un fauteuil haut, quelque peu usé par le temps, et donnait l'impression d'imiter le pape recevant gracieusement une délégation des bourgeois de Cracovie. La comtesse procédait encore aux derniers ajustements : elle déplaça son ras-du-cou, disposa les dentelles de sa mantille et se cala dans son fauteuil telle une poule couveuse.

— Entrez ! dit-elle à nouveau d'une voix enrouée.

Zofia Turbotyńska pénétra dans le salon et fit une profonde révérence.

Matylda Żeleńska de Zielonka du clan au blason Taurus, en sa qualité de la plus éminente pensionnaire de l'établissement Helcel, occupait le plus vaste appartement, trois pièces, au second étage. Le petit salon où elle recevait ses hôtes, aux murs recouverts de tapisserie vert foncé et garnis de lourds rideaux couleur tabac, laissait une impression assez lugubre. Les fenêtres de la pièce, comme celles de toute l'aile féminine de la Maison, donnaient à l'ouest, aussi les rideaux étaient censés étouffer les bruits qui parvenaient des communs, étables et blanchisserie, mais quelque chose dans l'accrochage de ces tissus charnus autour des fenêtres évoquait la décoration d'un catafalque. Żeleńska, de son vivant, avait meublé son mausolée familial : ici ou là, sur les murs, étaient accrochés les portraits d'un aïeul tout ridé ou d'une jolie et vive ancêtre (après une observation plus attentive, il s'avérait qu'il s'agissait de l'hôtesse elle-même au printemps de sa vie, c'est-à-dire approximativement à l'époque du Printemps des Peuples). La pièce sentait la poussière, la poudre et les roses fanées.

Les présentations faites, Zofia commença prudemment par des formules de politesse et des questions sur la santé, mais elle se convainquit rapidement que cette approche suscitait plus de réserve que de bienveillance et en vint donc au fait :

— Je souhaitais discuter avec madame la comtesse de la loterie en faveur des enfants scrofuleux, que je contribue à organiser.

— Ah, oui, oui, les pauvres enfants souffrant de la maladie anglaise…

La comtesse hocha la tête ; pour elle tous les noms de maladies des petites gens se ressemblaient, ou peut-être même étaient-elles une seule et unique affection : la pauvreté. Zofia savait parfaitement que corriger la comtesse Żeleńska serait contraire au but poursuivi, aussi continua-t-elle d'une voix égale :

— Si madame la comtesse avait l'obligeance, dit-elle en baissant humblement les yeux sur le tapis légèrement poussiéreux, d'accepter de patronner notre loterie…

La philanthropie était la distraction préférée de quasiment toutes les aristocrates locales qui, malgré leur âge avancé, rivalisaient à qui mieux mieux dans l'organisation de bals caritatifs ; avant Pâques, emmitouflées dans des capes de laine, elles faisaient la quête dans les églises de Cracovie toujours glacées. *Le Temps* informait avec empressement ses lecteurs quelle dame dans quelle église et à quelles heures serait chargée de la collecte d'argent. Dans cette ville, aucune entreprise caritative digne de ce nom ne pouvait se passer d'une comtesse – telles étaient les règles, et Zofia, *nolens volens* (plutôt *volens*), devait jouer le jeu. Matylda Żeleńska pouvait devenir *sa* comtesse, dont le patronage ferait de l'entreprise de Zofia *un événement* et ainsi l'année prochaine, dans la rubrique des « Quêtes de la semaine sainte », à côté des dames Dzieduszycka ou Popielowa, on trouverait le nom de Zofia Turbotyńska.

Voyant l'indécision se peindre sur le visage de la comtesse, Zofia décida de tirer son as de la manche.

— Si l'état de santé de madame la comtesse ne le permet pas, je comprends naturellement. Peut-être que la comtesse Tarnowska accepterait…

C'était un secret de polichinelle à Cracovie que ces deux dames se détestaient cordialement depuis une affaire d'héritage qui avait fait grand bruit quelques années auparavant. L'appât fit son effet.

— Ne le permet pas ? (La comtesse se souleva dans son fauteuil.) Chère madame, il n'est rien de plus noble que la philanthropie ! Ma cousine, feu Mme Helcel, que Dieu ait son âme, est un modèle qui nous montre à toutes comment apporter son aide de manière désintéressée et juste à nos frères pauvres, au nom de l'amour chrétien.

Les sommes que la comtesse Żeleńska réglait à l'établissement permettaient largement d'entretenir quelques pauvres, voire une petite vingtaine, mais il était de notoriété qu'elle devait sa place dans la Maison à une clause du testament de la fondatrice, qui donnait la priorité aux membres des familles des fondateurs dans l'accueil des pensionnaires.

— Je vous aiderai avec plaisir, chère madame.

En entendant ces mots tant désirés, Zofia sentit une bouffée de chaleur la submerger, et son corset lui parut soudain trop étroit. La comtesse dut le remarquer.

— Vous sentez-vous bien ? Mais prenez place. (Elle indiqua d'un geste quasi imperceptible un second fauteuil.) C'est assurément cette horrible affaire de Mme Mohr. Nous sommes tous très inquiets, qu'a-t-il pu arriver à la malheureuse ? articula-t-elle, entre le cri et le chuchotement.

Zofia, revenue à elle, profita immédiatement de l'occasion pour en apprendre davantage.

— Arrivait-il par le passé à Mme Mohr de franchir le seuil de cette vénérable institution ?

— Pas du tout, chère madame, grimaça la comtesse. Mme Mohr avait des problèmes de santé, elle sortait rarement, même de sa chambre. Les genoux, ajouta-t-elle dans un murmure pudique.

— Elle recevait des invités ?

— Très rarement. Elle était veuve, n'avait pas d'enfants… C'est-à-dire : elle en avait, mais les pauvres petits sont morts, du choléra me semble-t-il. Elle recevait parfois la visite de sa sœur, mais elles n'étaient pas dans les meilleurs termes. Je n'aime pas les commérages… mais à chaque visite, elles se chamaillaient. C'est très triste… Elle était d'ailleurs chez elle dimanche dernier… Elle a dû s'attarder, car j'ai entendu leur querelle encore après le déjeuner, il s'agissait à nouveau de nourriture. Les vieilles personnes, soupira-t-elle, n'ont plus leur appétit d'antan. La plupart des visites ont lieu le dimanche, chère madame. Ce devrait être un jour de repos à vrai dire, mais des étages inférieurs monte un tel vacarme…

La comtesse prit une expression de martyre d'une toile de Siemiradzki.

*Enfants + choler., veuv., dimanch. après déj. querelle av. sœur* – nota Zofia dans son carnet à la rubrique *comt. Zele*. Le sang des Glodt bouillonna joyeusement. Pourvu que la mère Zaleska ne revienne pas trop tôt. Certes, on pouvait toujours espérer qu'avant d'être reçue chez l'archevêque elle doive faire antichambre une bonne heure.

— Je vous remercie infiniment, madame la comtesse, pour ces précieuses indications. Et, naturellement, pour le soutien promis à notre loterie (elle sourit si mielleusement que sa tête parut un pot de miel). Très prochainement, je vais m'entretenir avec la mère supérieure, je voudrais obtenir en guise de lots des produits fabriqués par les pensionnaires (elle remarqua dans l'œil de la comtesse une lueur de compassion ; oui, elle n'était pas sans savoir que ce ne serait pas une conversation facile), alors je me permettrai de m'adresser à nouveau à madame la comtesse.

— Pour les pauvres, nous ne devons ménager aucun effort, conclut sentencieusement la vieille dame. À qui allez-vous à présent poser des questions ?

— Rendre visite. Rendre visite. Les dames qui habitent dans les chambres voisines.

— Ah, Mmes Banffy et Wężykowa. Oui, chacun porte sa croix !

Elle sourit du coin gauche de la bouche.

— Banffy ? Comme cet homme politique hongrois ?

— De la famille, paraît-il. Mais même si c'est le cas, d'une famille très éloignée. Quoi qu'il en soit, bonne chance, chère madame… ?

— Turbotyńska.

— Turbotyńska.

Alojza venait de grimper au deuxième étage, conduisant deux jardiniers qui, inquiets, se tenaient à présent dans le couloir : l'un d'eux chiffonnait sa casquette dans les mains, l'autre se rongeait les ongles, tous deux passaient d'un pied sur l'autre. Mais Zofia agita la main pour signifier que ce n'était pas encore le moment d'entretiens aussi subalternes. Elle s'apprêtait justement à frapper à la porte de la baronne Banffy lorsque de la chambre voisine sortit une vieille dame toute petite et desséchée.

— Madame Wężykowa, chuchota Alojza qui, quelque peu essoufflée, avait eu le temps d'accourir vers Zofia.

Puis elle entreprit d'expliquer à la pensionnaire que l'on n'avait toujours pas retrouvé « la malheureuse Mme Mohr » et que « cette gentille dame poserait quelques questions ».

— Mort, quelle mort ?

— La veuve du juge Mohr, elle habite au numéro quatre, intervint Zofia.

— Première fois que j'en entends parler.

— Elle a disparu avant-hier.

— Moi, je ne l'ai pas trouvée, s'irrita Mme Wężykowa. D'ailleurs pour ce qui est de la chercher, je ne l'ai pas cherchée.

— Personne ne vous le demande, il s'agit seulement...

— Justement ! Ça s'agite, ça s'agite, ça piétine, je n'arrive pas à dormir de la nuit !

Au début toute courbée, Mme Wężykowa se redressa à présent, emplie d'une fureur soudaine, en tapant sur le sol avec sa canne fine.

— Je re-fu-se ! Et qu'Aniela n'essaie plus de me convaincre, parce que je vais la renvoyer ! cria-t-elle à la face de Zofia, ou plutôt à son corset, car il était à peu près à sa hauteur, après quoi, agitée, elle s'en alla droit devant elle.

— Je pensais bien que cela ne donnerait rien, soupira Alojza. Mme Wężykowa n'a plus...

— Toute sa tête, je vois.

— ... elle n'a pas la patience de discuter, voulais-je dire. Elle pense qu'elle habite toujours chez elle et que nous, nous sommes sa famille et ses serviteurs.

— Aniela, c'est sa femme de chambre ?

— Aniela est morte depuis des années. Au début, Mme Wężykowa se rendait encore sur sa tombe au cimetière de Rakowicki, mais depuis l'année dernière…

— Je comprends. Mme Mohr avait aussi ce genre de problèmes de mémoire ?

— Pas du tout ! Elle avait une mémoire quasi légendaire, il lui suffisait de voir quelqu'un une fois dans sa vie pour le reconnaître cinquante ans plus tard. Elle pouvait réciter des livres entiers de mémoire. Non, non, c'était un esprit remarquable !

— Vraiment ? (Zofia nota encore quelque chose.) Qui encore ? Ah, madame la baronne, et après je m'occupe de la nouvelle personne que vous avez amenée ici.

La baronne Banffy occupait deux pièces à côté de l'appartement de la comtesse Żeleńska. Une femme de chambre ouvrit la porte : elle paraissait un peu plus âgée que Zofia, d'une stature imposante, les cheveux grisonnants, réunis en un chignon de belle taille. Madame Turbotyńska déclama les mêmes formules que lors des précédentes visites.

— Madame la baronne ne reçoit personne, lança d'un ton glacial la femme à la porte, en portant sur Zofia un regard de Cerbère.

— Que Polcia ouvre (la voix de la baronne parvint du fond de la pièce) et fasse entrer.

Zofia était persuadée que la conversation se déroulerait en allemand – dans la langue de ses grands-parents du côté de son père – mais il s'avéra que la baronne parlait fort bien polonais. Elle devait être une Polonaise qui, après des décennies passées en Autriche et en Hongrie, sans doute aux côtés de son mari, avait pris un léger accent indéfinissable. Elle avait dû être très belle autrefois, pensa Zofia, mais les années n'avaient pas été très charitables pour elle. Elle paraissait encore robuste en dépit des soixante-dix ans qu'on pouvait lui donner, mais la fatigue se lisait sur son visage et même une épaisse couche de poudre ne pouvait dissimuler les cernes profonds sous ses yeux. Zofia se consola intérieurement en songeant que l'application régulière de la crème Pompadour éviterait assurément un tel sort à son teint.

— Une loterie... je suis désolée, mais je ne peux pas vous aider, déclara la baronne Banffy. Je ne me sens plus capable de participer à ce type d'événements. Quelques années en arrière encore... Dans le domaine de feu mon mari, à Siedmiograd, j'ai moi-même organisé des banquets de bienfaisance... ah, il fallait voir, des tokays fins, une société remarquable, des orchestres tsiganes, des cymbales, un ours qui dansait... Mais aujourd'hui, dans cet honorable établissement, moi-même je nécessite des soins constants (là elle jeta un regard vers sa chambrière-Cerbère). J'en suis désolée, répéta-t-elle sur un ton de quasi-excuse.

Ayant capté déjà la comtesse, Zofia accepta de bonne grâce le refus de la baronne, elle ouvrit donc son carnet et passa sans transition aux questions sur Mme Mohr.

— Je ne la connais pas.

— Vous êtes voisines.

— Oui, on me l'a dit.

— N'avez-vous pas de vie mondaine à la Maison Helcel ?

— Chère madame Turbotyńska (Zofia fut enchantée de ce que son interlocutrice se soit immédiatement souvenue de son nom), si je voulais mener une vie mondaine, je ne me serais pas installée dans ce mouroir.

Je n'aspire qu'à la paix et à la tranquillité dans mon pays natal.

— Madame la baronne n'aspire qu'à la paix et à la tranquillité, répéta sa domestique, comme si elle traduisait.

— Avez-vous vu dans la soirée du samedi, dans la nuit ou dimanche matin quelque chose d'inhabituel ? Des inconnus ? Des visages suspects ?

— Presque tout le monde ici a un visage suspect, répliqua Polcia qui, à l'évidence, avait l'habitude de suppléer sa maîtresse dans les conversations. Même des personnes que l'on dit de la bonne société…

— Polcia…

— Je ne fais que dire (elle serra les lèvres) ce que de toute façon tout le monde voit bien.

Il était évident qu'elle veillait sur sa maîtresse comme une fidèle gouvernante et, à en juger par leur familiarité, elle devait occuper ce poste dans le domaine de Siedmiograd de feu le baron Banffy, où, lors des banquets de bienfaisance, au lieu de notaires et de leurs épouses dansaient des ours et non au son d'un orchestre de cordes mais de cymbales seules… *et ma foi*, songea Zofia, *si, tout à coup surgissait de derrière l'armoire un bandit de Transylvanie, alors cette femme imposante lui ferait son affaire rien qu'avec son trousseau de clés qui tintaient accrochées à son tablier.*

— Non, je n'ai rien remarqué de spécial, répondit la baronne après un instant de réflexion. Ici, tout est tellement ordinaire et répétitif que tout écart de la norme ne passe pas inaperçu. Le décès d'une pensionnaire constitue un véritable événement, des scones à la pâte d'amande servis au repas, une journée de retard pris par la blanchisserie dans le changement des draps.

Rien d'étonnant à ce que la Maison vive du moindre commérage...

— Avez-vous (Zofia tendit l'oreille) entendu des commérages sur Mme Mohr ?

— Mais quel genre de commérages imaginez-vous sur une veuve souffreteuse qui, à l'exception de sa sortie du dimanche pour aller à la messe, ne met pas le nez hors de sa chambre ? Il est trop tard pour des noces et trop tôt pour des funérailles, s'esclaffa la baronne Banffy.

— Le coureur de dots aurait pu tenter sa chance avec elle... gloussa sa bonne d'un air entendu.

— Polcia !

— Quel coureur de dots ? s'enquit Zofia.

— Je n'ai rien dit... grimaça Polcia.

— Et c'est très bien.

La baronne termina sa phrase d'un ton qui indiquait que c'était aussi la fin de l'entretien. Zofia n'avait plus qu'à la remercier pour le temps qu'elle lui avait consacré, s'incliner et se retirer sous le regard sévère de la domestique indignée.

Ce fut le tour des autres salariés de la Maison et des serviteurs privés. Aux questions posées, ils répondaient en général avec timidité, bégayaient plutôt et lâchaient les mots avec parcimonie plutôt que de parler par phrases entières. Ils s'asseyaient au bord de la chaise que le concierge avait apportée dans la chambre de la disparue et placée juste en face du fauteuil de Zofia – la chaise venait de la petite pièce qui séparait l'aile des femmes de celle des hommes, pièce dans laquelle l'une des sœurs était de garde toute la nuit. Celle qui y avait passé la nuit de dimanche à lundi avait déjà donné toutes les explications à la mère supérieure. Elle n'avait pas vu Mme Mohr quitter sa chambre, n'avait entendu aucun bruit suspect. Elle déclarait que tout était calme et d'un silence de mort. Les autres témoignages allaient dans le même sens, personne n'avait rien vu, personne ne pouvait se rappeler quoi que ce soit de particulier.

Zofia cependant interrogeait tout le monde consciencieusement. Elle pensait d'abord que toutes ces recherches de la disparue – qui lui était tout à fait indifférente – allaient la lasser au bout d'une heure, mais elle avait au contraire perdu la notion du temps. Elle essaya au début de se convaincre qu'elle ne faisait tout cela que pour en imposer à la mère supérieure et obtenir ainsi des lots et, par la même occasion, coopter une comtesse qui ajouterait son nom et son titre au projet de loterie; mais ce projet l'absorbait de moins en moins, c'est le mystère qui importait, ou plutôt l'illusion du mystère car, au fond d'elle-même, elle s'attendait à ce que Mme Mohr fût partie en voyage ou sortie de son appartement la nuit, morte d'un anévrisme dans un recoin de cette grande maison. Mais elle était fascinée par la quantité d'informations que les gens donnaient lorsqu'on les pressait de questions – et surtout combien ils en révélaient inconsciemment, en s'efforçant de dissimuler une chose ou une autre. Elle savait désormais qui n'aimait pas qui, qui était absent à la messe du dimanche, qui faisait des caprices pour manger. Jouer à interroger toutes ces personnes, à prendre des notes, confronter les témoignages était bien plus amusant que ses distractions les plus favorites. Elle était dans le même état d'esprit que lors de cet après-midi quand, déjà jeune fiancée, elle avait rendu visite avec son père au bourgmestre de Przemysl et qu'on lui avait montré une grande maison de poupées appartenant à la demoiselle de la maison. Ah, si seulement il n'eut pas été inconvenant de s'agenouiller devant cette magnifique et frêle construction et de manipuler ces petites poupées... elle aurait pu jouer comme une petite fille ! Ce jour-là, elle se l'était interdit, aujourd'hui, elle décida de céder à la tentation, de jouer à la chasse au mystère ; et cela lui allait parfaitement bien. Même si ces conversations étaient monotones et inintéressantes, et que son petit carnet ne s'enrichissait d'aucune note pertinente.

— Au suivant, disait-elle de temps à autre, au suivant...

— Madame Turbotyńska, madame Turbotyńska ! l'interrompit Alojza quelque part entre une cuisinière et un jardinier, de nouveau essoufflée à force de courir dans les escaliers. La mère supérieure est rentrée...

— Réjouissons-nous de son retour saine et sauve du palais de l'archevêque, répliqua à voix basse Zofia, et dans le souci de sa santé ne la laissons pas monter à cet étage.

Après quoi, à voix haute elle s'adressa aux jardiniers :

— L'un de vous était-il présent sur place le jour de la disparition de Mme Mohr ?

La plupart des employés respectaient le jour du seigneur, ainsi n'étaient restés sur place que les personnes indispensables : des religieuses, deux cuisinières qui préparaient le déjeuner, deux pensionnaires qui aidaient à la distribution des repas, le concierge Morawski, qui quittait son poste plusieurs fois dans la nuit, faisait le tour du verger et du jardin puis revenait à la loge. Il n'avait rien remarqué d'anormal. Non, ni aboiements de chiens, ni ombres suspectes. Qui pouvait se trouver à l'étage supérieur après la fin des visites (exceptée, Zofia s'en souvenait parfaitement, la sœur de la disparue, qui s'était un peu attardée et querellée après le déjeuner) ? Un médecin ? Non, aucun n'avait été appelé. Des religieuses ? Celles qui distribuaient les médicaments du soir. Qui d'autre ? Un peu plus tôt, les personnes qui apportaient leur repas aux pensionnaires, pour la plupart les bonnes des résidentes. Oh, les bonnes auraient certainement des choses intéressantes à dire, mais on voyait bien qu'elles n'éprouvaient aucune sympathie les unes pour les autres et s'étriperaient volontiers s'il prenait envie à l'une d'elles de trahir son secret ou celui de sa maîtresse ; elles préféraient donc garder la langue dans la poche. Et des hommes ? Non, il ne pouvait y avoir aucune visite en provenance de l'aile masculine. Les jardiniers ne montaient jamais à cet étage, à l'exception de ce jour particulier où l'on cherchait partout Mme Mohr.

Zofia sortit un instant de la petite chambre.

— Voyons…

Elle dessina dans son carnet le couloir sur lequel donnaient les différentes pièces.

— Ici se situent les chambres des résidentes, la disparue ne s'y trouve pas. Les escaliers, considérant ses problèmes de genoux, elle ne les aurait pas empruntés…

— Oh, chère madame, Mme Mohr n'aurait jamais pu se traîner jusque-là, comment donc, même jusqu'au bout du couloir, alors vous pensez, les escaliers… déclara dans un gémissement plaintif la bonne de la comtesse Żeleńska, qui, l'instant d'avant, de manière éhontée, écoutait à la porte. Elle tenait à peine sur ses jambes, c'te pauv' dame…

— Au bout du couloir, disait Zofia, en l'indiquant sur son plan, se trouvent les salles de bains. Là-bas, si je comprends bien, on a vérifié. Qui a fouillé les salles de bains ?

— Sœur Teresa et sœur Józefa, s'empressa de répondre Alojza, qui s'efforçait d'aider au mieux. Elles n'ont rien trouvé.

— N'y a-t-il pas à cet endroit des portes fermées, des placards à balais, une blanchisserie ?

— La blanchisserie se trouve dans le bâtiment à côté, et il n'y a aucun placard.

— Je comprends. Ici nous avons le passage vers la cage d'escalier. Là, les chambres. Là, les salles de bains. (Zofia tournait sur elle-même, puis elle indiqua un large corridor.) Et ici ?

— L'escalier vers le grenier.

— Qui est monté pour vérifier ?

— Le concierge.

— Écoutez, mon bon (Zofia s'adressait à un homme dans la petite foule des salariés, qui n'étaient pas retournés immédiatement à leurs occupations, mais déambulaient encore sur le palier, murmurant entre eux), ramenez-moi le concierge.

Il était là l'instant d'après. Interrogé pour savoir s'il avait soigneusement examiné le grenier, il haussa les épaules.

— Mais comment Mme Mohr aurait fait pour grimper cet escalier ? Elle arrivait à peine à se rendre à la salle de bains, et encore, appuyée sur une nonne.

— Avez-vous examiné les lieux avec précision ?

— J'y suis allé, j'ai regardé tout autour, il n'y a que des draps suspendus aux cordes.

— Tout le grenier est ouvert, sans endroit fermé, sans resserres, placards, armoires ?

— Il n'y a pas d'armoires, mais une petite pièce, sombre, basse, où l'on entrepose les malles avec lesquelles arrivent nos pensionnaires.

Durant un instant, la femme du professeur songea à tous ces coffres, sacs de voyage, à ces malles ornées d'étiquettes portant les mentions de Nice, Venise et Londres, élégantes autrefois, et qui, dans un an, deux ou cinq, remplies des affaires d'une tante ou d'un grand-père défunts, finiraient dans les combles d'un immeuble de ville ou dans le grenier d'un manoir des environs de Bochnia, à jamais vieillottes, condamnées à la fonction insignifiante de vieilleries.

— Elle aurait pu s'allonger dans une malle. Claquer le couvercle. Avoir un malaise et tomber à l'intérieur. (Zofia se sentait évoluer librement sur les vagues déchaînées de son imagination.) Montez au grenier et vérifiez encore une fois, ordonna-t-elle. Et correctement cette fois !

Alojza accourut à nouveau du côté de l'escalier, elle avait de toute évidence eu le temps de descendre au rez-de-chaussée et de remonter, épuisée, à bout de souffle.

— La mère supérieure, articula-t-elle à mi-chemin entre le cri et le murmure, la mère supérieure !

— Fort bien, déclara d'une voix ferme Mme Turbotyńska, qui avait presque terminé ses interrogatoires. Nous aurons l'occasion de discuter des lots pour la loterie. La comtesse Żeleńska a promis de présider l'événement.

Ce disant, elle jeta un coup d'œil par la porte ouverte à la chaise apportée plus tôt par le concierge – quelqu'un l'emporterait certainement bientôt ; les cuisinières et les bonnes retourneraient à leurs occupations, et elle à sa vie de tous les jours dans l'immeuble Au Paon. On voyait de là où elle se tenait la cornette blanche apparaître au-dessus de la ligne du sol : la mère Zaleska parvenait justement au but lorsque retentit en provenance du grenier d'abord un cri, étonnamment aigu pour un homme de la taille d'une armoire, puis des bruits de pas.

— Un médecin ! criait le concierge. Un médecin ! Et un prêtre ! Au secours !

Il descendait les marches de bois avec une telle précipitation qu'il faillit tomber, puis tomba bel et bien, mais fut rattrapé par un jardinier qui se trouvait à côté.

— Un médecin !

À ce moment, presque toutes les personnes présentes commencèrent à qui mieux mieux à se pousser vers l'escalier du grenier ; les femmes piaillaient, pleuraient et criaient, mais on voyait bien qu'entre deux spasmes de pleurs elles regardaient tout à l'entour d'un œil attentif ; il fallut l'action conjuguée de Zofia et de mère Zaleska (femmes réputées dans leurs milieux respectifs, très différents, pour leur voix rude, quasi militaire, et leur autorité naturelle à se faire obéir) pour maîtriser tant bien que mal la petite foule des curieux. On envoya l'un des jeunes jardiniers chercher le médecin principal de l'établissement, mais avant qu'il ne revînt, seul, on se rappela que le Dr Wiszniewski ne travaillait pas aujourd'hui, car il était parti à l'enterrement d'une cousine à Tarnow.

— Le Dr Zakroczymski, se souvint brusquement Alojza, rend visite cet après-midi à sa sœur. Il n'est peut-être pas encore parti !

Et, retroussant son habit, elle descendit l'escalier quatre à quatre.

Zakroczymski apparut en effet quelques instants plus tard, d'un pas disgracieux qui lui était propre. Zofia le regarda avec un mélange de compassion et de réticence. Il avait une certaine réputation, oh oui ! Mais en tout état de cause, un constat de décès pouvait être fait même par quelqu'un à la réputation aussi entamée que la sienne.

Finalement, le concierge, le médecin, la mère supérieure et Mme Turbotyńska montèrent au grenier. Ça sentait le bois sec, la poussière, le linge frais et les souris. On voyait effectivement sur le côté gauche la porte qui ouvrait sur le débarras aux malles. Rien d'étonnant que la première fois le concierge n'ait pas vu Mme Mohr, cette « sainte femme », certes, mais d'une taille médiocre ; bien entendu, elle n'était pas tombée dans un coffre, ni ne s'était cachée sous un tas de draps séchés. Seulement, pour quelque mystérieuse raison, elle avait entrepris de grimper au grenier, peut-être sous l'effet du somnambulisme, ou à cause d'un affaiblissement momentané de l'esprit. Il a suffi qu'elle se réveille, prenne peur ne sachant plus où elle se trouvait – et l'infarctus a frappé. Elle s'est écroulée effectivement là où l'on entreposait malles et valises : dans une petite pièce au toit pentu. En outre, tombée si malencontreusement que, du milieu du grenier, il était impossible de l'apercevoir. Elle était allongée dans un coin, encore enveloppée dans le plaid retiré de son lit, dissimulée par la porte entrouverte.

Le médecin vérifia d'abord le pouls puis, avec le concierge, ils saisirent les coins du plaid et transportèrent ce corps tout léger plus près de l'escalier, à un endroit mieux éclairé. Ce cadavre n'avait rien de répugnant, ni taches sombres, ni bleus, ni sang : juste un visage calme, aux joues toujours rosées. Les doigts du médecin déboutonnaient maladroitement son vêtement.

— Excepté le petit bleu qu'elle a dû se faire en tombant et en se cognant contre cette malle… je ne vois aucune blessure, dit-il. L'évanouissement, qui peut être dû à des raisons multiples, puis le décès par hypothermie. Oui (il se redressa), naturellement, je vais rédiger le rapport approprié et je le laisserai à la disposition du Dr Wiszniewski. Quant au corps, je propose qu'on le transporte pour le moment dans la morgue.

À part le docteur, tout le monde se taisait. D'en bas en revanche, de la cage d'escalier, leur parvenait un chœur piaillant de voix, qui communiquaient l'une à l'autre d'incroyables histoires. À la Maison Helcel, la mort n'était certes pas un événement rare, mais elle suscitait chaque fois parmi les pensionnaires de fortes émotions.

# CHAPITRE IV

*Dans lequel nous apprenons qu'un étudiant est un gredin, que le jour de l'inauguration du théâtre, Cracovie se bouche comme une bouteille, qu'une cousine peut avoir l'âge d'être grand-mère, que le foyer abonde en faune et flore, qu'au sommet d'une montagne en verre dort une princesse qu'un jeune paysan en chemise de lin va réveiller, et qu'un cadavre, ce n'est pas assez.*

Les jours suivants étant réservés au théâtre, Zofia Turbotyńska consacra tout son temps libre à faire les retouches nécessaires à sa robe, achetée, comme toujours, chez Maria Prauss, suffisamment à l'avance, et à imaginer dans le moindre détail la soirée à venir : avec qui discuter, quels sujets aborder, que dire des œuvres représentées. Elle trouva néanmoins un moment pour se rendre au Bureau de placement de la rue des Pigeons, où elle remit à Mme Mikulska une liste d'exigences à l'égard de la future femme de chambre, considérablement écourtée (pour ne pas décourager les potentielles candidates) mais la plus longue que le Bureau ait jamais reçue. *Et si jamais les frères aînés d'Ignacy venaient à mourir soudainement, s'il héritait du domaine et devait y revenir pour administrer le patrimoine*, pensait-elle, en remplissant de son écriture régulière les rubriques du questionnaire, *qui devrais-je alors embaucher ?*

Intendants de biens, Économes, Gardes forestiers, Préposés aux Écritures comptables... elle parcourut du regard les affichettes placardées dans la vitrine. Distillateurs, Artisans de domaine, Ouvriers agricoles et Faucheurs... mais certainement pas des Nurses spécialistes de la pédagogie fröbelienne, polonaises, allemandes, françaises, car le chapitre des hochets et des couches resterait dans sa vie à jamais inentamé. Tout de même, que ressentirait-on à administrer tant d'arpents de terre, à diriger une telle troupe de serviteurs ? Peut-être n'éprouverait-elle plus alors ce vide pénétrant qui, ces derniers temps, envahissait son cœur, un peu dur certes, mais tout de même vivant ?

Elle désirait quelque chose de plus, mais si quelqu'un, même Ignacy, lui demandait : « Zofia, ma chère Zofia, mais quel "plus"? », elle ne saurait que répondre; elle savait seulement que durant les derniers mois écoulés, elle ne s'était sentie vraiment vivante que durant ces quelques heures où elle avait aidé à retrouver le corps de la vieille dame disparue, où elle avait, un moment, joué avec l'idée que dans la Maison Helcel rôdait un redoutable meurtrier, à la moustache arrogante, et qu'elle était le juge d'instruction qui allait le démasquer et le remettre entre les mains de la justice impériale et royale.

Mais l'affaire s'était terminée de manière banale : la découverte d'un petit tas de membres desséchés, enveloppés dans un plaid et une chemise de nuit. Elle ne parvenait pas à effacer de sa mémoire la vision du corps de la malheureuse Mme Mohr, sorti de derrière une malle et posé sur le plancher brut du grenier, parmi les draps suspendus aux fils. L'aspect de son corps était différent de tous ceux que Zofia avait vus au cours de sa vie : sur des lits de mort, au milieu de dentelles blanches, sur des catafalques dans différentes églises. Son visage n'avait pas cet aspect cireux et transparent, au contraire, il était coloré de rose ; la vieille dame paraissait s'être juste endormie et sommeiller, rêvant des années de sa jeunesse ou de son mari décédé depuis longtemps. La mère supérieure Zaleska, qui avait grimpé l'escalier raide à la suite de Zofia, le remarqua aussi :

— Il semble qu'elle vient juste de fermer les paupières et qu'elle prie la sainte Vierge Marie, n'est-ce pas ? demanda-t-elle d'une voix sensiblement adoucie.

Pour elle, le moment était joyeux, elle n'avait plus à craindre que dans tout Cracovie le bruit se répande que « à la Maison Helcel, les vieilles dames disparaissent sans laisser de traces ! » Que nenni, juste un nouveau décès dans ce havre de paix, dont le haut taux de mortalité des patients était en quelque sorte inscrit dans son champ d'activité. Pour Zofia, cependant, c'était un moment de tristesse, le moment où elle devait abandonner sa nouvelle vocation et revenir à sa fastidieuse vie quotidienne. L'idée de poursuivre le mystérieux assassin avait à ce point pris possession de son esprit qu'un après-midi, s'étant assoupie avec son roman entre les mains, elle rêva qu'elle remettait à la police le criminel qu'elle avait elle-même attrapé.

Elle avait réintégré sa vie, dans l'immeuble Au Paon, dans cette même rue Saint-Jean où elle avait passé ces dernières années, dans une ville qui était sans doute deux fois plus grande que son crasseux Przemysl natal, mais finalement pas si grande que cela, dans ce marécage croupi de Cracovie, qu'elle aimait et haïssait à la fois. Ah, accomplir quelque chose de grand, créer une œuvre, devenir célèbre comme Konopnicka ou Déotyme... Mais non, allons donc, lorsqu'elle avait eu enfin le courage d'envoyer ses poèmes à *L'Hebdomadaire Illustré*, elle avait lu en retour : « Madame Z. T. Non, Madame, de telles "œuvres poétiques", *L'Hebdomadaire* ne peut les publier; il y manque la rime, le rythme... et du sens. Veuillez les adresser à une revue plus clémente à votre égard que ne l'est *L'Hebdomadaire*, ce qui en vérité ne sera pas à l'honneur de cette publication. » Que lui restait-il? Elle feuilletait les almanachs des familles et cherchait des activités dignes d'une bonne épouse, telles que coudre des sachets de lavande en toile, qu'elle suspendrait dans les armoires et mettrait dans les bonnetières. Le gris du ciel derrière la fenêtre faisait de temps à autre scintiller son aiguille. Octobre, et l'absence d'une femme de chambre avait tout désorganisé, on n'avait pas encore rangé avant l'hiver les vêtements d'été, ni préparé les cols de fourrure et la pelisse de castor d'Ignacy...

— Il y a un étudiant de M. le professeur.

Franciszka vint interrompre ses réflexions.

— Faites entrer, faites entrer, répondit-elle en reposant la toile et l'aiguille enfilée sur la boîte à ouvrage.

Ainsi, il verrait qu'elle était une épouse modèle veillant à la prospérité de son ménage; Héra, et non une hétaïre.

Sur le seuil du salon apparut un jeune homme, âgé d'une vingtaine d'années à peine, mince, bien fait, au visage ovale, comme taillé dans du bois, les cheveux noirs coiffés sur le côté. Il la salua, inclinant légèrement sa tête sculpturale, indiqua même son nom – elle n'entendit que le prénom, Tadeusz, car à cet instant, sur les pavés de la rue Saint-Jean, retentirent les roues d'un fiacre;

elle ne lui demanda pas de répéter, attirée davantage par son apparence. Vingt ans auparavant, Mlle Zofia Glodt aurait pensé de lui « séduisant », aujourd'hui, Mme Zofia Turbotyńska pensait « gredin ». Elle avait une piètre opinion des étudiants en général, et des étudiants d'Ignacy en particulier ; elle en avait trop entendu sur leurs répugnantes frasques. Non, pas de la bouche de son mari, il y avait d'autres voies… Ce qu'un époux ne dirait jamais à son épouse, une amie autour d'une tasse de thé et d'un gâteau au chocolat s'empresse de le révéler. Autour d'une tasse de thé et d'un gâteau au chocolat donc, elle entendit parler de sandwichs jambon-beurre dévorés à belles dents au-dessus de cadavres disséqués, de blagues sur le goût de l'urine humaine ; autour d'une tasse de thé et d'un gâteau au chocolat, elle apprit qu'Ignacy, entré un jour à l'improviste dans la salle de dissection, découvrit que les étudiants par plaisanterie avaient planté une cigarette dans les parties naturelles d'un cadavre de femme ; il n'avait évidemment pipé mot chez lui, mais il avait été profondément bouleversé et avait, paraît-il, d'une voix tremblante, commencé son cours par ces mots : « Messieurs, vous pouvez outrager toutes les parties du corps, mais veuillez respecter, messieurs, les parties naturelles ! » Qui sait, c'était peut-être ce gredin qui avait commis cet acte si répugnant, d'autant que sur ses lèvres flottait un petit sourire suspect…

— Bonjour, monsieur, marmonna-t-elle de mauvaise grâce, en se levant de son fauteuil ; une bobine de fil blanc, qu'elle avait oublié sur ses genoux, glissa par terre le long des volants de sa robe, rebondit deux fois sur le parquet et roula tout droit jusqu'aux pieds de l'étudiant qui se baissa instantanément, la ramassa et la tendit à Zofia. Merci.

— Je me suis permis de vous importuner, madame, car M. le professeur m'a recommandé de vous remettre en mains propres l'invitation à l'inauguration du théâtre.

Il lui remit une enveloppe rectangulaire ; elle en retira un bristol couleur crème, s'assura que le nom était calligraphié sans faute, avec le titre et, le plus important, que l'invitation était pour deux personnes.

— Il a dit que la bonne pouvait oublier…

— Je n'ai pas l'intention d'écouter des remarques au sujet de Franciszka, l'interrompit brusquement Zofia, qui venait de découvrir à l'instant les places qui leur avaient été attribuées : au balcon du deuxième étage, et au fond qui plus est, sur des chaises ajoutées pour la circonstance.

Pour une raison étrange, toutes les idées qu'elle avait en tête fusionnèrent ensemble ; elle fut tout à coup certaine que c'était ce jeune homme qui avait outragé le corps dans la salle de dissection et que durant l'autopsie il mangeait avec appétit un sandwich au jambon.

— Et surtout pas de la part du garçon de courses de mon mari.

L'étudiant en resta bouche bée ; à l'évidence, il n'avait aucune idée de ce qui lui valait cette attaque soudaine. Il se tenait immobile et fixait du regard la désagréable matrone, qu'en son for intérieur il qualifiait déjà de terrible fléau.

— Je vous présente toutes mes excuses, dit-il enfin, feignant le plus grand respect, mais avec toujours ce sourire aux lèvres. Je ne faisais que rapporter les paroles de M. le professeur.

— Tout à fait inutilement. Je vous remercie de vous être donné cette peine. Au revoir, répondit Zofia.

Elle se rassit dans son fauteuil et reprit son ouvrage de couture de petits sachets. Le jeune homme un moment ne sut quoi faire, puis il s'inclina et sortit.

Elle s'absorba dans sa couture, l'aiguille reflétait à intervalles réguliers la même lumière du dehors : la lueur plombée d'une journée pluvieuse d'octobre. Pourquoi avait-elle agi ainsi ? Il avait apporté l'invitation, été poli, elle le voyait pour la première fois de sa vie, ne connaissait même pas son nom – à part le prénom, Mateusz ou Tadeusz; et pourtant elle avait profité de son évidente supériorité juste pour... oui, juste pour quoi ? Pour se sentir mieux ? Elle ne se sentait pas mieux. Elle remarqua soudain qu'elle avait cousu le quatrième côté du sachet et qu'elle ne pourrait pas le retourner à l'endroit, ni le remplir de lavande; elle soupira et chercha dans la boîte à ouvrage les petits ciseaux pour découdre ce côté.

Pour se rendre au nouveau théâtre, les Turbotyński avaient au maximum dix minutes à pied, le long des murs de la ville, mais Zofia se mit en tête qu'il était plus *digne* de s'y rendre en calèche. Or, cela faisait maintenant plus de vingt minutes qu'ils étaient bloqués au coin du Petit Marché et de la rue de l'Hôpital, avançant à la vitesse d'une tortue. La file de calèches à un cheval, de fiacres à deux chevaux, d'imposants landaus armoriés, qui attendaient leur tour pour déposer leurs passagers impatients devant l'entrée du théâtre, s'allongeait jusqu'au porche de l'église Sainte-Marie.

— C'est absurde ! gémit dramatiquement Zofia qui, beaucoup plus débrouillarde dans la vie que son mari, aimait parfois se parer des vêtements d'une faible femme. Fais quelque chose, Ignacy, tu es tout de même professeur de l'université.

— Je le dis depuis toujours, maugréa-t-il, que les rues étroites de notre ville ne sont pas faites pour une telle quantité de véhicules. Maintenant, tout le monde veut aller partout en voiture. Je pense, Zofia, qu'il n'y a aucun déshonneur à descendre ici et à faire ce petit bout de chemin à pied.

Zofia poussa un soupir de contrariété ; accepter la proposition de son mari signifierait lui donner raison, même indirectement, qu'avoir pris une calèche n'était pas la meilleure idée, hélas, il n'y avait pas d'autre solution. Par bonheur, en descendant de la voiture, elle se consola en voyant qu'ils n'étaient pas les seuls à subir pareille humiliation – le long de la rue de l'Hôpital avançait tout un cortège de Cracoviens en tenue de soirée.

Puisque les dames n'avaient pu assister à l'inauguration officielle, quelques heures plus tôt, « à cause de l'étroitesse des lieux », elles se rendaient à présent d'autant plus volontiers à la représentation inaugurale, où elles avaient l'intention de briller à double titre. Les invitations mentionnaient que la tenue de soirée était de rigueur et, depuis plusieurs jours, rue Sainte-Anne, dans les principales boutiques de mode de la ville, régnait une agitation particulière : on procédait aux derniers essayages et retouches, on choisissait les accessoires, on composait des toilettes qui rendraient vertes de jalousie les autres dames. À présent, ces mêmes dames raffinées qui, encore peu de temps auparavant, souriaient à leur reflet dans le miroir de la boutique en caressant leur robe de taffetas, allaient à pied au théâtre, levant leur robe assez haut pour éviter la boue omniprésente qui, après les dernières pluies, recouvrait les rues, mais pas trop, pour ne pas contrevenir à la décence en découvrant les mollets. Zofia Turbotyńska saisit à deux mains – délicatement, pour ne pas froisser le tissu – son élégante robe couleur jaune de Naples, et se dirigea vers le Théâtre municipal avec une expression d'infinie souffrance sur le visage. Une souffrance, ajoutons-le, sublimée, car endurée au nom de l'art.

Arrivés à mi-chemin, ils aperçurent les lumières du théâtre ; les lueurs se reflétaient sur la soie des chapeaux haut-de-forme, les cols en fourrure et les étoles ; broches et diadèmes scintillaient de loin. Zofia trouva la lumière électrique aveuglante, elle était comme une évocation du roman de M. Verne transporté au cœur même de Cracovie. Le rapprochement avec la France était d'autant plus naturel que le théâtre rappelait l'Opéra de Paris, qui venait lui aussi d'être ouvert au public et que les Turbotyński avaient contemplé lors de leur voyage de noces. Occupée à enjamber les flaques et à éviter les projections de boue des autres Cracoviens, Zofia n'accorda pas une attention particulière à la façade (elle considéra que le moment opportun viendrait plus tard), mais elle remarqua avec satisfaction que les mascarons et les attiques ressemblaient à ceux de la Halle aux Draps. Sous l'inscription *CRACOVIE À L'ART NATIONAL*, elle rajusta la queue-de-pie de son mari ainsi que sa robe, après quoi ils pénétrèrent tous deux dans le temple de l'art.

La représentation devait commencer à six heures et demie, mais il était évident que le désordre occasionné par la circulation retarderait le spectacle. Le vestibule du théâtre se remplissait lentement, on pouvait entendre toutes les langues de l'empire. Il y avait des invités de

Prague, de Vienne et de Trieste, et même de Varsovie, mais avant tout, ceux qui (comme aimait à le répéter Zofia) « représentent quelque chose à Cracovie ». Dans la galerie du grand escalier de marbre, sous le buste en bronze du généreux donateur, le comte Kruzer, le comte Tarnowski en personne conversait avec le maréchal de la Chambre polonaise, le prince Sanguszka, ainsi qu'avec le vice-président de Lwów, venu à la tête d'une délégation de la capitale. Tous attendaient le ministre-président de la Galicie, le comte Badeni, aussi l'arrivée du couple professoral Turbotyński ne suscita aucun intérêt; aucune tête ne se tourna dans leur direction, aucun murmure théâtral ne résonna, où une oreille attentive pourrait percevoir « nouveau », « professeur » et « université ». Nullement découragée par cet accueil, Zofia laissa errer son regard sur le public à la recherche de la compagnie appropriée.

Aux pieds de l'un des deux géants (celui de genre incontestablement féminin, comme elle le remarqua, étonnée de l'audace de la décoration), qui soutenaient le passage, elle aperçut un collègue d'Ignacy, le Dr Zaremba, laryngologue, avec son épouse. Elle n'appréciait pas excessivement leur compagnie – lui était un peu sourd, elle, un peu sotte – mais Zofia ne trouva personne de mieux, et rester seuls dans un coin serait synonyme d'une disgrâce mondaine, elle entraîna donc fermement Ignacy à sa suite et fendit la foule en direction des Zaremba, tel un drakkar jaune. La conversation se déroulait comme on pouvait s'y attendre : dans le brouhaha environnant, le docteur entendait encore moins bien que d'habitude, et son épouse parlait à tort et à travers : « Ma cousine, Mme Pomianowska, a des cheveux splendides. Les miens sont bien, mais les siens sont *ssssplendides…* »

Les pensées de Zofia cependant revenaient à Mme Mohr. Qu'est-ce qu'une femme qui tenait à peine sur ses jambes faisait dans le grenier au beau milieu de la nuit ? Comment avait-elle réussi à grimper l'escalier ? Certes, il paraît que les somnambules font parfois en dormant des choses qu'ils ne font pas d'habitude, mais ils n'acquièrent pas pour autant des forces surhumaines, un infirme reste un infirme. Et pourquoi se trouvait-elle dans un débarras ? Personne n'a dit qu'elle se fût jamais enfuie de sa chambre, ni de jour ni de nuit, elle ne souffrait pas de somnambulisme, jouissait d'une excellente mémoire, ne partageait pas la passion d'une autre vieille pensionnaire pour se cacher dans divers recoins. Si elle s'était évanouie au milieu du grenier, les nonnes, qui suspendent le linge, l'auraient retrouvée au matin, et peut-être que Mme Mohr serait parfaitement vivante… quoique non, le dimanche est le jour du Seigneur, elles ne l'auraient trouvée que le lundi. Mais, d'un troisième côté…

Quand tous les invités les plus importants, y compris le ministre-président, furent arrivés, l'échange d'amabilités prit fin, et on commença à rechercher sa place – occupation accompagnée de bien moins d'amabilité. Comtes, princes, conseillers municipaux et autres invités d'honneur empruntèrent les larges escaliers conduisant aux loges des premier et deuxième étages, et le reste des invités dut se presser dans les escaliers étroits qui menaient au troisième niveau. Zofia demeurait ulcérée par les places qui leur avaient été attribuées. Lorsqu'elle avait reçu l'enveloppe avec le bristol couleur « chamois » (le blanc correspondant à l'inauguration solennelle de midi, et le vert au banquet du soir), elle était au comble du bonheur. Mais lorsqu'elle ouvrit l'enveloppe... Encore durant le trajet vers le théâtre, elle fulminait contre des places « indignes d'un professeur de l'université Jagellon », et elle devait à présent jouer des coudes comme au marché aux légumes de Kleparz.

— Monsieur le professeur ! Monsieur le professeur ! entendit-elle tout à coup derrière elle.

En se retournant, elle reconnut le messager de tantôt avec le même sourire légèrement moqueur (par ailleurs étonnamment bien habillé pour un simple étudiant, songea-t-elle), et qui, à l'évidence, essayait d'attirer l'attention de son mari.

*Et quoi encore !* pensa-t-elle. *Se comporter de la sorte en présence de son maître ? Quelle jeunesse !* Elle n'eut cependant pas le temps de lui adresser la réprimande méritée, car elle entendit Ignacy répondre :

— Monsieur Żeleński, comme je suis heureux de vous voir ! Zofia, tu as eu l'occasion de faire la connaissance de mon nouvel assistant, M. Tadeusz Żeleński, n'est-ce pas ? (Zofia eut soudain une bouffée de chaleur.) C'est le fils du directeur du Conservatoire, notre éminent compositeur, et je n'ai aucun doute là-dessus, l'avenir de l'anatomie nationale. Je te le dis, cet homme deviendra quelqu'un !

— Oui, nous avons eu ce plaisir, gémit-elle.

— Oh oui, en effet, nous l'avons eu, sourit le jeune homme d'un sourire encore plus éclatant.

— C'est justement à la protection de Mme la comtesse Żeleńska, la cousine de Tadeusz, que nous devons de nous trouver ici... continuait Ignacy, et Zofia sentait monter de nouvelles vagues de chaleur.

— Quand on parle du loup... répondit Żeleński.

Dans le vestibule apparut la comtesse, qui ressemblait davantage à une vieille renarde, excessivement poudrée.

Le jeune homme courut vers elle, offrit le bras à sa « cousine », qui aurait pu être sa grand-mère, et la remorqua vers les Turbotyński.

— Vous avez à nouveau l'air barbouillé, madame le professeur, remarqua la comtesse Żeleńska, après les salutations et les présentations d'usage. Octobre est une période dangereuse pour la santé. Sans parler du choléra, il paraît que le choléra est aux abords de Przemyśl…

Le jeune homme interrompit ses divagations sur les maladies.

— L'essentiel est que le théâtre tienne debout, alors que tout le monde disait qu'il s'effondrerait avant d'être terminé. Il paraît même qu'un plaisantin a interpellé l'architecte sur le chantier et lui a demandé : « Excusez-moi, est-ce vrai qu'ici tout fout le camp ? » et l'architecte lui a répondu : « Oui, tout fout le camp, et vous le premier »…

— Mon petit Tadeusz, le réprimanda la comtesse, quels vilains mots en présence de dames, et en particulier en présence de l'épouse de ton maître et de lui-même !

— Je vous demande très humblement pardon.

L'étudiant s'adressa à Zofia, qui rougit légèrement, et il fit claquer ses talons.

— Peut-être voudriez-vous prendre place avec nous dans la loge ? Il fera sans doute plus étouffant là-haut, et une place vient de se libérer dans notre loge car notre cousine Gorayska ne viendra pas. Des palpitations. Une seule place, hélas, expliqua-t-il d'un ton d'excuse, le regard tourné vers le professeur.

Zofia, toujours confuse (le sourire qui ne quittait pas les lèvres du jeune Żeleński la perturbait encore plus), jeta un regard interrogateur à son mari. Żeleński projetait-il de se venger ? L'avait-il invitée dans sa loge pour y révéler à la comtesse la manière dont la femme du professeur l'avait traité ? Elle voyait déjà en imagination la faillite totale de sa loterie, l'ostracisme mondain, les sourires en coin lors des réceptions, les horribles commérages.

— Ne t'en fais pas pour moi, l'assura Ignacy, interprétant de travers le regard de son épouse comme une marque de préoccupation à son sujet. Je serai très bien au deuxième étage.

Il remercia la comtesse pour les billets et l'accueil de son épouse, s'inclina et s'en fut de son pas lourd vers le niveau supérieur ; quant à Zofia, inquiète, elle se rendit en compagnie des cousins dans la loge numéro trois, qu'ils avaient louée du côté gauche de la scène. De là, la vue était incontestablement meilleure que du deuxième étage : elle put examiner les décorations tout à l'entour de la scène, apprécier les sculptures raffinées soutenues par des cariatides, les draperies amarante, les peintures du plafond et enfin l'immense lustre suspendu. Mais avant tout, elle scrutait la salle, en quête de personnes qui pourraient la remarquer, assise *dans une loge*. Et avec *une comtesse* de surcroît. *Ah, quel dommage que la cousine Dutkiewicz ne puisse en être témoin !* pensa-t-elle avec regret. Voyant que le jeune Żeleński était toujours très prévenant à son égard, elle se calma, respira profondément plusieurs fois et prit son éventail. Elle eut l'impression qu'après des années d'exil on lui avait permis de revenir sur l'Olympe, où elle avait séjourné un instant à l'occasion d'une autre inauguration solennelle. Elle se consacra à la contemplation des divinités.

En face, dans une loge au rez-de-chaussée qui débordait presque sur l'avant-scène, avaient pris place le jeune comte Potocki de Krzeszowice et sa femme. Dans la loge d'à côté se trouvait la mère du comte, la vieille et excentrique comtesse veuve, belle-sœur (Zofia s'en souvenait parfaitement) du chantre Krasiński lui-même. L'attention allait à son immense chapeau, orné de grappes de raisins, qui lui dissimulait la moitié du visage.

— Regardez, chère cousine (le jeune Żeleński s'adressa à la comtesse), les jardins suspendus de Babylone…

La vieille dame ajusta ses lorgnons et se mit à rire, Zofia en revanche ne savait comment réagir. Cette manière de se moquer des dignes matrones était-elle de mise parmi les aristocrates ? Elle regarda à droite, en direction de la loge impériale qui accueillait les représentants de Sa Majesté : le ministre-président et le maréchal, en compagnie du recteur de l'université, de maître Matejko (*Il est venu ! J'avais raison !* songea-t-elle avec satisfaction) ainsi que d'autres personnages éminents. Le comte Tarnowski et son épouse étaient justement en train de prendre place. Elle, mince, pâle, les yeux mi-clos, s'assit dans son fauteuil, posa ses mains sur ses genoux et plissa les yeux encore plus, observant tout ce qui se trouvait autour d'elle avec une expression d'infini ennui.

— Ne ressemble-t-elle pas à une femelle kangourou ? lança Żeleński. *Das verrückte Känguru* en personne !

— Tadeusz ! s'écria avec une indignation feinte la comtesse, et elle éclata à nouveau de rire, ravie des piques à l'adresse d'une rivale honnie.

— Mais, chère cousine, nous l'appelons tous ainsi, dit en riant Żeleński.

Zofia était complètement consternée. Était-ce une forme raffinée de vengeance ? Żeleński essayait-il de l'inciter à se moquer de l'épouse du président de l'Académie, pour ensuite l'utiliser contre elle ?

— Ne vous offusquez pas de la franchise de mon cher Tadeusz, lui déclara la comtesse. Cette assemblée ici n'est qu'un énorme nid de guêpes. Pour y survivre, il faut avoir soit une cuirasse, soit un dard.

— Cracovie ?

— La Maison Helcel, Cracovie, la Galicie, sourit-elle. Le monde entier à vrai dire.

Pendant un moment, dans une compréhension réciproque, elles lorgnèrent les loges et le parterre ; la comtesse cherchait ses cousins, Zofia cherchait toujours du regard les divinités, avec ses jumelles le cousin observait certainement les plus jolies demoiselles. Il fit aussi de la main un signe désinvolte à son père, artiste et directeur du Conservatoire, sans doute à vie, qui, assis dans la loge impériale en compagnie des plus hautes autorités, ne pouvait en aucun cas lui rendre la pareille.

La représentation avait déjà quinze bonnes minutes de retard, mais par la porte principale affluaient toujours les invités qui avaient décidé d'opter fermement pour la dignité et d'arriver, comme il se doit, en calèche devant l'entrée ; ils attendaient donc la fin de l'embouteillage. De temps à autre, on en voyait entrer, énervés, le visage rouge ; du balcon on distinguait parfaitement ces mines aigres, ces bouches boudeuses, qui prononçaient : « C'est un véritable scandale ! » ou « Ne pouvait-on le prévoir ! »

— Oh, voici aussi M. Fikalski, dit en riant la comtesse. Avez-vous eu le plaisir de faire sa connaissance ?

— Fikalski… Fikalski…

La femme du professeur cherchait dans sa mémoire, mais elle ne parvenait à associer à ce nom aucun visage, ni titre.

— Un convalescent, qui habite dans notre maison et souffre de la goutte. Une figure connue.

— Quelqu'un de réputé ?

— Plutôt de mauvaise réputation. Il est connu pour être un coureur de dots. Il a réussi à se faire admettre dans la Maison sur recommandation, peu importe de qui (une légère grimace traversa son visage), et il guette une nouvelle veuve avec du bien. Certaines dames (dans sa voix résonna à ce moment-là un léger accent de jalousie) ne peuvent tout bonnement pas échapper à ses avances importunes.

— Là-bas ?

Zofia pointa dans une direction de l'extrémité de son éventail.

— Non, deux places à gauche. Qui d'autre encore…

— Qui est-ce à côté de Mme la conseillère Nemeczkowa ?

— Où cela ?

La comtesse Żeleńska se pencha de son fauteuil.

— Là-bas, à l'étage supérieur, en robe amarante. Je ne vois pas très bien, car l'ombre du chapeau…

— Oh, elles se mettent sur la tête on ne sait quoi, interrompit le cousin. Des raisins, des perroquets, des voilettes… Je ne voudrais pas être assis derrière cette dame. Je parie que d'une telle place on ne voit que les coulisses.

Et ainsi, commentant décolletés, parures de bijoux, favoris, rides, bosses, les dames examinaient toute la salle du théâtre, le cousin Żeleński, de temps à autre, ajoutait son grain de sel. Ils s'amusaient beaucoup (Zofia ne songea pas une seule fois combien Ignacy devait s'ennuyer, lui qui ne s'intéressait nullement à cet immense exhibition de la bourgeoisie cracovienne, de sa noblesse et de son aristocratie) et, de fait, ils regrettèrent que le spectacle finalement commençât.

Retentit une polonaise de Chopin, orchestrée par le maître de chapelle militaire Jan Nepomucen Hock qui, avec un goût particulier, avait développé la section des instruments à vent et à percussions, ce qui donna l'impression que l'on jouait la *Marche de Radetzki*, mâtinée du portrait musical de l'exécution de l'empereur Maximilien ; il paraît qu'encore après tant d'années le visage de Sa Majesté se figeait à la seule évocation du Mexique. À peine les derniers coups de tambours et les tintements des cymbales se turent, que sur la scène apparut toute la troupe des acteurs que l'on n'avait pas vus depuis la fermeture de l'« ancienne bicoque », et que les amoureux de théâtre accueillirent avec des applaudissements sonores et des cris. L'honneur de prononcer le « Prologue » de maître Asnyk échut à l'acteur tout récemment appelé de Varsovie, Kotarbinski.

— *Plaudite cives!* commença-t-il d'une voix de stentor. Voici que cette scène nouvelle ouvre aux muses des portes hospitalières ; la joyeuse Thalie, la triste Melpomène mènent à leur suite leurs chœurs gracieux, et elles transformeront par magie ces planches en salle de spectacle aux dimensions du monde…

Zofia Turbotyńska aurait dérogé à sa nature si, en entendant ces rimes, elle n'avait pas pensé à l'humiliation subie de la part d'un gratte-papier de la rédaction de *L'Hebdomadaire Illustré*. Il y eut ensuite un « Réjouis-toi, peuple ! » répété plusieurs fois, et qui donc lui resta en tête, puis quelque chose à propos du *Roi Lear*, où *couronne* rimait avec *environne*, et *exilé* avec *désespéré*, plus tard encore il fut question du fouet de la satire, de la patrie, et le tout se terminait par une niaiserie au sujet d'un garçon en chemise de lin, qui finirait par réveiller une princesse endormie au sommet d'une montagne de cristal, sans doute la Pologne – mais toutes les tentatives exégétiques de Kotarbinski ne servirent de rien, car à ce moment-là Zofia élaborait en pensée les tortures auxquelles elle ferait soumettre l'odieux éditeur. Une ouverture de Moniuszko suivit aussitôt, puis une scène de la comédie de Fredro, *La Vengeance*, un bout de la tragédie de Słowacki, *Balladyna*, et enfin arriva l'entracte tant attendu.

— Captivant, ce programme, captivant, n'est-ce pas ?

Comme toujours, le professeur s'intéressait à ce qui était le moins intéressant, c'est-à-dire aux œuvres et non au public

— Comme tout cela était joliment composé... des parties sérieuses et des parties comiques... Nous avons Moniuszko de Varsovie, Mickiewicz et Słowacki de Lituanie, mais aussi des émigrés, comme Chopin. Et puis Asnyk de Cracovie, Fredro de Lwów, en deuxième partie nous entendrons encore le *Salve Polonia* hongrois de Liszt (il tournait les pages du programme, gravées à l'imprimerie du *Temps*)... et le livret lui-même est fort joli, il y a aussi le portrait de Zawiejski...

— De Feintuch ! s'écrièrent en même temps Zofia et la comtesse Żeleńska, chacune pour des raisons différentes lui rappelant le nom d'origine, juif, de l'architecte, bien que sa famille eût reçu le baptême chez les protestants de la rue Grodzka près d'un demi-siècle plus tôt.

— De Zawiejski, reprit Ignacy, et une gravure du bâtiment, les noms de l'équipe de direction, de la troupe, et un plan de la salle, excellent d'ailleurs... il y a même les fournisseurs du théâtre !

Mais la femme du professeur n'en démordait pas et, l'éventail sur la bouche, à mi-voix, elle répéta à la comtesse un couplet désobligeant à l'encontre de l'architecte, ainsi que du fresquiste viennois Tuch et du stucateur varsovien Putz : « les Feintuch, les Tuch et les Putz à l'art national polonais ».

La comtesse et son cousin auraient volontiers profité de l'entracte pour saluer parents et amis, mais puisqu'ils avaient accueilli Mme Turbotyńska dans leur loge, il convenait de lui tenir compagnie ; d'autant que Matylda Żeleńska comprit tacitement que Tadeusz tenait à faire bonne impression sur les Turbotyński.

À l'entour la foire aux vanités battait son plein, les dames s'examinaient de la tête aux pieds, les messieurs retroussaient leur moustache ou exhibaient avec fierté leurs favoris ; on jaugeait diamants et rubis, on notait quel marchand avait refusé à son épouse l'argent d'une nouvelle toilette. Dans la foule apparut un instant le chasseur de dots, avec, dans son sillage, la dame en robe amarante, mais tous deux disparurent aussitôt. Après un moment, l'amarante émergea à nouveau et à présent, en pleine lumière, la voilette repoussée sur le côté, on reconnut ni plus ni moins la baronne Banffy, qui inclina légèrement la tête, saluant sans doute plutôt la comtesse Żeleńska que Zofia, puis elle s'immergea dans la foule.

— Quelle couleur atroce, grommela Żeleński. Elle lui donne l'air d'une cantinière.

— Tadeusz, c'en est trop !

— Chère cousine, vraiment je ne pensais à rien d'indécent, c'est juste une association avec la couleur des uniformes.

— Mme la baronne ne doit pas être très aimée à la Maison Helcel ? demanda Zofia, qui suivait les déplacements de celle-ci dans la salle, déplacements qui, en raison de la cohue, évoquaient plutôt ceux du cavalier au jeu d'échecs.

— Pas spécialement. Ni elle, ni sa femme de chambre, qui est par ailleurs cordialement détestée par la mienne. Je ne saurais expliquer pourquoi, mais vous savez, le personnel vit d'intrigues et veut absolument être important. Elles ont dû se chamailler parce que l'une travaille pour une comtesse et l'autre pour une baronne... il n'en faut pas plus. Il paraît (elle baissa la voix) que sa femme de chambre espère un legs important et s'en vante beaucoup.

— Elle pourrait susciter l'intérêt de ce chasseur de dot, Fi...

— Fikalski, dit en riant la comtesse. Ce n'est pas à exclure, pas à exclure du tout...

À cet instant, le couple Tarnowski traversa le foyer, distribuant généreusement des salutations, tels deux monarques souverains. Dans un coin de la salle se tenait Matejko et, de ses yeux plissés de myope, il contemplait tour à tour les spectateurs et les décorations. Puis le deuxième gong se fit entendre et tous regagnèrent lentement leurs places, afin d'écouter Liszt et le second acte des *Confédérés de Bar*, de Mickiewicz. L'atmosphère était si polonaise que le château royal du Wawel ne lui arrivait pas à la cheville.

Les derniers applaudissements retentirent à neuf heures et demie – la foule quittait les loges et les balcons, descendait les escaliers, se pressait dans les vestiaires, se déversait à l'extérieur. Zofia Turbotyńska attendait dans le hall que son mari descendît du balcon supérieur, et comme le public des meilleures places ne se mêlait pas avec celui des places plus médiocres, Ignacy dut d'abord descendre au rez-de-chaussée et seulement ensuite retrouver son épouse, à qui les Żeleński tenaient aimablement compagnie ; presque au même instant leur petit groupe fut rejoint par l'amarante baronne Banffy.

— Je rentre en voiture, dit-elle, peut-être que madame la comtesse souhaiterait se joindre à moi ?

— Merci, mais nous allons ensuite, mon cousin et moi, à la réception chez Saski…

Zofia remarqua en effet qu'outre le bristol chamois, la comtesse tenait dans la main des invitations de couleur verte, qui permettaient à six cents heureux élus de participer au banquet du soir. Elle n'osait pas même rêver d'un tel bonheur, mais elle ressentit quand même un pincement au cœur.

— En revanche, nous avons renvoyé notre calèche, répondit-elle à la baronne Banffy. Si donc madame la baronne a deux places libres… nous habitons non loin, rue Saint-Jean.

— Ah ?

L'interlocutrice n'était clairement pas ravie de la tournure des choses et n'avait pas l'intention de le dissimuler, mais elle hocha poliment la tête.

— J'en serais heureuse.

La traversée du tourbillon du vestiaire, des salutations, des remerciements et des au revoir prit encore un bon quart d'heure. Lorsque la baronne Banffy fit signe au cocher, Zofia, avec Ignacy docilement épinglé à son épaule, s'avança vers le parvis, fixant l'obscurité et s'efforçant de distinguer le genre de véhicule qui les ramènerait chez eux. Elle s'attendait à un carrosse orné d'armoiries, de lambrequins et d'une couronne à sept pointes, mais vit arriver un fiacre couvert des plus ordinaires, attelé à un cheval. Mais enfin, l'important était qu'elle avait passé la soirée dans la loge d'une comtesse et qu'une véritable baronne la ramenait à la maison.

Ah, la vie professorale ! La circulation était beaucoup plus aisée, d'autant que de nombreuses personnes, à la suite de la pénible expérience vécue quelques heures plus tôt, avaient décidé de rentrer à pied, néanmoins de nombreuses calèches empruntaient encore les rues de l'Hôpital et de Saint-Marc ; derrière les vitres du fiacre, on apercevait les piétons sur le trottoir, qui revenaient presque tous du théâtre : les hauts-de-forme au-dessus des barbes et des écharpes, à leurs côtés, emmitouflées dans des pèlerines et des étoles, des toilettes de toutes les couleurs.

— C'était une très belle soirée, dit avec onction la femme du professeur. Et quel grand jour c'est pour Cracovie ! Le poème de M. Asnyk, sublime, peut-être n'ai-je pas tout saisi, mais je le lirai certainement pour moi seule à la maison. Vous a-t-elle plu, madame la baronne, la déclamation de Kotarbinski ?

— J'ai préféré les extraits de Mickiewicz. Ils allaient droit au cœur.

— Cracovie n'est sans doute ni Vienne ni Budapest, continuait Zofia, mais Lwów, par exemple, possède-t-elle un bâtiment comparable ? Son théâtre Skarbkowski est une vilaine caisse, je me demande s'ils lui ont aussi accolé ces hideux escaliers en planches comme ils l'ont fait dans notre ancien...

Elle pouvait parler encore et encore, mais personne ne l'écoutait. Ignacy était fatigué, la baronne n'était pas particulièrement encline à endosser le rôle de maîtresse de la calèche, elle ne se forçait donc pas à faire la conversation. D'ailleurs, ils tournaient déjà dans la rue Saint-Jean. Suivit un échange de remerciements, de salutations, des assurances de reconnaissance éternelle et autres fictions. Mais, comme il est dit dans les Écritures, toute chose a une fin, et l'heure est fixée pour toute chose sous le ciel, y compris pour ouvrir la lourde et antique porte de l'immeuble Au Paon, monter l'escalier, ôter les gants, retirer l'épingle du chapeau. Ce grand jour pour Cracovie – et pour Zofia Turbotyńska née Glodt, épouse de professeur, femme de confiance d'aristocrates – s'achevait.

Pendant ce temps, le fiacre de la baronne Banffy, dans lequel elle avait raccompagné le couple professoral, grondait sur les pavés de la rue Saint-Jean, puis rue des Piaristes, rue de Sławków... peu après le cocher demanda si Madame souhaitait qu'on tourne rue Pędzichów ou que l'on continue rue Długa, mais la baronne fit juste un geste hésitant de la main. Lorsqu'elle arriva à la Maison Helcel, habituellement à cette heure plongée dans l'obscurité, elle aperçut la façade illuminée, des silhouettes qui s'agitaient derrière les rideaux et, à certaines fenêtres, des visages effrayés de pensionnaires et de convalescents qui, bien qu'ils fussent déjà couchés, s'étaient levés et, emmitouflés dans des couvertures, s'efforçaient de distinguer dans ce tohu-bohu un sens quelconque. Même les murs épais ne parvenaient à étouffer les voix aiguës à l'intérieur. Dans l'allée, elle aperçut le médecin avec sa mallette qui approchait ; il croisa la baronne et, relevant son col, sortit dans la rue Helcel. Dans le hall, deux religieuses en consolaient une troisième qui, visiblement, venait d'avoir une crise d'hystérie ; à présent, s'essuyant les yeux avec un mouchoir, elle fixait d'un regard hébété le mur en face d'elle. Le chaos paraissait incontrôlable, dans les escaliers les gens se croisaient comme rue Saint-Florian ; la baronne posait un pied sur la première marche lorsque Mme Wężykowa, l'air exalté, lui saisit le poignet de sa main griffue et arthritique, et s'écria :

— Tu as entendu, Aniela ? Un meurtre ! Un meurtre !

Mais cela, Zofia Turbotyńska ne devait l'apprendre que le lendemain.

# CHAPITRE V

*Dans lequel la femme du professeur jette un coup d'œil par une porte ouverte, dévoile son passé de détective (célèbre affaire du sucrier en argent), explique à Ignacy la supériorité technologique de la fourchette et fait un rêve horrible.*

— C'est ici, madame Turbotyńska, c'est ici qu'on l'a trouvée, chuchota Alojza.

Son visage rouge de larmes paraissait encore plus pitoyable que d'habitude.

— Aie pitié de nous, Jésus de Nazareth, une telle tragédie, bredouillait-elle.

Par la porte ouverte de l'une des chambres où les pensionnaires indigentes vivaient à quatre, on apercevait le désordre : une table de nuit renversée, des ustensiles dispersés sur le sol et des traces de chaussures. *Pour l'essentiel celles des lourdes bottes des policiers, qui ont à coup sûr effacé toutes les traces*, songea avec irritation Zofia.

— Ce n'est pas une tragédie, ma sœur, lança-t-elle sèchement, s'efforçant de dissimuler son excitation, c'est un crime.

Lorsque, ce matin-là, à huit heures moins le quart, encore en bonnet de nuit et une robe de chambre enfilée à la hâte par-dessus sa chemise de nuit, Franciszka avait frappé à la porte de monsieur et madame et dit en chuchotant qu'un gamin était venu avec un message de sœur Alojza, Zofia n'avait pas perdu une minute. Elle le fit aussitôt envoyer place Szczepański chercher un fiacre (« Secoue-toi les puces, mon garçon, et tu auras peut-être un pourboire ! »), elle-même s'habilla à la va-vite, mais sans faire de bruit afin de ne pas réveiller Ignacy, qui dormait encore. Elle épingla son chapeau à son chignon dans le fiacre. Et juste sous le chapeau et le chignon ses pensées tourbillonnaient : qui était mort ? Pourquoi ? Ses vagues prémonitions – ou plutôt espoirs – s'étaient-ils réalisés ? La mort de Mme Mohr ne serait pas un accident, et l'assassin avait encore frappé ? Un meurtre est chose horrible, bien sûr, mais au lieu de l'effroi, quelque chose de tout à fait différent pointait dans son cœur : elle se sentait à nouveau tel un magistrat instructeur sur une piste. Hélas, lorsqu'elle arriva sur place, il s'avéra que le rôle de juge d'instruction avait déjà été pourvu.

On avait immédiatement transféré toutes les locataires du dortoir du premier étage, où l'on avait trouvé le corps la veille après le dîner, et l'on avait placé un jeune policier devant la porte. Sans l'attitude étonnamment ferme d'Alojza, qui tira parti du respect inculqué à tous les jeunes gens des villages environnant de Cracovie pour les habits, les soutanes et autres surplis, elles n'auraient même pas pu jeter un coup d'œil à l'intérieur de la pièce – alors qu'à sa vue, le jeune policier, regardant à droite et à gauche, entrouvrit la porte quelques instants. Il informa Zofia que l'enquête sur le meurtre, dont la victime était une certaine Julia Krzywda, avait été confiée à la police de Cracovie en la personne du juge d'instruction, M. Rajmund Klossowitz. Mais, naturellement, si Mme Turbotyńska détenait des informations sur le meurtre, M. Klossowitz la recevrait certainement dès qu'il aurait terminé d'interroger les témoins. Zofia se trouva dans le même état que les acteurs du théâtre municipal de Cracovie lorsqu'on leur apprit que le prologue de M. Asnyk du spectacle inaugural serait déclamé par un acteur de Varsovie.

Bien entendu, elle n'espérait nullement que le juge d'instruction, après avoir écouté ce qu'elle avait à dire, se mette à applaudir et à ouvrir une enquête pour double meurtre, mais elle ne s'attendait absolument pas à ce qui allait suivre. Lorsqu'elle fut invitée à entrer dans le bureau, elle remarqua que M. Klossowitz avait pris place au bureau de la mère supérieure qui, debout sur le côté, écoutait les interrogatoires, pâle comme un linge.

— Il paraît que vous avez des informations sur le crime commis ici ? demanda abruptement Klossowitz, sans même inviter Zofia à s'asseoir.

Elle le fit donc d'elle-même et déclara :

— *Les* crimes commis ici, monsieur !

À ces mots, la mère supérieure devint encore plus pâle, le juge d'instruction plissa les yeux et lissa sa moustache.

— Que voulez-vous dire ? demanda-t-il, prononçant chaque mot séparément avec netteté.

*Je me demande d'où lui vient cette manière de parler ?* pensa Zofia. *Le polonais ne serait-il pas sa langue maternelle ? Ou bien soigne-t-il sa prononciation à l'excès pour être compris des juifs, des montagnards, des Ruthènes, bref de tous les habitants de la Galicie qui ne parlent pas très bien polonais, mais qu'il doit, en poste dans ce mélange de nationalités et de langues, interroger de temps en temps ? Ou alors cela découle peut-être tout simplement d'un manque d'intelligence ou du désir de paraître plus sérieux et plus profond ?* Pour l'heure, elle laissa de côté ces questions non essentielles et en vint au fait.

— Comme vous le savez sans doute fort bien, on a trouvé il y a moins d'une semaine, dans ce vénérable établissement de bienfaisance, le corps de feu Mme Mohr, veuve d'un juge.

— Et, à votre avis, ce décès (M. Klossowitz distillait les mots, en regardant nonchalamment par la fenêtre) est en lien avec le meurtre commis hier, si je comprends bien ?

— C'est cela même ! déclara-t-elle avec un accent de triomphe dans la voix, convaincue d'avoir fait sur l'enquêteur l'impression voulue.

— Avez-vous des preuves quelconques de ce que vous avancez ?

— Pas encore, reconnut-elle à contrecœur, mais il y a des indices. Le lit qui n'a pas été défait, par exemple, une somnambule ne...

— Permettez, madame...

— J'ai la certitude qu'une autopsie...

— Vous permettez, madame, que je vous pose une question ? l'interrompit Klossowitz en se levant. Combien d'enquêtes avez-vous menées dans votre vie ?

— Je ne comprends pas...

— Je voudrais savoir (il se planta devant elle et se balança, passant le poids de son corps des talons vers les orteils et des orteils vers les talons de ses chaussures idéalement cirées) si vous avez déjà réussi à amener ne fût-ce qu'un seul criminel devant la justice.

— J'ai un jour pris sur le fait une bonne qui volait du sucre, annonça Zofia avec fierté. J'avais enfermé une mouche dans le sucrier, ce qui exige une certaine adresse, et lorsque j'ai regardé ensuite...

— Et votre bonne avait assassiné quelqu'un auparavant, c'est cela ?

— Vous voulez plaisanter ! s'offusqua Zofia et, voyant que la situation se dégradait, elle décida d'en référer à la plus haute instance. Vous ne comprenez pas, mon mari est professeur. De médecine ! À l'université ! ajouta-t-elle immédiatement pour qu'on ne la prenne pas pour l'épouse d'un quelconque enseignant de lycée.

— Non, chère madame, c'est vous qui devez plaisanter. C'est moi qui dirige l'enquête et celle-ci concerne exclusivement l'assassinat brutal commis sur Mme Krzywda. Vous permettrez que des questions comme celle de l'autopsie soient décidées par des spécialistes. Pardonnez-moi encore, mais la profession de votre mari n'a rien à voir ici. Jusqu'à ce jour, une seule femme a étudié dans notre université, et je pense que toutes les personnes présentes ici s'accorderont pour dire que c'est amplement suffisant.

*Eh bien, personne n'a dit que ce serait facile*, se consola-t-elle après être sortie du bureau. En vérité, Zofia Turbotyńska ne remettait pas en cause l'opinion selon laquelle certains domaines en ce bas monde sont réservés au sexe masculin et d'autres, au sexe féminin ; c'était dans l'ordre des choses et il était inutile, voire nocif, de bouleverser le *statu quo*. Par exemple, dans le débat qui opposait depuis des années les conservateurs et les partisans de l'admission des femmes à l'université Jagellon, sur le modèle des facultés françaises ou américaines, Zofia se laissait guider par l'avis de son mari, spécialiste en la matière, après tout, et qui adoptait fermement une position conservatrice : puisque jusqu'à présent les dames n'éprouvaient pas le besoin d'étudier, pourquoi devraient-elles tout à coup l'éprouver ? Mais, comme on le sait, la théorie et la pratique ne vont pas toujours de pair. Aujourd'hui, par exemple, en cette matinée de dimanche, la théorie lui intimerait de s'habiller pour aller à la messe à l'église Sainte-Marie et non pas de s'agiter comme une toupie à la Maison Helcel, ce qui était le cas en pratique.

Car, pendant que le juge d'instruction Klossowitz, à la tête de deux policiers et deux religieuses que lui avait adjointes la mère Zaleska, était occupé à interroger le reste des pensionnaires et des salariés de la Maison, Zofia décida de mener sa propre… non, non pas « enquête », cela elle ne se l'avouerait pas à elle-même par crainte du ridicule, ni ne l'avouerait à quiconque… elle préférait penser à cela comme à un « examen », à du « furetage », à une « recherche de vérité » ou même d'« innocentes investigations féminines ». La majorité des personnes qui l'intéressaient attendaient leur tour pour être interrogées par Klossowitz, elle commença donc par Alojza. Elle la fit asseoir sur la première chaise venue dans la chambre de Mme Mohr, dont déjà la dernière fois elle avait fait son quartier général, et commença l'entretien. Du récit de la nonne, entrecoupé de sanglots, elle apprit que le corps avait été découvert vers vingt heures trente, quand Mme Jędrczykowa était entrée après le dîner dans le dortoir, qu'elle partageait avec trois autres pensionnaires.

— Elle voulait prendre son livre de prières pour assister à l'office du soir, comme le font tous les habitants de la Maison dont la santé le permet. Mme Krzywda était allongée dans son lit, recouverte de son édredon, on avait l'impression qu'elle dormait, la pauvre. Mais lorsqu'elle n'a pas répondu aux questions de Mme Jędrczykowa, celle-ci a allumé la lampe pour vérifier qu'elle allait bien…

À ce moment, le récit de la religieuse se brisa à nouveau, coupé par un plaintif « *Kyrie eleison* ».

— … et elle a vu que la malheureuse ne dormait pas du tout…

Alojza éclata en sanglots.

— Il n'est point temps de pleurer, ma sœur, lança Zofia en lui tendant un mouchoir, l'un des quatre douzaines qu'elle avait reçus jadis en dot et que, en personne économe, elle s'efforçait de ne pas user exagérément.

— Bien sûr, acquiesça la religieuse qui se calma un peu. Il est temps de prier. Mère Zaleska a déjà organisé un office pour l'âme de la malheureuse morte si tragiquement.

*Des malheureuses*, pensa aussitôt Zofia. À voix haute, elle déclara seulement :

— Pour ce qui est de prier, les sœurs y arriveront parfaitement sans moi, mais ce n'est tout de même pas pour cela que vous m'avez fait appeler.

— Mais je ne sais plus moi-même pourquoi je vous ai fait venir, madame Turbotyńska. Ni pourquoi j'ai envoyé le garçon avec le message… Je pensais que vous viendriez aujourd'hui en visite, comme un dimanche et… je ne sais plus… je ne voulais sans doute pas que, comme ça, sans crier gare, qu'ici… la table de nuit renversée… J'ai donc pensé…

— C'est parfait, ma sœur, c'est parfait, l'interrompit Zofia, coupant court aux bafouillages d'Alojza. Cela dit, permettez, ma sœur, que *je* me charge dorénavant de penser.

La sœur fixa le sol de son regard malheureux de basilic inoffensif.

*Nous pouvons supposer qu'un même sort a uni les deux vieilles dames*, réfléchissait pendant ce temps Zofia, *et qu'elles ont péri de la main du même assassin. Ont-elles pu être tuées par quelqu'un d'extérieur ? Le concierge a assuré à Alojza qu'il n'avait rien vu ni personne. Bien entendu, il y a toujours moyen…* Elle s'imagina un homme robuste, athlétique, qui, la veille au soir, se serait insinué dans la Maison Helcel par le toit. Il serre dans sa main une corde le long de laquelle il se laisse glisser, pénètre par une fenêtre ouverte dans le dortoir, où il se jette sur une innocente pensionnaire et la trucide sans pitié. Son corps se tend, sa moustache d'un noir de jais, presque bleu marine, luit à la clarté de la lampe, la malheureuse essaie d'attraper une goulée d'air… *Mais* – elle le constata presque à regret – *en aucune manière ce crime ne ressemble au meurtre de la rue Morgue du récit de M. Poe. Aussi bien dans le dortoir qu'ici, la fenêtre était fermée de l'intérieur, le criminel a dû pénétrer dans la pièce normalement, par la cage d'escalier. Par ailleurs, on est peut-être déjà en octobre et sans doute l'obscurité tombe plus tôt qu'en été, mais les gens déambulent dans les rues, autour de la Maison Helcel tous les arbres sont jeunes et petits, la vue est parfaite, le meurtrier ne risquerait pas de se montrer, il préférerait attendre une heure plus tardive. En outre, si le même criminel a tué les deux femmes, il aura dû s'insinuer ici à la nuit tombée, deux fois à une semaine d'intervalle, commettre chaque crime et disparaître. Par conséquent, quelqu'un de la Maison… Si l'on compte les pensionnaires, les sœurs, les cuisinières et ainsi de suite, les gens de la Maison sont si nombreux que l'on a l'embarras du choix.*

Mais si on s'obstinait à envisager un criminel unique, alors comment expliquer la différence dans le mode opératoire ? Mme Mohr était si malade qu'elle ne bougeait pratiquement plus de sa chambre, personne n'aurait été surpris de trouver le corps de la vieille dame dans son lit, sans la moindre trace suspecte. Zofia avait déjà soigneusement examiné les draps : pas une entaille, pas une goutte de sang. Pourquoi alors sortir le corps de la chambre et le cacher ? Si le criminel l'avait tuée dans un moment d'emportement, il aurait pu paniquer et vouloir tout simplement caser le corps quelque part, et le recoin rarement utilisé du grenier, en outre pas très éloigné, paraissait l'emplacement idéal. Mais ensuite ? Un cadavre, ça finit par puer... À cet instant, elle revit le visage cireux de la grand-mère Glodt, que de nombreuses années auparavant elle avait dû embrasser sur la joue, tout près de l'extrémité violacée du nez, dans l'odeur étouffante de la décomposition et des lys disposés en gros bouquets autour du cercueil ouvert. Cela laisserait au meurtrier... deux, trois jours, voire cinq ? Une semaine au plus. Peut-être voulait-il déplacer le corps plus tard, l'enterrer ? Ou alors il s'était enfui tout de suite après ?

— Quelqu'un a-t-il quitté la Maison après le décès de Mme Mohr ?

— La Maison ? A quitté ?

Surprise au beau milieu de ses réflexions pour savoir si elle devait plutôt prier pour le salut de la victime ou pour celui du meurtrier, Alojza était complètement désorientée

— Je devrais vérifier au bureau... mais il est occupé par le juge d'instruction. Réfléchissons... un des jardiniers est parti, mais il est rentré. Mais non, c'était encore avant... Monsieur Majer, mais lui, il est tout simplement mort d'une pneumonie, le lendemain du décès de Mme Mohr, il a déjà été enterré. Non, personne.

Zofia se tut à nouveau, quant à Alojza, elle attendait une nouvelle question.

*S'il ne s'est pas volatilisé, c'est qu'il n'avait pas l'intention de tuer et, paniqué, il n'a pas su quoi faire du cadavre, ou alors il avait d'autres projets et voulait tuer aussi Mme Krzywda. Mais pourquoi tuer Mme Mohr discrètement, et Mme Krzywda, elle, d'une manière qui d'emblée révèle le crime ? Peu importe pour le moment. Si…*

— On a aussi enterré Mme Mohr ? demanda-t-elle enfin.

— Non, pas encore, on attend l'arrivée de sa sœur. Elle se trouve, enfin la défunte, couverte de blocs de glace dans la petite maison mortuaire, au fond du jardin. L'enterrement est retardé.

— La toilette mortuaire a-t-elle déjà été faite ? Et si oui, par qui ?

— Sœur Aniceta.

— Allons-y.

Du groupe des seize sœurs de la Charité qui travaillaient à la Maison Helcel, Zofia n'en reconnaissait que quelques-unes : la mère Zaleska, bien sûr, et la directrice française, la mère Juhel, ainsi qu'Alojza et peut-être encore deux ou trois autres. Mais Aniceta ? Lorsqu'elle la vit en personne, elle se dit qu'elle ne se souviendrait pas de ce visage même si on lui avait présenté sœur Aniceta à plusieurs reprises. C'était un visage dépourvu d'une quelconque qualité, ni jeune, ni vieux, ni beau, ni laid, ni joufflu comme un angelot baroque, ni maigre comme un ermite du Moyen Âge, l'un de ces visages sans couleur ni expression que l'on aperçoit dans les rangs du fond des théâtres, dans un coin éloigné d'un bureau, dans la petite foule qui se presse autour d'un étal. L'insignifiance incarnée, en chair et en os, qui cependant est née et doit perdurer jusqu'à la mort dans sa forme impersonnelle.

Elles la trouvèrent à la blanchisserie, un bâtiment séparé voisin de la porcherie, où, en tablier blanc, la tête couverte non d'une cornette mais d'une coiffe moderne, elle repassait les chemises de nuit des pensionnaires, prenant régulièrement dans la bouche une gorgée d'eau et en vaporisant abondamment le tissu avec un sonore « pffffff... ».

— Que soit béni le nom du Seigneur Jésus-Christ...

— Pour les siècles des siècles, amen. Pffffff...!

— Nous venons au sujet de Mme Mohr. C'est vous, ma sœur, qui avez lavé son corps ?

Sans interrompre son repassage, elle haussa les épaules, puis maugréa :

— Et pourquoi je ne l'aurais pas lavée ? Je les lave tous, et j'aurais juste refusé à la seule Mme Mohr ? Elle est morte, alors je l'ai lavée.

Elle reposa son fer, souleva la chemise de nuit, la secoua, la tourna de l'autre côté et reprit son repassage.

— Ici, madame, personne d'autre ne le fait. Ne savent pas ou ne veulent pas. Moi, j'ai appris à laver les morts encore petite fille (Zofia s'imagina ce visage enfant ; pareillement impénétrable, plat comme une planche, plus petit cependant que maintenant), et j'ai lavé Mme Mohr, pour sûr.

— Et vous n'avez pas vu de marques particulières, ma sœur ?

— Particulières... Vous voulez dire diaboliques ? Des grains de beauté recouverts de poils ? Pffffff... Non, aucune.

— Non, non, pas de grains de beauté. Des marques.

Des bleus, comme si elle s'était battue avec quelqu'un, des coupures, des blessures causées par un poignard…

— Sainte Mère de Dieu !

Les mots « blessures causées par un poignard » firent sur sœur Aniceta une impression si vive qu'elle reposa son fer sur le côté et leva les bras vers le plafond de la blanchisserie.

— Mais pas du tout ! Pas la moindre blessure ou le moindre bleu, elle était allongée toute tranquille, toute rose, comme si elle venait juste de quitter ce monde, comme si elle allait tout droit chez le bon Dieu, si sereine.

— Mais avez-vous, ma sœur, examiné le corps en détail ? insista Zofia qui, dans cet air chaud et humide, avait l'impression de se trouver dans un pays tropical, sorti tout droit d'une gravure d'un livre d'aventures ou de *L'Hebdomadaire Illustré*, dans les Célèbes ou au Brésil, en tout cas un endroit où l'on dégouline de sueur et où une garde-robe cracovienne d'octobre est décidément inappropriée. Êtes-vous certaine, ma sœur, que rien ne vous a échappé ? Une marque sur le cuir chevelu, un petit bleu…

Sœur Aniceta fut visiblement offensée.

— Pffffff… souffla-t-elle, puis elle se tut un moment, appuyant avec soin sur le fer à repasser. Pffffff… non, rien ne m'a échappé et rien ne m'échappe. Je trouverais la moindre piqûre d'épingle. Lorsque je lave un corps, je le fais bien, car c'est notre dernière toilette sur terre. Lorsque je lave un corps, c'est comme si je lavais ma mère, mon père. Lorsque je lave un corps, je le fais bien pour qu'on me lave avec le même soin lorsque mon tour viendra. Pffffff…

— Tout le monde fait grand éloge du soin avec lequel sœur Aniceta lave les morts, s'empressa d'assurer Alojza, tentant d'apaiser le conflit qui menaçait. Elle se montre extrêmement rigoureuse dans ce travail.

— Mais je vous crois, ma sœur, je vous crois !

Zofia éclata de rire sur un ton de dame du grand monde, espérant ainsi régler le problème. Mais sur le visage impassible de la sœur repasseuse pas un muscle ne tressaillit.

Zofia réfléchissait aux corps de Mmes Mohr et Krzywda, dessinant du bout de son parapluie de petits carrés sur le plancher de la chambre de la première, alors qu'un étage plus bas se déroulait l'examen du cadavre de la seconde. Le médecin-chef de la Maison Helcel, le Dr Wiszniewski, avait procédé plus tôt à un premier examen et constaté le décès. Mais la véritable autopsie n'était pratiquée que maintenant par les experts de la police – le médecin légiste, le Dr Paleczny, ainsi que le Dr Wachholz de l'Institut de médecine légale de l'université.

Madame Jędrczykowa, veuve d'un cordonnier de la rue des Pigeons, qui avait témoigné devant le juge d'instruction, dut être très étonnée lorsque sœur Alojza lui glissa à mi-voix que quelqu'un d'autre souhaitait lui parler. Son étonnement fut plus grand encore lorsque ce quelqu'un s'avéra être une dame coiffée d'un chapeau de guingois et qui, pour une raison inconnue, avait pris place dans une chambre du deuxième étage.

— Vous êtes de la famille de la défunte ? maugréa-t-elle, sur un ton mi-interrogatif mi-affirmatif. Mes condoléances.

— Non, chère madame, expliqua Alojza, heurtée de ce que l'on pût penser que son idéal de distinction mondaine avait des liens étroits de parenté avec une pensionnaire indigente. Cette charmante dame, c'est Mme Turbotyńska, la femme du professeur, elle souhaiterait vous poser quelques questions au sujet de Mme Krzywda.

— Mais qu'est-ce que j'en sais, ma sœur ? J'ai déjà tout dit au juge d'instruction. Je suis venue, je l'ai trouvée, j'ai crié... oui, je le reconnais, j'ai invoqué le nom de Dieu en vain, mais j'ai eu une peur horrible quand j'ai soulevé l'édredon, elle avec sa langue sortie et ses yeux terribles, exorbités, qui me regardaient...

Elle se mordit la langue, en coulant un regard prudent vers les yeux proéminents d'Alojza.

Elles ne purent en tirer guère plus que ce que l'on savait déjà depuis un bon moment : l'heure de l'entrée dans le dortoir, l'aspect du cadavre, typique de l'étranglement... rien n'avait attiré son attention, elle était d'ailleurs trop bouleversée pour se concentrer sur quoi que ce soit en dehors du cadavre. Mais à présent, elle était avant tout vexée contre le monde entier qu'on l'ait transférée dans un autre dortoir. Un meurtre est un meurtre, mais pourquoi devait-elle se trouver plus loin de la salle de bains ? Au sujet de Mme Krzywda elle-même, elle n'était pas non plus en état d'en dire grand-chose. Elles ne discutaient pas vraiment ensemble, juste de ce qui concernait la Maison ; interrogée au sujet de Mme Mohr, elle bougonna qu'elle n'avait jamais entendu parler de quelqu'un portant ce nom.

Zofia ne prit même pas la peine de sortir son carnet et elle fit comprendre d'un regard à la nonne de congédier la maussade Mme Jędrczykowa. Lorsque Alojza fut de retour, elle trouva la femme du professeur exactement dans la même attitude, son chapeau pareillement de guingois sur la tête.

— Bon. Parlez-moi, ma sœur, de Mme Krzywda.

— Madame Krzywda... célibataire, sans famille, personne ne lui rendait visite. Une soixantaine d'années, je peux le vérifier au secrétariat si c'est important. D'un caractère paisible, mais un peu renfermé. Elle est arrivée chez nous sur recommandation d'une dame importante, je m'en souviens, mais je ne sais plus pourquoi, peut-être manquait-on temporairement de place ?

— Comment s'appelait cette dame ?

— Oh, cela, je ne m'en rappelle pas, répliqua Alojza, mais la lettre se trouve au secrétariat, car lorsque nous recevons une telle lettre, on la dépose aux archives. Je peux le vérifier dès que ce juge d'instruction s'en ira.

— Chaque chose en son temps. Récapitulons : célibataire, plus toute jeune. Plutôt pauvre puisqu'elle ne payait pas son entretien et était hébergée en tant qu'indigente. Elle parlait polonais.

— Oui, je ne l'ai jamais entendue s'exprimer dans une autre langue. Mais si elle en connaissait une autre, peut-être n'avait-elle trouvé personne avec qui la parler.

— D'où venait-elle ?

— De Cracovie ou des environs, mais d'où exactement, je ne sais pas. De la région en tout cas. Cela aussi devrait figurer dans les documents.

— Expliquez-moi, ma sœur (Zofia se souvint tout à coup des lots pour sa loterie), tous les pensionnaires indigents contribuent d'une manière ou d'une autre à l'entretien de la Maison, font du feu dans les poêles, travaillent dans le verger, dans les ateliers ?

— Pas tous, seulement ceux dont la santé le permet...

— Bien sûr, bien sûr. Où travaillait Mme Krzywda ?

— Ah, si seulement je m'en souvenais… s'inquiéta Alojza, l'expression de son visage la faisant ressembler au triste carlin de Mme Zaremba. Mais sœur Felicja le saura. Autrefois, peut-être au repassage… non, pas au repassage. Elle travaillait au début, mais je ne me souviens plus où. Ensuite elle a demandé à être affectée à la cuisine, car, disait-elle, elle avait été cuisinière autrefois et, dès lors, elle était aux repas.

Assassiner des cuisinières à une époque où il était si difficile de trouver du personnel de qualité, lorsque les candidates qui se présentaient pour un poste n'étaient que des gargotières, incapables de distinguer une asperge d'une ficelle, paraissait à Zofia Turbotyńska non seulement criminel, mais aussi un acte révoltant de pure gabegie. Elle relâcha le cordon de son réticule de velours, en sortit son petit carnet et nota : *Krzywd. prof. cuis. avant vérif.*

— Veuillez vérifier, ma sœur, ce qu'elle faisait au début. Et si, plus tard, elle travaillait à la cuisine tous les jours ou certains jours seulement.

Alojza hochait la tête, mais Zofia n'avait aucune assurance que tout lui parvenait au cerveau.

— Si elle n'y travaillait que certains jours, s'y trouvait-elle le jour de son assassinat, la veille du meurtre, le jour de la mort de Mme Mohr, et la veille de cette mort ? Bon, quoi encore ? D'où venait cette Krzywda, de quelle localité ? Que faisait-elle en plus d'être cuisinière ? Où travaillait-elle, dans quelle famille ? Krzywda, donc mariée, avec qui ? Était-elle veuve ou avait-elle quitté son mari ?

Alojza ne ressemblait plus à un carlin en cornette ; elle ressemblait à un carlin en cornette sur lequel s'était déversée une véritable avalanche de rochers. À chaque question, une inconnue.

— Tout ce que je peux, je le vérifierai. J'interrogerai les sœurs du secrétariat, les dames du dortoir de Mme Krzywda, lança-t-elle avec vigueur. Tout, tout, tout…

— Fort bien, ma sœur, fort bien. Je ne doute pas que vous le ferez avec la rigueur nécessaire. Et avec discrétion, ajouta-t-elle en levant un doigt.

— Discrétion, acquiesça Alojza, bien sûr.

Zofia baissa le doigt et saisit sa montre de col épinglée sur la poitrine. *Me voici en train de bavarder avec une sœur, comme avec ma meilleure amie*, se fit-elle le reproche. *À jouer au détective, au milieu de cadavres, alors qu'à la maison attendent les choses sérieuses !* À onze heures devaient se présenter les premières candidates du bureau de placement de Mme Mikulska.

— Ce sera tout, déclara-t-elle en se levant du fauteuil préféré de Mme Mohr qui, dans quelques jours, serait certainement envoyé à ses héritiers. J'attends un compte rendu complet dans cette affaire.

Elle prononça cette phrase entièrement tirée d'un roman, elle ne se souvenait plus à cet instant duquel, mais elle se sentit comme le plus authentique fonctionnaire d'un échelon élevé de la hiérarchie impériale et royale ; elle n'attendait qu'un *zu Befel* docile de la part de la religieuse, mais comme celle-ci ne dit rien, elle se le murmura elle-même intérieurement. Sur le seuil, la main sur la poignée, elle se retourna un instant.

— Interrogez qui vous pouvez, ma sœur, pour savoir si Mme Krzywda avait un lien quelconque avec Mme Mohr. Se connaissaient-elles, s'appréciaient-elles, venaient-elles de la même région, avaient-elles des relations autrefois, ou peut-être Mme Krzywda avait-elle travaillé chez Mme Mohr, parlaient-elles ensemble... la moindre information, même la moins importante en apparence m'intéresse. Que Dieu vous garde.

— Que Dieu vous garde, aboya tristement le carlin laissé seul dans la pièce.

Le sonneur de trompette de l'église Notre-Dame eut le temps de grimper de très nombreuses fois au sommet de la tour avant que le couple professoral ne prît place à table pour le dîner, dont les différents plats étaient servis par Franciszka dans la salle à manger : des tranches de pseudo-saumon en rôti de veau, ensuite des perdreaux rissolés, accompagnés de purée de petits pois.

Après sa visite matinale à la Maison Helcel, Zofia eut le temps de rentrer rue Saint-Jean ; à Ignacy, qui ne demandait même pas pourquoi elle n'était pas là à son réveil, elle lança, parant à toute éventualité, que le travail caritatif exige de grands sacrifices et de sauter du lit dès l'aube. Elle régla ensuite avec Franciszka les problèmes du lendemain et, dès onze heures moins dix, elle était installée dans le salon, attendant les jeunes filles envoyées par Mme Mikulska ; à vrai dire les sachets à lavande étaient cousus, mais elle décida de faire mine d'avoir un travail urgent de couture. Ces filles devaient savoir d'emblée que la maîtresse de maison n'avait pas une minute de libre, qu'elle ne gaspillait pas son temps à lire des romans ou à potiner : abandonnez tout espoir de paresse, vous qui entrez au service de Mme Turbotyńska ! Il y eut ensuite le déjeuner avec Ignacy qui avait annoncé ce jour-là qu'il déjeunerait en compagnie de son épouse, au lieu d'avaler avec ses amis un « petit déjeuner tardif », à savoir l'un des fameux sandwichs du restaurant Hawełka, arrosés abondamment de bière de Pilsen. Puis la visite l'après-midi chez l'ennuyeuse comme la pluie Mme Zaremba, à laquelle, cependant, elle comptait demander un service, qui lui était nécessaire pour obtenir de quelqu'un d'autre un autre service ; après cela, un petit somme, le survol d'un article sur les expériences médiumniques d'Eusapia Palladino dans un ancien numéro de *L'Hebdomadaire Illustré*, et enfin le dîner.

Avec une certaine gourmandise, Ignacy posait dans son assiette de fines tranches de rôti de veau, nappées d'une mayonnaise parfumée, tournée avec des anchois et des câpres. Dans ces moments-là, il faisait penser à un gros matou qui a enfin mis la patte sur un beau poisson.

— En tout cas, j'ai décidé de ne pas leur faciliter la tâche. On les a installées dans l'antichambre, et Franciszka les faisait entrer l'une après l'autre… J'étais assise devant la fenêtre, et elles, en entrant, apercevaient tout de suite le divan dont un coussin avait manifestement glissé par terre. On voyait parfaitement quelle était sa place. Sans nul doute possible. Deux d'entre elles, en passant, l'ont ramassé et remis en place. Sans réfléchir. C'est le seul moyen de les tester véritablement… Ignacy, sers-toi du perdreau, pas seulement de ce saumon de veau, tu dois manger quelque chose de chaud avant d'aller dormir, ce n'est pas sain de se charger l'estomac avec un plat froid…

— Ma chère Zofia, soupira-t-il, je me fie à toi complètement pour ce qui est de la cuisine et du personnel, mais ne me fais pas la leçon sur les chapitres de l'anatomie, de l'alimentation saine et du travail de l'estomac. L'estomac est un organe résistant, presque aussi élastique que l'utérus… car si l'on prélevait un joli petit utérus, qu'on le posait sur le pavé et qu'une carriole chargée de cailloux lui roulait dessus, eh bien il ne lui arriverait rien et il reviendrait immédiatement à son état initial...

Il plongea gaillardement au beau milieu de son cours, mais, réalisant qu'il s'était laissé emporter, il interrompit brusquement son récit sur la manière de traiter des organes du corps humain au moyen de carrioles.

— Les deux qui restent me paraissent prometteuses, j'ai convenu avec Mme Mikulska qu'elles viendront travailler en alternance pendant une semaine. Nous verrons comment elles s'en sortent avec le travail, si elles sont capables de nettoyer l'argenterie sans la rayer, de cirer correctement les parquets, de dépoussiérer d'elles-mêmes les lampes et les moulures du plafond... Il faut y ajouter leur hygiène personnelle, irréprochable jusqu'ici, mais elles ont pu se laver avec un soin tout particulier aujourd'hui... on verra mieux ce qu'il en est durant toute une semaine. Il faut aussi évaluer ce qu'on leur a enseigné dans les maisons précédentes, si elles savent à quoi, en plus de l'activité de manger, sert une fourchette... Ignacy ?

— Hum... quoi ? Une fourchette ?

— Tu ne m'écoutais pas, Ignacy, n'est-ce pas ?

— Mais chère Zofia, comment peux-tu dire cela, bien sûr que je t'écoutais.

— Vraiment ? De quoi étais-je donc en train de parler ?

Zofia éleva la voix (et leva un sourcil), elle cédait facilement à l'irritation.

— De couverts... ? reprit Ignacy d'une voix incertaine. Je pense que rien n'empêche que nous commandions un nouveau service, après tout, tu as reçu celui-ci en dot il y a maintenant quelques bonnes années…

— Non, Ignacy, rétorqua Zofia d'un ton sec. Je parlais de peigner les franges avec une fourchette.

— Les franges ?

— Tu vois, tu ne m'écoutais pas. (Le reproche était mêlé de triomphe.) Je parlais de peigner les franges des tapis et de la manière catastrophique dont s'y prenaient ces filles que Mme Mikulska m'a envoyées. Et ce n'est pas tout. En arrivant, la première n'a pas essuyé la boue de ses chaussures et a encrassé toute l'entrée, le crois-tu ? Évidemment, c'est celle qui n'a pas ramassé le coussin. Je l'ai tout de suite congédiée sous le premier prétexte venu…

— Mais pourquoi une fourchette ? se demanda soudain l'amateur du pseudo-saumon.

— Ignacy, pour un professeur de l'université, parfois tu ne sais vraiment pas grand-chose. La fourchette est le meilleur outil pour cette tâche.

L'appartement du couple professoral n'était assurément pas monumental, il n'affichait pas non plus un luxe excessif, mais possédait une certaine noblesse, car la noblesse était ce que Zofia Glodt, dans les années de sa jeunesse, affectionnait le plus. Ayant demandé sa main, Ignacy veillait à ce que le nid des futurs mariés répondît, dans la mesure du possible, à tous les rêves de sa *chère Zofia*, et la chambre à coucher était sans doute le rêve le plus fidèlement exaucé. Comme le disait sainte Thérèse d'Avila, on verse plus de larmes sur les prières exaucées que sur celles qui ne le sont pas.

La *chère Zofia*, lectrice assidue de Walter Scott et du poète romantique Adam Mickiewicz, désira une chambre à coucher gothique : sombre, avec des meubles de style ancien ; en passant le seuil de la pièce, le jeune couple se trouvait comme dans une grotte magique, quelque part entre Merlin et la fée Morgane, ou dans le château d'une princesse envoûtée. Tout l'ameublement avait été commandé par Ignacy à Brno, dans l'atelier fameux de Holoubka.

Deux grandes armoires à fenestrages, comme sorties tout droit des fenêtres de l'église Sainte-Marie, en appui de pattes de lions. Deux chevets ornés de lions héraldiques. Un grand miroir sur le cadre duquel s'entredévoraient deux serpents aux corps entrelacés, comme sur la porte de l'immeuble Aux Lézards, place du Marché. Une commode avec une table de toilette, sur chaque tiroir un chevalier gisant avec une bannière – gisant si maladroitement que Zofia en eut des soupçons : les chevaliers devaient à l'origine se tenir debout et étaient sûrement destinés à orner les portes d'un buffet que le client n'avait pas réceptionné, alors l'ébéniste les avait un peu modifiés, avait transformé le paysage en prairie et les avait couchés. En tête de cet ensemble de meubles lugubres, lourds et sombres, sous le lustre Mélusine avec des bois d'élans, deux lits pareillement sombres, pareillement lourds et pareillement lugubres, qui depuis toujours avaient l'air d'être des lits de mort. Sur le mur au-dessus, un grand crucifix. Et un papier peint à motifs gothiques.

Zofia songeait parfois que c'était pour cette raison qu'avec Ignacy, ils n'avaient pas d'enfant : dans ce lit double, avec de hauts montants surmontés d'ogives, et qui ressemblait au tombeau du roi Casimir Jagellon de la cathédrale du Wawel, aucune vie ne pouvait être conçue ; elle rêvait parfois qu'elle était morte et qu'Ignacy faisait venir un menuisier à la maison et lui disait : « Transformez, s'il vous plaît, le lit de mon épouse en cercueil, ce serait dommage qu'un tel meuble demeure inutilisé. »

Ignacy s'était endormi depuis longtemps et, allongé avec son bonnet de nuit bien tiré sur les oreilles, il ronflait doucement. Ses favoris blancs paraissaient à Zofia se muer en mousse velouteuse envahissant l'oreiller. La Mélusine du lustre tournait doucement sur ses chaînes, lui rappelant que dans la journée elle y avait vu de la poussière ; dès qu'elle ferait son choix de la fille à engager, il faudrait qu'elle la mette au nettoyage de toutes les lampes de la maison. Les bois d'élan jetaient de longues ombres à travers le plafond.

*Puisque ce n'était pas un étranglement, ni un coup de poignard*, se demandait la femme du professeur, *qu'est-ce qui a pu causer le décès de Mme Mohr ? Non naturel, la chose est entendue, car une mort naturelle ne nous intéresse pas. La malheureuse a-t-elle pu être empoisonnée ? Cela indiquerait que le meurtre n'a pas été commis dans un état d'émotion intense mais qu'il a été méticuleusement planifié. Et si oui, quel poison a-t-on utilisé ?* Des divers romans historiques qu'elle avait lus, Zofia Turbotyńska se souvenait d'horribles scènes de râles, de vomissements, de crachats de sang ; les venins dévoraient la chair comme une flamme. Alors d'où venaient cette apparence paisible et le rose des joues, malgré le temps assez long qui s'était écoulé depuis la mort ? Et si l'assassin disposait d'un produit aussi infaillible, pourquoi avait-il étranglé avec brutalité la deuxième victime, au lieu de lui administrer une dose mortelle dudit produit ?

Elle plongea dans un sommeil léger et inquiet. Elle rêva que c'était le jeune Żeleński qui rôdait dans la

Maison Helcel et assassinait d'autres femmes, avec son sourire de vaurien sous sa moustache raide, aux pointes dressées et cirées, et qui ensuite leur enfonçait dans les *parties naturelles* non pas des cigarettes, mais, roulés en tubes, des feuillets avec les poèmes qu'elle avait envoyés à *L'Hebdomadaire Illustré*. Ou alors les invitations désormais inutiles à l'inauguration du Théâtre municipal : vertes, blanches et crème ? Ou encore, découpé en morceaux, le diplôme de professeur d'Ignacy ? Elle-même, présente dans ce rêve, courait sur le faîte de la Maison Helcel et voulait absolument savoir ce que Żeleński roulait en tube, mais tout le toit était encombré par d'immenses blasons des fondateurs et il était impossible de s'y mouvoir.

Elle se réveilla moite de sueur, le cœur battant. Mais au moins ce nouveau jour ne commençait pas par l'annonce d'un meurtre.

# CHAPITRE VI

*Dans lequel Zofia Turbotyńska ne manifeste aucun intérêt pour le système digestif de la salamandre, se met à l'affût dans une porte cochère et discute à table de sujets qu'une honnête femme n'aborde pas en mangeant du silure.*

Assise à sa coiffeuse, Zofia Turbotyńska se passait sur le visage le Lait Pompadour du Dr Rix en guise de poudre, mais elle était en réalité occupée à tout autre chose : faisant pivoter légèrement le miroir mobile gauche du meuble, elle observait attentivement la manière dont l'une des candidates au poste de femme de chambre, Antosia, faisait le lit ; Zofia vérifiait si la succession des gestes même les plus menus était conforme, combien de temps mettait la jeune fille à lisser les plis et à tapoter les oreillers, et si, à l'occasion, elle dépoussiérait la sonnette et le large ruban qui la soutenait. *Ça ira*, pensa-t-elle, *même si elle est loin de la perfection.*

Elle s'étonnait elle-même de son état d'esprit, mais durant les derniers jours même la question si cruciale du choix d'une femme de chambre était passée au second plan, comparée à l'enquête judiciaire. La veille au soir, *Le Temps* avait informé ses lecteurs que le juge d'instruction, M. Klossowitz, après avoir mené une investigation éclair, avait démasqué le dégénéré qui avait perpétré l'horrible meurtre de Mme Krzywda, une pensionnaire indigente de la Maison Helcel. On avait interrogé toutes les personnes qu'il convenait d'interroger. Le concierge Karol Morawski jurait ses grands dieux que dans l'intervalle de temps où le meurtre avait été commis, il n'avait pas quitté sa guérite à l'entrée de l'établissement. Des témoins, cependant, l'avaient vu se faufiler à la tombée du jour à l'étage, en s'efforçant à l'évidence de dissimuler sa présence, car il se déplaçait furtivement, courbait le dos pour paraître moins grand... Il continuait à nier, mais les témoins n'avaient aucune raison de mentir, et d'ailleurs ils avaient témoigné séparément et indépendamment l'un de l'autre. L'affaire était claire; il était monté à l'étage avec un projet infâme de meurtre, avait commis le crime et pris la fuite. « Le concierge a tué », disait tout Cracovie. Seule Zofia n'était pas d'accord, car dans tout ce puzzle rien ne correspondait. Pourquoi le concierge aurait d'abord empoisonné d'une manière élaborée et sans laisser de traces Mme Mohr? Et pourquoi son corps qu'il avait trouvé au grenier lui avait-il fait un si terrible effet? Si, bien sûr, la pauvre vieille dame avait été tuée par la même personne qui avait étranglé Mme Krzywda – et Zofia Turbotyńska, en son for intérieur, était certaine que c'était bien ce dernier cas de figure. *Ce n'est pas lui*, se disait-elle, *ce n'est pas lui.*

Elle avait feuilleté tous ses romans policiers, mais, à part causer à une vieille femme une frayeur aux conséquences fatales, elle n'avait trouvé nulle part mention d'une méthode qui permette d'éliminer une personne sans laisser de traces visibles sur le corps. À l'exception évidente du poison. En bonne maîtresse de maison, elle connaissait naturellement les conséquences horribles de la consommation de saucisson avarié, de poisson qui n'était plus de la première fraîcheur ou de champignons vénéneux, mais dans les livres le poison était généralement présenté comme un toxique dépourvu de nom précis dans une fiole, versé dans du vin par la méchante marquise. Elle ne savait pas quelles substances étaient à injecter, lesquelles à instiller dans la bouche ou, comme dans *Hamlet*, dans l'oreille, et lesquelles enfin il suffisait d'inhaler. Elle décida donc de rendre visite à Ignacy à l'université.

Elle pénétra dans son bureau sans prévenir, comme si elle était chez elle, prétextant qu'elle passait justement dans la rue voisine et avait éprouvé le désir de le voir. Cependant, elle braquait son regard non pas sur son époux mais sur les rayonnages de sa bibliothèque ; elle s'efforçait de s'y retrouver parmi les différents almanachs scientifiques qui occupaient les étagères, mais Ignacy se montrait importun en bavardant sans répit sur les difficultés qu'il rencontrait dans la préparation du système digestif de la salamandre.

— Je baise les mains de madame le professeur, entendit-elle brusquement derrière elle.

Elle se retourna et vit sur le seuil le jeune Żeleński, qui avait transbahuté des tréfonds de la faculté de grandes bouteilles d'un liquide spécial, dont Ignacy avait sans doute besoin dans son travail.

— Ah, bonjour monsieur l'assistant. Je vous remercie encore de nous avoir porté les billets, c'était extrêmement aimable de votre part.

— Une broutille, vraiment, une broutille.

— Et cette place magnifique dans votre loge. Une soirée inoubliable.

À ces mots, Żeleński sourit de ce même sourire narquois que d'habitude.

— D'ailleurs, j'aurais une affaire à vous soumettre, en relation avec votre tante et les actions de bienfaisance…

— Ma cousine.

— Oui, bien sûr! Votre cousine. Mais c'est assez personnel (elle éleva la voix, en lançant un regard réprobateur à Ignacy), donc peut-être…

— Faites comme si je n'étais pas là, chère Zofia (dans la voix du professeur vibra véritablement un accent de culpabilité), je vais de toute façon de ce pas déjeuner chez Hawełka. Vous pouvez discuter tous deux autant que vous voulez.

En parlant, il fourrait des papiers dans sa serviette avec tant de fébrilité que l'on aurait dit que sa femme se tenait au-dessus de lui avec une épée flamboyante.

— Eh bien, quel heureux concours de circonstances, murmura-t-elle avec satisfaction.

Il savait se tenir.

Dès que la porte se fut refermée derrière Ignacy, l'étudiant Żeleński, jusqu'à présent silencieux dans une attitude expectative, demanda en quoi il pouvait être utile à Mme Turbotyńska. Zofia cligna des yeux une fois, puis une deuxième.

— Je ne voudrais pas vous importuner avec mes problèmes, commença-t-elle prudemment, mais… êtes-vous étroitement apparenté à la comtesse Żeleńska ? Vous êtes cousins, à quel degré ?

— Oh, éloignés (il fit un geste de la main), très éloignés même. Mais nous sommes proches, car elle a été proche de mon père, lorsqu'il est devenu à moitié orphelin. Il n'avait pas tout à fait neuf ans à l'époque.

— Votre grand-mère est sans doute morte en couches ? demanda Zofia, un air de compassion sur le visage. C'est peut-être pour cette raison que sont nés chez le professeur Żeleński cette âme artiste, sa mélancolie, son amour de la musique…

— Oh non, au contraire, ce n'est pas ma grand-mère qui est morte, mais mon grand-père. Et l'inclination pour la musique de mon père vient de lui ; il passait pour le meilleur pianiste de toute la Galicie, il composait même en secret. Il a été tué pendant la révolte paysanne, en février 1846, dans le parc du palais de Grodkowice. Il est mort en défendant ma grand-mère, sa femme. Elle était blessée (il buta sur ces mots), il a réussi à la sauver, mais lui a péri. Les paysans ont aussi mis en pièces son cousin Stański, qui rendait visite à la famille lors de son voyage de noces, ainsi que deux serviteurs. L'un des paysans s'est approché de mon grand-père avec une hache et lui a fracassé la mâchoire car, dit-il, « il aimait grincer des dents »… (il passa machinalement sa main sur sa joue). À cet emplacement se dresse aujourd'hui une croix portant cette inscription : « Seigneur, pardonne-leur, car ils ne savent pas ce qu'ils font », au pied de laquelle je jouais enfant… Nous possédons même un recueil de partitions de mon grand-père, de variations sur les thèmes d'un opéra, *Fra Diavolo*, je crois, taché de sang, car lorsque les paysans l'ont emmené dans une charrette aux autorités autrichiennes pour recevoir le paiement promis, sa tête gisait sur ces partitions. C'est de l'histoire ancienne. Ma cousine s'est montrée très bonne pour mon père, d'où cette familiarité, même si généalogiquement nous avons en commun un aïeul fort éloigné.

Zofia fut extrêmement satisfaite de ce récit : elle ne savait trop comment passer de la comtesse Żeleńska à l'affreux assassinat, et voilà que tout se combinait comme dans un jeu de patience. Il s'en fallut de peu qu'elle ne se frottât les mains de plaisir comme elle avait l'habitude de le faire lorsque de manière inattendue elle réussissait la terriblement difficile patience Tombeau de Napoléon ou lorsque du premier sur les trois coups permis elle finalisait tout le Champ de Potocki, patience appelée aussi Paganini.

— C'est une histoire terrible, mais à qui le dis-je. En tant que médecin, vous avez assurément eu l'occasion de voir toutes sortes d'atrocités…

— En tant que *futur* médecin, répliqua-t-il en riant. La vie professionnelle est devant moi. Pour les atrocités, j'ai vu plus d'horreurs dans les manuels de médecine que dans les services de l'hôpital ou les salles d'autopsie.

— Des blessures, des tumeurs, du sang ?

— Des maladies de peau. La saleté, le manque d'hygiène. Mais nous devions parler de ma cousine…

— Oh, c'est une bagatelle, cela peut attendre. Et les poisons ? Vous intéressez-vous par hasard aux poisons ?

Żeleński lui jeta un regard perplexe et bredouilla que oui, autant qu'il était censé le faire.

— Avec quoi peut-on s'empoisonner ?

— Oh, il ne manque pas de poisons autour de nous. Rien que sous notre climat poussent des plantes insidieuses, telles que l'atropa ou belladone, quoi d'autre… (il fouillait dans sa mémoire, s'efforçant de se rappeler le cours en question)… l'aconit qui contient de l'aconitine, la ciguë, la digitale, l'æthuse. Et bien sûr les champignons. L'amanite phalloïde, le bolet Satan, le cortinarius…

— Oui, et encore ? l'encouragea Zofia en hochant la tête. Continuez, je vous prie.

— Il y a encore le curare, la datura, le laurier jaune et d'autres poisons exotiques, sans parler des serpents venimeux. Vraiment, madame Turbotyńska, il y a largement de quoi s'empoisonner. Ou empoisonner quelqu'un d'autre, ajouta-t-il avec insistance, fronçant le sourcil comme s'il laissait entendre qu'il n'approuvait pas l'idée de faire passer le professeur Turbotyński de vie à trépas.

— Oui, bien sûr, mais je songeais à quelque chose de plus autochtone... la mort-aux-rats ?

— Il s'agit en général d'arsenic ou de strychnine. Il y a encore le cyanure...

— Et quelles sont les manifestations de tels empoisonnements ?

Żeleński écarta les bras.

— Eh bien, je ne suis pas toxicologue, mes connaissances sont plutôt modestes. Tout ce que je sais, je l'ai appris grâce aux cours du Dr Iwaniec.

— Iwaniec ? Un rouquin ? Il a une femme à moitié aveugle, qui a honte de porter des lunettes ?

— Oui, répliqua-t-il prudemment, le docteur a sans doute effectivement des cheveux tirant sur le roux. Mais je n'ai pas eu le plaisir de faire la connaissance de son épouse.

— Vous n'y perdez rien, opina-t-elle en notant quelque chose dans un petit carnet. D'ailleurs, la fois d'après elle ne vous aurait certainement pas reconnu. Pour elle, nous ne sommes tous que des taches diluées de couleur, une brume multicolore... Eh bien, dit-elle en se levant, j'espère que je ne vous ai pas pris trop de votre temps nécessaire aux études.

— Et la question, avec laquelle vous êtes...

— Ah, une bagatelle. Vraiment rien. Je le lui demanderai personnellement. *Au revoir, monsieur Żeleński,* ajouta-t-elle en français de son ton le plus raffiné, *au revoir !*

Et elle sortit précipitamment, car appelée par des affaires de la plus haute importance.

— Quel plaisir de vous voir, quelle surprise ! entendit soudain devant elle Mme Iwaniec, fixant à son habitude, à cause de sa faible vue, le trottoir traître et irrégulier de la rue des Pigeons.

Pour cette raison, chaque rencontre était pour elle une surprise : même à un mètre de distance, elle ne voyait pas grand-chose. Mais des lunettes la « vieilliraient », et elle considérait que le port d'un pince-nez par une femme n'était qu'une absurdité à la mode, digne de quelques folles partisanes de l'émancipation ; elle ne recourait qu'en de rares occasions au lorgnon, qui lui paraissait plus digne et plus féminin.

— Bonjour !

Une haute silhouette colorée surgit brusquement devant elle, tel un djinn des Indes, échappé de la lampe frottée par Aladin. Ce pouvait être n'importe qui, du pompier à l'évêque. Quelqu'un en tout cas qui étincelait par endroits de taches dorées.

— Bonjour, bonjour !

Elle s'arrêta en clignant des yeux. De sa main gauche, elle tâtonna sur son ample poitrine à la recherche de la chaînette. Elle la sentit enfin du bout des doigts, la saisit, tira et sortit d'une pochette son lorgnon, qu'elle ouvrit en appuyant sur un petit bouton et le porta à ses yeux

— Ah, madame Turbotyńska, quel plaisir !

— Combien de mois déjà nous ne nous sommes vues… depuis la messe de Pâques… ou le Vendredi saint ? Non, c'était Pâques, et voici arrivé ce froid mois d'octobre !

— Mais cet octobre est fort doux, objecta timidement Mme Iwaniec, qui venait à l'instant de quitter son appartement bien chauffé.

Zofia était d'un avis tout opposé sur la question des températures automnales, elle avait les mains engourdies par le froid. Elle venait de passer la dernière heure et demie aux aguets, cachée deux portes cochères plus loin, d'où elle observait l'immeuble des Iwaniec ; par bonheur, le concierge était absent, et si jamais quelqu'un lui demandait ce qu'elle faisait là, elle projetait de répondre par une question : « Est-ce ici qu'habite le conseiller Hoesick, qui propose dans une annonce de vendre un piano ayant peu servi, en acajou, à deux lumières ? » Quoi qu'il en soit, dans le passage le vent soufflait comme tous les diables.

— Ah, un jour grand soleil, l'autre pluie à verse… on dit bien qu'en mars, quand il fait beau, prends ton manteau, dit-elle avec un rire insouciant en découvrant ses dents de carnassière. Quoi qu'il en soit, le temps a passé à toute vitesse ! Il faut que l'on se voie plus souvent !

— Absolument, répondit Mme Iwaniec, ignorant qu'elle venait de sceller le sort de l'une de ses prochaines soirées.

Zofia déploya aussitôt la vision d'un charmant repas, auquel elle avait convié des personnalités de la meilleure société, parmi lesquelles ne pouvaient manquer le docteur et son épouse. Après un quart d'heure de compliments, de détours, de remerciements, de « il ne fallait pas » et de « compagnie exquise », l'invitation fut acceptée.

Et Zofia, frigorifiée, put enfin rentrer en toute hâte à la maison, et s'écrier dès le seuil franchi : « Franciszka, prépare-moi tout de suite un thé au lait ! Et ajoute du bois dans le poêle ! »

L'organisation d'un dîner pratiquement du jour au lendemain, même sans qu'il fût spécialement fastueux, n'était pas une mince affaire. Les courses : vin, limonade, viandes, poissons, aspics, tout cela était possible à trouver, acheter et préparer avec l'aide de Franciszka et de la nouvelle fille, qui aurait par là même l'occasion de passer l'examen final pour le poste de bonne. Le véritable problème était celui des invités, les réunir en un laps de temps si court était tout sauf simple. En invitant le couple Iwaniec, Zofia avait légèrement enjolivé la réalité. Elle avait parlé d'une « compagnie réduite, mais choisie », qui viendrait au dîner du jeudi soir. Elle était réduite assurément : outre Żeleński, qui accepta l'invitation en guise de remerciement pour les billets, elle était exclusivement composée des Iwaniec. Zofia espérait inviter les Teichmann, peut-être même avec leur fille qui avait épousé un baron, mais hélas, Antosia revint et transmit leur réponse : le professeur était indisposé et son épouse, occupée à lui prodiguer des soins attentifs. Les Olszewski, en présentant leurs excuses, refusèrent également, tout comme les Wicherkowski, les Żelski et les Pomian, prétextant soit la maladie, soit des engagements antérieurs, soit des obligations religieuses. Dans un accès de désespoir, après un lourd soupir, Zofia envoya Antosia rue des Cordonniers, chez les Zaremba. En raison de leurs imperfections de l'âme et du corps, ils n'étaient pas les hôtes les plus populaires des salons cracoviens, on pouvait donc les inviter sans préalable. Zofia elle-même, serrant les dents, le cœur lourd, s'en fut rue Saint-Florian, comme sur le chemin de Canossa, inviter la cousine Dutkiewicz. Même si elle n'ambitionnait pas un succès mondain mais l'occasion de sonder le Dr Iwaniec, elle ne pouvait en son for intérieur surmonter le dépit de ce que la compagnie « réduite mais choisie » s'avérait étriquée et incongrue.

Alors que les invités arrivaient sans se presser, Zofia filait régulièrement à la cuisine pour superviser Franciszka et, à l'occasion, examiner attentivement Antosia – elle dut à nouveau reconnaître que la jeune fille s'en sortait pas mal du tout. Le Dr Iwaniec, vêtu d'une redingote verte assez élimée, arriva le dernier. Sa corpulente épouse était engoncée dans une robe rose pâle, et sur son visage se lisait la même expression de désorientation que d'habitude. En réalité, elle n'allait que là où son mari l'emmenait, trébuchant au passage tantôt sur une patte de lion qui terminait un pied de chaise, tantôt contre une palme dans son pot. Les autres invités – les Zaremba, Mme Dutkiewicz et Żeleński – se trouvaient déjà au salon, où Ignacy s'efforçait de les divertir du mieux qu'il pouvait, même si, en vérité, il était difficile de trouver un sujet captivant pour tout le monde. Par bonheur, Mme Zaremba disposait d'innombrables gisements de pur bavardage. L'entrée de M. et Mme Iwaniec fut suivie de multiples présentations. Pendant ce temps, Zofia indiqua discrètement à Antosia la porte de la salle à manger ; Antosia avança avec hésitation de quelques pas, s'arrêta net, ne comprenant pas ce qu'on lui voulait, puis elle ouvrit la porte et la referma derrière elle de l'autre côté. En faisant le moins de bruit possible. Zofia leva les yeux au plafond, ouvrit elle-même en grand les deux battants de la porte et invita les convives à prendre place à une table dressée avec goût ; elle-même s'en fut vérifier si les hors-d'œuvre étaient prêts à être servis. Elle ne donnait à Franciszka ni ordre ni recommandation, se limitant à hocher la tête tel un général au front. L'opération « Dîner » avait commencé.

Lorsqu'elle revint et s'assit à table, Ignacy et le Dr Iwaniec discutaient de politique : du président français, le maréchal Mac Mahon, qui venait juste de mourir, de son passé de pacificateur de la Commune de Paris (Ignacy approuvait, Iwaniec pas du tout) ; de la nouvelle réforme électorale préparée par le Premier ministre, le comte Taaffe (Iwaniec approuvait, Ignacy pas nécessairement), et aussi de l'audience que Son Excellence le ministre-président avait accordée lundi au palais Spiski (sur ce point, ils s'accordaient tous pour reconnaître qu'il s'agissait d'un événement de grande portée et qui témoignait de l'importance de la ville de Cracovie). Zaremba n'entendait pas grand-chose, il se concentrait donc sur le potage et les boissons, hochant la tête en signe d'assentiment, ou alors par excès de ces dernières. Sa moitié jeta son dévolu sur Żeleński et, avec moult détails cruellement ennuyeux, elle lui parlait de la collecte à laquelle elle avait récemment participé, en faveur d'une église dans le lointain Paraguay. Dans le registre voisin de la vie éternelle, bien que dans une version sans conteste plus séculière, Mmes Dutkiewicz et Iwaniec échangeaient des considérations sur la medium Eusapia Palladino, qui, selon des rumeurs, devait bientôt se rendre à Varsovie.

— Ne pourriez-vous, messieurs, faire venir Mlle Palladino à Cracovie ? demanda en haussant la voix Mme Iwaniec.

— Cette charlatane ? Grands dieux, Leokadia, répliqua son mari, la médecine est une *science* et un scientifique digne de ce nom ne se préoccupe pas de ce genre de fadaises.

— Ah vraiment ? s'offusqua Mme Iwaniec. Elle vient à Varsovie à l'invitation justement d'un groupe de médecins de la ville. À l'évidence, à leurs yeux, la compagnie de cette femme hors du commun n'est nullement un déshonneur. J'ai lu d'ailleurs dans la presse que l'authenticité de ses expériences est attestée par des sommités médicales de toute l'Europe, ne fût-ce que par le Dr Lombroso !

Madame Iwaniec était indéniablement bien préparée.

— Lombroso ? L'évêque Lombroso de Fiesole ? s'enquit Mme Zaremba.

— Non, non, chère madame, il s'agit d'un médecin italien qui a décrit les traits physiques prétendument caractéristiques des criminels et des assassins, expliqua Żeleński, heureux du changement de sujet de la conversation.

— Prétendument ?! haussa le ton Iwaniec d'un air irrité.

Poussé dans un cul-de-sac par son épouse, il décida de s'en dégager par une charge brutale contre le tronçon le plus faible des fortifications ennemies, dont n'aurait pas rougi le maréchal Mac Mahon lui-même.

— Monsieur l'étudiant, vous n'osez tout de même pas contester les résultats des études de cet *éminent* chercheur ? Corrigez-moi, je vous prie, si je me trompe, mais votre bagage scientifique ne vous autorise pas, je pense, à vous comporter ainsi. D'ailleurs, il ne faut pas chercher loin pour trouver une preuve de la véracité de ses théories. Le concierge de la Maison Helcel, qui, il y a quelques jours, a cruellement ôté la vie à une femme innocente, est précisément un parfait exemple du « criminel-né » de Lambroso : une mâchoire excessivement prognathe, de grandes oreilles, un front bas, une silhouette voûtée. Tout concorde. Tout.

— Pardonnez-moi, monsieur le docteur, mais il se trouve qu'en me rendant à la Maison Helcel, où j'effectue un travail de bienfaisance, j'ai côtoyé cet homme de près et je dois reconnaître qu'il m'a fait très bonne impression, déclara Zofia. Et je n'ai pas non plus remarqué de mâchoire de troglodyte.

La théorie du médecin italien, dont elle avait déjà entendu parler, lui semblait problématique ; si le physique d'une personne était relié à la propension au crime, alors sœur Alojza aurait dû depuis longtemps égorger les petits enfants dans leurs berceaux. Mais elle décida de garder cette pensée pour elle. Au lieu de quoi, voyant enfin une occasion de ramener la discussion sur le sujet souhaité, elle demanda :

— Et un empoisonneur ? L'empoisonneur possède-t-il aussi des traits physiques caractéristiques ? Car il se trouve que Lucrèce Borgia a envoyé des foules dans l'autre monde, sans cesser d'être une beauté, me semble-t-il ?

— Eh bien, madame Turbotyńska, en vérité, le poison est l'arme des femmes, mais le genre féminin est différent du masculin, comme nous le savons parfaitement, expliqua Iwaniec et il éclata d'un rire gaillard, avec des regards en douce sur Antosia, qui finissait de débarrasser les assiettes après la soupe aux champignons.

— Les Borgia empoisonnaient à l'arsenic, n'est-ce pas ?

— Absolument. L'oxyde d'arsenic ressemble à du sucre ou à de la farine et, contrairement à l'atrocement amère strychnine, il ne possède pas la moindre odeur ou le moindre goût, rien d'étonnant à ce que durant des années il fut le poison préféré, pas seulement contre les rats. *La poudre de succession*, comme l'appellent les Français.

— Comment agit-il ?

— Douleurs d'estomac, vomissements et autres troubles, qu'il est préférable de ne pas évoquer à table… hésita le docteur.

— Mais non, continuez, je vous en prie, c'est extrêmement captivant.

À l'autre bout de la table retentit un gémissement féminin étouffé.

— Indisposition… des intestins, lésions cardiaques, expliqua patiemment Iwaniec. La victime meurt en général au bout de quelques heures, parfois plus tard. La mort elle-même est très violente, en cas d'ingestion de grandes quantités, bien sûr. Mais si on l'administre petit à petit, en doses infimes, on peut empoisonner quelqu'un durant des mois, voire des années ! Pas toujours consciemment d'ailleurs, car l'arsenic se trouve parfois dans les papiers peints ou dans les peintures d'intérieur. Le vert de Schweinfurck ou vert de Paris…

Il indiqua les murs vert foncé de la salle à manger des Turbotyński, sur quoi Mme Dutkiewicz, déjà pâle, pâlit encore plus.

— L'arsenic est parfois prescrit dans les maladies de peau, il se trouve d'ailleurs dans le fameux remède anglais, la lotion Fowler, intervint le jeune Żeleński, fier de ses connaissances.

— En effet, monsieur l'étudiant, en effet. Je ne voudrais cependant pas...

À ce moment, Antosia commença à servir le silure, mais, sans se troubler, Zofia persista sans pitié :

— Tous les poisons agissent-ils avec une même violence, de sorte que l'on voit tout de suite que la victime a été empoisonnée, et n'est pas morte d'autre chose ?

— La plupart, oui. La strychnine, par exemple, provoque des spasmes si intenses que la malheureuse victime se fige, comme un malade du tétanos (à ces mots, Iwaniec fit une grimace dramatique) dont la bouche se tord en un sourire sardonique. Mais si nous prenons le cas de la morphine, administrée en dose excessive, elle ne fait qu'étourdir, provoque une lourdeur des membres, la somnolence et enfin une mort douce dans le sommeil. Les pupilles se réduisent à la taille d'une tête d'épingle et des bras d'Hypnos on tombe tout droit dans ceux de Thanatos.

— Chère Zofia, finissons-en avec ce sujet, la cousine Dutkiewicz se sent mal je crois... intervint Turbotyński.

— Elle n'est pas la seule, ajouta Mme Zaremba et elle jeta un regard à son mari dans l'espoir qu'il vienne à sa rescousse, mais il était occupé par son plat de silure, et ne lui parvenaient que des bribes de la conversation.

— Et que peut-on dire quand le mort paraît en bonne santé ? insistait Zofia.

— En bonne santé ? (Iwaniec plissa le front) Aucun mort ne paraît en bonne santé. L'arrêt de la vie est le signe d'un manque incontestable de santé. D'un manque définitif, dirais-je.

— Mais si ses joues sont agréablement roses ? demanda Zofia.

Puis, voyant que Mme Dutkiewicz s'éventait ostensiblement avec sa serviette, elle ajouta :

— Antosia, entrouvre, s'il te plaît, la fenêtre dans le salon. Mais sans faire de courants d'air !

Du côté des Zaremba leur parvint un caquetage sur les effets mortels des déplacements de l'air.

— Oh, ce rose aux joues n'est nullement un signe de santé, c'est un signe de maladie. Mortelle ! Le cyanure. Il provoque des maux de tête, la suffocation, l'hébétement, des palpitations cardiaques. Rien d'étonnant que l'on puisse le confondre avec un infarctus. Mais il provoque une mort inexorable, et laisse une odeur caractéristique d'amande amère… À fortes doses, on voit apparaître une cyanose, mais en faible quantité, surtout en cas de cyanure acheté dans le commerce, mêlé à d'autres sels, la peau reste rosée assez longtemps. D'un point de vue chimique, cela est lié, bien entendu…

— Damazy, je t'en prie, intervint Mme Iwaniec, qui, certes, ne voyait pas les réactions des autres convives, mais ne les ressentait que trop bien.

— C'est moi qui vous prie de m'excuser, se repentit Zofia, qui était parvenue à ses fins et, en un instant, se mua en une parfaite maîtresse de maison. Mais la médecine est vraiment fas-ci-nan-te. Je suis bénie par le sort, que Dieu ait bien voulu me donner pour mari un médecin. Un homme qui sauve la vie à autrui.

— Ma chère Zofia, grommela Ignacy, je ne sauve la vie à personne.

— Mais tu pourrais !

— Moi aussi, je me sens bénie ! Moi aussi, renchérit Mme Iwaniec.

À quoi Mme Zaremba s'écria :

— Le destin d'une épouse est une bénédiction…

À ce moment-là, tous se turent, se rappelant que Mme Dutkiewicz était veuve.

— Feu mon époux, dit-elle avec dignité, était un homme d'une grande bonté. Sa tâche pouvait paraître plus modeste, mais, en tant que fonctionnaire de la Société des Assurances mutuelles, il sauvait aussi des vies. Dans le cas, par exemple, du décès prématuré d'un chef de famille, il aidait les proches à obtenir une compensation financière.

— Une âme véritablement chrétienne, reconnut Zofia, pour effacer une impression vaguement désagréable.

— J'ai entendu dire que jusqu'à aujourd'hui il est évoqué avec beaucoup de dévouement par ses collaborateurs, ajouta Ignacy.

— Mais son plus grand cadeau, ce sont les enfants dont il m'a si généreusement dotée, continua Mme Dutkiewicz. *Six*, précisa-t-elle en jetant un regard de triomphe sur les dames assises à table. Vraiment, les enfants, quelle consolation pour une vieille veuve ! Ma Maria et son Bruno viennent d'avoir une petite fille.

— Ils l'ont prénommée Zofia, n'est-ce pas ? demanda Zofia avec une douceur feinte, irritée par le sujet de la maternité.

— En effet, maugréa Mme Dutkiewicz, mais je suis certaine que ce ne sera pas mon unique petite fille.

Ainsi, on finit par arriver au terme du dîner. Antosia servit le dessert. Żeleński raconta ses vacances, enfant, dans le château familial de Grodkowice, comment il s'y ennuyait terriblement, car la bibliothèque ne contenait que d'anciens exemplaires du *Calendrier de Czech*, une sorte de *Who's Who* de la ville de Cracovie (« Une publication incroyablement utile », l'interrompit Ignacy), des livres sur l'agriculture et quelques comédies de Fredro, où l'on avait indiqué avec une croix les scènes que les jeunes demoiselles n'avaient pas le droit de lire. Puis ces messieurs passèrent dans la bibliothèque, où Ignacy et Zaremba évoquèrent leurs souvenirs d'étudiants, quant à Mme Zaremba, elle prononça dans le groupe des dames une longue tirade sur les vertus de diverses poudres et de l'eau de rose.

Lorsque la porte se referma sur les derniers invités, Zofia Turbotyńska songea à part elle avec satisfaction que la soirée avait été un grand succès. Même si elle se rendait compte naturellement qu'elle était la seule à le penser. Encore longtemps après, Mme Zaremba parlerait « des étranges habitudes dans *cette* maison », et Mme Dutkiewicz regarderait avec méfiance tous les papiers peints vert foncé.

# CHAPITRE VII

*Dans lequel Mme Turbotyńska engage des dépenses à cause de sa funeste manie de l'enquête, parvient, en suivant le fil, au dessert, et de là, à deux dames et un roi.*

La veille, Zofia avait informé Franciszka, qui préparait le silure spécialement pour le Dr Iwaniec :

— Il est temps de rendre à nouveau visite à ta grand-mère. Le temps passe plus vite pour les personnes âgées, il leur glisse entre les mains, et elle ne t'a plus vue depuis une éternité…

— Seulement quinze jours, répondit Franciszka en levant les yeux et s'essuyant les mains à son tablier. Non, dix, et même pas tout à fait, j'y étais le seize, à la Saint-Maxime, et nous sommes aujourd'hui le vingt-cinq, Saint-Crispin des cordonniers…

— Ne compte pas ton temps à ton aïeule comme une apothicaire, la critiqua Zofia. Nous irons ensemble, d'ailleurs, précisa-t-elle.

Et voyant l'air mécontent de la jeune fille, elle ajouta encore, le cœur lourd :

— Ne t'en fais pas, tu ne perdras pas ton jour de

congé. Mais pas un mot à M. le professeur, je m'occupe de tout. Tu seras payée une journée complète.

Une chose était évidente à ses yeux : en aucun cas Ignacy ne devait deviner que sa femme, au lieu de se consacrer aux occupations propres à son sexe, à sa position et aux règles d'un mariage honnête, folâtrait dans des bâtiments d'utilité publique à la recherche d'un étrangleur-assassin. Et il fallait parfois payer généreusement pour préserver cette ignorance, par exemple une journée complète à Franciszka, à laquelle elle n'avait pas droit car elle passerait en fait l'après-midi de manière joyeuse en compagnie de sa famille la plus proche, à savoir sa mamie.

Après avoir grimpé l'escalier de la Maison Helcel et gravi encore quelques marches dans le hall, Zofia fit une pause et s'appuya à l'une des colonnes de marbre pour reprendre son souffle – bien que l'on fût en automne, la journée était étonnamment étouffante. C'est alors que passa à côté d'elle un jeune homme à la chevelure sombre, qui sortait d'un pas vif du bâtiment, quasiment au pas de course. Ses cheveux étaient séparés en deux parties égales par une raie régulière, légèrement coiffés en arrière et très pommadés ; vêtu avec élégance, jusqu'à l'excès, avec cela un visage beau sans doute, mais trop hâlé pour être engoncé dans un col amidonné. Il ne prêta pas la moindre attention à la femme du professeur, mais il se grava dans sa mémoire, car sa tête paraissait incongrue, comme si, aux échecs, on avait mis au cavalier une tête de pion. Il descendit d'un pas rapide et énergique, et disparut aussitôt à sa vue, d'abord derrière la grande porte puis derrière le portail de l'établissement.

Au secrétariat, elle ne trouva ni mère Zaleska ni sœur Alojza, mais seulement une jeune religieuse qui osa lui dire :

— Il faut chercher sœur Alojza au second étage.

— Connaissant la miséricorde et le bon cœur de sœur Alojza, je peux affirmer avec certitude, répliqua d'un ton grinçant Zofia, que pour tout l'or du monde elle ne voudrait me traîner à l'étage et me faire descendre ensuite ces escaliers inconfortables, elle me conseillerait certainement d'attendre ici que quelqu'un la fasse venir.

La jeune fille lui lança un regard réticent, mais elle fit virevolter son habit et sortit. Zofia balaya du regard l'intérieur du secrétariat. C'était ici, au cœur de l'établissement – cette idée lui traversa l'esprit en une fraction de seconde, car dans son esprit les idées galopaient toujours à la vitesse d'un quadrige –, que la présence des Helcel subsistait de la manière la plus tangible dans les lourds meubles bourgeois qu'ils avaient légués à la fondation afin d'aménager le secrétariat… Comme ce grand bureau sculpté, qui abritait autrefois les livres des recettes et des dépenses de leurs boutiques de la Halle aux Draps, la correspondance avec les banques, les contrats, les testaments… Ou bien ces armoires, où la bibliothèque des Helcel avait été remplacée par d'épais livres de comptes ; dans certains, sœur Felicja – qui possédait la plus belle écriture – calligraphiait les comptes des pensionnaires de catégorie supérieure, et dans d'autres elle comptabilisait les revenus de ce que les indigents cousaient, tricotaient, sculptaient et encollaient dans les ateliers de l'établissement… Mais avant tout, les Helcel étaient présents dans les deux imposants portraits encadrés de bois massif, sculpté, décoré à la feuille d'or, car tout dans leur vie était recouvert de feuilles d'or. Lui, peint par le professeur Cynk sur fond d'une tapisserie – comment en serait-il autrement? – rehaussée de fil d'or, une main sur un sabre Karabela, en manteau rouge, ceint d'une large ceinture en soie brodée, une fibule en perle au ras du cou, tel un véritable noble de l'ancienne Pologne, bien qu'il fût un Allemand des environs de Brunswick... Quant à elle, elle avait choisi Pochwalski – déjà fort apprécié à l'époque bien que tout jeune, aujourd'hui fraîchement nommé professeur à l'Académie de Vienne... Oh, il l'avait peinte d'une manière flatteuse, en pleine lumière, où disparaissent les rides, en robe de deuil, de sorte que ses mains qui émergeaient des longues manches paraissaient briller sur le fond noir...

— Ne pensez-vous pas, ma sœur, dit Zofia à Alojza qui entrait dans la pièce, que c'est tout de même excessif ces costumes nationaux, tel un attirail d'insurgé... On pourrait penser que Mme Helcel était une sorte d'Emilie Plater, parcourant les bois avec un fusil, tirant sur les chapkas des cosaques...

Sœur Alojza était complètement perdue, concentrée qu'elle était sur des problèmes compliqués d'animosité entre deux pensionnaires de la Maison; elle écarta donc les bras dans un geste d'impuissance.

— Je n'approuve pas de telles démonstrations d'un sentiment politique. L'art national, la culture, oui, bien sûr. De même que les cultures hongroise, tchèque, et toutes celles qui s'épanouissent sous le sceptre de Vienne. Mais se faire portraiturer en robe de deuil national tant d'années après l'insurrection de Janvier, vraiment! Ajoutez à cela leur chapelle au cimetière de Rakowicki... vous savez, ma sœur, qu'elle peut accueillir tous les cousins et les collatéraux de la famille, mais à la condition qu'ils parlent polonais? C'est ridicule!

Elle lissa du dos de la main un petit pli sur sa robe, avant de poursuivre.

— Ce jeune homme élégant, c'est un visiteur, ou bien un bienfaiteur de l'établissement ? demanda-t-elle abruptement. Ce n'est pas un salarié de la Maison, n'est-ce pas ? Un cousin de l'une des sœurs, peut-être ?

Alojza était de nouveau perdue. Elle en était encore à se demander si l'honorable fondatrice de l'établissement avait effectivement pu dans sa jeunesse battre les bois un fusil à la main, alors que les pensées de Zofia s'appliquaient déjà à un tout autre sujet ; elle se concentra néanmoins de toutes ses forces et, butant sur les mots, répondit :

— Jeune ? Élégant ? Hum, je ne sais pas. Il rendait sans doute visite à quelqu'un ici, mais je ne saurais dire à qui. Nous n'avons pas énormément de visiteurs, la plupart de nos pensionnaires sont des personnes tout à fait seules, mais il s'en trouve qui reçoivent des visites. Et parmi ceux du dehors, quels originaux parfois ! Il y a eu une fois un monsieur qui était capable de manger des œufs durs, entièrement, avec la coquille, il amusait ainsi les pensionnaires jusqu'à ce qu'un soir…

— C'est bon, ma sœur, c'est bon. Revenons à nos affaires !

Alojza fixa son regard sur la femme du professeur, comme si elle ne comprenait pas ce qu'à cet instant signifiaient les mots « nos affaires ».

— Mais pourquoi ? C'est M. Morawski qui a étranglé… Le meurtre de Mme Krzywda est résolu… Madame Turbotyńska, ce n'est pas à nous de contester les décisions de la justice. À Dieu, ce qui est à Dieu, à César, ce qui est à César…

— Oh, ma sœur, ma sœur. Les Écritures ne nous enseignent-elles pas qu'il arrive aux juges de l'empereur de se tromper ? Et donc, avez-vous vérifié les points que je vous avais listés ?

L'argument théologique, quoique incontestablement démesuré, s'avéra efficace, au moins pour l'instant.

— Je vais vérifier, répondit d'un ton résigné Alojza, comme si elle réalisait qu'il n'y avait plus de retour possible, que l'instant où elle avait informé Zofia Turbotyńska du meurtre avait scellé son sort comme complice de cette femme inquisitrice. Je n'ai trouvé jusqu'à présent qu'une seule information : avant de travailler à la cuisine, Mme Krzywda a d'abord aidé au verger, car c'était la saison de cueillir les pommes et les prunes ; elle n'était pas au repassage comme je le pensais. Quant aux jours où elle travaillait à la cuisine, notre cuisinière en chef, Mme Sedlaczkowa, devait le vérifier dans ses comptes rendus, mais je pensais que c'était inutile désormais…

— Merci ma sœur.

Zofia traça rapidement quelques mots (*verger, ensuite cuis.*) dans son carnet, puis elle revint quelques pages en arrière pour vérifier ce qu'elle devait encore demander.

— Ah, oui, voilà, l'une des sœurs était de garde dans le couloir la nuit où a disparu Mme Mohr. Pourrais-je lui parler plus tard ?

— Sœur Bibianna, se rappela Alojza avec un gros effort de mémoire. Oui, c'était sœur Bibianna, autrefois Barbara, Zakroczymska.

— Ah, la sœur du docteur qui a constaté le décès ! Voilà pourquoi il… Je vois. Mais laissons cela pour le moment, allons d'abord à la cuisine.

— Malheureusement, madame Turbotyńska, j'ai beaucoup de travail. Maintenant que... hum... deux places se sont libérées, nous pouvons accueillir de nouveaux pensionnaires... Mère Zaleska m'a chargée d'examiner les listes d'attente pour une place dans notre Maison, et elles sont longues...

— Mais bien sûr, ma sœur, je me débrouillerai seule. Indiquez-moi juste le chemin.

Située à l'extrémité de l'aile droite, au rez-de-chaussée, la cuisine n'était pas une pièce à l'ancienne, noire de suie, avec une kyrielle de casseroles en cuivre suspendues au mur au-dessus du foyer, mais un laboratoire parfaitement moderne, conçu par des spécialistes, une véritable manufacture de la nourriture. Le système d'approvisionnement en combustible, la proximité des stocks de denrées entreposés au sous-sol, ainsi que deux monte-charge qui fonctionnaient à merveille et grâce auxquels on livrait à l'étage supérieur les plateaux de repas, tout cela faisait que la cuisinière de la Maison Helcel se sentait la patronne d'une grande entreprise, et traitait ses marmitons et marmitonnes, c'est-à-dire les pensionnaires indigents des deux sexes, assez cordialement, mais avec rigueur. Délivrer plusieurs centaines de repas par jour exigeait de réprimer les sentiments et la gentillesse au profit de l'efficacité.

— On ze presse ! On éminze les carottes ! criait Mme Sedlaczkowa à un groupe de vieillards qui s'adonnaient sans hâte au pelage de légumes. Qu'est-ze que je peux faire pour vous ? demanda-t-elle à Zofia.

Elle ne paraissait guère enchantée de voir une femme inconnue traîner dans sa cuisine. Soudain, elle hurla, apparemment en direction de Zofia, mais sur quelqu'un derrière elle :

— Madame Nawałkowa, dépêchez-vous avec zes haricots ! Vitesse, pas paresse !

Zofia se retourna et vit que ces mots s'adressaient à une pauvre vieille voûtée, assise sur un petit tabouret, qui sursauta et se mit à écosser avec plus d'entrain.

— Chère madame, on travaille izi, le repas est pour pientôt, déclara, irritée, la cuisinière, lorsqu'elle apprit le motif de la visite de l'élégante bourgeoise, qui la distrayait dans sa direction de la cuisine.

Zofia identifia enfin à ce moment l'accent de Mme Sedlaczkowa ; elle était tchèque. La cuisinière répondit aigrement à ses questions.

— Je sais vraiment rien de zette pauv' Mme Krzywda qui a été étranglée par concierge… On ne z'endort pas ! hurla-t-elle à nouveau sur Mme Nawałkowa.

— Sœur Alojza m'a dit que vous notez qui aide et quand à la cuisine…

— Oui, je note, je note, parce que les sœurs exigent, mais za fait perdre du temps.

— Et vous souvenez-vous peut-être si Mme Krzywda a travaillé dimanche dernier ? C'était la Sainte-Thérèse de l'Enfant Jésus, souffla-t-elle.

— J'ai pas besoin de vérifier, elle aidait toujours mercredi et dimanche ! Pour ze qui est de cuisiner, elle ne savait rien du tout. Ze qu'elle savait, elle l'a appris ici… Et ze dimanche-là, je m'en zouviens très pien, elle z'est disputée avec une dame. Il y a eu une *hádka*… z'est-à-dire… une querelle. Mais je ne me rappelle plus avec qui, et puis je n'aime pas faire des commérages, se reprit-elle. Z'est tout ?

— Si vous pouvez encore me dire ce que les pensionnaires du deuxième étage ont mangé ce jour-là au dîner.

— Ah, que vous êtes curieuse ! grogna Mme Sedlaczkowa et, avec une mine offensée, elle prit sur l'étagère un grand livre couvert de toile épaisse. Attendez, madame... Du pâté de lièvre et des chapons rôtis. Et bien zûr, de la laitue, car z'est *pon pour la santé*, ajouta-t-elle comme si la laitue était son pire ennemi sur le front de l'alimentation.

— Et pour le dessert ?

— Une crème aux amandes, comme tous les dimanches. Zette fois avec des châtaignes.

— Ah !

La cuisinière ne savait pas pourquoi cette dame fouineuse, coiffée d'un chapeau avec une plume, paraissait tellement contente, mais elle aussi était contente de voir la conversation enfin se terminer et de pouvoir se remettre à son travail, à la soupe de haricots et aux pièces de viande aux champignons.

— Je ne vous dérange plus, lança Zofia sur le départ. Une petite question encore : avez-vous parlé au juge d'instruction du travail en cuisine de Mme Krzywda ?

— Mais pas du tout, madame. D'ailleurs, perzonne ne me l'a demandé, et pour quoi faire ?

Il y avait une chose que Zofia Turbotyńska haïssait cordialement et du fond du cœur... non, ce n'est pas tout à fait juste. Zofia Turbotyńska détestait *beaucoup* de choses cordialement et du fond du cœur, mais à l'instant même où elle sortit de la cuisine saturée des odeurs de légumes bouillis et de viandes rôties, il lui sembla qu'elle haïssait le plus ces senteurs lourdes, désagréables, qui rappelaient les honteuses odeurs corporelles. Elle marchait dans le couloir, tournant son visage grimaçant tantôt à gauche, tantôt à droite, mais les senteurs de la cuisine assaillaient ses narines, imprégnant sa robe, ses cheveux, son chapeau.

Pour comble de malchance, à quelques mètres devant elle, elle aperçut la silhouette familière de Mme Zembaczynska de la section des dames de la Société de Bienfaisance, qui visitait la Maison décidément trop souvent et à coup sûr convoitait elle aussi les objets fabriqués dans les ateliers. Zofia s'arrêta et se dissimula derrière un grand palmier dans un pot en cuivre, elle attendit un instant jusqu'à ce que la rivale disparût dans l'une des pièces.

*Cette sœur Bibianna, cette Bibianna… Pourquoi devrait-elle…* Cette question tournait avec insistance dans son esprit. Le nom de Zakroczymski lui était évidemment connu, car tristement célèbre. Non du fait de la sœur, elle n'était pas entrée au couvent après quelque indécente frasque, personne ne l'avait demandée en mariage pour ensuite l'abandonner, rien de tel. Mais la conduite de son frère, le docteur, y suffisait amplement. Frère et sœur, et ô combien différents l'un de l'autre. Elle eut soudain une révélation, qui la cloua au milieu du couloir.

— Tout est clair ! s'écria-elle.

En l'entendant s'exclamer, deux petites vieilles, assises sous la fenêtre, tournèrent vers elle leur tête de perdrix.

— Le docteur rend de fréquentes visites à sa sœur ? demanda-t-elle en passant la tête par la porte du secrétariat.

— Laquelle ? Sœur Bibianna ? réagit avec une rapidité surprenante Alojza. Évidemment, ils sont frère et sœur, je n'y vois rien de surprenant…

— Ha ! s'écria Zofia encore une fois, s'adressant plus à elle-même qu'à la religieuse. Mais oui, évidemment ! Maintenant, tout est clair !

— Que dois-je apprendre à son sujet ? demanda Alojza.

— Oh, rien, je le ferai moi-même, sourit Zofia. Il suffit que vous me disiez où je peux la trouver et que vous me laissiez seule avec elle. J'ai à lui parler.

Les sœurs de la Charité n'habitaient pas dans une partie dédiée de l'établissement ; leurs chambres étaient réparties dans toute la Maison, entre les logements des pensionnaires, afin que, même en pleine nuit, les sœurs ne se trouvent pas dans une aile éloignée, mais au milieu de leurs ouailles.

— Merci, sœur Bibianna, de m'accorder quelques minutes, déclara poliment Zofia en entrant dans l'une de ces modestes chambres.

L'intérieur était sévère : une croix suspendue au mur blanchi, trois lits étroits, séparés par des paravents, avec autour de chacun d'eux une mince bande d'espace privé. Sous les sommiers métalliques et les matelas, une unique attestation d'intimité : des malles fermées à double tour.

— C'est très confortable ici, mentit Zofia sans ciller.

— Ravie que cela vous plaise aussi, mentit à son tour la religieuse. Je suis toujours disposée à aider les personnes qui font œuvre de charité.

— Je viens aujourd'hui pour une autre affaire, répondit Zofia d'une voix égale. Il ne s'agit pas des lots pour la loterie, mais de la nuit où survint le décès de Mme Mohr.

— De Mme Krzywda, je pense ? Paix à son âme…

— Non, de Mme Mohr. Celle que l'on a retrouvée ensuite au grenier, derrière la porte entrouverte du débarras.

— Ah, oui ! Cette nuit-là, j'étais de garde dans la petite pièce qui jouxte la porte séparant l'aile des femmes de celle des hommes. J'ai communiqué tous les détails à mère Zaleska. Personne n'est passé par cette porte, car c'est moi qui avais l'unique clé. Je n'ai rien remarqué d'inhabituel.

— Vous le jurez, ma sœur ?

La religieuse parut offusquée que l'on attendît d'elle de confirmer ses dires par un serment, mais elle répliqua :

— Oui, je le jure. Même si je ne sais vraiment pas pourquoi…

— Et vous n'avez pas fermé l'œil de la nuit ?

— Non. Cela aussi je peux le jurer.

Zofia s'arrêta devant la fenêtre et caressa du bout de l'index le liseré du rideau.

— Je ne doute pas, reprit-elle enfin, que vous ayez la conscience tranquille, ma sœur. Du moins en ce qui concerne les serments, soupira-t-elle avec réprobation. Mais pas à propos de tous les événements de la nuit en question.

Sœur Bibianna s'empourpra brusquement, comme si son visage était une bouteille vide dans laquelle quelqu'un aurait versé d'en haut, au travers de la cornette, du bortsch à la crème.

— Je n'admets pas de tels propos, je suis choquée, je vous prie de sortir ! s'écria-t-elle. Ma conscience est une affaire entre Dieu, moi et mon confesseur ; et personne, venu d'on ne sait où à la Maison Helcel et qui se met à tout régenter, ne va me dicter sur quelles questions…

— Mais je sais qu'aucun mensonge n'a été proféré ici. Vous ménagez plutôt avec parcimonie la vérité, ma sœur. Effectivement, vous n'avez pas fermé l'œil de la nuit. Et en vérité vous n'avez rien vu. Car il est difficile de dormir en marchant… même s'il paraît que cela arrive, surtout aux fantassins. Durant un certain temps, au milieu de la nuit, vous avez quitté votre poste, ma sœur…

— C'est une calomnie ! Veuillez à l'instant quitter ma cellule !

— Vous transportiez un certain précieux petit paquet pour votre frère, et se rendre au dispensaire et revenir, cela fait une trotte. Surtout si l'on ne veut être remarquée de personne. C'est pourquoi, ma sœur, vous n'avez rien vu ni entendu cette nuit-là.

À vrai dire, tout n'était pas clair jusqu'au bout, mais Zofia avait décidé de jouer son va-tout, sachant, ou plutôt croyant, que personne ne pourrait traîner un corps dans le large couloir, puis dans l'escalier jusqu'au grenier, sans attirer l'attention de la sœur de garde. Mais l'explication qui lui était venue à l'esprit était pure spéculation ; après tout, sœur Bibianna avait tout simplement pu s'endormir. Pourtant, en un instant, cette dernière pâlit, comme si le bortsch avait trouvé une mystérieuse issue de son visage et n'avait laissé derrière lui qu'un masque livide. Elle tituba légèrement, puis s'assit sur le bord d'un lit – pas le sien, ce que Zofia remarqua d'emblée avec une certaine satisfaction. Cela signifiait que le coup avait atteint son but.

— Que votre frère, le Dr Zakroczymski, soit morphinomane, n'est nullement un secret à Cracovie, surtout pour une personne comme moi, dont le mari est médecin, et de surcroît professeur à la faculté de médecine de l'université, dit-elle en détachant les mots. Qu'il me soit permis de dire ici que l'interruption prématurée de la carrière du Dr Zakroczymski a été une immense déception pour tout le milieu médical de Cracovie…

Elle s'interrompit ; ce n'était pas la première fois qu'elle se surprenait à énoncer tout haut des formules toutes faites, habituellement l'apanage d'Ignacy. Alors même que sœur Bibianna n'était nullement un auditoire éminent, mais une jolie femme de trente et quelques années, avec cependant de vilaines rides qui couraient de la base du nez aux commissures d'une bouche tombante. Et à présent, elle était prostrée sur le lit, secouée de sanglots.

— Allons, allons, fit Zofia, qui entreprit de la consoler, moins sans doute par réelle compassion que par aversion pour de pareils débordements d'émotions. Tout va bien se passer.

— Bie-e-e-en... com-m-ment... ça-a-a... bien ? sanglotait Bibianna, de nouveau cramoisie, cette fois d'avoir pleuré. J'ai été vu-u-ue... tou-ou-out... est découvert... Sainte Marie... sau-au-ve moi !

— Effectivement.

Zofia s'assit à côté d'elle et lui parla doucement comme à un enfant.

— Vous avez été vue, ma sœur. Peu importe par qui. Je prends sur moi de faire en sorte que le Dr Wiszniewski ne sache rien. Mais j'ai des conditions que vous devez accepter sans façon, ma sœur. Rafraîchissez-vous le visage (elle lui indiqua d'un léger mouvement de la tête le lavabo) et reprenez-vous.

Sœur Bibianna traversa la pièce d'un pas mécanique, telle une marionnette, souleva le couvercle du meuble, et la glace qui y était fixée renvoya des éclats de lumière sur le mur de la chambre. Elle versa de l'eau d'une cruche dans une cuvette en faïence, se lava le visage, le sécha avec une serviette propre prise dans un tiroir. Elle se tint debout un instant, fixant la glace, puis elle revint à sa place. Zofia avait regagné la fenêtre, regardait à l'extérieur, s'efforçant de se remémorer l'aimable docteur Zakroczymski, qui avait même une fois, alors qu'elle avait à peine trente ans, fugitivement flirté avec elle à un bal de carnaval. Un teint magnifique, éclatant, l'œil vif, la moustache noire de jais. Un véritable Arès dans le rôle d'Asclépios. Elle l'avait revu ensuite, de plus en plus affaibli, dans une redingote devenue trop grande, pendant de ses épaules amaigries ; elle revit ces yeux qui brûlaient d'un éclat très différent. Parmi les médecins, on savait depuis longtemps à quoi s'en tenir – il n'était pas le seul à avoir des problèmes avec la morphine –, mais en ville régnait toujours la loi du silence ; on se contentait d'échanger des commentaires circonspects et de dire qu'« il souffrait d'une maladie inconnue ».

— Mes conditions sont les suivantes : d'abord, ma sœur, vous allez me jurer que c'était la dern...

— Je le jure...

— Vraiment la dernière fois. La personne qui vous a vue peut vérifier s'il manque à nouveau de la morphine dans le dispensaire. Et n'y feront rien les supplications du Dr Zakroczymski, qui...

— C'était un... un si... bon garçon ! Et si... beau...

— Cela n'a pour nous aucune importance, l'admonesta Zofia. Récapitulons : sans égards pour les supplications de votre frère, vous ne briserez plus le septième commandement. Ensuite, si besoin, vous avouerez, ma sœur, que vous n'étiez pas à votre poste. Je me charge de trouver une explication plausible. Troisième point : vous allez me rapporter tout ce qui vous paraîtra inhabituel, étrange, suspect.

*Car qui sait*, pensa-t-elle, *combien de temps encore*

*Alojza sera patiente avec moi, puisqu'elle a déjà commencé à bougonner...*

— Et enfin : si un jour j'ai besoin que vous me rendiez un service, je ne devrai pas me rappeler à votre bon souvenir plus d'une fois. C'est bien compris ?

Sœur Bibianna, autrefois Anna Zakroczymska, restait assise sur le lit comme une adolescente : disgracieusement voûtée, les bras tendus et les mains jointes comme dans une prière, dans le creux de son habit entre les genoux. Elle hocha la tête.

— Vous le jurez ma sœur ?

— Je le jure.

— C'est parfait ! lança brusquement Zofia avec un sourire. Au revoir donc, et que notre prochaine rencontre se fasse en des circonstances plus agréables. Saluez pour moi, je vous prie, votre frère, je lui souhaite un prompt rétablissement !

— Comment s'est passée ta journée, ma chérie ? demanda Ignacy après le déjeuner, depuis son bout de la table.

Bien calé dans son fauteuil, il lisait le journal, tournant les pages avec un bruissement sonore, ce qui, comme d'habitude, avait l'art de faire enrager en silence son épouse.

— Nous étions avec Franciszka à la Maison Helcel, elle rendait visite à sa grand-maman, marmonna-t-elle, penchée sur son jeu de patience, le Tombeau de Napoléon, qu'elle ne réussissait pas, comme d'habitude. C'est très chrétien de sa part.

— À la Maison Helcel, hein ? répéta Ignacy en s'animant. Un endroit dangereux. Une scène de crime.

D'ailleurs, pourquoi s'en étonner, un ancien proverbe disait déjà : « Par la rue Długa tout droit au gibet ! »

— Ignacy, on a démonté le gibet il y a plus de cent ans.

Il ignora ses paroles ; mais elle savait bien elle-même que dans l'antique cité de Cracovie « il y a cent ans » signifiait à peu près autant que « hier dans la matinée ».

— Eh bien, écoute, écoute ceci, même les endroits et les objets en apparence les plus sûrs menacent parfois d'un danger mortel... Écoute ça... où l'ai-je lu... Ah ! Voilà ! On annonce du Brésil que l'amiral Mello a proclamé président M. Lovena, et qu'un certain Pei... Peixoto... du diable ces noms étrangers... « a essayé d'ôter la vie à Mello au moyen d'un album rempli de dynamite, qu'il lui a envoyé en cadeau ».

— Merci bien pour de tels cadeaux, répliqua-t-elle, pour lui faire plaisir.

— Saintes paroles ! Et imagine que l'album soit tombé entre les mains de quelqu'un d'autre ? Désagrément assuré. Partout il n'y a que crimes et chaos. Même chez nous. Ils ont à peine arrêté ce concierge meurtrier que la bicyclette du Dr Jordan a été volée. Écoute. « Un criminel inconnu a volé dans le jardin du Dr Jordan, dans un local fermé, un vélocipède pratiquement neuf, portant l'inscription "Spezial", propriété du Dr Jordan. Lorsqu'on a constaté le vol, on a voulu attraper l'audacieux voleur, mais il s'est enfui vers la ville à bicyclette, avec une maîtrise parfaite. La police recherche le coupable et déconseille en passant d'acquérir tout vélo volé... »

Il fit de nouveau bruisser le journal.

— Quelle époque affreuse, lorsque même un bienfaiteur de l'humanité, un fidèle propagateur de tout ce qui est polonais et sain, tel que le Dr Jordan, la véritable cigogne des Habsbourg, qui a fait venir tant de membres de la Maison Régnante au monde, se fait subtiliser son vélocipède par les mains d'un vulgaire brigand !

— Les mains et les pieds, précisa Zofia qui, quelques années auparavant, en quête d'un remède à son absence d'enfant, avait consulté le Dr Jordan en tant que gynécologue.

Bien qu'il fût originaire de Przemyśl comme elle, elle n'en gardait pas un bon souvenir ; à dire vrai, elle était même contente d'entendre l'entrefilet sur le vol. Même si, évidemment, et pour tout l'or du monde, elle ne l'aurait jamais reconnu.

Ignacy continuait de plus belle à faire bruire son journal. Elle rassembla les cartes, les mélangea, les étala à nouveau.

*Récapitulons*, chuchota-t-elle en pensée. *Deux meurtres étroitement liés entre eux. Du cyanure, et si c'est du cyanure, rien d'étonnant que ce soit dans un dessert à l'amande pour dissimuler l'odeur… et maintenant encore les cartes en croix… Une femme du peuple aurait versé de la mort-aux-rats, dont on ne manque pas dans l'établissement, mais elle a choisi un moyen plus raffiné. Et même si nous soupçonnions une simple pensionnaire d'une telle subtilité dans son maniement des poisons… as de carreau… le deux ici n'est pas trop… et même si nous la soupçonnions, aucun élément, bien entendu, en aucune façon, ne la relie avec l'assassinat dont elle-même a été victime. Penser qu'elle a empoisonné Mme Mohr et qu'ensuite quelqu'un s'est introduit par hasard dans sa chambre et l'a étranglée… non, c'est hautement improbable. Mme Krzywda, une femme simple, a reçu un contrat. Le commanditaire savait sans doute que c'est l'argent qui lui importait… Après tout, pour une pauvresse comme elle, obtenir un petit capital pour ses vieux jours est une aubaine sans prix… Dame de pique, dame de carreau, roi de cœur… Elle s'est faut embaucher dans la cuisine, a empoisonné Mme Mohr. Le commanditaire n'attendait que cela, il a emporté le corps au grenier et l'a dissimulé. Mais pour quoi faire ? N'était-il pas plus facile de le laisser dans le lit ? Il voulait camoufler quelque chose à quelqu'un ? Ou peut-être est-ce le corps l'élément important pour lui ?* Elle s'interrompit dans ses réflexions et pendant un moment elle déplaça les cartes. *C'est absurde. Quoi qu'il en soit, il tenait à ce que cette mort fût discrète. Mais le second meurtre était soudain, brutal. Risqué, car à tout moment il pouvait être découvert…*

Antosia entra, fit une révérence, ramassa les tasses du thé, sortit. Elle était, certes, nouvelle dans la maison, mais elle savait déjà que lorsque madame faisait une patience, et monsieur lisait, il valait mieux ne pas les déranger.

*En ce cas, il devait se sentir en danger. D'une façon ou d'une autre. Du chantage ? Mme Krzywda pouvait le faire chanter, en exigeant l'argent qu'il lui avait promis, alors qu'il ne l'avait pas. Ou peut-être une plus grosse somme que celle dont ils étaient convenus. Voire, elle pouvait même avoir des remords et lui avouer qu'elle voulait se rendre à la police. Il faut vérifier avec qui elle était en contact les derniers jours, si elle n'avait pas une personne proche à la Maison, une confidente… Peut-être lui avait-on donné une sévère pénitence au confessionnal, peut-être gisait-elle en croix, ou bien elle avait soudain plus d'argent et s'était acheté des friandises, des colifichets… Quoi qu'il en soit, la clé des meurtres est Mme Mohr. Qui voulait urgemment débarrasser la terre de cette vieille femme qui, de toute façon, se trouvait déjà à mi-chemin de l'autre monde ? Et pourquoi ?*

À travers une fente entre les lourds doubles-rideaux de velours cerise, on apercevait par la fenêtre l'obscurité qui coulait rue Saint-Jean. Le Tombeau de Napoléon rata de nouveau, mais c'était la moins essentielle des patiences qu'elle composait.

# CHAPITRE VIII

*Dans lequel une petite plume de paon se promène un samedi dans Cracovie, le concierge se laisse envoûter par la voix d'Helena Modrzejewska, Zofia Turbotyńska contemple en rêve la cachette aux trésors, passe un marché douteux pour enfin trouver deux-trois indices dans un nid d'amour.*

Samedi, juste avant midi, de l'immeuble de la rue Saint-Jean émergea prudemment un chapeau vert à larges bords, orné d'une broche dorée qui retenait une petite plume de paon. Le chapeau sembla d'abord hésiter, comme dans la crainte d'une averse imminente – qui transforme immanquablement les rues de Cracovie en auges boueuses que dévalent des torrents d'eau sale –, pour finalement partir droit devant. Il passa devant le paon en pierre qui ornait la façade de l'immeuble, et plus loin prit sous le petit pont qui reliait le Petit Couvent au palais, perpétuellement en travaux, des princes Czartoryski. Parvenu à la porte Saint-Florian, il tourna à droite et évita de justesse un fiacre filant à toute allure. La plume de paon frémit de colère et, un instant plus tard, continua tout droit en direction des tours de l'église Sainte-Marie. Il longea l'immeuble où, depuis de nombreuses années, Mme Matejko – ce que savait pertinemment tout Cracovie – faisait à son honorable époux de terribles scènes de ménage, et un peu plus loin, une autre maison, où Mme Dutkiewicz depuis deux ans déjà ne faisait plus de scènes à son mari, qui reposait en paix au cimetière de Rakowicki. Après le croisement de la rue Saint-Thomas, au numéro 10, le chapeau stoppa net et pencha en avant.

*Comment n'y ai-je pas pensé plus tôt ?* songea Zofia, étonnée de son étourderie en contemplant la statue de Saint-Joseph qui ornait la façade de la maison. Quelques années auparavant, aussi en automne, dans cet immeuble étroit à deux étages, d'une manière en tous points tragique, la mère d'un célèbre auteur de comédies avait connu une fin funeste. La brave Mme Bałucka, autrefois propriétaire d'un petit salon de thé situé place Sainte-Marie, était morte de la main d'une femme qu'elle aidait matériellement par grande bonté de cœur. Lorsqu'un jour cette Łabędziowska, épouse d'un relieur, du genre des boit-sans-soif, vint chez Mme Bałucka demander l'aumône, elle fut comme d'habitude invitée à entrer dans l'appartement. Mais ce geste chrétien fut trahi par une main de Judas. Un bâillon, une corde, un coup mortel porté à la tête avec le fer à repasser, le corps caché sous le lit. La meurtrière avait volé les bijoux et s'était enfuie à Krzeszowice. Toute la ville ne parlait que de cette affaire, Mme Turbotyńska y compris. Dans un mouvement d'émotion, elle avait même écrit un poème sur ce bon cœur qui avait été privé de vie par un cœur de fer au moyen d'un fer. Le texte lui paraissait très convaincant et, pendant un temps, elle résolut de l'envoyer à une revue ; mais, après ses derniers déboires avec la presse, elle n'en avait plus le courage et le poème traînait dans un tiroir de son bureau, à côté d'autres essais littéraires, de lettres échangées avec Ignacy du temps de leur fiançailles, d'une boucle de cheveux de sa mère et d'autres trésors d'autrefois qui, avec le temps, avaient perdu de leur valeur, mais dont il était pourtant impossible de se débarrasser.

Un crime classique, commis par appât d'un gain facile – mais était-il vraiment facile ? Au moment de son arrestation, Mme Łabędziowska était ivre ; on apprit qu'elle buvait tous les jours depuis le meurtre – elle était rongée de remords. Quoi qu'il en soit, l'affaire de Mme Krzywda ne la rappelait en rien. Pensionnaire indigente, elle ne possédait rien, et ne pouvait rien posséder ; le corps n'avait pas été dissimulé, comme si l'assassin ne se souciait guère de préserver les apparences, ni du temps qu'il fallait pour fuir. En outre, l'assassin présumé, le concierge, n'avait pas fui le lieu du crime. *Non*, pensa-t-elle, *ce ne peut décidément pas être un crime ordinaire. Rien ne concorde avec rien, ici.*

Le chapeau repartit tout droit et, devant l'église Sainte-Marie, tourna à gauche, passa le long des estaminets de la place du Petit Marché et s'engagea dans la rue Mikołajska. Il s'arrêta devant le dernier bâtiment avant le parc Planty. S'inclinant légèrement sous la poterne basse, sa plume heurta quand même le linteau, puis le chapeau vert avec le reste de l'élégant costume de Zofia Turbotyńska passa le seuil de l'un des plus vils endroits de Cracovie, que les épouses des professeurs de l'université s'efforçaient en général d'éviter : le commissariat de police et la maison d'arrêt municipale.

— Je sais que vous êtes innocent, monsieur Morawski, susurra Zofia d'une voix si douce qu'elle avait dû s'exercer à l'avance chez elle, enfermée à clé dans son petit boudoir. Non seulement je le crois, mais, souligna-t-elle, je le sais.

Si le concierge n'avait pas été si abattu par les événements des derniers jours – enquête, arrestation, publication de l'information de sa mise en examen dans les journaux de Cracovie –, il aurait remarqué que la voix suave de cette élégante dame ne s'accordait en rien avec l'expression de son visage ; elle le scrutait du regard comme si elle avait ensuite l'intention de dessiner une carte détaillée de cette figure allongée aux traits rudes. Elle s'assura que le souvenir qu'elle en gardait était fidèle à la réalité : la mâchoire ordinaire, le front haut, d'autant plus haut qu'une calvitie naissante l'agrandissait, des oreilles pas excessivement grandes – encore qu'elle ne pouvait véritablement vérifier ce dernier point, car en détention provisoire on ne rasait pas le crâne des prisonniers, donc au moins une moitié de son oreille disparaissait sous une tignasse coupée n'importe comment. Elle se l'imagina, assis immobile alors qu'autour de sa tête, maniant des ciseaux qui luisent par intermittence, s'affairent les mains d'un des pensionnaires indigents, désigné comme responsable coiffeur dans la Maison, car possédant une certaine connaissance du métier, même si l'œil n'était plus aussi vif qu'autrefois, et les doigts arthritiques, plus gourds.

Morawski restait silencieux. Il paraissait avoir mordu à l'hameçon, mais ne saisissait toujours pas les intentions de cette femme, ni la raison pour laquelle le gardien l'avait extrait de sa cellule et conduit dans cette salle basse et sombre, dont on avait fait un parloir.

— Je voudrais que vous me disiez pourquoi vous déambuliez la nuit dans la Maison. Si j'en connaissais la raison, je pourrais vous sortir d'ici.

— Je n'ai rien à dire.

— Une accusation de meurtre est chose sérieuse. On peut y perdre la vie.

Elle vit un frémissement sous la peau épaisse de son visage, un frisson nerveux ou peut-être tout simplement de l'impatience. Mais, face à elle, il restait fermé comme une porte sans poignée.

— C'est à voir, répondit-il à voix basse.

— Un homme dans la force de l'âge qui étrangle une vieille femme ? Sans motif ? (Elle balaya d'infimes miettes sur la table en bois.) Je doute que le tribunal fasse preuve de clémence.

Un silence gêné s'installa. Il n'est pas facile de converser agréablement sur la prochaine exécution de l'un des interlocuteurs.

Elle était venue ici pleine d'espoir, et à présent cet homme taciturne commençait à l'irriter. Non qu'obtenir cette visite eût été très difficile : c'était Cracovie, les fonctionnaires régentaient tout, et chacun d'eux avait une femme, une mère ou une fille qui, à son tour, avait une amie, une cousine, une tante – bref, de chacune d'elles partait un fil ténu, relié à une autre personne. Et ainsi, du fil à la pelote, de proche ou de loin, on pouvait trouver un appui. L'épouse du directeur de la prison avait fréquenté autrefois la même pension qu'une dame à laquelle Zofia Turbotyńska avait rendu service dans le passé – sachant qu'elle avait de nombreuses relations fort utiles – dans une affaire particulièrement embarrassante. Une conversation suffit pour faire savoir par des contacts privés que l'épouse d'un professeur de l'université, médecin

– et donc, implicitement, une personne possédant de nombreuses relations fort utiles –, bienfaitrice de la Maison Helcel, éprouvait le besoin pressant d'apporter un réconfort chrétien à quelqu'un sur qui pesaient les plus lourdes charges et dont l'âme se trouvait en danger imminent de damnation éternelle. Il existait peu de portes à Cracovie, y compris la porte de la Maison d'arrêt, que Zofia Turbotyńska ne pouvait ouvrir ou, à tout le moins, entrebâiller.

*Mais quelle tête de mule!* pensa-t-elle, excédée. Le regard du concierge, toujours silencieux, glissait tantôt sur la visiteuse inattendue, tantôt sur les murs à la peinture écaillée. Certes, s'il acceptait de parler, il l'aiderait dans l'enquête, elle était donc venue dans son intérêt à elle – mais si l'aveu de la vérité pouvait lui éviter le gibet, des deux c'était lui qui avait le plus à y gagner.

— Il convient de regretter, lança-t-elle, abandonnant complètement sa voix suave, qu'on ait renoncé à la pratique de la torture. Attaché à la roue, vous auriez avoué aux enquêteurs la raison de ces déambulations dans les couloirs la nuit.

— Même sur la roue, je ne dirais rien.

Le silence tomba à nouveau. Une conversation mondaine sur la torture n'est pas non plus des plus aisées.

*Bien sûr, à prendre la chose d'un point de vue strictement théorique*, pensa-t-elle, *il a pu servir d'instrument aux mains du mystérieux roi de cœur, l'assassin de Mme Mohr. Si la première personne engagée a trahi et exigé plus d'argent pour perpétrer le crime ou a menacé de dénoncer le coupable, alors un deuxième acolyte a pu être engagé, le concierge par exemple. Disons le valet de pique. Mais on tourne en rond. Si l'assassin a pris le risque d'une découverte rapide, s'il est passé d'un poison raffiné à un étranglement brutal, c'est qu'il devait avoir le couteau sous la gorge. Or engager un salarié de la Maison pour commettre un meurtre exigerait du temps, on ne peut tout de même pas aller tout de go voir un chien de berger et lui dire : « Pour une belle petite somme tu pourrais peut-être te changer en loup et étrangler cette jolie brebis qui pose problème ? » Non, non. Le concierge est forcément innocent. Et s'il est prêt à risquer sa vie, c'est qu'il doit avoir de sérieuses raisons de le faire.*

— Pensez à votre mère, comme elle va souffrir, quand…

— Ma pauv' maman est morte encore du temps de l'autr' empereur et mon père, du temps de celui-ci.

— Eh bien vos frères, vos sœurs…

— J'suis seul au monde, j'étais le premier, et maman est morte avec le second. Alors y aura pas beaucoup d'monde pour m'pleurer.

À cet instant, cependant, l'œil sagace de Zofia Turbotyńska décela tout de même une légère hésitation sur ce grand visage comme sculpté. Non, pas d'hésitation, un regret peut-être ? Elle s'y accrocha telle une harpie.

— Il n'est pas encore né, déclara-t-elle d'un ton sentencieux, celui qui n'aurait personne pour le pleurer. Je le sais bien, moi, qu'il y a au moins une âme chrétienne, qui…

Il s'agita sur sa chaise, comme si celle-ci était devenue brusquement inconfortable.

— Qui ?

— Qui aura des raisons de pleurer, qui pleure déjà.

— C'est que des ragots. Faut pas écouter c'que les gens racontent.

— À la Maison Helcel, les murs ont des oreilles. Et des yeux (elle continuait à tirer ce fil ténu, même si personne ne lui avait parlé d'une âme chrétienne qui pleurait le concierge jeté en prison) et même des langues. Vaut-il la peine de se montrer si obstiné puisqu'on sait tout ?

— Et qu'est-ce qu'on sait ? s'écria-t-il soudain. Qu'est-ce qu'on sait ? On ne sait rien, c'est juste les gens qui font de sales ragots, parce qu'ils sont… petits. Ils sont petits, et ils voient tout en petit, moche et vil. Parce que je suis concierge, je n'ai pas d'cœur ? (Son visage s'empourpra et il expulsait chaque phrase avec une fureur croissante.) Je peux pas aimer ? Je suis juste attiré… comme un chien ?

Et ce grand gaillard trapu éclata brusquement en sanglots, qui résonnèrent violemment comme une crise aiguë de hoquet. Faisant fi de la dépense et de son aversion, Zofia Turbotyńska sortit de sa poche un mouchoir monogrammé ZG qu'elle posa sur la table dans un geste d'invitation. Mais se reprenant rapidement, le concierge renifla juste à plusieurs reprises et fixa les yeux au sol. Zofia Turbotyńska rangea son mouchoir.

— À quoi bon cette obstination ?

Il se taisait, mais son regard glissa depuis les bouts de ses chaussures usées, sur les carreaux du sol, le crachoir, le mur et parvint presque au visage de Mme Turbotyńska.

— Je suis concierge, finit-il par dire, alors ils me méprisent, comme si j'étais le premier mendiant venu. Mais mon père était concierge, et mon grand-père, tout comme le grand-père de mon père, et ainsi de suite. Nous étions concierges dans des endroits, je vous dis pas, chez des comtes, des princes, des évêques. On m'a engagé chez les Helcel parce qu'on y prenait ce qu'il y a de mieux, de plus cher, de la meilleure qualité, donc le concierge aussi de premier choix, issu d'une lignée de concierges. Et nous, les concierges, nous avons des principes. Si j'avouais pourquoi je déambulais la nuit, non seulement je me couvrirais de honte, mais aussi cette âme chrétienne, qui va pleurer ma mort. Pire, si le tribunal donnait foi à toutes ces vieilles commères, on pourrait la jeter en prison pour six mois, pour adultère, car son bonhomme, fils de chien, sauf votre respect, une canaille comme il y en a peu, respire encore dans un souteneur rue Długa…

— Dans un sous-sol…

— C'est ce que je dis, dans un… une pièce sombre. Mais il n'en a plus pour très longtemps. Amen.

— Vous ne croyez pas que lorsque votre vie est en jeu, vous pourriez renoncer à ces principes de concierge ?

— Les principes sont sacrés.

Elle soupira, pensant que les choses sacrées dans l'esprit des gens se logent dans les régions les plus saugrenues et concernent les domaines les plus étranges : pour l'un, la chose sacrée sera la jolie somme d'argent mise de côté pour les mauvais jours, pour l'autre, le souvenir de sa mère, pour un autre encore, un code professionnel non écrit.

— Admettons… commença-t-elle, qu'en tant que concierge, vous niiez tout. Vous allez à l'échafaud. Et l'assassin tue, sans être inquiété, une autre vieille dame.

— Dieu nous en garde !

— Ne serait-ce pas votre devoir de concierge de la protéger de la mort ?

Il croisa les bras, baissa la tête et se racla bruyamment la gorge.

— Ça le serait, je crois.

— Ça le serait, à coup sûr. Qu'y a-t-il de plus

important : ne pas ébruiter un petit secret ou sacrifier la vie d'autrui ?

— Mais sait-on à coup sûr qu'il reviendra ? Peut-être qu'il a décidé de le faire qu'une fois.

— Deux fois, il a déjà tué Mme Mohr.

— Comment donc, mais c'est elle-même qui…

— Empoisonnée, déclara d'une voix sépulcrale Zofia, qui, dans sa jeunesse, rêvait parfois d'une carrière de grande actrice et se flattait souvent en pensée en se comparant à la grande Helena Modrzejewska.

Après ce seul mot, qui résonna lugubrement sous les voûtes basses du parloir, le reste de l'entretien ne fut que simple formalité. Le garde – qui, grâce aux recommandations de la femme du directeur de la Maison d'arrêt, était aux ordres de Mme Turbotyńska – apporta du papier, Zofia posa adroitement quelques questions complémentaires puis rédigea en deux temps trois mouvements la déposition que le concierge signa d'un anguleux Morawski Jakub. En partant, elle voulut prendre dans son sac la sainte image de Saint-Léonard, le saint patron des prisonniers, qu'elle avait apportée spécialement pour la lui donner, mais elle songea qu'elle devrait plutôt lui offrir un couple amoureux de Shakespeare ou de Goethe, plutôt qu'un morne ermite.

— L'âme chrétienne, chuchota-t-elle au lieu de laisser l'image, ne se tiendra pas de joie que vous ayez retrouvé votre bon sens.

Il lui lança un regard empreint de gêne – mais assurément avec plus de gratitude que si elle lui avait donné ce Saint-Léonard, au crâne tonsuré, portant menottes et chaînes joliment enluminées d'un trait de peinture argentée.

Sortie de la Maison d'arrêt, elle s'immobilisa un instant sur le trottoir pour rassembler ses idées et sourit à nouveau, se rappelant l'assurance avec laquelle le juge d'instruction Klossowitz fanfaronnait dans les journaux, proclamant qu'il avait arrêté l'assassin, et celle du Dr Iwaniec qui avait catalogué le concierge comme type lombrosien de criminel. Oh, ils allaient en faire une jaunisse – quelle réjouissante perspective ! Cependant, le chapeau vert devait tout de même retourner rue Saint-Jean et regagner l'étagère au-dessus de la penderie, car le déjeuner n'allait pas s'organiser tout seul.

Comme tous les dimanches, Zofia et Ignacy assistèrent à la messe solennelle à l'église Notre-Dame, dont l'intérieur avait été récemment peint par Maître Matejko et ses élèves à l'instar d'une châsse médiévale : le fond azuré était parsemé d'étoiles et d'anges, dont les visages furent modelés sur ceux des plus jolies filles des familles bourgeoises de Cracovie, et également – en vertu d'une protection spéciale – sur celui d'une certaine fille bien moins avenante, mais nous ne nous étendrons pas là-dessus. À la sortie, il y eut un échange inévitable de salutations et d'au revoir, et Zofia Turbotyńska était sur le point de quitter Ignacy et s'en aller rejoindre, telle une morphinomane consumée par son addiction, la Maison Helcel, lorsque la petite société se mit à discuter de l'affaire du trésor imaginaire prétendument dissimulé sous un banc, place de la Vierge-Marie, qu'avait révélée *Le Temps*.

Un certain Rybarczyk, qui tenait une épicerie rue de l'Hôpital – un homme très convenable, selon Mme Zaremba, quoique un peu lent –, avait rêvé trois fois de suite que sous un banc quelqu'un avait dissimulé un trésor. La première fois, il n'y prêta pas attention, la deuxième, il alla voir de près le banc en question et l'observa longuement, la troisième, il rêva que s'il ne se mettait pas aussitôt à l'ouvrage, il serait devancé par une femme. Il était pourtant convaincu que le trésor promis par le rêve lui appartenait déjà de fait. Il rassembla donc les outils nécessaires et, au milieu de la nuit, s'en fut en compagnie d'un certain Wincenty Gargul, apprenti menuisier, déterrer les ducats et les pierres précieuses de dessous le banc municipal.

Le pavé, en effet, était légèrement remué à l'endroit du banc. Madame Zaremba le scrutait comme une précieuse antiquité, témoin de grands événements historiques, alors qu'en fait d'événement, il s'agissait tout simplement de deux hommes arrêtés par une patrouille de police et mis illico au frais rue Kanonicza, le temps de cuver jusqu'au matin toutes leurs bêtises. Doté sans doute d'une fibre d'explorateur, M. Zaremba poussa même un pavé du bout de sa chaussure.

— Et s'il y a vraiment un trésor dissimulé là-dessous ? demanda naïvement son épouse.

C'est alors que Mme Turbotyńska, prétextant les « œuvres de charité chères à son cœur », s'en fut vers son but tant désiré, en méditant sur l'incommensurable bêtise humaine.

Elle entra dans la Maison, mais avant même d'ouvrir la porte du secrétariat, à travers la vitre peinte en blanc d'une autre porte, elle aperçut sœur Bibianna sur le seuil de la chapelle. Elle semblait lui faire signe, et Zofia avança donc de quelques pas dans sa direction. La religieuse venait de pousser jusque-là un fauteuil roulant, où était recroquevillé sous une couverture un pensionnaire ridé comme une pomme, qui désirait visiblement prier dans un lieu plus solennel que son lit.

À la vue de Mme Turbotyńska, sœur Bibianna se troubla.

— J'ai quelque chose pour vous, mais pas ici, chuchota-t-elle. Près des cercueils.

— Quels cercueils ?

— Ceux des pensionnaires. Escalier gauche vers la cave. Dans… (elle jeta un coup d'œil à l'horloge accrochée au mur) dans une demi-heure.

— Je sais, ma Mère, que vous êtes débordée en ce moment, commença Zofia, ayant pris place sur une chaise au secrétariat, mais les fêtes de Noël approchent inexorablement, et une loterie sans lots est comme un bagel fait du seul trou…

Dire que la mère Zaleska avait dépéri au cours des derniers jours était un euphémisme. Elle était assise à son bureau, voûtée, avec une cornette qui n'était plus de la première fraîcheur ; son visage rond et rose s'était terni, affaissé, et ses yeux, rougis par les nuits sans sommeil ou les larmes, étaient complètement éteints. Elle ne répondit rien, et c'était d'ailleurs inutile : Zofia savait pertinemment où était le problème. Abattue par un double scandale – non seulement le meurtre de Mme Krzywda, mais aussi la culpabilité d'un concierge de confiance –, la religieuse craignait que la maison perdît sa renommée, et que les habitants des étages supérieurs ne commencent progressivement à se retirer, avec leurs capitaux, qui étaient pourtant l'un des piliers de l'entreprise. Dans ces circonstances, obtenir d'elle des lots pour la loterie paraissait encore plus difficile. Même si, à sa manière maladroite, Alojza essayait de l'attendrir, la mère Zaleska voyait dans les cannes en bois, les paniers tressés et les crèches de noël fabriquées par les pensionnaires indigents la dernière source de revenus d'une institution déconsidérée par le crime.

— Malheureusement, cela n'entre pas en ligne de compte. Le travail dans les ateliers constitue une participation des indigents au gîte, au couvert et à la blanchisserie, nous ne pouvons pas traiter ces dons du cœur avec prodigalité, déclara mère Zaleska presque mécaniquement, sans regarder son interlocutrice.

— J'avais l'impression que j'avais votre parole. En effet, la comtesse Żeleńska elle-même a accepté…

— Madame la comtesse peut soutenir la loterie en lui prêtant son nom, et nous sommes disposées à la soutenir par nos prières, comme toute entreprise pieuse, mais les lots… ah, les lots, c'est autre chose.

Ainsi, ni les nombreux chapelets de figues, ni les efforts considérables pour amadouer la tante despotique de la supérieure, ni les délicates sollicitations, rien n'y avait fait. Assise à l'autre bout de la pièce, visiblement embarrassée, Alojza ne savait où poser le regard ; elle ne faisait que déplacer des papiers d'un tas à un autre, espérant que toute cette scène désagréable, où l'une de ses directrices spirituelles luttait contre l'autre, prît fin. Mais Zofia ne lâchait rien.

— Il n'est un secret pour personne à Cracovie, reprit-elle, que la Maison a beaucoup souffert, et que vous, ma Mère, vous souffrez avec elle. Or, il se trouve que je suis en possession d'informations qui disculpent le concierge des accusations qui pèsent sur lui. Ce nouvel élément ne fera pas revenir Mme Krzywda, ni Mme Mohr…

— Oh, nous n'attendons point la résurrection des morts ! Pas de vous, en tout cas, ajouta avec une pointe de sarcasme la mère Zaleska. Nous l'attendrions plutôt de quelques vénérables saints, de mystiques, d'hommes de grande foi. Mais la disculpation du concierge…

— … mais la disculpation du concierge exigera des efforts certains, et j'espère que la joie que vous en éprouverez, vous la confierez à Dieu, et le remercierez en même temps en accordant les dons appropriés pour la loterie.

La supérieure n'était pas préparée à une formulation aussi catégorique, à un marché présenté si ouvertement et avec tant d'impudence. L'atmosphère dans la pièce s'épaissit, on aurait pu y suspendre une hache. À tout le moins un petit piolet des Tatras. Alojza retint son souffle et l'aurait retenu jusqu'à devenir violette si la mère Zaleska n'avait pas fini par céder.

— De tels miracles divins méritent toujours des dons, siffla-t-elle entre les dents, puis elle se leva de son bureau et, effectuant un salut énergique quasi militaire, elle se dirigea vers la porte.

— Vous me donnez votre parole ! (Mme Turbotyńska sourit puis se tourna vers sa confidente.) Et vous, Sœur Alojza, je vais continuer à solliciter votre aide pour mes œuvres, car personne d'autre que vous ne se soucie autant des enfants scrofuleux !

— Dieu vous garde ! déclara la mère Zaleska depuis le couloir.

Son adieu résonna un peu comme une menace.

Avec une vivacité remarquable chez une personne engoncée dans une robe dotée d'une considérable tournure, Zofia se retourna sur sa chaise et s'adressa à la religieuse :

— Quoi de neuf au sujet de nos chers disparues ? Savons-nous de quoi Mme Mohr a parlé avec sa sœur ? Quand enfin pourrais-je avoir une conversation avec elle ? Avons-nous appris quelque chose de la famille de Mme Krzywda ? Avaient-elles un lien quelconque ? Vous deviez le vérifier, ma sœur.

Alojza secoua la tête.

— Rien, absolument rien. C'est comme si elle était tombée du ciel, sortie de nulle part, dit-elle en laissant tomber les bras. Personne ne sait rien d'elle. Ni le nom de son village natal, ni l'identité de son mari... rien sur un quelconque membre vivant de sa famille, personne. Elle était peut-être orpheline ? L'unique document, dit-elle en se levant avec un gémissement étouffé, c'est cette lettre de recommandation...

Elle se dirigea vers une grande bibliothèque à quatre pans en bois sombre, en sortit un dossier, d'où elle retira un petit rectangle de papier à lettre élégant – nota Zofia Turbotyńska – avec un blason imprimé dans le coin supérieur.

— Madame Krzywda a obtenu une place ici grâce à la recommandation de la comtesse Wielhorska. De Krzeptów. J'ai ici une lettre où elle écrit que c'est « une femme d'une ardente piété et de grande vertu... veuve... qui conni... non, connut. Connut des revers de fortune. » Que des informations générales. J'ai montré la lettre à M. le juge d'instruction, mais il n'avait pas l'air intéressé. La lettre ne dit pas quand et chez qui elle a travaillé en qualité de cuisinière. Peut-être chez cette comtesse ? Je ne sais pas.

Zofia prit la lettre, la regarda et la retourna, puis nota rapidement quelques mots dans son carnet (*comt. Wielhorska, veuve, financ*) et, sans même écrire la dernière lettre, demanda :

— Et Mme Mohr ? Puisque nous n'avons rien trouvé sur Mme Krzywda, tant pis… mais si par hasard une information quelconque vous venait à l'oreille, je veux être la première à en être informée. Et donc, au sujet de Mme Mohr ?

— Guère plus que ce que vous savez déjà. Veuve d'un juge, riche, avec des jambes malades. Pour toute famille elle a une sœur plus jeune…

— Et où est-elle ? Où peut-on la trouver, cette sœur ?

— Il paraît qu'elle est sur le point de rentrer. Elle était en cure thermale, à Carlsbad, je crois…

— Combien de temps faut-il pour rentrer de Carlsbad ? s'impatienta Zofia, qui depuis longtemps voulait s'entretenir avec ce témoin capital. Il suffit de monter dans le train, Prague, Pardubice, Ostrava, et on voit les portes de Cracovie !

— Mais quand on a réglé son *kurhaus* à l'avance… soupira Alojza, savourant sur sa langue ce mot, « *kurhaus* », qu'enveloppait une douce brume de plaisirs interdits : de luxe et de confort.

— Quand est-elle partie ?

— Malencontreusement le jour où Mme Mohr a disparu. Le temps que nous trouvions le corps, que l'on retrouve la sœur de Mme Mohr à Carlsbad, ce qui n'a pas été facile, car elle avait changé d'hôtel à cause des punaises, bref…

— Bien sûr, bien sûr, l'interrompit Zofia. Ce même jour fatidique, voyez-vous cela. À l'évidence elle a dû prendre le train de nuit, puisqu'elle a eu le temps de se disputer avec sa sœur après le dîner. Dès qu'elle…

— … dès qu'elle sera rentrée, je vous en informerai, madame Turbotyńska.

— Et dans la Maison ? Quelqu'un se disputait-il avec elle, se querellait ?

Elle avait la certitude que le mystère de Mme Mohr était la clé du double meurtre ; mais comment élucider ce mystère, comment le définir, à qui le relier ? Un instant, elle songea que l'âge de Mme Mohr compliquait tout : elle avait vécu de si nombreuses années qu'elle avait pu se faire des ennemis même du temps du précédent empereur, c'est-à-dire à une époque immémoriale. Combien son enquête serait plus facile à mener dans une école primaire pour jeunes enfants plutôt que dans une maison de vieillards…

— Peut-être que quelqu'un cherchait à rivaliser avec elle ?

Alojza fronça les sourcils. Manifestement, elle voulait oser quelque chose, à savoir : exprimer son propre avis. Et elle osa :

— Mais en quoi pouvait-on rivaliser avec Mme Mohr ? Elle n'avait plus aucune vie à elle, elle s'éteignait doucement… Non… Et l'hypothèse que quelqu'un ne l'aimait pas… il y en avait quelques-unes qui ne l'aimaient pas.

— Autre chose encore ? demanda Zofia, sans lever les yeux de ses notes.

— Une seule. Mme Mohr ne sortait pratiquement plus de sa chambre, n'est-ce pas ? Mais comme elle voulait s'entretenir avec une dame, elle a demandé à la pensionnaire qui faisait le ménage chez elle d'inviter cette dame à lui rendre visite le lendemain. Mais le lendemain elle avait disparu… et… on connaît la suite. On sait tout. On sait tout cela, tout cela est bien connu… s'embrouilla-t-elle.

— Et le nom de cette dame ? coupa Zofia, qui devait se rendre à son rendez-vous au sous-sol de la Maison.

— Mme Walaszkowa.

La porte de gauche menant au sous-sol était légèrement entrouverte. Zofia Turbotyńska descendit les marches, regarda aux alentours ; c'est là que se trouvaient les vastes magasins de la Maison, où l'on entreposait les légumes et les fruits, les blocs de glace dans la glacière, et le charbon dans la chaufferie ; l'été, les pensionnaires indigentes préparaient des bocaux de cornichons, à l'automne elles hachaient les choux et rangeaient sur les étagères les conserves préparées en cuisine. Sœur Bibianna l'attendait, le dos appuyé contre une porte peinte en gris.

— Quelle est cette histoire de cercueils ? murmura Zofia.

— À votre avis ? Ils sont là, prêts. Les pensionnaires se les achètent à l'avance, selon leur goût.

Elle poussa la porte et montra une pièce modeste, éclairée par un unique petit soupirail. Toutes sortes de cercueils étaient disposés contre le mur : en bois clair, sombre, vernis en noir, en blanc – pour les vieilles filles –, ornés de toutes sortes de crucifix, de poignées, de chérubins.

— On sait à qui chacun d'eux appartient ?

— Ils sont signés. Regardez… (sœur Bibianna souleva un couvercle) il y a une feuille avec le nom à l'intérieur.

— *Memento mori*, soupira sentencieusement Zofia Turbotyńska, ces personnes pensent vraiment à la mort !

— Amen.

— Bon, mais ce ne sont pas les cercueils qui nous intéressent ici. J'ai cru comprendre que vous aviez quelque chose pour moi.

— Oui, mais... je ne me sens pas très bien dans le rôle d'une moucharde...

— Cela n'a rien à avoir, l'interrompit Zofia, il s'agit juste d'avoir les yeux et les oreilles grand ouverts.

La nonne referma la porte de la pièce et s'épousseta les mains sur son habit.

— Il se trouve que M. Fikalski disait pis que pendre de Mme Mohr. Les regards qu'il lui lançait, parfois, durant le dîner... j'en avais des frissons sur tout le corps, absolument tout le corps sous ma robe.

Entendant parler des frissons courant sur la peau de sœur Bibianna, Zofia sentit elle-même le froid de la cave sous son corset.

— Elle le lui rendait bien d'ailleurs. Elle le fixait aussi parfois comme un basilic. Et dernièrement, poursuivit la sœur, l'une des dames de là-haut... Mme Wężykowa, oui, Mme Wężykowa... a vu Fikalski se disputer avec Mme Mohr ! En public ! Mais à mots couverts, de sorte que personne ne comprenait de quoi il retournait.

— Madame Wężykowa voit toutes sortes de choses, grommela Zofia, dubitative.

— Peut-être bien (sœur Bibianna haussa les épaules), mais quelqu'un d'autre l'a vu aussi : deux sœurs qui travaillent avec moi. C'est par elles que j'ai appris que Fikalski... (elle se pencha vers Zofia) que ce Fikalski est originaire de la ville où Mme Mohr possède un immeuble. De Bochnia. Ils se querellaient peut-être au sujet de cet immeuble, je ne sais pas.

En haut, ou peut-être dans une autre partie des caves, résonna le bruit d'un seau. Elles attendirent un moment en silence.

— Autre chose ?

— Il paraît qu'après le décès de Mme Mohr cette Mme Krzywda a passé deux jours en ferventes prières à la chapelle. Bon, moi, je ne l'y ai pas vue. C'est tout pour le moment.

— Dieu vous bénisse.

Fikalski, Fikalski... Zofia Turbotyńska était persuadée qu'elle avait déjà entendu ce nom. Il est vrai que la comtesse Żeleńska avait parlé de Fikalski au théâtre, une semaine auparavant, mais il y avait autre chose... Quel ennui ! Elle n'était plus une jeunette, c'est sûr, mais peut-être le docteur Gwiazdomorski devrait-il lui prescrire des tisanes pour ses problèmes de mémoire...

Elle envisagea de rendre visite à la comtesse Żeleńska pour lui poser quelques questions au sujet de ce type. Et profiter de l'occasion pour trouver quelqu'un qui pourrait lui présenter le fameux Fikalski – lorsque dans toute la Maison on cherchait la vieille dame disparue, elle n'avait pas à se justifier des questions qu'elle posait à tout le monde, mais il devenait gênant à présent de mener une enquête personnelle : le premier décès était officiellement un accident, le second, un meurtre, certes, mais dont le coupable avait été identifié et arrêté. Tout un chacun pouvait lui dire de s'occuper de ses affaires. Si elle devait donc apprendre quelque chose, ce serait en feignant une banale conversation.

La comtesse était malheureusement sortie et sa bonne ne savait – ou peut-être ne voulait pas – dire à quelle heure elle rentrerait. Zofia Turbotyńska alla donc frapper à une autre porte du même étage. Un instant, elle crut que c'était la baronne Banffy en personne qui lui avait ouvert la porte, mais c'était sa femme de chambre, Polcia, tout aussi robuste.

— Hélas, Mme la baronne n'a pas le temps de vous recevoir, déclara-t-elle les mâchoires serrées.

— Je comprends, persévéra Zofia, que Mme la baronne a pléthore d'occupations. Mais il ne s'agit pas de questions futiles.

Polcia cependant ne répondit rien, et referma doucement la porte.

Elle ne pouvait décidément compter que sur un coup de chance – peut-être tomberait-elle par hasard soit sur Fikalski, soit sur Mme Walaszkowa, et réussirait-elle à entamer la conversation, à leur tirer les vers du nez. Ce n'était pas encore l'heure du déjeuner, et pourtant les couloirs étaient déserts – elle jeta un coup d'œil par la fenêtre et comprit pourquoi. Après une matinée mitigée, le temps s'était éclairci et, pour une fin octobre, la température était douce. Bien que ce fût dimanche, les jardiniers s'affairaient près du mur recouvert du feuillage rouge sang d'une vigne et qui séparait les terrains de l'établissement du remblai de la voie ferrée ; et dans la cour de la Maison, parmi les plates-bandes de chrysanthèmes multicolores, d'asters et de dahlias, la vie sociale aussi fleurissait à qui mieux mieux. Zofia Turbotyńska descendit vivement l'escalier à côté de la chapelle et observa le jardin alentour, espérant apercevoir Fikalski. Elle doutait de pouvoir le reconnaître – elle ne l'avait entraperçu qu'un instant au théâtre, de loin qui plus est, et elle ne savait absolument rien de Mme Walaszkowa.

Tous les pensionnaires dont la santé le permettait semblaient s'être rassemblés dans le jardin. Certains d'entre eux se promenaient sous les jeunes tilleuls plantés le long de l'allée qui séparait le jardin aux fleurs du potager, d'autres se prélassaient sur les bancs, s'offrant aux derniers rayons de soleil de l'année. Au pied d'une statue de saint Joseph quelque peu de guingois, plusieurs vieillards se reposaient. *Rien d'étonnant*, pensa-t-elle. Elle avait appris de sœur Alojza que la portion de mur derrière la statue avait été autrefois un point de contrebande d'alcool entre la place du Marché et la section des hommes ; peut-être le procédé durait-il encore. Il suffisait de s'approcher du mur, de crier : « Qui croit en Dieu... », et l'instant d'après on entendait : « ... aura ce qu'il veut » ; par-dessus les briques, une main tendait l'argent, une autre la bouteille, et les intéressés, sans même se voir, repartaient vaquer à leurs occupations. Mais ce n'est pas ce petit trafic qui l'intéressait. Elle aperçut une figure familière : sœur Aniceta, la repasseuse, qui marchait dans l'allée, portant un panier de linge. Lorsque Mme Turbotyńska lui demanda où elle pourrait trouver Mme Walaszkowa et Fikalski, sur le visage de la nonne s'épanouit une grimace de mépris moral perfectionnée par l'usage.

— Bien entendu, je sais parfaitement où l'on peut trouver ces personnes, maugréa-t-elle. Là-bas. *Ensemble.*

Et elle agita la main en direction d'une tonnelle ajourée au fond du jardin, sous un imposant platane qui devait déjà pousser à cet endroit à une époque pré-helcelienne. Zofia la remercia et eut à peine le temps de prendre cette direction que quelqu'un sortit de la tonnelle : un homme de taille moyenne, corpulent, mais habillé à la mode. Seule sa démarche trahissait son âge : il s'appuyait à chaque pas sur sa canne, non point une légère badine, mais un bâton épais et solide, à même de porter le poids de son corps aux larges épaules. Malgré sa claudication, il marchait à vive allure, il donnait même l'impression de vouloir s'éloigner le plus rapidement possible de la tonnelle, mais Zofia lui barra adroitement l'allée de toute la largeur de sa robe.

— Monsieur Fikalski ? demanda-t-elle, tout en connaissant la réponse.

La petite moustache sous un nez charnu tressaillit, la main ajusta prestement le monocle et lissa les favoris grisonnants. Zofia Turbotyńska remarqua qu'une mèche rabattue dissimulait sa calvitie, un camouflage subtil, certes, mais largement insuffisant.

— En effet, Alfons Fikalski… En quoi puis-je être utile à la jolie dame ?

— Votre réputation, voyez-vous, est grande…

— Ah oui, se réjouit Fikalski, c'est naturel ! Je m'occupais d'orchestrer, de mettre en scène promenades en traîneaux, pique-niques, mariages, soirées dansantes, lors des bals j'organisais des loteries et menais le cotillon, oui, autrefois j'étais un personnage d'importance ! Sans Fikalski, disait-on, impossible de réussir une soirée à Cracovie. Impossible ! Hélas, ces cavalcades ne sont plus pour moi, je crains de ne pouvoir vous aider. La goutte. Même si je suis toujours au sommet de mes forces viriles, hé, hé ! s'esclaffa-t-il d'un rire grivois. Mais je peux recommander la bonne personne.

— Ce n'est pas de cela que je voulais vous entretenir, mais de feu Mme Mohr.

Le visage de Fikalski se crispa, la moustache frémit. Teinte, remarqua Zofia avec amusement.

— Je ne me rappelle pas.

— Il semblerait qu'il y ait eu une dispute entre vous et la malheureuse…

Le ton de sa voix changea aussi.

— À votre place, je ne m'occuperais pas de vieilles affabulatrices, chère madame, siffla-t-il, vivantes ou mortes. Je ne connaissais pas cette dame. Veuillez m'excuser, je suis très pressé…

— Eh bien, s'il en est ainsi, je ne veux pas vous retenir plus longtemps. Vous vous hâtez assurément à l'office, nous sommes dimanche.

Elle lui fit un sourire torve et d'un mouvement de la tête indiqua la chapelle. Elle attendit que Fikalski grimpât les marches et disparût dans la Maison, puis prit la direction de la tonnelle.

Une femme était installée à l'intérieur, ce devait être Mme Walaszkowa. Le teint bistre, aux formes rondes, plus âgée que Zofia d'un bon nombre d'années, mais avec des cheveux toujours noirs de jais. *D'une beauté guère raffinée, certes, mais elle peut toujours plaire*, songea Mme Turbotyńska, avec une pointe de jalousie. *Quoique les femmes de son âge ne devraient plus s'occuper de ces choses.* Mme Walaszkowa avait les mains croisées sur les genoux, et sur la table devant elle était posé un recueil de poèmes ouvert, que cachait en partie l'un de ses gants. À voir son regard encore rêveur, on pouvait même supposer qu'un baiser avait été déposé ici sur une main. En plein jour.

— Bonjour madame, j'espère que je ne vous dérange pas ? dit Zofia d'une voix suave.

— Non, je vous en prie.

Le dernier mot sonna comme « un prié ». *Quel est cet accent bizarre ?* se demanda Zofia, perplexe. Elles échangèrent quelques remarques courtoises sur le temps, puis Mme Turbotyńska n'y tint plus :

— Vous pardonnerez mon audace, mais vous venez sûrement de loin, n'est-ce pas ?

— Oui, de loin. D'Udine.

*Dudine ?* Pour tout l'or du monde, Zofia aurait été incapable de situer ce nom sur une carte. *Peut-être quelque part en Bohême ? Ou alors une bourgade en Bucovine, loin au-delà de la rivière Prut ? Sans nul doute une Israélite convertie.*

— Lidia Capiani, Walaszkowa du nom de mon mari, se présenta la femme brune.

*Une Italienne !* s'écria en pensée Zofia.

— Zofia Turbotyńska. Du nom de mon mari, le professeur Turbotyński.

— *Professore !* s'écria Mme Walaszkowa, sur un ton empreint de respect. Mon mari travaillait dans les trains. Il combattu aux côtés de Garibaldi contra Autriche, pour le *risorgimento*, et il tomba si amoureux de *Italia* qu'il ramena une épouse avec lui – en Autriche, son païs occupé à nouveau. *Ironia, davvero* ? Mais il est morte. Et vous visitez quelqu'un ici ?

*Une carbonariste !* pensa Zofia Turbotyńska avec consternation, mais elle répondit poliment :

— En quelque sorte. Je connaissais Mme Mohr. Je m'intéresse de près à son sort. Enfin, je m'intéressais…

— Ah, pauvre Mme Mohr. *Povera* !

L'Italienne hocha la tête.

— Sœur Alojza m'a dit que vous étiez amies.

— *Davvero* ? Je ne le diré pas ainsi. (Elle connaissait le polonais étonnamment bien, mais par moments elle butait sur certains mots, elle parlait donc lentement et clairement, absolument pas de la manière dont, selon Zofia Turbotyńska, les Italiens devraient parler.) Il nous est arrivé quelques fois de discuter ensemble, elle avait été en Italie plusieurs fois, elle aimait parler de *Napoli*, même si moi je n'y ai jamais été. C'est dommage, une dame gentille. Elle voulait me parler le jour où elle est morte. *Poverissima.*

— Savez-vous peut-être à quel sujet ?

— C'était étrange. Elle a dit… *come si dice*… que c'était une *questa* de vie et de mort. Non, de vie *ou* de mort. Un peu *dramatico*, n'est-ce pas ?

— En effet, *dramatico*, répéta Zofia machinalement. Je vous remercie beaucoup pour cette conversation, c'est réconfortant de penser que Mme Mohr avait des amis ici.

Elle se leva et, comme incidemment, dit sur le seuil en arborant le sourire le plus amical possible :

— Un monsieur fort charmant sortait à l'instant d'ici.

— Oh oui, très obligeant (le visage de Mme Walaszkowa s'illumina), le *signore* Fikalski. Il est veuf, je suis veuve, *molto simpatico.*

Et en saluant Mme Turbotyńska elle sourit en révélant de belles dents blanches.

— Oh oui, *simpatico*, répondit Zofia, en se forçant à sourire. Très bonne après-midi, chère madame.

*Une Juliette vieillissante qui attend son Roméo au crâne dégarni*, songea-t-elle. En s'éloignant de la tonnelle, elle ne put s'empêcher de sourire. Un large sourire radieux, que ne pouvait susciter que la *schadenfreude.*

# CHAPITRE IX

*Dans lequel Zofia Turbotyńska doit recourir à des manœuvres moralement équivoques, prend conscience que tout un chapitre du livre de sa vie a été arraché, encourage la rivalité de deux mâles valeureux, se retrouve dans une zone mauro-alpine étrangement sordide, et découvre que tous les veufs n'ont pas perdu leur femme, et que la police veille au grain.*

— Le docteur va vous recevoir, dit d'un ton revêche l'infirmière, mais il n'a que quinze minutes à vous consacrer.

— Cela suffira amplement, rétorqua Zofia avec assurance, et pour appuyer ses dires, elle frappa le sol du bout de son ombrelle.

La veille, tout en faisant une patience dans son boudoir avant d'aller se coucher, elle avait planifié cette matinée dans ses moindres détails ; ses actions devaient être réfléchies et rapides comme des coups de scalpel : tout d'abord, elle devait asseoir une emprise totale sur le Dr Zakroczymski, puis sur le juge d'instruction Klossowitz, et, dans le même temps, amadouer la mère Zaleska au cas où elle voudrait ruer dans les brancards. Tout cela devait être fait avec un minimum de mouvements. Elle se mit donc aussitôt à l'ouvrage : elle fit demander à sœur Alojza de convier à tout prix Klossowitz à la Maison Helcel sous le prétexte – justifié par ailleurs – de lui communiquer des informations de la plus haute importance concernant son enquête. Ensuite, faisant mine d'accompagner Ignacy à son travail, elle s'en fut avec lui rue Copernic pour, sur le chemin du retour, faire un saut au cabinet du Dr Zakroczymski, à l'hôpital Saint-Lazare.

— Ah, mais c'est madame Turbotyńska en personne. Ma sœur m'a parlé de vous. Je suis flatté, déclara avec une pointe de sarcasme le médecin. Que me vaut cet indéniable honneur ?

Zakroczymski avait mauvaise mine. Une redingote trop grande retombait de ses épaules amaigries, et ses yeux ne brillaient plus du même éclat qu'autrefois.

— Je suis ravie que vous n'ayez pas dit « indéniable plaisir ». Nous nous épargnerons ainsi bien des déceptions, répliqua Zofia d'un ton neutre, prenant place, sans y être invitée, sur une chaise. Je viens vous voir au sujet de feu Mme Mohr, pensionnaire de la Maison Helcel, que vous connaissez si parfaitement. C'est vous qui avez constaté son décès et avez rédigé le compte-rendu de l'examen visuel du corps.

— En effet.

— Pourrais-je y jeter un œil ? Vous en possédez sans doute une copie.

— C'est vraiment incroyable (le médecin parlait lentement, allongeant les syllabes) qu'une personne… épouse d'un docteur en médecine… d'un professeur même… ne connaisse pas la notion du secret médical…

— La personne connaît. La personne sait également, répliqua Zofia Turbotyńska, qu'elle peut faire en sorte que ce diagnostic erroné, je dis bien erroné, soit désavoué par des instances supérieures. Mais à ce moment-là, vous ne pourrez plus rien faire et le scandale de cette erreur vous frappera avec une force redoublée. Il m'importe ici qu'il ne soit pas trop tard, vous devriez vous soucier de réparer votre erreur sans délai.

Zakroczymski ne répondit rien, mais, après un instant d'hésitation, d'un geste lent, il ouvrit un tiroir de son bureau, en sortit un document et, toujours sans un mot, le tendit par-dessus le bureau à Zofia.

*Compte-rendu de l'examen post-mortem du corps de Antonina Mohr, née Januszkiewicz, âgée de 81 ans, fait le 17 X 1893.*

*Examen externe.*

*1) Corps d'une femme, taille 148 cm, de constitution et alimentation bonnes.*

*2) Taches post-mortem rouge vif, étendues, rigidité présente dans tout le corps.*

*3) On constate les lésions suivantes :*

*a) sur la main gauche abrasion de l'épiderme de la taille d'une pièce de 10 hellers*

*b) dans le sixième espace intercostal droit, sur la ligne des mamelons, une ecchymose de la taille d'environ un florin.*

*Absence d'autres lésions externes.*

*Conclusion.*

*1) La coloration rouge vif des taches post-mortem indique, particulièrement dans le contexte de l'enquête, que la victime est décédée le plus probablement des suites d'une hypothermie.*

*2) Le bleu dans le sixième espace intercostal droit ainsi*

*que l'abrasion de l'épiderme constituent de légères blessures qui n'ont pas de rapport avec le décès de la défunte.*

*Signé :*

*Dr Juliusz Zakroczymski.*

— Comme vous pouvez le constater, débita le médecin d'une voix monotone, le décès de Mme Mohr est dû à des causes purement naturelles. D'après les indications du Dr Wiszniewski, nous connaissons les affections de la défunte, d'ailleurs tout à fait normales pour son âge. La vieille dame a dû se lever la nuit, dans sa confusion elle a marché jusqu'au grenier, où elle est tombée, d'où les abrasions et le bleu, et elle est morte d'un refroidissement de l'organisme. Événement tragique, mais non exceptionnel. Vraiment, je ne vois pas ce que l'on pourrait faire de plus.

— Vous pourriez procéder à une autopsie. Le corps de la pauvre femme repose toujours dans la morgue de la Maison Helcel.

— Oh, vraiment ? bredouilla Zakroczymski, ce qui devait exiger de lui un gros effort. Vous vous y connaissez aussi en médecine maintenant ? Je vous le répète, il n'y a aucune indication de la nécessité de pratiquer une autopsie.

— J'avoue que la chose me surprend, mais il s'avère que je m'y connais mieux que vous. Ne vous est-il pas venu à l'esprit que le rosissement du corps est le signe d'un empoisonnement ?

— C'est absurde.

— Vraiment ?

Zakroczymski ne disait plus rien, il regardait seulement Zofia, les yeux vides.

— Du cyanure de potassium par exemple? suggéra-t-elle à nouveau.

— C'est possible en théorie… reconnut le médecin, tiraillant sa moustache grisonnante, mais c'est peu probable ici…

— C'est hautement probable. Je dirais même quasi certain. Des taches caractéristiques d'un rose intense, qui confèrent au corps une apparence trompeuse de santé et de vie. En conséquence…

— Vous n'allez tout de même pas m'obliger… s'offusqua-t-il.

— Cartes sur table, docteur. Nous savons fort bien tous deux pour quelle raison vous vous trouviez à la Maison Helcel ce jour-là. Votre addiction, quoique sans conteste moralement répugnante, est une affaire entre vous et le Créateur. Je ne peux cependant tolérer que pour cette raison vous négligiez vos devoirs de médecin. On peut dire que dans le cas qui nous occupe votre sort dépend non seulement du Tout-Puissant, mais également de moi.

— Et qu'allez-vous donc faire? demanda-t-il avec calme, soulevant avec difficulté ses paupières lourdes. Vous en informerez votre mari? Vous aviserez la faculté de médecine? Mais ils sont parfaitement au courant, d'ailleurs peu m'importe.

C'était vrai, le milieu médical considérait l'addiction de Zakroczymski avec une certaine indulgence; en souvenir de ses débuts brillants, on lui permettait de continuer son travail à l'hôpital, où il prenait en charge les cas les plus bénins, surveillé de près par ses supérieurs. *Malgré tout*, songea Zofia Turbotyńska, *s'entretenir avec un morphinomane n'est pas chose aisée. Il ne saisit pas la complexité et la gravité de la situation dans laquelle il se trouve.*

— Je me verrais dans l'obligation d'informer les autorités compétentes des escapades nocturnes de sœur Bibianna, déclara-t-elle avec le même calme.

Dans les yeux éteints de Zakroczymski s'alluma enfin une étincelle de vie. Ses pupilles étroites semblaient transpercer Zofia de part en part, telles des lames.

— Votre sort peut vous laisser indifférent, mais je doute que celui de votre sœur vous laisse également insensible.

— Mais vous lui avez promis... Je vous méprise, je vous méprise ! souffla-t-il dans un ultime effort.

— Peu importe, je ne tiens guère à votre estime, répondit-elle froidement, mais je tiens à ce qu'un *professionnel* (elle souligna ce mot) procède à une autopsie rigoureuse. J'attends de vous qu'aujourd'hui même, avant midi, vous corrigiez votre compte rendu et l'envoyiez à qui de droit. Ou le portiez vous-même, car l'affaire ne souffre aucun délai : il s'agit à la fois de découvrir le meurtrier et de préserver votre réputation. Le juge d'instruction Klossowitz se rendra dans la journée à la Maison Helcel. Midi ? dit-elle en se levant, avant d'ajouter : Je crois que mon quart d'heure vient de s'écouler, je vous remercie de m'avoir consacré votre temps.

Et elle quitta la pièce, faisant froufrouter les volants de sa robe sur le plancher verni du cabinet.

De fait, au moment où le sonneur au sommet du clocher de Notre-Dame s'apprêtait à jouer la deuxième partie de sa mélodie, le Dr Zakroczymski, le visage sombre et crispé, frappa à la porte du secrétariat de la mère supérieure, où se trouvait assis à l'imposant bureau, non la figure trapue en habit de bonne sœur, mais le juge d'instruction Klossowitz, passablement excédé. Zofia, la mère Zaleska et sœur Alojza se tenaient debout sous les portraits des fondateurs de l'établissement.

La demi-heure précédente – Klossowitz avait en effet été convié par Alojza pour onze heures et demie – s'était écoulée en échanges de propos acerbes entre le policier et Mme Turbotyńska, qui s'efforçait de lui présenter son raisonnement et de le convaincre de l'innocence du concierge, qui ne pouvait avoir commis le crime. Mais chaque partie de son exposé labyrinthique était accueillie par une remarque désobligeante sur la propension des femmes au bavardage. Un peu plus et elle aurait vendu la mèche, révélé trop tôt que ses informations ne concernaient pas la mort de Mme Krzywda mais celle de Mme Mohr. Toutefois, elle ne voulait pas que le policier balaye ces « fadaises » d'un revers de main et s'en retourne chez lui ; aussi, pour le moment, elle tournait autour de cette mort, que tous considéraient dès le début comme un meurtre. L'atmosphère devenait très lourde. Lorsque Zakroczymski franchit enfin le seuil, on eût dit que s'il était entré par inadvertance avec une cigarette à la bouche dans cette pièce, les émanations toxiques qui s'y étaient accumulées auraient explosé, réduisant toute la coûteuse Maison Helcel à un tas de décombres.

Après un échange convenu de salutations, Zakroczymski jeta un regard à Zofia, puis à Klossowitz, et de nouveau à Zofia, puis il se mit à parler, en butant sur les premiers mots :

— Le métier d'un médecin… ressemble à celui d'un chercheur qui, travaillant jusque tard dans la nuit, s'efforce d'élucider le mystère de l'univers… il arrive que durant des semaines entières il ne note rien dans son carnet, puis, soudain, au milieu de la nuit, il s'écrie « Eureka ! »

Klossowitz le regardait avec défiance, mais, pour le moment, il ne l'interrompait pas.

— C'est un peu la même situation pour le médecin. Il pense avoir posé le bon diagnostic, mais quelque chose le tourmente, ne le laisse pas en paix… et, brusquement, il parvient à une tout autre conclusion. C'est le cas en ce qui concerne la défunte. Au début, considérant son âge, l'absence de marques…

— Un moment, l'interrompit le juge d'instruction, vous n'avez pas examiné le corps de Mme Krzywda – il y avait bien assez de preuves !

Interrompu dans son récit, Zakroczymski s'efforça de rassembler ses idées en clignant nerveusement des yeux.

— Non, commença-t-il, il ne s'agit pas du tout de cette défunte-là. Il est question du décès d'Antonina Mohr née Januszkiewicz, âgée de quatre-vingt-un ans. Considéré à tort comme dû à un refroidissement, alors qu'en fait…

Klossowitz venait de comprendre la manœuvre. Il se leva, manquant de renverser sa chaise, puis il hurla en attrapant sur le bureau son dossier avec les documents :

— C'est im-par-don-nable. La police a du travail à faire ! Du travail ! Et moi, durant les heures de service, je gaspille mon temps à écouter des fables sur des vieillardes qui se sont éteintes dans un grenier, tandis que vols, adultères, coups et blessures, rixes prolifèrent à Cracovie ! C'est un manque de respect envers la police ! (Il menaça tout le monde du doigt.) Un manque. Total !

Ayant déjà dû endurer plus tôt une conversation pénible, Zakroczymski perdit patience et s'emporta à son tour ; ils se tenaient à présent l'un face à l'autre comme deux mâles furieux d'une tribu guerrière ; les femelles, qui se trouvaient dans la pièce, ne protestaient pas – à l'état naturel, elles se seraient sans doute rassemblées à l'orée d'une clairière, mâchant de l'herbe, mais par manque de nourriture, elles se contentaient d'observer placidement le conflit.

— Je vous explique, monsieur le juge d'instruction, la complexité du processus médical et j'entends parler de perte de temps ? Lorsqu'un citoyen vient trouver un policier, qu'il est docteur en médecine, qu'il a peut-être posé un diagnostic erroné, mais conçoit ensuite des doutes, qu'il permettra peut-être de démasquer l'assassin qui a sévi ici, alors il devrait, ne fût-ce que par simple décence…

— Fichez-moi tous la paix avec la décence, j'ai une enquête sur les bras ! Une enquête !

— Et c'est une partie de cette enquête !

— Absolument pas. Elle ne la concerne pas. L'enquête concerne un meurtre, alors que là nous avions un décès dû à un malaise.

— Un décès dû, apparemment, à un empoisonnement.

— Un empoisonnement ?

Klossowitz parut se calmer, il passa un doigt dans son col trop serré.

— Quel genre d'empoisonnement ?

— Au cyanure. De nombreux indices, telles les taches sur le corps, suggèrent qu'il ne s'agit pas ici d'une mort naturelle.

La colère du juge retomba et, lentement, avec d'infimes mouvements du corps, presque imperceptibles, il se déporta vers la chaise qu'il venait de quitter, puis se rassit au bureau.

— Nous avons aussi un élément supplémentaire, déclara de son coin de prairie la biche parée d'une robe des plus nuptiales. À savoir : le dessert.

Les deux hommes la regardèrent interloqués.

— Le dernier mets consommé par Mme Mohr était un dessert. Par un étrange concours de circonstance, il s'agissait d'une crème aux amandes. Comme on le sait, au contact de l'eau, le cyanure de potassium dégage…

— … en cas d'hydrolyse, il dégage du cyanure d'hydrogène, qui a effectivement une odeur d'amandes amères, lui vint en aide Zakroczymski.

— En effet. Ce qui permit au meurtrier d'infliger d'autant plus facilement la mort à la victime.

Durant tout cet entretien, personne ne prêtait une attention particulière à la mère supérieure, qui, au fur et à mesure, devenait l'image même du malheur. Elle se tenait debout au début de l'entretien, mais s'assit peu après, et plus l'échange se poursuivait, plus elle glissait dans son fauteuil. Elle y était maintenant à moitié allongée, la tête penchée en avant, les coudes sur les appuis, les mains croisées, elle ressemblait au Stańczyk de la fameuse toile de Matejko, coiffée d'une cornette au lieu d'un bonnet à grelots de bouffon. Si en à peine une semaine on avait commis dans la Maison non pas un, mais deux meurtres, alors la réputation de l'institution tombait en ruine, et les fortunes réunies des Helcel et des Treutler avaient été dépensées en vain.

— Est-il possible de découvrir dans le contenu de l'estomac des traces de poison, si longtemps après le décès ? demanda finalement Klossowitz à Zakroczymski.

— C'est possible. C'est d'ailleurs ce que je propose dans le compte rendu corrigé, déclara le médecin en sortant de sa serviette une feuille de papier. Par chance, nul besoin de procéder à une exhumation, le corps se trouve toujours au sein de la Maison, soigneusement conservé.

— En ce cas... concéda le juge en poussant un lourd soupir, accompagné d'un regard noir en direction de Zofia, il faudra envoyer le corps à l'institut médico-légal... (à cet instant, la mère supérieure poussa un gémissement) ou, en dernier ressort, si les conditions le permettent, faire venir un médecin sur place et pratiquer l'autopsie.

— Elles le permettent, elles le permettent, assura Alojza, prenant la parole pour la première fois depuis qu'elle avait accueilli le juge d'instruction au secrétariat.

— Parfait. Il est... midi vingt. Puis-je téléphoner ?

Zakroczymski fixait intensément Zofia du regard ; elle le sentit, tourna le visage vers lui et, d'un mouvement lent des paupières, lui fit comprendre que l'affaire avait été conclue comme il convenait.

— Je me demande si, nous les Cracoviens, nous ne nous sommes pas attiré des ennuis avec ce théâtre. Écoute, ma chère Zofia (Ignacy fit bruisser les feuilles du journal en le pliant en deux pour rapprocher de son nez les colonnes presque illisibles) : à Budapest, il y a eu un scandale théâtral impliquant une cantatrice polonaise, Mme Nussbaum. « Entrant avec son époux à l'opéra pour assister à la répétition, elle rencontra le comte Vasquez-Malina qui, avec son épouse, également cantatrice d'opéra... »

— Quelle époque, grommela Zofia, un comte et une cantatrice ! Pourquoi pas une écuyère ?

— … « se rendait aussi »…

— Par ailleurs (elle l'interrompit encore), quel nom est-ce pour un comte, Malina ? C'est absurde.

— … « se rendait aussi à la répétition. À la vue du comte, M. Nussbaum se précipita sur lui en criant "Misérable, tu as conspué ma femme lors de la dernière représentation !" Là-dessus, le comte a giflé par deux fois Nussbaum. La chose a eu lieu devant témoins… » Vraiment, je ne vois rien sous cette lampe… bref, le directeur a annulé les représentations de cette dame. « En outre, il y eut un duel… »

— Excusez-moi, madame…

Franciszka s'apprêtait à enlever le plateau avec les tasses après le thé du soir et, se penchant vers Zofia Turbotyńska, elle lui demanda en chuchotant :

— Est-ce que je dois nettoyer seule le tombeau cette année ?

— … « un duel entre Nussbaum et le comte Vasquez. Il n'y a aucune information quant à l'issue du duel. »

Zofia en resta bouche bée et, un instant, ne put articuler une parole, mais pas à cause de l'anecdote un peu ennuyeuse de Ignacy. Comment pouvait-elle avoir oublié que la Toussaint approchait, et avec elle, la visite traditionnelle au caveau familial ? Octobre touchait à sa fin. Comment était cc possible ? Les événements de ces dernières semaines avaient laissé un trou dans son emploi du temps – elle ne savait où était passé tout ce temps ; elle se souvenait de l'inauguration du théâtre et, dans le moindre détail, de ses visites à la Maison Helcel. Mais le reste des jours, des matinées, des soirées avait passé sans rien imprimer dans sa mémoire. Des événements étaient survenus, sans doute, quelqu'un avait choisi les menus des repas, surveillé le nettoyage de l'argenterie, le garnissage des draps avec des sachets de lavande, quelqu'un avait engagé un cocher pour livrer le charbon pour l'hiver, mais tout cela s'était passé en dehors de la conscience de Zofia Turbotyńska.

— Demande à l'autre d'y aller.

— L'autre, madame ?

— Comment s'appelle-t-elle déjà… Aniela ? Aniela. La nouvelle.

Tenant le plateau avec les tasses, les petites assiettes et une poignée de couverts comme un fagot de brindilles argentées, Franciszka la fixait sans comprendre.

— Mais madame Turbotyńska, vous l'avez renvoyée.

— Moi ? Quelle idée ! Pourquoi l'aurais-je renvoyée ?

— Elle a cassé quatre tasses de votre service de mariage. Par négligence, alors que je lui avais dit de faire très attention.

Ignacy se racla la gorge avec dignité du fond de son fauteuil puis entreprit de découper dans le journal l'entrefilet sur les Nussbaum, qu'il collerait ensuite dans son petit album de curiosités. Ainsi, le crime de la Maison Helcel avait absorbé Zofia comme Ignacy pouvait l'être par la dissection de certains organes de la salamandre ou de la tortue à écailles ; ses étudiants disaient qu'on pourrait alors le clouer au plancher avec des clous à ferrer, il ne se rendrait compte de rien.

— Bien sûr, bien sûr, concéda-t-elle. Eh bien, que vienne la deuxième nouvelle.

— Mais, madame, vous n'avez pas demandé de nouvelle deuxième auprès du bureau de placement.

— Tu iras demain, Franciszka, et tu en demanderas une. Et quand elle sera là, tu lui montreras une chose ou deux, et tu l'enverras immédiatement au cimetière. Ou bien nous irons toutes les deux, je ne sais pas encore.

La bonne hocha la tête.

— Ce sera tout, Franciszka. Nous n'aurons plus besoin de toi ce soir.

— Merci, madame, bonsoir.

— Bonsoir.

— Bonsoir, répondit Ignacy de son fauteuil, après quoi il s'adressa à nouveau à sa femme : Incroyables, ma chère Zofia, ces nouvelles, écoute donc. Le docteur Jordan est toujours à la recherche de son vélo volé, il offre cent zlotys de récompense. « Une bicyclette complètement neuve, des pneus avec des rayures blanches, portant l'inscription "Special". Les rayons étaient décorés avec du papier de soie jaune clair, fixé avec de la ficelle, ce qui ne l'empêchait nullement de rouler »...

— Ignacy, demanda-t-elle d'une voix irritée, as-tu l'intention de rechercher le vélo du docteur Jordan ? Tu veux recevoir les cent zlotys de récompense ?

Un peu déconcerté par la vivacité du ton, Ignacy replia le journal sur ses genoux.

— Je pense, dit-il lentement, quelque peu offusqué, qu'arrêter le coupable serait un acte social éminemment utile.

Si quelqu'un contemplait Cracovie d'en haut, d'un point plus élevé que les tours de l'église Notre-Dame et de la cathédrale du Wawel, et s'il pouvait transpercer du regard les murs, les toits et les parois des voitures de chemin de fer, il saurait qu'exactement à 10 h 34, à l'instant même où Mme Turbotyńska posait le pied sur la première marche du train, le Dr Teodor Chościak déposait sur le bureau du juge d'instruction Klossowitz le *Compte-rendu de l'autopsie d'Antonina Mohr née Januszkiewicz, âgée de 81 ans, rédigé le 30 X 1893*, avec une conclusion cruciale pour l'affaire : *L'avis médico-légal annule les conclusions antérieures selon lesquelles la mort a été causée par une hypothermie. Considérant l'examen chimique positif du contenu de l'estomac et des intestins, où l'on a retrouvé une quantité significative de cyanure de potassium, il ne fait aucun doute que la mort a été causée par un empoisonnement dû au cyanure de potassium ci-dessus mentionné.*

Mais personne ne possède un regard aussi perçant, donc la concomitance dans le temps de ces deux événements devrait à jamais demeurer inconnue.

Les bourgeois de Cracovie étaient accoutumés aux mauvaises odeurs, ils grandissaient, devenaient adultes et mouraient environnés par elles, mais la puanteur qui régnait dans la seconde classe du train de la ligne Impériale-Royale de la Société privée des Chemins de Fer de Galicie de l'archiduc Charles-Louis était difficilement soutenable, même pour une femme habituée aux salons les plus rances, aérés pour la dernière fois à l'époque des réformes de Joseph II. Dans le wagon, se mêlaient des relents de lainages imprégnés de sueur, de corps d'hommes et de femmes, de produits contre les mites qui avaient pénétré les manteaux d'hiver sortis récemment des armoires, de la nourriture avalée au buffet de la gare, des provisions calées dans les bagages et l'odeur âcre de la fumée de charbon, qui enveloppait tout le train.

La gare de Bochnia, de taille modeste mais proprette, ressemblait à de nombreuses autres gares : deux petits bâtiments à un étage, reliés par une salle d'attente constituée du rez-de-chaussée. Du côté des voies, sur toute sa longueur, la salle d'attente était prolongée par un auvent, appuyé sur une douzaine d'arcades en bois, tantôt plus larges, tantôt plus étroites ; en bas, une balustrade, en haut des volutes dressées et, au-dessus du passage vers les voies, un faîtage pimpant avec l'inscription *BOCHNIA*. Tout cela finement ajouré, découpé en motifs de dentelle, donnait à la construction une allure à mi-chemin entre un pensionnat des Alpes et un patio mauresque.

Plus loin, le paysage se dégradait, plus d'Alpes ni d'Alhambra, mais la malpropreté sordide de la Galicie. Elle passa à côté d'un groupe de juifs en grande discussion puis de quelques porteurs déguenillés, à qui la poignée de voyageurs en provenance de Cracovie n'assura aucun gagne-pain, prit finalement un fiacre grandement fatigué et se fit conduire sur la place du Marché. Toutes les maisons de rapport offraient une image d'abandon et de misère – bon nombre d'entre elles ne se distinguaient guère de chaumières paysannes : basses, à peine soulevées de terre, avec des vérandas en bois et des toits affaissés de vieillesse, couverts de bardeaux vermoulus ou d'une tôle quelconque. Parmi elles, de-ci de-là, se dressaient les tourelles des chevalets coiffant les puits de mine, avec leurs roues métalliques – c'était après tout une ville minière même si, alentour, il n'y avait que boue et désolation. Dans le meilleur des cas, de sous les crépis tombés on voyait de la brique, car le plus souvent c'étaient des roseaux liés avec de l'argile, montés sur des poutres en bois. Dans les jardins, des pommiers tardifs portaient encore quelques fruits, de temps à autre on voyait une balustrade vermoulue, un volet accroché à une seule charnière ; au-dessus des portes basses des magasins pendaient de modestes enseignes aux inscriptions de guingois peintes par des barbouilleurs ambulants.

Par chance, on était mardi, et le jour de marché à Bochnia tombait le jeudi, pensa Mme Turbotyńska. Deux jours plus tard, en effet, la misère locale s'accroîtrait encore de la misère de passage : mendiants, chiffonniers juifs, paysans des villages environnants, qui avaient juste la force de se rendre à Bochnia, de vendre ce qu'ils avaient à vendre, et de boire l'argent gagné à la taverne. La place du Marché occupait un grand espace de terre battue au milieu duquel se dressait une colonne portant la statue bancale d'un saint – non, après un examen plus précis à l'aide des lorgnons, il s'agissait en fait d'une statue bancale du roi Casimir le Grand. Autour de la place, les bâtiments sans doute les plus importants de Bochnia : une église flanquée d'un hideux clocher en bois, véritable masure dont il ne devait rester des exemplaires que dans les villages les plus déshérités, un peu plus loin le bâtiment du conseil municipal, coiffé d'un toit à double pente, avec un air de synagogue, et des immeubles de rapport à un étage, voire deux. L'un d'eux devait appartenir à Mme Mohr ou plutôt, depuis peu, à ses héritiers. Un bel héritage, incontestablement. Elle examina les façades et les enseignes : une papeterie avec fournitures scolaires et articles de mercerie de M. Zimmerspitz, un restaurant au nom de M. Feniger, vantant ses miels de Janowice, ses vins dalmates et hongrois produits dans ses propres vignes à Sárospatak… il y avait aussi un M. Urbański : une boutique avec une large enseigne, peinte d'une main fort malhabile. Elle entra successivement dans chacun de ces commerces, mais chez Feniger il y avait trop de monde pour entreprendre quelqu'un, chez Zimmerspitz n'officiait qu'un vieux commis au visage jauni et revêche, comme un citron desséché – au premier coup d'œil on voyait qu'il était du genre qui ne parle pas, mais écoute et note dans sa mémoire. Zofia Turbotyńska était à la recherche de quelqu'un d'autre, elle entra donc chez Urbański.

C'était un magasin colonial comme tous les autres, mais moins imposant que ceux de Cracovie : des meubles foncés, des bocaux de caramels, des tonnelets de raisins secs et de dattes, des pains de sucre disposés en ordre sur les étagères. Elle jeta un regard circulaire en attendant que la dame corpulente derrière le comptoir vînt s'occuper d'elle – indubitablement il s'agissait de Mme Urbańska, qui tenait d'une main ferme le magasin, et aussi M. Urbański. À supposer qu'il était encore de ce monde au lieu de gentiment mourir et confier à sa veuve le bon soin de l'entreprise.

— Vous êtes, chère madame, de passage ou pour un séjour plus long ? demanda-t-elle enfin.

— Moi ? Ah, j'ai fait le voyage pour acheter du sel à la source. J'aime ce qui est de la meilleure qualité, et entre Bochnia et Cracovie il peut lui arriver beaucoup de choses. Ici, on y ajoute quelque chose, là, on prélève…

Urbańska acquiesça d'un air entendu.

— Et comment trouvez-vous Bochnia ?

Sans lui laisser placer un mot, elle se fendit d'un large sourire et se mit à bavarder :

— Elle est belle, notre Bochnia, n'est-ce pas ? Depuis que le chemin de fer est arrivé, ça fera environ trente ans, tant de richesses aussi ! Nous avons érigé une statue magnifique, le roi Casimir, Matejko lui-même a dessiné le projet…

— Matejko ? Vous m'en direz tant…

Zofia hocha la tête, se disant en elle-même que le Maître lui aussi parfois ratait son projet.

— Nous avons des écoles grandes comme tout, flambant neuves, ouvertes il y a peu, l'une pour les garçons, l'autre, Sainte-Kinga, pour les filles, d'après des plans conçus à Vienne. Et il y a trois jours à peine nous avons eu une célébration, on a inauguré le nouveau conseil cantonal… un architecte de Cracovie… L'archiprêtre Wąsikiewicz a procédé à la bénédiction, l'archiprêtre Lipiński a célébré la messe, tout le conseil y était, les fonctionnaires, tous, absolument tous, Bochnia tout en-tiè-re ! Un banquet pour soixante convives, le maire a porté un toast à Son Altesse, à monseigneur l'évêque de Tarnów…

Mme Urbańska s'étranglait presque, mais Zofia la laissait patiemment parler tout son soûl, elle tiraillait seulement le doigt d'un de ses gants.

— Nous avons aussi une société de chant, qui se nomme la Lyre, c'est très joli, mon mari en fait partie, il chante, c'est un bonheur… et le club sportif les Faucons, ils viennent d'ouvrir une section cycliste. Oui, ne soyez pas surprise, toutes les nouveautés arrivent jusqu'ici (elle en rosit de bonheur), même des bicyclettes ! Vous pensez que nous, ici, en province, nous ne sommes au courant de rien, mais nous allons à Cracovie, nous y allons, j'ai même le projet de me rendre au théâtre…

— J'ai assisté à l'inauguration, ne put s'empêcher Zofia. À vrai dire je ne voulais pas y aller, je n'aime pas la cohue des premières, mais la comtesse Żeleńska, une amie très chère, a beaucoup insisté pour que je lui fasse plaisir et que je l'accompagne dans sa loge. La prestation de M. Asnyk était infiniment poétique.

Là, il n'y avait pas moyen de répondre, la comtesse et l'inauguration du nouveau théâtre battaient tous les atouts, même le nouveau Conseil du canton.

— Une ville ravissante, termina Mme Urbańska sur une expiration, comme si elle s'était complètement dégonflée.

— Avec la comtesse Żeleńska, nous organisons une loterie en faveur des enfants scrofuleux, elle réside depuis peu à la Maison Helcel... dans les meilleures chambres, cela va de soi. D'ailleurs, il me semble qu'une payse à vous y habite également, Mme Mohr...

— Madame Mohr, veuve du juge Mohr, je connais, je connais.

— Ou plutôt vous connaissiez. Elle est décédée, la pauvre.

— Décédée ? Eh bien, remarqua avec philosophie la marchande, elle était âgée, alors elle est morte.

— Elle possédait ici, paraît-il, un immeuble de rapport ?

— Oui, en effet. Par là-bas (elle tourna la tête dans une direction indéterminée), hérité de son mari, car il était un véritable Bochnien authentique, une figure importante, juge à Bielsko, ensuite à Cracovie... Ça fait des années qu'il est parti... ses parents sont inhumés rue Oracka, chez nous, mais lui, évidemment... un monsieur, au cimetière de Rakowicki, avec la famille de sa femme, ajouta-t-elle, faisant la grimace devant cette trahison de sa petite patrie.

— Madame Fikalska est-elle aussi inhumée à Cracovie, ou bien son mari l'a enterrée ici ?

— Non, pas du tout, son mari est décédé avant elle. Oh, avant même mes beaux-parents, cela fera bien trente ans...

Zofia Turbotyńska protesta :

— Comment cela, décédé ? Il est bien vivant. Alfons Fikalski.

— Ah, oui, le jeune M. Fikalski se porte fort bien paraît-il, siffla-t-elle, comme un coq en pâte. Mais on ne peut pas en dire autant de sa femme.

— Oui, justement, à son sujet. Elle est morte depuis longtemps ?

Mme Urbańska mit ses mains sur ses hanches.

— Comment, morte, alors qu'elle est vivante ? s'écria-t-elle. Et qui, à votre avis, est couchée dans la maison de la rue Solna ? Même si, à dire vrai, je sais bien que ce n'est pas une vie : seule, enfermée dans sa chambre, attachée à son lit, elle hurle parfois, qu'on l'entend dans toute la rue. Tout ça à cause de lui. Vous n'en avez pas entendu parler ? (Dans l'œil de Mme Urbańska s'alluma une étincelle d'excitation.) Non ? C'était un coureur de jupons, fi donc. Et un panier percé. Elle était une fille de bonne famille, les parents possédaient un magasin, une maison à l'angle de deux rues, elle lui a apporté tout cela en dot, car fille unique, mais Fikalski… Fikalski tel qu'en lui-même, un séducteur. Toujours enclin à organiser un bal, à mener le cotillon et la mazurka, avec un faible pour les cartes. Ça lui a pris un an et demi. Dix-huit mois ! (Elle tapa du poing sur le comptoir, et elle avait un poing comme il faut, mais le comptoir était massif lui aussi.) Il a dilapidé toute la dot. Marchandises, magasin, maison. Et il lui restait encore des dettes. Ses parents à elle, qui pensaient finir tranquillement leurs jours chez eux, ont été recueillis par de la famille à Opatów. Et la fille est devenue folle. Mme Fikalska est devenue folle, tout dans sa tête s'est complètement détraqué. Elle est alitée et elle crie. Si vous alliez là-bas, rue Solna, devant la maison de ses cousins, vous entendriez, parfois.

— Et qu'est-ce qu'elle crie ?

— Rien de spécial. Un charabia qu'elle seule comprend. Parfois, elle chante, enfin, on dit qu'elle chante, mais à mon avis, elle hurle comme une bête. Qu'est-ce qu'elle va devenir, maintenant que Mme Mohr est morte...

— Qu'est-ce que Mme Mohr a à voir là-dedans ?

— On dit que ce n'est pas du tout M. le curé qui finance son entretien, que c'est Mme Mohr qui payait. Elle connaissait les parents de Mme Fikalska et les aimait beaucoup – le juge Mohr habitait dans la maison voisine de la leur, aussi, lorsqu'elle apprit que les parents étaient morts à Opatów, elle a décidé de prendre soin de la malheureuse. En principe, elle n'y manque de rien, mais après toutes ces épreuves, elle a vieilli, il paraît qu'elle a l'air d'une vieille femme. Les cheveux gris, hirsutes...

— Alors que M. Fikalski est florissant.

— Florissant ? (Elle tapa à nouveau du poing sur le comptoir, ce qui fit tinter les couvercles en verre des bocaux de caramels et de guimauves pour le mal de gorge.) Il n'y a pas de justice en ce monde.

— Peut-être pas, murmura Zofia Turbotyńska un peu à son intention, un peu pour elle-même. Mais peut-être aussi que quelqu'un a tenté de se faire justice à Cracovie et l'a payé de sa vie... Bon, nous passons agréablement notre temps à bavarder, alors que je suis venue faire des courses. Je trouverai chez vous du sel de Bochnia le plus pur ?

— Le plus pur !

Cette fois, Mme Urbańska se tapa la poitrine, mais ayant celle-ci aussi massive que le comptoir, elle ne se fit aucun mal.

Le train du retour se traînait au son régulier du martèlement des roues ; la puanteur ambiante ne le cédait en rien à celle du matin, mais elle n'y prêtait pas attention – coincée entre un barbu en épaisse redingote et un maigrichon étudiant juif, ou commis de magasin, elle relisait ses notes dans son petit carnet. Mme Mohr possédait une excellente mémoire des visages. On ne pouvait donc envisager qu'elle n'ait pas reconnu Fikalski – d'autant qu'elle subvenait d'une main généreuse à l'entretien de sa folle épouse. Avait-elle voulu mettre en garde Lidia Campiani, épouse Walaszkowa ? Si Fikalski avait imaginé dans sa bêtise de devenir bigame et de dilapider une nouvelle dot, aurait-il été capable de commettre le meurtre, les deux meurtres ? Supposons qu'il ait voulu faire disparaître de ce monde la vieille dame qui menaçait de contrecarrer ses plans : il s'acoquine avec Krzywda, lui propose de l'argent pour accommoder le dessert à l'amande avec du cyanure. Après un moment, il s'avère qu'il n'a pas d'argent, car il y a belle lurette qu'il a croqué tout ce qu'il possédait lui, sa femme et ses beaux-parents, il n'a plus que ce qu'il porte sur le dos et l'espoir d'une dot, l'argent des Campiani d'Udine… Peut-être d'ailleurs avait-il le projet de se marier et de partir pour la radieuse Italie, où mûrit le citron, sans payer le prix du meurtre ? Quoi qu'il en soit, Mme Krzywda se fâche. Ou peut-être a-t-elle des remords ? *Il paraît qu'une somme rondelette*, songea Zofia Turbotyńska, *apaise les remords de bien des gens, en revanche une somme espérée et non payée, au contraire, les intensifie considérablement… Et donc, la pensionnaire abusée fait chanter Fikalski, le sol se dérobe sous ses pieds, la menace est imminente et dangereuse. Il perd son sang-froid et étrangle l'empoisonneuse… mais non, il ne l'étrangle pas. Il était au théâtre, je l'ai vu moi-même…*

Le train la berçait doucement, mais elle s'efforçait de garder toute sa lucidité. Le concierge ? Serait-il le véritable… non, non pas l'assassin, mais l'instrument aux mains de l'assassin ? *En définitive, qu'il ait défendu l'honneur de sa bien-aimée n'exclut nullement qu'il ait en même temps perpétré le meurtre. Une grosse somme de Fikalski lui aurait peut-être permis d'épouser la femme à qui l'avait uni la flèche de Cupidon, assez malencontreusement décochée dans les couloirs de la Maison Helcel… Récapitulons : Fikalski charge Mme Krzywda d'empoisonner Mme Mohr, il est ensuite objet de chantage, un nouveau contrat, exécuté avec moins de raffinement que le premier…*

— Excusez-moi ! Excusez-moi ! s'écria le barbu en redingote. Excusez-moi !

Et, d'une jambe grassouillette, étroitement moulée par le tissu du pantalon, il se faufila difficilement vers la sortie.

— C'est déjà Cracovie ? demanda Zofia d'une voix ensommeillée. La gare de Cracovie ?

L'étudiant juif, ou peut-être commis de magasin, hocha la tête sans un mot.

Elle revint de la gare par le parc Planty, regrettant de ne pas avoir emmené son manchon ou au moins des gants plus chauds ; l'automne pesait sur Cracovie, humide, sombre, comme poussé par les vents depuis le Royaume du Congrès. Mais fi de l'automne puisqu'elle avait cette magnifique intrigue : un crime, puis un second, trois protagonistes, deux cadavres, des mobiles plausibles. Il suffisait à présent de décocher la flèche de la vérité dans les yeux des misérables et de convoquer la police, comme on appelle en enfonçant la sonnette un boy à l'hôtel. Au lieu de : « Veuillez emmener mes bagages dans ma chambre », on leur dirait : « Veuillez emmener M. Fikalski en prison, procéder à son interrogatoire approfondi et le remettre aux mains de la justice. » Le juge d'instruction Klossowitz pouvait bien se gausser d'elle, maintenant, c'est elle qui se gausserait de lui. De sombres nuages s'amassaient sur la tête d'Alfons Fikalski, les plus sombres !

À peine avait-elle franchi le seuil de l'appartement, à peine s'était-elle écrié : « Ignacy, je suis allée jusqu'à Bochnia pour t'acheter du sel de première qualité », paroles qui ne rencontrèrent d'ailleurs ni explosion ni même un grognement de satisfaction, à peine avait-elle retiré de son chapeau trois longues épingles, l'une garnie d'une cigale en cuivre, la deuxième d'une petite demi-lune sertie de grenats, et la troisième d'une turquoise, que Franciszka apparut devant elle.

— Madame, chuchota-t-elle, en s'essuyant vigoureusement les mains à son tablier, cet après-midi, un coursier a apporté un message de sœur Alojza. Urgent. Monsieur a demandé ce que c'était comme lettre, mais je lui ai juste répondu que c'était au sujet du personnel, et il n'a pas posé d'autres questions.

— Fort bien, acquiesça Zofia.

Elle saisit l'une de ses épingles et, s'en servant comme d'un coupe-papier, elle ouvrit précipitamment l'enveloppe. Elle parcourut les lignes tracées de l'écriture régulière, administrative de la sœur de charité.

*Établissement pour les pauvres, Maison Helcel, Cracovie, le 31. X. 1893.*

*Chère Madame Turbotyńska,*

*C'est avec beaucoup de chagrin, en confiant ma souffrance à Jésus-Christ, Sauveur du monde, que je dois reconnaître que vous aviez raison : Mme Mohr a effectivement été assassinée. Dès que le Dr Chościak a confirmé ce matin qu'elle avait été empoisonnée, le juge d'instruction Klossowitz a ouvert une enquête et, avant midi, il a envoyé chez nous des policiers.*

*Vous aviez raison, même si le résultat des investigations est loin d'être réjouissant. Non seulement le concierge est en prison, mais en outre la cuisinière est une empoisonneuse. Il s'avère que Mme Sedlaczkowa a purgé une longue peine de prison pour avoir empoisonné son mari, et elle a été condamnée par nul autre que feu le juge Mohr, l'époux de Mme Mohr. La pauvre a été victime d'une affreuse vengeance pour la simple raison qu'un tribunal impartial a jeté en prison une empoisonneuse de mari.*

*Dans quelle époque devons-nous vivre ?*

*Que Dieu vous bénisse pour l'aide que vous nous avez apportée;*

*s. Alojza de l'Enfant Jésus.*

Zofia replia la lettre et la glissa à nouveau dans l'enveloppe, et l'enveloppe, dans sa poche.

Elle se regarda dans le miroir ; Bochnia l'avait sans doute un peu fatiguée, mais le revirement dans l'enquête venait de pulser plus de sang dans ses veines ; ses joues rosirent, et ses yeux étincelèrent à nouveau comme des joyaux.

— Ignacy, proclama-t-elle d'une voix dramatique en pénétrant dans le salon, nous devons faire installer un téléphone à la maison. Sans lui, je ne m'imagine pas organiser la loterie pour les enfants scrofuleux. Je passe mon temps à courir à la Maison Helcel… Ignacy, fais quelque chose !

# CHAPITRE X

*Dans lequel Zofia Turbotyńska se trouve en désaccord avec* Le Temps *mais prend le parti d'usages immémoriaux, et Cracovie subit une perte irréparable. Le jour du triomphe devient une journée de surprises, les accusations sont laissées pour plus tard, le cimetière de Rakowicki reçoit la visite d'Ulysse, qui a quelque chose à dire sur chaque tombe.*

Ces derniers temps, rien n'irritait tant Zofia Turbotyńska (exception faite de la maladresse des femmes de chambre, des balivernes de Mme Zaremba et bien entendu de l'incompétence de la police de Cracovie, incapable de remarquer des indices parfaitement évidents), que les annonces, publiées régulièrement dans *Le Temps,* du genre : « Au lieu de bougies et de couronnes sur la tombe familiale, telle et telle personne a envoyé pour les frais de chauffage des pauvres du Foyer Frère Albert 25 zlotys du Rhin », ou encore : « M. et Mme tel et tel, au lieu d'une couronne, ont adressé 10 zlotys pour les enfants souffrant de faim. »

Tout avait commencé avec cette malencontreuse lettre adressée à la rédaction du journal *Le Temps* à peine une semaine plus tôt. « Au lieu de couronnes, de photophores et autres parures, qui n'apportent aux vivants qu'une satisfaction d'amour-propre et évoquent davantage un rite païen, il serait ô combien plus profitable de consacrer cette somme à l'aumône, au nom des défunts que nous pleurons », écrivait un auteur anonyme. La rédaction du *Temps*, qui depuis longtemps réprouvait cet usage emprunté à l'Occident, prétendument païen, avec une obstination digne d'une meilleure cause, encourageait cette idée inepte et incitait ardemment les lecteurs à la mettre en pratique.

— Tu le sais bien, Ignacy, expliquait-elle à son mari, que je n'ai rien contre la philanthropie, au contraire, je lui consacre *infiniment* de temps et d'effort. Surtout ces derniers temps. Je vais d'ailleurs aujourd'hui même me rendre à la Maison Helcel…

— Encore la Maison Helcel. (Ignacy lui jeta un regard suspicieux.) Vraiment, je ne comprends pas pourquoi tu y vas si souvent. D'autant que c'est devenu dernièrement un endroit dangereux. Tu pourrais peut-être t'occuper d'enfants pauvres…

— Mais justement je m'en occupe. Des enfants scrofuleux, protesta-t-elle, mais d'une voix moins assurée qu'elle ne l'aurait voulu, car depuis un bon moment elle ne songeait plus du tout à la loterie. Et je m'efforce d'obtenir des lots de la mère supérieure. Pour les enfants, précisément. Sous le patronage de la comtesse Żeleńska, qui est résidente de la Maison… tu comprends, cela exige efforts… politesse… visites.

— En effet, en effet, dit-il en hochant la tête, mais le regard toujours méfiant.

— Donc bien sûr que la charité est importante, mais comment peut-on laisser passer la Toussaint et la Fête des Morts sans décorer la tombe familiale ? Peux-tu l'imaginer ? Des milliers de personnes se rendent au cimetière et voient la tombe négligée des Turbotyński, une tache au milieu des autres tombes, comme je ne sais quelle ruine romantique ? Ce serait scandaleux !

— Je pense que tu exagères quelque peu, Zofia, rétorqua son mari. Par ailleurs, il me semble que les gens qui se rendent au cimetière y vont pour autre chose que de contempler la tombe de feu mes parents.

Zofia Turbotyńska ignora cette remarque.

— Et toutes ces annonces ? Ce n'est qu'hypocrisie et tartufferie, rien de plus. Crois-moi, il n'y rien de pire que l'hypocrisie !

— Mmm, grommela-t-il.

— Toujours est-il que tant que *moi* j'aurai mon mot à dire, continua-t-elle, la sépulture de ton père et de ta mère, qui t'a enfanté, sera ornée comme le mérite une tombe située à un *tel* emplacement. Dans une allée respectable, loin des suicidés.

Bien entendu, la famille Glodt reposait dans le cimetière principal de Przemyśl ; on y avait transféré la plus vieille pierre de la tombe ancestrale depuis l'ancien cimetière, après la fermeture de celui-ci, mais il était difficile de s'honorer d'un soubassement tout ordinaire, orné d'une inscription à la calligraphie démodée depuis longtemps. Les parents Turbotyński, en revanche, avaient été inhumés dans le cimetière principal de Cracovie, près de la chapelle, dans un tombeau de taille modeste, mais élégant, élevé selon la mode d'alors dans le style néo-gothique et orné avec goût des blasons de la famille.

— Mais bien sûr, ma chérie, que tu as ton mot à dire sur ce sujet. Pour ce qui est de fleurir la tombe, comme toujours je m'en remets à toi, lui assura-t-il, après quoi il reprit la lecture de son journal, dans lequel, pensa Zofia, d'autres cabotins proclamaient sans l'ombre d'une hésitation et à tous les vents la générosité de leur cœur, mesurée en solide monnaie autrichienne.

C'était la veille du Jour des Morts, et le temps était affreux, mais, en entrant dans le cimetière, il fallait tout de même jouer des coudes pour se faufiler à travers des masses compactes de visiteurs, vêtus d'épais paletots, de manteaux de fourrure, de pèlerines. Zofia Turbotyńska détestait la foule, mais elle n'avait pas le choix – la tombe devait être nettoyée et décorée dès le premier novembre, jour de la Toussaint, pour paraître somptueuse dès le lendemain matin, Jour des Morts, et susciter l'envie des autres familles. Cette tâche était même plus importante à ses yeux que l'enquête – en réponse à la lettre de sœur Alojza, elle lui avait adressé un mot laconique, la remerciant pour l'information transmise et l'assurant de ses ardentes prières pour la Maison Helcel. *Si Fikalski devait prendre la fuite, il l'aurait fait depuis longtemps. Une demi-journée ne sauvera personne, même le concierge,* se convainquait-elle, *alors que la tombe ne se nettoiera pas toute seule. Il faut connaître ses priorités.*

Le jour de la Toussaint, elle n'avait pas la tête à engager une nouvelle bonne, c'est donc Franciszka qui l'accompagna au cimetière, et à présent elle leur frayait un passage dans la foule avec une couronne et un balai de bouleau pour le nettoyage de la tombe. Zofia rencontrait à tout bout de champ des visages familiers – Mme Fabjańska, Mme Hrehorowicz, les sœurs Sokulska –, notant avec satisfaction que toutes les dames de la ville ne s'étaient pas laissé duper par *Le Temps* et, après la messe solennelle, elles se hâtaient toutes vers le cimetière de Rakowicki afin de préparer les tombes, comme il sied aux honorables matrones de Cracovie. Au pied de la chapelle – autre prouesse des Helcel –, elle rencontra l'une d'elles, sa cousine Józefa, qu'elle n'avait plus revue depuis le fameux dîner. On pouvait dire de Józefa ce que l'on voulait, mais en fait de traditions funéraires, on pouvait compter sur elle.

— Un temps affreux, n'est-ce pas ? dit Mme Dutkiewicz pour entamer la conversation.

Selon l'usage cracovien, elles échangèrent quelques remarques sur les conditions atmosphériques, évoquèrent le temps radieux qu'il avait fait l'année dernière à la Toussaint, ensoleillé, exceptionnellement chaud, rappelèrent que le baromètre était vraiment bas, que le vent n'éteignait pas les bougies ni ne renversait les fleurs, alors que dans les conditions de cette année il faudrait assurément les jeter au bout de deux-trois jours comme autant de tiges dénudées.

Au cimetière, outre la météorologie, le sujet préféré des conversations était celui de la santé, en particulier celle de citoyens plus ou moins importants. Avec les connaissances rencontrées, on discutait donc du rhume du comte Tarnowski et de la bronchite du cardinal Dunajewski, mais aussi des pénibles indispositions du conseiller Horowitz et de la scarlatine dans la famille du directeur Kieszkowski. Rien d'étonnant donc que l'on débattît aussi abondamment et volontiers des ulcères du Maître Matejko.

— Zofia, le sais-tu ? Matejko est malade, déclara d'une voix émue Mme Dutkiewicz, en ajustant son chapeau.

— C'est passager, tout est passager, Józefa, déclara sur un ton d'experte Mme Turbotyńska.

— Je n'en serais pas aussi certaine, cousine. On a appelé hier soir à son chevet le professeur Paszkowski et trois de ses confrères. Je l'ai vu de ma fenêtre.

Zofia sentit une piqûre de jalousie – conformément à l'intention de Mme Dutkiewicz. Ignacy n'était certes pas une sommité médicale, il avait même cessé toute pratique des années auparavant, mais de là à faire venir un Paszkowski d'aussi loin que la rue Sainte-Anne, alors que les Turbotyński habitaient presque au coin de la rue…

— *Dans le milieu médical*, répliqua-t-elle, les mâchoires serrées, on affirme que le dernier séjour de Matejko à Carlsbad, aux eaux, l'a remarquablement remis sur pied. Sois tranquille, sa main assurée produira encore plus d'un chef-d'œuvre.

— Puisque tu le dis, ma chère, acquiesça avec une surprenante humilité Mme Dutkiewicz.

— Nous irons certainement demain avec Ignacy allumer un cierge sur la tombe de Jan, déclara Zofia d'un ton conciliant. Peut-être nous verrons-nous.

— J'apprécie, ma chère. Ce sera certainement la dernière fois à l'actuel emplacement. Avec mes fils, nous avons acheté une nouvelle concession et nous avons le projet d'élever un mausolée, où nous allons transférer Jan.

— Vraiment ? Et dans quelle partie du cimetière ?

— Dans la plus récente, près de la grand-route de Varsovie.

— Ah, évidemment. *Là-bas*, répondit Zofia Turbotyńska et elle sourit d'un sourire aussi radieux qu'insincère. Au revoir, Józefa !

Puis elle lança comme en l'air :

— Et notre tombe, je la vois d'ici !

Elle se tourna vers sa cuisinière, qui depuis un moment piétinait sur place, peut-être d'impatience, peut-être de froid.

— Viens, Franciszka, le travail nous attend.

Après avoir soigneusement nettoyé la tombe, balayé les feuilles, arraché le moindre brin de mauvaise herbe et la moindre houppe de lichen, Franciszka laissa à sa maîtresse le champ libre. Celle-ci ouvrit une grande sacoche, d'où elle sortit l'un après l'autre tous les accessoires de la décoration : bougies garnies de bobèches en feuille d'étain, bien larges pour empêcher la cire d'encrasser la pierre ; lanternes de différentes formes : couronnes, guirlandes et croix, tressées en branches de sapin ou en immortelles d'un roux doré. Elle en garnit au fur et à mesure chaque centimètre carré, de sorte que la jolie dalle du monument néo-gothique fût complètement recouverte. Elle alluma les bougies, contempla avec satisfaction l'effet du travail accompli, puis les éteignit délicatement les unes après les autres, car personne aujourd'hui n'y prêterait de toute façon la moindre attention, elle n'avait pas l'intention de payer double pour les bougies. Elles attendirent encore la femme engagée pour surveiller les décorations, pour un prix considérablement moins élevé aujourd'hui que le jour suivant, où quasi tout le monde confiait la garde à la bonne de la maison ou une gardienne appointée.

— Allons-y, allons, Franciszka, lança-t-elle soudain, voyant arriver la femme en question. Nous avons encore beaucoup de choses à faire aujourd'hui !

Et moins d'un quart d'heure plus tard, immergées à nouveau dans la foule où, comme Zofia le remarqua, les veuves en deuil jouaient le plus énergiquement des coudes, considérant sans doute que ce jour-là elles méritaient plus d'égards que tout autre personne, elles parvinrent au portail.

— C'est encore Mme Dutkiewicz, chuchota Franciszka, pointant un doigt devant elle.

Zofia plissa les yeux.

— Mais pas du tout, répondit-elle, c'est tout à fait quelqu'un d'autre, Józefa a les cheveux presque complètement gris.

Franciszka haussa les épaules.

— Est-ce que je sais, moi... coiffées d'un chapeau, toutes les dames se ressemblent.

Cette fois, ce fut Zofia qui haussa les épaules, puis se mit en quête d'un fiacre. L'instant d'après, saisie par le froid du siège en cuir qui traversa toutes les couches de ses vêtements, elle s'installa à côté de Franciszka dans un fiacre passablement inconfortable qui s'ébranla aussitôt.

Elle regardait d'un air maussade par la vitre, se remémorant sa première visite à la Maison Helcel, au début d'octobre, par une journée ensoleillée, à laquelle elle aurait pu consacrer quelques strophes, faisant rimer « été indien » avec « sans fin » et « soleil » avec « sans pareil ». Entre-temps, le long et lugubre automne d'Europe centrale s'était installé, période de pluies prolongées, de boue omniprésente, et de courants d'air mortels, qui faisaient plus trembler les dames respectables de Cracovie que le choléra, car le choléra épargne le méchant, alors que le courant d'air décime à l'instar de la peste noire des siècles obscurs. Sur les rangées d'arbres presque totalement dénudés, on apercevait des masses sombres

– des boules de gui, et, parmi elles, des corneilles et des corbeaux aux aguets.

— Tiens, dit Zofia en remettant à Franciszka vingt centimes. Rentre à la maison. Il y a assez pour un quart d'heure de course.

Puis, s'étant extraite du fiacre devant la Maison Helcel, elle lança au cocher :

— Ma bonne va vous régler, vous la déposerez devant l'immeuble ou à la fin du quart d'heure, car elle ne vous donnera pas un centime de plus. Mais montre en main et non au doigt mouillé !

Le cocher hocha la tête et, sans grand enthousiasme, souleva sa casquette. Zofia marcha droit devant elle, retenant de ses doigts écartés son chapeau que les tourbillons d'un vent résolument de novembre tentaient d'arracher.

Le sentiment de son triomphe récent lui donnait des ailes, quand, en l'espace d'une matinée, elle avait soumis le Dr Zakroczymski et Klossowitz ; elle avait décidé maintenant d'aller de l'avant comme une tempête, comme la cavalerie ailée du roi Jean III Sobieski sur les coteaux de Kalhenberg, telle une héroïne invincible qui foule les cadavres de ses ennemis pour serrer de ses mains gantées le cou du criminel enfin arrêté. Fikalski, ce répugnant séducteur, chasseur de dots, quasi bigame et criminel fini, allait ramper à ses pieds ! Et le jour même !

— Faites appeler la police ! s'écria-t-elle, en entrant dans le secrétariat comme dans sa propre salle à manger.

— Nous l'avons déjà fait ! répondit d'une voix sépulcrale la mère Zaleska.

— Déjà ? C'est parfait, répondit-elle encore sur sa lancée, mais sans vraiment comprendre de quoi il retournait.

Quelqu'un d'autre aurait-il percé à jour les machinations de Fikalski ? La police se serait-elle montrée à la hauteur de la tâche, ou alors Alojza, dans sa petite tête, aurait-elle rassemblé convenablement tous les éléments du puzzle ? Ainsi, bridant quelque peu son triomphe, mais aussi son élan au sens le plus physique, elle s'immobilisa au milieu de la pièce, l'œil aux aguets.

La mère supérieure n'était pas assise à son bureau, mais un peu plus loin ; la place d'honneur était occupée par une autre sœur, que Zofia Turbotyńska n'avait pas l'habitude de voir en ces lieux... cependant... mais bien sûr ! Quelques années auparavant, le jour mémorable de l'inauguration de l'établissement, cette même sœur se tenait aux côtés du comte Tarnowski lui-même. Zofia mobilisa dans sa mémoire son français un peu rouillé :

— Vous permettez, ma Mère, que je me présente. Zofia Turbotyńska, épouse du professeur Turbotyński.

— Quel beau nom de famille, répondit la religieuse dans la même langue, en la regardant de ses yeux mi-clos.

Bien entendu, elle aurait été incapable de répéter le nom.

— Pardonnez-moi de ne pas avoir présenté madame, intervint mère Zaleska qui avait retrouvé ses esprits. Voici mère Juhel, visitatrice de notre congrégation, qui, en son temps, a veillé sur la construction de cette Maison.

Comparée à la supérieure qui, ces derniers temps, avait dû perdre au moins dix livres, voire plus, Karolina Juhel paraissait florissante : de petite taille, bien en chair, avec un visage rond comme un radis sous sa cornette.

— Qu'est-ce qui vous amène, chère madame ?

— Avec les sœurs, nous projetons une petite œuvre de bienfaisance. Sous le patronage de la comtesse Żeleńska.

— Également un beau nom de famille, acquiesça Juhel avec dignité. Je crains, cependant, qu'en ces circonstances...

— Madame Turbotyńska est au fait de ces problèmes, intervint Alojza, convaincue que la supérieure ne prendrait pas volontiers la défense de Zofia.

À vrai dire, elle ne parlait pas français, mais comprenait tant bien que mal, aussi, avec des gestes désordonnés des mains, elle fit comprendre à sa championne de traduire ses paroles.

— Elle nous a déjà été d'une grande aide.

Zofia observa avec reconnaissance cet acte de bravoure et se souvint du carlin français de M. Kieszkowski, qui pouvait parfois se montrer aussi vaillant qu'Alojza. Quelque peu rassurée par ces paroles, la mère Juhel arbora une mine bienveillante, qui évidemment ne voulait rien dire, puis elle se leva illico du bureau – les deux autres religieuses au même instant sautèrent sur leurs pieds – et annonça qu'elle allait s'installer dans sa chambre. À l'évidence, elle-même considérait que les difficultés de la Maison étaient devenues trop graves, elle avait donc décidé de quitter pour quelques jours le siège de son ordre, rue de Varsovie, pour suivre la situation sur place. Ce n'est qu'après son départ que Zofia Turbotyńska put demander pourquoi les nonnes avaient d'elles-mêmes appelé la police, mais elle ne savait pas trop comment s'y prendre. Fort heureusement, Alojza fut la première à demander :

— Vous avez appris la disparition de Mme Czystogórska ?

Zofia battit nerveusement des paupières, mais elle s'efforça de ne rien laisser paraître.

— Oh, c'est une petite ville, lança-t-elle en riant, ou plutôt en expirant à plusieurs reprises par le nez, mais les ragots ne sont pas des faits. Dites-moi, s'il vous plaît, mes sœurs, que savez-vous ?

— Nous en savons autant que vous, presque rien. Hier soir, elle est allée se coucher, et ce matin, elle avait disparu. Rien n'a été volé dans sa chambre… expliqua à contrecœur la mère Zaleska, puis elle se mit à énumérer avec un mélange de fureur et de désespoir : D'abord Mme Mohr s'est volatilisée, nous l'avons retrouvée sans vie, empoisonnée, semble-t-il, par la cuisinière. La cuisinière en second a dû remplacer cette dernière. Ensuite, un nouveau cadavre, celui de Mme Krzywda, et nous perdons notre concierge. Remplacé dans son travail par l'un des jardiniers, car il n'y a plus beaucoup à faire en cette saison dans le jardin et le verger… et voilà que maintenant disparaît une troisième vieille dame, volatilisée, Mme Czystogórska. Et moi, je me demande qui je vais perdre encore ? Le chapelain, le père Mazurkiewicz ? Une de nos sœurs ? À tous les coups on va apprendre que c'est le Dr Wiszniewski lui-même qui a assassiné Mme Czystogórska… *Kyrie eleison !*

— Le concierge n'a pas tué, l'interrompit Zofia, en levant la main. Quant à la cuisinière, je n'ai aucune certitude, mais même si elle est coupable, alors, comme l'a si magnifiquement écrit le poète Ujejski, il nous faut punir la main et non le glaive aveugle. Elle n'a été que le glaive aveugle, incitée au mal par quelqu'un d'autre.

— Par qui ? s'anima Alojza.

— J'ai mon idée… avança-t-elle prudemment, avant de faire machine arrière.

Tout le subtil réseau de causes à effets qu'elle avait

découvert n'avait plus aucun sens avec une nouvelle mort, à moins que Mme Czystogórska…

— Mais il est trop tôt pour lancer des accusations. Parlez-moi de cette femme.

— Une pensionnaire ordinaire, elle se tenait plutôt à l'écart. Encore bon pied bon œil.

— Avait-elle un lien quelconque avec les précédentes victimes ? Travaillait-elle à la cuisine ?

— Non, elle travaillait à la blanchisserie. Et, selon mes informations, elle ne connaissait ni Mme Mohr ni Mme Krzywda.

— Et est-ce que… est-ce que M. Fikalski lui faisait la cour ?

Alojza éclata de rire, mais voyant le regard réprobateur de la supérieure, elle se couvrit la bouche de la main.

— Ah, mais pas du tout, elle est bien trop vieille et bien trop pauvre pour lui. Fikalski, c'est avec Mme Wala… (la mère Zaleska lui adressa à nouveau un regard assassin)… enfin, inutile de commérer. Mais non.

— Et la police ? Elle arrive quand ?

— Oh, mais elle est déjà sur place, répondit la mère Zaleska. Les agents sont en train d'inspecter scrupuleusement tous les recoins, nous avons préféré le leur demander à eux plutôt qu'à notre personnel, comme la première fois. Je me demande si ce n'est pas le choc provoqué par la découverte du cadavre de Mme Mohr qui a poussé notre pauvre concierge à se jeter ensuite sur l'innocente Mme Krzywda, Seigneur, veille sur son âme… Il y a de tels méandres dans la nature humaine…

— Le concierge n'a pas tué, répéta machinalement Zofia, c'est sûr. Et ils n'ont encore rien trouvé ?

— Ils ont dit qu'ils nous préviendraient dès qu'ils auraient un indice. Ils sont quatre, ils passent au crible toute la Maison, le jardin, le verger… Pour le moment, on ne sait pas où ils vont la trouver. Peut-être dans un panier de linge sale ? Peut-être dans un placard ? Ou alors enfermée dans l'un des cercueils du sous-sol…

— Vous avez dû lire trop de livres séculiers, siffla la mère Zaleska entre ses dents. Enfermée dans un cercueil, et puis quoi encore ? De toute façon, ajouta-t-elle après un instant, il nous faut attendre. Et prier, prier absolument.

Zofia Turbotyńska patienta aussi longtemps qu'elle le pouvait. Elle passa deux heures au secrétariat, s'absentant une seule fois pour faire un saut chez la comtesse Żeleńska, avec qui elle partagea en toute discrétion quelques potins sur le petit monde de Cracovie et de Bochnia ; elle apprit ainsi que la sœur de Mme Mohr était finalement rentrée en ville, et que les obsèques de la vieille dame, ainsi que celles de Mme Krzywda, dont le corps avait été restitué par la police, auraient lieu prochainement, le même jour. Mais Zofia était sur des charbons ardents et prit congé rapidement de la comtesse, prétextant une conversation urgente avec la mère supérieure.

En réalité, elle alla trouver directement Alojza et lui demanda pourquoi elle n'avait pas été prévenue du retour de cette femme qu'elle voulait rencontrer et interroger depuis longtemps, mais la nonne leva les bras dans un geste d'impuissance.

— Je ne vous l'ai pas dit, c'est vrai, car elle est venue nous voir une seule fois et a déclaré d'emblée qu'elle n'avait pas le temps pour une quelconque discussion.

De temps à autre, un des policiers se présentait pour rendre compte de leurs recherches ; malgré une fouille systématique, ils n'avaient trouvé nulle part

Mme Czystogórska, ni morte ni vive. On avait aussi, naturellement, envoyé des agents chez tous les membres connus de la famille de la vieille dame, mais personne n'en avait eu de nouvelles ni ne l'avait vue depuis longtemps. Certains policiers firent le tour des places et des rues environnantes, vérifièrent les portes cochères et les cours intérieures, interrogèrent les concierges – sans succès. On questionna le jardinier de la Maison qui faisait maintenant office de concierge, ce qui le fit éclater en sanglots avec des spasmes nerveux, mais il maintint qu'il n'avait vu personne se faufiler à l'intérieur – ni Mme Czystogórska quitter le bâtiment. Elle avait disparu comme par magie.

Approximativement tous les quarts d'heure, Zofia songeait à convoquer l'un des jeunes agents, ou d'emblée le juge d'instruction Klossowitz, et de leur crier à la face : « Arrêtez Fikalski, coupable de l'assassinat de deux personnes ! Enchaînez-le ! Jetez-le en prison ! Refermez sur lui les portes de fer ! » Mais, au fond, elle savait que la situation avait complètement changé – si effectivement c'était lui l'assassin, alors l'affaire était autrement plus grave. Était-il possible qu'une autre pensionnaire de la Maison eût découvert ses machinations et qu'il eût donc décidé de l'éliminer ? S'il en était ainsi, pourquoi le meurtre précédent avait-il été si brutal et celui-ci si parfaitement discret ?

L'horloge comtoise sonnait successivement les quarts d'heure, les demi-heures et les heures, alors que la vie de Mme Turbotyńska ne pouvait attendre ; outre la décoration de la tombe, elle avait aujourd'hui encore une foultitude d'obligations, et puis elle sentait que chaque minute qu'elle passait au secrétariat provoquait une irritation croissante de la mère Zaleska. Enfin, dans l'esprit de Zofia un déclic se fit, une petite roue dentée s'enclencha : elle se leva brusquement, dit au revoir à la hâte, puis s'en fut chez elle dans un état d'esprit complètement différent de celui qui était le sien en arrivant.

— Zofia, quel malheur !

C'est par ces mots que M. Turbotyński l'accueillit sur le seuil, visiblement bouleversé.

Elle songea d'abord qu'Ignacy s'inquiétait de la disparition de Mme Czystogórska, mais réalisa qu'il ne pouvait pas le savoir.

— Du calme, Ignacy, qu'est-il donc arrivé ? demanda-t-elle en ôtant son chapeau couleur cerise. Pas un nouveau meurtre tout de même ?

— De quoi parles-tu ? Non, pire qu'un meurtre ! Maître Matejko !

— Oui, je sais, il est malade...

— Pas du tout ! Il n'y a pas une demi-heure que le vicaire lui a administré le viatique de la vie éternelle, après quoi le maître a achevé sa sublime vie !

Elle ne savait que répondre. Un moment, elle hésita entre plusieurs phrases : « Ils meurent jeunes, les aimés des dieux », « C'est sa femme qui l'a poussé dans la tombe, aie pitié de lui Seigneur » et « Voyez-vous cela, pourtant, il n'y a pas si longtemps, il avait encore assez d'énergie pour vociférer, s'agiter et écrire des lettres de protestation ! » Mais aucune d'elles ne lui paraissait appropriée.

Bien des années auparavant, quand elle était jeune et sotte, elle imaginait dans ses rêveries qu'elle ferait d'Ignacy le recteur de l'université, et que Matejko ferait son portrait en toge et cape d'hermine, la chaîne d'or au cou, à la main le sceptre doré de Cracovie. Puis ils lui commanderaient un portrait de couple, où Ignacy apparaîtrait plus modestement cette fois, en redingote noire, tandis qu'elle brillerait en robe de satin, dont le maître peindrait chaque draperie avec précision, comme si c'était une robe de la reine Bona ou de la reine Jadwiga. Mais, depuis longtemps, elle savait qu'elle ne ferait pas de son mari un recteur, que ce rêve, comme beaucoup d'autres, resterait à jamais et seulement un rêve.

— C'est la fin d'une époque, déclara-t-elle enfin, avec le sentiment d'avoir trouvé la phrase adéquate.

Elle avait prévu ce jour de se laver les cheveux ; le lendemain, sur les tombes, elle voulait être resplendissante. Elle se tenait debout, au milieu de la chambre à coucher, à côté d'un baquet rempli d'eau chaude. Elle déroula et défit ses tresses, les cheveux lui arrivaient à mi-cuisse, elle examina attentivement s'il y avait plus de cheveux blancs que la fois précédente. Après quoi, avec l'aide de Franciszka, elle les lava dans des décoctions spécialement préparées, les sécha à l'aide d'une serviette puis les étala largement pour qu'ils sèchent avant le coucher. Le dernier rituel de ce long cérémonial était le brossage ; elle le faisait seule d'habitude, mais après le shampoing, à l'instar de sa mère, de la mère de sa mère et de ses aïeules, elle s'en remettait aux mains de la bonne, qui démêlait les mèches avec beaucoup de dextérité et de délicatesse.

— S'il vous plaît, madame…

Franciszka, qui devait depuis un moment rassembler son courage, se pencha vers elle.

— Monsieur m'a demandé aujourd'hui…

— Oui ?

— C'était bizarre… Monsieur m'a demandé aujourd'hui, si… si vous n'alliez pas aussi souvent à la Maison Helcel pour tâter le terrain, dans l'idée d'y mettre Monsieur ?

Zofia Turbotyńska ne sut d'abord que répondre, puis pouffa de rire.

— Franciszka, dites la prochaine fois à Monsieur qu'il n'est pas une paire de chaussures, ni un panier, pour qu'on le mette quelque part. Et deuxièmement, Monsieur est certes professeur, et les professeurs sont en général de vénérables messieurs, mais il a obtenu ce titre à un âge exceptionnellement jeune, car il est une personne éminente. É-mi-nen-te. Il est non seulement dans la plénitude de ses forces intellectuelles, mais aussi physiques, c'est un homme dans la fleur de l'âge.

Elles se turent un instant toutes les deux, on n'entendait que le bruit étouffé de la brosse glissant sur les cheveux.

— Le mettre à la Maison Helcel ! souffla Zofia. Quelle idée !

Mais elle songea ensuite à ses favoris prématurément grisonnants, aux manies qu'il aurait pu ne contracter que dans une dizaine, voire une vingtaine d'années, mais qu'il avait déjà adoptées, et brusquement une vague de tendresse submergea le cœur de Zofia Turbotyńska, née Glodt.

— Il suffit, Franciszka, il suffit, l'interrompit-elle comme si elle se hâtait quelque part. Ils sont parfaitement brossés.

Elle se hâtait en effet, elle voulait arriver à la chambre à coucher avant qu'Ignacy ne s'endormît afin, pour la première fois depuis de nombreux mois, d'accomplir son devoir conjugal. Et surtout, oui, surtout, de complimenter sa puissance virile.

Le Jour des Morts, comme chaque année, une foule innombrable se rendait au cimetière communal. Tout Cracovie paraissait affluer vers la barrière de Rakowicki et plus loin, vers le nord. Le long de la route du cimetière et jusqu'au portail s'étaient rassemblés dès le matin des troupes de mendiants, qui comptaient sur la générosité exceptionnelle des habitants en chemin pour visiter leurs tombes : ils exhibaient à la vue de tous membres tordus, abcès, moignons de jambes et de bras, arrachés par la mitraille dans l'une des guerres menées par l'empire, comme s'il s'agissait de mettre en vente une marchandise de première qualité. Des bruits couraient selon lesquels dans l'après-midi, quand la foule se raréfiait, des bagarres éclataient entre les mendiants pour l'aumône, puis, une fois réconciliés, ils allaient tout boire dans une espèce de kermesse de mendiants à la taverne de Rakowicki. À la porte du cimetière s'était réunie une tout autre compagnie, mais tout aussi avide d'oboles, à savoir les dames de la Société de Bienfaisance, emmitouflées dans leurs pelisses, qui récoltaient de l'argent dans des boîtes en fer-blanc, qu'elles secouaient sans excès, certes, mais résolument. *Entre les Charybde et Scylla de la philanthropie*, songea Zofia, et elle se sentit fière de la comparaison qui la plaçait dans le rôle d'Ulysse, le plus sagace de tous les héros, qui préférait de loin l'ingéniosité à la force brute. Au lieu de la Scylla aux multiples têtes des vagabonds, elle décida de choisir Charybde – tourbillon qui entraîne toute chose dans un abîme sans fond – et, levant sa robe telle une voile, elle cingla vers les dames de la Société, remorquant Ignacy derrière elle. À ce moment de la journée, Mme Cypcer et la vice-présidente Gwiazdomorska étaient de service, aussi Zofia Turbotyńska jeta-t-elle dans leur boîte cinq pièces d'une couronne pour, comme elle le formula, « essuyer les larmes de la misère et du malheur ». Elle veilla à glisser les pièces l'une après l'autre, sans hâte, de sorte que chacune d'elles fût un instant visible dans la fente de la tirelire.

Après avoir déposé leur couronne et allumé – à nouveau – les bougies sur la tombe des Turbotyński, le couple professoral, comme chaque année, effectua son tour habituel des tombes, ajoutant à l'itinéraire accoutumé de nouvelles étapes, lieux d'inhumation durant l'année écoulée de proches et de connaissances plus lointaines : la cousine Orkusz, la voisine Mme Hanewicz, le pharmacien Gralewski. Ils avançaient lentement dans la cohue. On entendait déjà de loin les chants qui résonnaient au fond du cimetière, où la jeunesse patriotique se rassemblait au pied du monument de la Société de Protection des Vétérans et chantait les chants dédiés à la mémoire des victimes des soulèvements des années 1830, 1846 et 1863. Tout près des sépultures elles-mêmes, les anciens compagnons de combat montaient la garde, dans leur esprit droits comme des piquets, mais le plus souvent voûtés, les cheveux blancs, avec, dans les deux sens de l'expression, un pied dans la tombe.

— Regarde, Ignacy, quel beau monument l'architecte Talowski s'est fait ériger à l'avance. Égyptien.

Un sphinx était assis sur le socle en escalier, il posait une patte de devant sur un crâne, et un serpent s'enroulait autour de l'autre.

— Il ressemble tout à fait à ces abominations qu'on édifie au coin des rues de la Rhétorique et de Smoleńsk. Obélisques, sphinx et d'autres aberrations modernes, fulmina Ignacy.

— Antiques, plutôt.

— Quoi qu'il en soit, c'est une ineptie. Ce M. Talowski ne dessine qu'araignées, grenouilles, ânes, dragons et autres bizarreries… Qui a jamais vu cela ? À qui est-ce utile ?

Zofia Turbotyńska ignora cette remarque. La maison égyptienne, qui était presque terminée, lui plaisait, pas autant cependant que les immeubles dessinés par Talowski qui s'élevaient sur la rive de la Rudawa. Elle ne répugnerait pas à emménager dans l'un d'eux, doté de tout le confort moderne, mais Ignacy ne voulait pas en entendre parler. Chaque tentative pour aborder ce sujet se terminait invariablement par les mêmes protestations : « Déménager dans les faubourgs ? Dans un immeuble neuf ? Plutôt mourir ! »

— Et cela, à quoi ça ressemble ?

Il indiqua la statue d'un jeune homme ailé.

— Je dois dire qu'il me plaît. Il est tellement… plein d'énergie.

— Il se trouve qu'un cimetière est le dernier endroit où l'on doive chercher des figures pleines d'énergie, ma chère, grommela le professeur, remettant en place son haut-de-forme. Voilà que partout, maintenant, on érige des femmes éplorées, des anges entourés d'enfants, des hommes chichement vêtus, comme si l'on était dans un musée. J'espère qu'ils n'inhumeront pas Matejko dans ce genre de sépulture.

— Cela dépend de la veuve, et avec elle on peut s'attendre à tout, se gaussa Zofia, agacée par le sujet.

Fort heureusement, Ignacy ne se souvenait plus que, quelques semaines auparavant, elle lui avait affirmé que Matejko vivrait jusque cent ans et qu'avant sa mort il se réconcilierait avec les autorités de la ville. Il en allait autrement de Mme Dutkiewicz – oh, celle-là veillerait à lui rappeler ses affirmations de la veille sur l'état de santé du Maître. Mal à l'aise, elle regarda alentour, mais la cousine n'était pas là.

— Ah, cela, je comprends ! s'écria Ignacy lorsqu'ils passèrent devant le buste d'un homme moustachu avec un grand nez. C'est classique, digne, de bon goût.

— Kolberg, lut Zofia, approchant son lorgnon. C'est écrit qu'il a « Bien mérité de la patrie ». Je ne me le rappelle pas.

Par endroits, parmi la foule et les troncs des arbres, on apercevait les tombes de différents combattants pour la liberté, ravageurs de l'ordre public, autour desquelles s'assemblaient les jeunes têtes brûlées des lycées et des écoles professionnelles, brandissant des banderoles dessinées à la craie, avec des scènes tirées des œuvres de Grottger, et divers poèmes patriotiques.

— Qu'est-ce ? « De quoi rêvez-vous dans vos cercueils ? »… lisait Zofia, s'efforçant de voir par-dessus les têtes et les chapeaux des Cracoviens les moins longilignes. « Dites-nous si de l'œuvre sanglante quelque chose naîtra ? Ah, vous dites »… « Dites-nous » juste à côté de « dites », c'est ridicule, qui a écrit cela… « Ah, vous dites par vos blessures… Elle n'est pas morte ! » Quelles blessures, on dirait qu'on parle de cadavres mis en pièces, s'offusqua-t-elle. Et pourtant tous ces insurgés sont décédés ici en tant que fonctionnaires municipaux !

Parmi les mausolées les plus éminents, ornés de colonnes et de marbres, se dressaient des édifices inachevés, qu'un marchand ou un boucher avaient commencé à ériger, dès l'emballement des premiers succès en affaires, avant d'être contraint à les abandonner.

— Sais-tu à qui est ce mausolée ? demanda-t-elle sur le ton de la confidence à Ignacy, un peu las, que toute cette foire aux vanités funéraires, ce défilé de mode mortuaire ennuyait infiniment, et elle lui chuchota le nom.

— Ah bon ? Mais il est inhumé tout à fait ailleurs.

— C'est la raison ! Il a dépensé tant d'argent, exigé tant de chérubins en marbre de Carrare, qu'il a fait banqueroute et la famille a dû l'enterrer dans une fosse commune pour les pauvres ! Ils sont restés avec des dettes sur les bras et ce gros morceau de pierre impossible à vendre…

— Il se trouvera bien un mercier ayant fait fortune pour le racheter. Puis il fera faillite, et ses héritiers le revendront à une corsetière enrichie.

Après avoir fait le tour des tombes familiales, mené un certain nombre de conversations à bâtons rompus avec les amis et les cousins, partagé leurs remarques sur les statues et les costumes ainsi que sur l'agencement des ornements – que Mme Turbotyńska presque sans exception trouvait « banals », « dépourvus de goût », « pauvres » et même « attestant d'une certaine pingrerie » –, le couple retourna vers le tombeau néo-gothique des Turbotyński ; là, ils vérifièrent une nouvelle fois que les guirlandes, les couronnes et les photophores proclamaient dûment la gloire de la famille. Ils saluèrent enfin Franciszka qui, emmitouflée dans d'épais châles en laine, resta près de la tombe. Comme de nombreuses autres servantes, elle devait jusqu'à minuit surveiller les fleurs et les bougies, qu'on volait à qui mieux mieux. Alors que les bougies doivent brûler jusqu'au bout, sur la tombe même de feu les Turbotyński, et non ailleurs ; quant aux immortelles, elles seraient encore utiles dans un an.

— Tu ne crois pas, dit Ignacy en avançant dans l'allée parmi les tombes, qu'elle pourrait rentrer un peu plus tôt à la maison ? Qui serait tenté par ces fleurs toutes sèches…

— Il me semble que tu as déjà oublié… ah, bonjour, bonjour (elle rendit son salut à quelqu'un)… tu as oublié qu'il y a quelques années à peine, ils ont volé les gouttières de… de…

— Des toilettes publiques.

— Précisément. Ils ont été tentés par des gouttières, mais laisseraient les fleurs ? Ignacy, tu as parfois une confiance excessive en l'honnêteté humaine… Par ailleurs, ce n'est pas le Jour des Morts le plus froid dont je me souvienne !

En sortant du cimetière, ils s'arrêtèrent devant les étals. Ignacy prit une poignée de marrons grillés, Zofia préféra du sucré. Au quotidien, elle surveillait sa ligne et se privait de friandises, mais c'était fête, et les jours de fête les décisions humaines suivent d'autres règles. Le marchand cassa quelques bouts de nougat d'une grosse motte et les emballa dans un cornet. Ils mangèrent dans le fiacre, en silence, sans se préoccuper du repas qui les attendait à la maison. Il allait pleuvoir.

## CHAPITRE XI

*Dans lequel Cracovie se prépare avec impatience à ses célébrations préférées, Zofia Turbotyńska rougit de honte en suivant un cortège funèbre de quatrième classe, un mystérieux jeune homme apparaît dans les buissons, la sœur de Mme Mohr disparaît sous des cascades de tulle noir. C'est dimanche, et puisque c'est dimanche il y a visitation de prison et la menace de détruire le foyer familial du couple directorial.*

Il n'y eut le lendemain aucune nouvelle de la Maison Helcel; impatientée, Zofia envoya même Franciszka, un peu enrhumée après sa surveillance nocturne des bougies, aux nouvelles, mais on n'avait pas retrouvé Czystogórska, personne ne savait rien, ni les habitants de la Maison, ni la police, ni qui que ce soit en ville.

Digérant encore les friandises achetées devant le cimetière, ainsi que les savoureux ragots que l'on s'était racontés le Jour des Morts, tout Cracovie se préparait à l'événement de la saison – ni les bals, ni les défilés militaires, ni les premières théâtrales, ni même les visites des membres de la Maison Régnante n'étaient célébrés à Cracovie avec autant de faste que les funérailles des grands Polonais, qu'ils fussent décédés de fraîche date ou déterrés quelque part en pays étranger et rapatriés au Wawel ou à Skałka. Ainsi, on placardait partout des affiches avec une grande croix noire et le nom du Maître, les facteurs portaient rue Saint-Florian des tonnes de télégrammes bordés de liserés noirs, les couturières taillaient le crêpe pour envelopper les lampadaires, les doigts habiles des fleuristes tressaient les plus extraordinaires couronnes et calligraphiaient les mots de condoléances sur les rubans de soie, dans nombre de rédactions on fignolait des nécrologies pour la presse nationale et – ainsi que quelqu'un en fit scrupuleusement le compte – pour trente-deux titres étrangers, on composait aussi des oraisons funèbres, sur lesquelles les hauts fronts des sommités de la culture nationale transpiraient en cherchant les phrases qui, dignement, *accompagneraient au lieu du repos éternel* Matejko. Dans les préparatifs de ces sublimes cérémonies, Ignacy avait également une petite part, étant l'un des médecins qui furent consultés lors de l'embaumement du corps du Maître. À cette occasion, Zofia Turbotyńska passa toute la matinée à réfléchir à l'écriture d'un poème, dans lequel l'embaumement du corps par des procédés antiques, à l'aide d'huiles parfumées, serait mis en parallèle avec l'embaumement des antiquités polonaises par les peintures à l'huile, comme l'avait fait Matejko, mais elle n'alla pas au-delà d'un quatrain :

*Dans la cité de Krak, où la Vistule roule ses vagues grises*
*et, avec le temps, court impétueusement vers la mer étendue,*
*le génie aux cheveux gris clôt ses yeux las et perdus,*
*laisse tomber son pinceau mordoré et agonise…*

Mais elle n'était pas sûre s'il ne ressortait pas de ces mots que le temps court non pas devant lui, mais vers la mer, elle essaya donc de le formuler autrement :

*et, comme le temps, impétueuse, au loin, elle court vers la mer,*

Mais *au loin* n'était pas très solennel et *laisse tomber son* était désagréable à l'oreille, elle laissa donc le poème en plan jusqu'au déjeuner.

De toute façon, elle avait en tête des enterrements autrement plus importants : deux – peut-être même deux sur trois – des victimes de l'assassin devaient être inhumées, l'une après l'autre, la veille des funérailles de Matejko. Et Zofia Turbotyńska devait absolument assister à ces cérémonies. Elle avait d'ailleurs vu en ville, collées au bas des poteaux, quelque part sur les côtés, repoussées par les grandes affiches portant le nom du Maître, des faire-part de décès, avec l'image d'une pleureuse prostrée, assise sur une tombe, se cachant le visage d'une main et montrant de l'autre un nom. Le nom de Mme Mohr, naturellement, car sa riche famille avait veillé à l'honorer le plus dignement possible, d'autant qu'elle leur laissait un héritage des plus rondelets ; des obsèques de Mme Krzywda, pas un traître mot.

Aussi, le cortège qui partit de la Maison Helcel le samedi quatre novembre était on ne peut plus modeste ; pour la première fois de sa vie, Mme Turbotyńska assistait à un enterrement de quatrième classe, le moins cher : un corbillard attelé à deux chevaux, deux fiacres pour les participants – qui suffirent d'ailleurs amplement –, pas de draperies, pas de fleurs, un cercueil tout simple en bois tendre, sans ornements particuliers. Certes, on apercevait ce genre d'obsèques en allant au marché, ou en passant par hasard dans un quartier plus pauvre, mais de là à suivre un tel convoi… Eh bien, ce n'était guère la première fois que Zofia éprouvait les inconvénients de son enquête.

Finalement, elle en avait oublié de demander si la concession où l'on inhumait Mme Krzywda, dans son cercueil de quatrième classe, avait été acquise par elle-même ou par la Maison Helcel. Se trouvait-elle parmi les autres tombes des pensionnaires indigents, ou lui avait-on témoigné des égards particuliers considérant sa mort tragique ? Si c'était le cas, l'emplacement n'était guère reluisant, dans un recoin morne du cimetière. Il y eut, certes, une messe, mais basse, rapide, plutôt marmonnée que célébrée par un jeune prêtre, visiblement distrait.

Deux religieuses suivaient le corbillard, sans Alojza, qui devait s'affairer aux obsèques infiniment plus importantes de Mme Mohr ; un peu derrière marchaient trois vieilles, dont Mme Jędrczykowa, qui avait trouvé le corps et que Zofia reconnut à son nævus caractéristique sur la joue, abondamment recouvert de poils, et enfin, Zofia elle-même. Ajoutés à cela un enfant de chœur, qui portait la croix, et le jeune curé. L'office terminé, le cercueil fut porté – sans trop de recueillement – par les fossoyeurs. Au dernier moment, quand ils descendaient les cordes dans la fosse, apparut la comtesse Żeleńska. Elle était arrivée dans sa propre calèche, à vrai dire pour la messe à l'intention de Mme Mohr, mais elle avait décidé de venir un peu plus tôt et d'assister aux obsèques précédentes. À la mode d'antan, elle était habillée en grand deuil, comme si des liens de parenté étroits l'unissaient à la défunte : elle avait le visage dissimulé par une voilette noire, une robe de satin noir qui dépassait de sa pèlerine, une coiffe noire, une ombrelle et même un manchon noir en astrakan.

Concentrée en apparence sur la cérémonie – comme si quelque chose pouvait accrocher le regard à un enterrement aussi indigent ! –, Zofia vérifiait en fait si quelqu'un de l'ancienne vie de Mme Krzywda n'allait pas faire son apparition : un parent, une relation, n'importe qui. Mais personne. Elle avait déjà perdu tout espoir d'apprendre du nouveau à cette occasion, lorsqu'elle aperçut assez loin, parmi les tombes, le visage d'un jeune homme, ombragé par le bord d'un chapeau melon ; le front était biffé de deux traits verticaux et de deux horizontaux, et sous des sourcils fortement dessinés brillaient des yeux attentifs. Elle le connaissait, ou plutôt elle le reconnut, car il était difficile, en l'occurrence, de parler de connaissance ; il s'agissait de cet élégant jeune homme qu'elle avait un jour croisé dans l'escalier de la Maison Helcel, et au sujet duquel Alojza n'avait rien su lui dire.

Lorsque la brève cérémonie prit fin, le petit curé s'éclipsa sans un mot et partit droit devant lui, précédé par l'enfant de chœur qui, à intervalles réguliers, devait presque courir pour que le curé ne lui marchât pas sur les talons. Zofia voulut s'élancer parmi les tombes, prête à attraper le jeune homme au collet et le retenir aussi longtemps que nécessaire pour qu'il avoue ce qui le liait à Mme Krzywda, mais même d'un si maigre cortège elle ne parvînt pas à se dégager ; elle était entourée de vieilles femmes cacochymes, empêtrée elle-même dans une conversation insipide avec Żeleńska qui, depuis son arrivée, la gratifiait de remarques sur divers sujets ; où qu'elle tournât les yeux se tenait soit l'une des pensionnaires, soit l'une des sœurs, et chacune paraissait avoir une robe de plomb. Aucun « Excusez-moi » ne fonctionnait : elles ne pouvaient se pousser de l'allée étroite, ni serrer leur robe. Lorsque, peu après, elle chercha le jeune homme du regard, il n'était plus là. Elle interrogea les religieuses à son sujet, mais aucune n'avait remarqué que quelqu'un d'extérieur à l'établissement fût venu. « Sans doute un badaud, suggéra l'une d'elles, qui est venu, a regardé et a continué son chemin. »

Il fallait tout doucement se mettre en route pour quitter ce coin reculé du cimetière et arriver à temps à la chapelle Helcel, se trouver une place confortable pour le prochain office ; tous ceux qui avaient suivi l'enterrement de Mme Krzywda – à l'exception évidente du mystérieux jeune homme – avaient l'intention de rester aux secondes obsèques. Elles avaient bien plus à offrir : plus de participants, de fiacres, de chevaux, de cierges, de panaches, bref, un spectacle que l'on pourrait commenter avec les autres résidents de la Maison pendant encore plusieurs semaines.

La comtesse Żeleńska, qui se déplaçait de préférence toujours en voiture et marchait peu, non à cause de quelque maladie, mais par simple paresse, avançait lentement. Zofia lui tenait compagnie par politesse mais, étant par nature une personne vive qui marchait vite, elle se forçait difficilement à faire de tout petits pas. Et à écouter son monologue sur toute la famille Żeleński.

— Mon cher Tadeusz, évidemment (le visage de la comtesse s'éclaira), est non seulement incroyablement charmant, mais éminemment doué. Si le Dr Jordan a pu devenir le médecin de membres de la Maison Régnante, alors notre Tadeusz le peut aussi… J'ignore ce que votre époux en pense (elle tâtait le terrain en passant), mais à mon avis, il est destiné à la gloire médicale. Quoique, descendant d'un tel père, d'un tel grand-père... Włodzimierz, bien sûr, a ses manies.

De temps à autre, Zofia Turbotyńska regardait alentour, cherchant des yeux le jeune homme au chapeau melon, mais en vain.

— Certes, c'est un original ! Un brutal diseur de vérité... Une fois, je me souviens, nous étions chez une de nos cousines, peu importe son nom, il jouait un trio. La cousine pingre n'a servi que du thé avec des gâteaux paille, et donc, entre la première et la seconde partie, Włodzimierz se lève, salue et déclare à cette Czarto... cousine : « Je vais à présent rentrer chez moi dîner, attendez-moi, je vous prie. » Et il est parti. Puis il est revenu. Un original, comme le sont les artistes.

Zofia se demanda un instant si le nom de la cousine – sans doute éloignée d'ailleurs – avait été prononcé intentionnellement ou non ; pendant ce temps, Żeleńska contait d'autres anecdotes tirées de la vie du professeur Żeleński qui, à la vue d'une parente détestée, avait demandé à son épouse : « Pourquoi invites-tu à la maison ce genre de personne ? » ou encore qui avait soudain cessé d'accompagner une cantatrice, en plein aria, lui jetant à la figure : « Quand on ne sait pas chanter, on ne le fait pas ! »

L'horizon de Zofia se réduisit aux jacasseries de la vieille dame, à la longue allée qui serpentait devant elles, aux monuments funéraires et aux pierres de toutes les teintes de gris, aux arbres dénudés et aux dos de cinq femmes qui marchaient : deux religieuses et trois pensionnaires.

Lorsque le cercueil, la famille et les connaissances de la défunte arrivèrent de la ville, sept participantes à l'enterrement du matin avaient déjà pris place sur les bancs des deux côtés de la chapelle, sous les regards attentifs des fondateurs illustres, qui les contemplaient du haut de leur monument. Zofia Turbotyńska reconnut en outre deux dames, réputées en ville pour étudier attentivement, chaque matin, la liste des enterrements affichée à la porte du cimetière et passer ensuite des journées entières à assister à toutes les cérémonies les plus marquantes.

C'est l'aumônier du cimetière qui célébrait la messe. Au premier coup d'œil on voyait qu'il était surmené. En dotant la chapelle, les Helcel avaient stipulé qu'une messe fût célébrée à leur intention à chaque anniversaire de leur décès, mais les ambitions démesurées de la famille prirent le dessus sur le bon sens. Le capital déposé par une autre dame Helcel, la belle-sœur de Ludwik, obligeait l'aumônier à dire la messe à la mémoire de la fondatrice et de son mari chaque semaine, à la mémoire de ses parents à lui une fois par mois, et pour les frères et sœurs chaque trimestre. Tout compte fait, à l'intention des seuls Helcel, l'infortuné aumônier devait célébrer soixante-dix messes par an. Rien d'étonnant donc à ce qu'il parût épuisé, après à peine quelques mois à son poste.

L'enterrement, fort digne, était véritablement de première classe – on ignorait si la défunte en avait prévu le financement elle-même de son vivant ou l'avait inscrit dans son testament, ou alors si la famille avait décidé d'honorer la mémoire de Mme Mohr, qui, après le décès de son époux, s'était retirée avec tant d'empressement à la Maison Helcel. Elle avait mené une vie modeste, sans écorner son capital, que les membres de sa famille, déjà de son vivant, appelaient leur « héritage » et qu'assurément ils avaient en pensée dépensé plusieurs fois avant qu'il ne parvînt effectivement entre leurs mains à la suite de son assassinat. Toujours est-il que la cérémonie était richement menée.

C'est l'entreprise Concordia, de Pękalski, qui assurait les funérailles. Ils avaient mis à la disposition des participants vingt fiacres – qui ne furent pas tous occupés, car bon nombre des amis d'autrefois de M. et Mme Mohr reposaient à présent à Rakowicki ; quelques autres cependant vinrent assister à la cérémonie, mais dans leur propre voiture. Le cercueil était en métal, à la dernière mode, orné d'un crucifix, de têtes de chérubins et autres parures – compte tenu du temps écoulé, il était fermé, ce qui ne permettait pas d'admirer les coussins de satin et les dentelles assurément précieuses.

— Le catafalque, comme toujours avec Concordia, de premier choix, chuchota une dame avec admiration.

Effectivement, l'entreprise de pompes funèbres avait non seulement fourni le catafalque, mais également les draperies noires qui le recouvraient, un tapis noir et des mètres de velours jais, dont on avait paré les doubles colonnes et les voûtes de la chapelle. La décoration était complétée par de hauts cierges qui brûlaient sans fumée, piqués dans d'imposants candélabres, et des fleurs, sans doute pas aussi magnifiques en cette saison qu'au printemps ou en été. Sur le bon déroulement des funérailles veillait un maître de cérémonie, vêtu de manière quelque peu théâtrale.

Mais c'est le corbillard qui faisait la plus grande impression, le plus imposant de toute la firme de Pękalski, dit « de gala », attelé à quatre chevaux noirs coiffés de panaches et couverts de capes noires ; c'était véritablement un carrosse royal pour les défunts, surmonté d'ailleurs d'une grande couronne noire et argent avec une croix ; aux quatre coins du carrosse se tenaient quatre anges de taille humaine, les ailes largement déployées, ailes qui constituaient la structure principale de ce coffret de cristal sculpté comme un véritable joyau, qui devait emporter Mme Mohr et la déposer aux côtés de son mari.

En contemplant le corbillard de plus près, on apercevait une multitude, un véritable tumulte de détails – croix gravées sur les vitres des lanternes, torches éteintes, têtes de cupidons, colonnes, cartouches, feuilles d'acanthe... Pourtant Zofia préférait regarder tout autour d'elle et écouter les conversations ; la sœur de Mme Mohr marchait en tête, juste derrière le cercueil, enveloppée dans un grand voile aux multiples plis, telle une veuve au cœur brisé en morceaux, et non la femme qui, ayant appris la mort de sa sœur plus âgée, n'avait même pas interrompu son séjour aux eaux. Par bonheur, elle ne sanglotait pas, les cascades de tulle noir lui suffisaient amplement.

Comme d'habitude, dans le cortège, les conversations allaient bon train : on se racontait des anecdotes de la vie des défunts, une dame jurait ses grands dieux que, certes, elle n'avait plus vu « sa chère amie depuis des années », mais elle avait justement l'intention de lui rendre visite lorsque les nécrologies étaient parues dans les journaux. On parlait aussi des derniers moments de Matejko.

— Ses derniers mots ont été : « Prions pour notre patrie ! Ô Seigneur ! »

— Qu'est-ce que vous racontez, ses derniers mots ont été : « Ô Seigneur ! Sauve ma patrie ! »

— Pas tout à fait, chère madame. Je sais par le vicaire qu'il a dit exactement : « Ô Seigneur ! Sauve ma patrie et bénis mes enfants. »

Mais le sujet le plus passionnant était celui du meurtre, dont la nouvelle était parue depuis peu dans les journaux. Là-dessus, tous avaient le plus à dire, mais malheureusement – comme le constata Zofia – rien de pertinent. Elle ne tira donc pas grand-chose à écouter tous ces bavardages.

Elle étudia la foule, notant qui était venu de la Maison Helcel : quelques dames aisées et un groupe important des pensionnaires pauvres qui n'avaient pas de problème pour marcher ; elles ne connaissaient pas la défunte personnellement ou très peu, mais elles ne désiraient rien tant qu'un événement quelconque dans la monotonie de leur vie. Et un enterrement de première classe était non seulement beau, mais encore totalement gratuit. Mme Wężykowa n'était pas là, que l'on prenait soin de garder dans l'enceinte de la Maison, ni la baronne Banffy, qui sans doute, en tant qu'étrangère, ne s'intéressait guère aux personnes inconnues ; était présente, en revanche, sa femme de chambre, Polcia, qui était fascinée par tout ce qui concernait le grand monde, fût-il celui de la bourgeoisie. Pour des raisons évidentes manquaient le concierge et la cuisinière, mais on apercevait dans le cortège les cornettes de plusieurs sœurs avec, à leur tête, celle de la mère Zaleska. Zofia Turbotyńska fut cependant surprise d'apercevoir au loin Lidia Campiani Walaszkowa, qui marchait lentement avec à son bras, plus petit d'une tête qu'elle, M. Fikalski. *Quel toupet !* s'indigna Zofia en son for intérieur. *Même un assassin devrait avoir de la décence!* Les anciens collègues du juge Mohr veillèrent à ce que le cercueil de la veuve fût également porté, au moins un moment, par des greffiers du tribunal parmi les plus jeunes et les plus adroits; sur ce point, les avis parmi les commentateurs étaient partagés : les uns considéraient que c'était un abus d'honneur, d'autres que c'était un geste digne envers une dame qui, en son temps, avait laissé un très bon souvenir dans la mémoire des juges de Cracovie. Les porteurs eux-mêmes, bien entendu, ne confiaient pas leurs impressions, du moins pour le moment, mais il faut ajouter que le cercueil fut, la plus grande partie du chemin, véhiculé dans le corbillard, et que la défunte était maigre et menue, donc six gaillard, même des greffiers, la portaient sans effort. Il se trouvait dans la foule de nombreux spectateurs qui se souvenaient de l'imposant cercueil du juge Mohr, un gourmet réputé – on disait par la suite que son cercueil aurait dû avoir non six, mais au moins douze poignées.

Dans la file pour présenter ses condoléances, la comtesse Żeleńska s'était placée très habilement tout au début – elle fit ensuite un petit signe de tête pour saluer Mme Turbotyńska et trottina jusqu'à sa voiture; depuis le cimetière elle se rendait en effet tout droit à l'inauguration solennelle de l'hospice pour garçons de la fondation de Lubomirski, qui avait lieu non loin de là. Zofia se rangea docilement dans la longue file, les yeux et les oreilles grand ouverts sur ce qui se passait autour d'elle.

— Est-ce que je peux vous parler un moment? Allons un peu plus loin, entendit-elle tout à coup.

Elle tourna la tête et, à sa grande surprise, se trouva face à face avec la femme de chambre de la baronne

Banffy. Elle paraissait toujours aussi antipathique, mais l'œil attentif de Zofia saisit en elle quelque chose de changé. Pas dans sa coiffure, ni dans ses vêtements... mais oui, elle portait des bijoux vraiment beaux et coûteux : de magnifiques boucles d'oreilles serties de rubis dans un entourage de petits diamants et une grande broche en forme de branche fleurie, incrustée de pierres variées – peu de bonnes arborent de telles somptuosités.

— Il ne m'est vraiment pas facile de parler de cela, commença-t-elle lorsqu'elles furent un peu à l'écart de la foule, mais Mme Turbotyńska, vous avez de si nombreux contacts avec la mère supérieure et, avant tout, avec la police...

— Oui, je vous écoute ?

— Je crains que ma maîtresse et son neveu ne soient en très grand danger.

— Son neveu ? J'ignorais totalement qu'elle eût de la famille...

— Oui, en fait, c'est le neveu de son mari, il habite à Cracovie et lui rend de temps en temps visite, mais chaque fois elle en est bouleversée.

Elle se tut puis, d'une voix lugubre, prononça un seul mot :

— Des Italiens.

— Des Italiens ?

— Des Italiens.

— Mais, pardonnez-moi, son neveu est-il italien, ou bien est-il poursuivi par une firme italienne pour dettes, ou encore a-t-il eu des ennuis avec la police italienne... car ce ne peut être le cas de la baronne elle-même.

— Non, non, il s'agit de questions très sérieuses. Mortellement sérieuses ! Une vengeance du passé ! Ils rôdent par ici (la bonne attrapa l'épaule de Zofia et la serra violemment). Ils sont prêts à tout ! Ils guettent juste un instant d'inattention... et paf ! Un cadavre.

— C'est la raison pour laquelle Mme la baronne était ces dernier temps si...

— Inquiète ? Mais oui ! Une vraie boule de nerfs. Elle qui est si bonne maîtresse. Une vraie dame qui, en Transylvanie, possédait des biens si vastes ! Et voici que dans ses vieux jours tant de souffrances l'accablent, tant de peur !

— Accepterait-elle d'en parler avec moi ?

— Grands dieux, non ! Qu'est-ce que je prendrais si elle apprenait que j'ai colporté ses secrets ! Hors de question.

— Et son neveu ?

La bonne parut embarrassée ; elle baissa la tête, la releva, la baissa à nouveau :

— Non, je ne peux pas...

— Et si la vie de Mme la baronne en dépendait ? Vous voulez l'avoir sur la conscience ?

— Je ne peux pas, je ne peux pas...

— Vous n'avez pas besoin de le convaincre de me parler, soupira Zofia impatientée. Il suffit que vous me disiez où je peux le trouver.

— Si seulement je le savais... il est jeune, riche, un papillon. Une jeunesse dorée, rien que cartes, amusements, jolis costumes.

— Mais il doit bien habiter quelque part. Il a une maison ? Il loue une suite en ville ?

On voyait bien que sous le chapeau de la bonne se déroulait un combat entre le parti de la loyauté et celui de l'attachement, qui fut emporté par le deuxième.

— Hôtel de Cracovie, murmura-t-elle enfin. Je ne connais pas le numéro de la chambre.

Visiblement, elle voulait dire encore quelque chose, mais y renonça ; elle serra un pan de sa robe, fit un petit salut et prit la direction de la sortie, sans même présenter ses condoléances à la sœur de Mme Mohr, ni à sa famille. Zofia Turbotyńska, en revanche, revint promptement dans la file, qui rapetissait. Elle se plaça exprès à la fin, pour deviser un peu plus longtemps.

La sœur de la défunte était à peine visible sous les couches de tulle épais, mais par instants, de sous les replis, apparaissait un œil luisant ou une joue poudrée ; d'après sa voix – Zofia l'entendait prononcer chaque fois la même formule de remerciement, « Dieu vous bénisse pour ces bonnes paroles » – elle devait être bien plus jeune que sa défunte sœur.

— Hélas, je n'ai pas eu l'honneur de connaître votre sœur, commença Zofia, mais recevez l'expression de mes plus sincères condoléances. Je sais par les sœurs de la Charité, ainsi que par les autres pensionnaires et le personnel de la Maison, que tous appréciaient grandement son bon cœur…

— Dieu vous bénisse pour ces bonnes paroles… lui parvint de derrière les voiles.

— Aujourd'hui, mes pensées vont d'abord à vous, une telle perte ! D'autant que vous vous êtes quittées après une dispute, et dans ce cas souvent…

— Quelle dispute ? De quoi parlez-vous ?

Il apparut brusquement que l'endeuillée n'était pas un automate énonçant toujours la même formule.

— Je parle de la dispute qui a éclaté le soir où Mme Mohr a quitté ce monde de manière si tragique…

— Mais nous ne nous sommes pas vues le jour de la mort d'Antonina, protesta-t-elle. Le matin, presque à l'aube, je partais avec mes deux filles aux eaux.

— On m'a dit que, le soir, vous avez parlé avec votre sœur…

— En aucun cas ! Quelles sont ces histoires ?

— Vous vous êtes disputées, soi-disant, à cause de la nourriture ?

— C'est vraiment intolérable. Henryk ! Henryk ! Parle à cette dame, je te prie, je ne peux en supporter davantage.

D'un petit groupe d'hommes se détacha un monsieur maigre, chauve, avec de longues moustaches tristes tombant des deux côtés de sa bouche comme autant de fils de lin, atteignant presque les larges revers de son manteau.

— Marianna ? Tu m'as appelé ?

— Ce n'est rien (Zofia prévint l'attaque), c'est un malentendu. Toutes mes condoléances.

Elle tourna aussitôt les talons et, comme si elle avait quelqu'un à ses trousses, elle s'éloigna d'un pas vif dans l'allée du cimetière. Elle avait beaucoup de sujets à méditer et avait hâte de s'asseoir devant sa patience Le Tombeau de Napoléon, pour mettre tout cela bout à bout, en un tout cohérent. Quelque part, derrière elle, la sœur de Mme Mohr recevait les condoléances d'une autre veuve de juge arrivée en retard, qui s'entendit dire : « Dieu vous bénisse pour ces bonnes paroles. »

Cependant, du côté de la ville, des bourrasques plus fortes se mirent à souffler, chassant dans le ciel de gros nuages ; les corneilles poussèrent des croassements plus sonores, et sur les têtes et les chapeaux des personnes présentes tombèrent les dernières feuilles. On sentait l'automne au plus profond, jusqu'aux os.

Exactement vingt-quatre heures plus tard, juste après la grand-messe du dimanche, Zofia se tenait à nouveau devant le gardien de la prison, rue Mikołajska. Il avait naturellement reconnu Mme Turbotyńska, vue une semaine auparavant, et il la traitait avec une politesse respectueuse, mais assurait qu'en dépit de la haute portée des actes de charité il ne pouvait la laisser entrer dans le parloir sans une autre lettre de recommandation.

— Je comprends, déclara Zofia, en lissant les revers en satin de son manteau. En ce cas, je me verrai dans l'obligation de me rendre chez Mme l'épouse du directeur de la prison, troubler son repos dominical, interrompre la célébration du jour saint, l'arracher à ses tout premiers devoirs de femme qui… oui, on vient de sonner une heure à la tour… une femme qui, en ce moment précis, sert le déjeuner du dimanche à M. le directeur. Et, comme vous le savez sans doute, monsieur le directeur n'aime rien moins qu'on interrompe ses repas. Fait-il mal son travail ?

La question resta suspendue. Après quelques secondes, le gardien comprit qu'elle n'était nullement rhétorique.

— Mais pas du tout, M. le directeur est le plus consciencieux des employés !

— Pour une raison étrange a-t-il été condamné à perdre une journée de repos ?

— Monsieur le directeur n'a jamais été condamné ! Monsieur le directeur est une personne irréprochable !

— Ou peut-être que les citoyens au-dessus d'un certain niveau d'importance et de mérite envers la société devraient renoncer aux repas de famille ? Perdre de vue leurs enfants, négliger sans regret le dessert ? Oublier le sourire tendre de l'épouse en train de lui servir le plat préféré de Sa Majesté, à savoir du *tafelspitz*...

— Avec de la sauce au raifort...

— Avec de la sauce au raifort ?

Le gardien, homme dans la force de l'âge, fut presque acculé au désespoir.

— Vous voulez qu'au nom de je ne sais quels principes généraux j'aille à l'instant dans l'appartement du directeur et que je ruine leur bonheur familial du dimanche ?

Avec un clignement nerveux de l'œil gauche, le gardien vint à la porte, tourna la clé dans la serrure et, avec un laconique : « Le dimanche est sacré », il fit entrer Mme Turbotyńska à l'intérieur.

— Je n'ai pas tué zette femme, madame.

La cuisinière, Mme Sedlaczkowa, paraissait avoir passé des années entières dans un cachot, et non à peine quelques jours dans la cellule d'un commissariat. Elle était pâle, peut-être à cause du froid qui régnait dans la pièce, et ses cheveux, d'habitude coiffés en un chignon serré et dissimulés soigneusement sous sa coiffe, lui retombaient en désordre sur les épaules. Cette vision rappela à Zofia un scandale dont, au temps de sa jeunesse, avaient parlé les journaux de toute l'Europe : l'affaire de Barbara Ubryk, religieuse malade mentale, qu'on avait libérée, après de nombreuses années d'isolement dans sa cellule du couvent des carmélites de la rue Copernic. Certes, découvrir l'assassin de Mmes Mohr et Krzywda n'apporterait pas de renommée européenne à Zofia, mais elle n'y tenait pas. Et de toute façon, elle ne souhaitait pas qu'Ignacy se sentît écrasé par la célébrité de sa femme.

— Vous avez déjà tué auparavant, articula Mme Turbotyńska d'une voix glaciale.

Elle s'agaçait d'avoir à revenir à la Maison d'arrêt. D'abord, pour voir le concierge, maintenant la cuisinière, on pourrait penser que l'épouse du professeur Turbotyński s'acoquinait avec des criminels.

— J'ai tué, reconnut la femme.

Elle parlait doucement, d'une voix très différente de celle dont elle usait pour donner ses ordres aux aides de cuisine.

— Mon mari, M. Sedlaczek, était une brute et un tyran. Il m'insultait, me maltraitait, me frappait, me faisait du mal. Dix ans, j'ai tenu, puis je n'ai pas pu. Un jour, il est rentré de l'atelier... il était *tesarz*, « charpentier » dans votre langue... j'ai mis dans son manger... un goulasch avec des *knedliki*... Que Dieu me pardonne...

— Dieu est miséricordieux, mais pas vous. Vous n'avez pas pardonné au juge Mohr.

— Monsieur le juge m'a condamnée justement, car j'ai commis un péché crouel. Sedlaczek était un homme mauvais, mais un homme. Et, malheureusement, mon mari.

Zofia Turbotyńska ressentit un étrange pincement au cœur. Ignacy était difficile parfois, c'était vrai, mais l'idée que l'on pouvait assassiner son mari lui paraissait... de mauvais goût.

— Le juge a été zuste, continuait Sedlaczkowa. Il a pris en conzidération les... comment ils disent... les zirconstances. « Un bouleversement violent de l'esprit. » Ils m'ont condamnée pour l'assassinat, et non pour meurtre avec préméditation. L'avocat a présenté la demande de grâce à Za Majesté. J'ai passé trois ans à la prison de Bilsko, enzuite ils ont poublié l'amnistie. Je n'avais pas de colère.

— Et donc, ce n'est pas par vengeance que vous avez empoisonné sa veuve ?

— Je ne l'ai pas empoisonnée, je vous dis !

La cuisinière pour la première fois éleva un peu la voix.

— Elle ne me faisait aucun tort, la pauvre. Je ne zavais même pas que c'était la veuve de M. le juge. Pour quelle raison je l'aurais assassinée ? J'étais bonne cuisinière, madame, j'ai travaillé à la *nemocnica* à Bilsko, à l'hôpital. Après l'amnistie, j'ai dézidé de m'installer à Cracovie, c'est une grande ville. Ils ouvraient justement la Maison Helcel, la mère supérieure de l'hôpital a écrit une lettre de recommandation à la mère Zaleska. J'ai penzé qu'apporter chrétiennement de l'aide aux pauvres, Dieu le reconnaîtrait, je pourrais réparer le mal que j'ai fait. Car la mort est toujours la mort. Il reste toujours *úzkost*...

— Que reste-t-il ? Je n'ai pas compris.

— L'anxiété. La culpabilité ne zesse d'empoisonner l'âme. La peur que le crime reviendra du passé, comme un fantôme...

Zofia ressentit de la compassion pour cette femme, torturée par le remords à cause d'un crime qu'elle avait commis, pour lequel elle avait payé, et, à présent, à ce qu'il semblait, accusée d'un meurtre qu'elle n'avait pas commis, mais pour lequel il lui faudrait peut-être payer. Elle dit au revoir à Mme Sedlaczkowa, qui restait assise, le visage enfoui dans les mains. Sur le seuil, elle se retourna et demanda :

— Encore une question. Avec quoi avez-vous empoisonné votre mari ? Avec du cyanure ?

— Avec quoi ?

La cuisinière leva la tête et regarda Mme Turbotyńska sans comprendre.

— Non, madame, du poison pour les *krysy*… les rats. De la strychnine, de l'arsenic, ce qu'il y avait dans la cuisine, sous la main.

*C'est un fait*, songea Zofia, marchant peu après dans la rue Saint-Thomas, *que les meurtriers possèdent leur propre style. Les gens sournois assassinent de manière sournoise, les cruels, avec cruauté, et les pragmatiques, de manière pratique. Avec ce qu'ils ont sous la main.*

## CHAPITRE XII

*Bref, mais lourd de conséquences, dans lequel le plus important cortège funéraire de la saison ne se rend pas à Skałka ni au Wawel, tandis que Zofia Turbotyńska, elle, fait l'enterrement buissonnier, pour ne pas dire qu'elle va à un rendez-vous suspect.*

Lorsque les Turbotyński arrivèrent devant l'immeuble des Matejko, la rue Saint-Florian était déjà noire de monde, les gens y affluaient depuis tôt le matin. *Des foules, certes,* pensa Zofia, *mais pas aussi importantes que trois ans auparavant. Ah, les obsèques de Mickiewicz ! Une cérémonie extraordinaire !* Les funérailles du grand poète polonais avaient rassemblé tous les habitants de Cracovie ainsi qu'un grand nombre de visiteurs de passage. Le cortège qui précédait le cercueil était si long que lorsque sa tête passait près de l'église Notre-Dame, le corbillard s'ébranlait seulement de devant le palais du comte Tarnowski, rue Szlak. La Société Harmonia avait joué admirablement, le chœur de l'opéra de Lwów avait interprété des chants sublimes. Le corbillard, avec le cercueil du barde, artistement recouvert de draperies de velours rouge, garni de lis blancs et de fleurs de pavot pourpres, était attelé à six chevaux noirs. Les cordelettes du linceul étaient tenues par les plus grands parmi les plus grands : le prince Czartoryski, le prince Sapieha, le comte Tarnowski, l'écrivain Henryk Sienkiewicz et Matejko, qui allait lui-même reposer maintenant sur un somptueux catafalque.

— Je me demande si tout se passera bien cette fois, souffla un homme derrière les Turbotyński.

— Cher monsieur, qu'entendez-vous par « cette fois ? » L'organisation des obsèques de Mickiewicz était parfaite, lui répondit un autre.

— Ah, je vois, vous avez oublié que le baldaquin n'a pas pu passer sous les fils télégraphiques, qui se croisent au débouché de la rue Saint-Jean.

Zofia Turbotyńska s'en souvenait fort bien. Durant le laps de temps nécessaire à l'extraction des poteaux de leur assise, elle avait eu le temps de rentrer à la maison, se rafraîchir, boire un thé et revenir à sa place dans le cortège.

Lorsque neuf heures sonnèrent et que retentit la trompette de Notre-Dame, le cercueil avec le corps du Maître, porté par des étudiants de l'Académie des beaux-arts, apparut sous le porche de l'immeuble. Zofia cligna des yeux avec incrédulité. Était-ce possible ?

— Regarde, Zofia (Ignacy vint confirmer son observation), mais c'est le fils de Józefa ! Quel honneur !

Jan Nepomucen, le plus jeune des fils Dutkiewicz, avait perdu l'ouïe à la suite d'une scarlatine, mais dans l'établissement de Lwów pour les enfants sourds-muets il avait fait, paraît-il, preuve de talent, et son professeur de dessin l'avait recommandé pour l'Académie. Il peignait des paysages, tout à fait honorables, mais – Zofia en était certaine – il ne serait pas un nouveau Gierymski.

À présent, ceint d'une écharpe blanche avec un liseré noir, le visage grave, il posait le cercueil sur le catafalque dressé devant l'immeuble.

— En vérité, marmonna-t-elle, un grand honneur. Mais cet enthousiasme ne sied pas à un professeur, Ignacy, le rabroua-t-elle. En un tel moment, il te revient de te comporter dignement, et non pas de t'exalter avec des bêtises.

Elle-même, cependant, ne pouvait se concentrer sur rien d'autre. Trois ans auparavant, lorsque la Société des Assurances mutuelles avait décidé d'honorer Mickiewicz, le privilège de coconduire le char qui porterait la couronne en forme de lyre, tressée d'immortelles et de myosotis, échut au mari de Mme Dutkiewicz. Il marchait dans le cortège, dans la foule bariolée vêtue de costumes traditionnels cracoviens, houtsoules, ukrainiens, montagnards ; avec les délégations de compatriotes venues de villes et de pays divers : Odessa, Hongrie, Bucarest, Angleterre, Turquie et même Amérique ; avec des Tchèques et des Hongrois, qui voulaient célébrer le chantre d'un peuple frère ; avec les paysans, les artisans, les fermiers, les ecclésiastiques. Il ne manquait personne : serruriers et armuriers de Cracovie, bibliothécaires municipaux de Bochnia, même le cercle agricole du canton de Czortków et la jeunesse israélite de Brody. À la banderole « Au barde des chants populaires, le peuple de la commune Brzezina », succédait « La société de Prêts de Krynica au Poète Immortel », suivie par « Pour des millions j'aime et je souffre – les couturières de Varsovie ». Des couronnes portant chacune une lettre composaient l'inscription : *À ADAM MICKIEWICZ LE PEUPLE DE TOUTES LES TERRES POLONAISES.* Zofia Turbotyńska se souvenait particulièrement de la lettre U : « Du pauvre village Handelówka, canton de Łańcut – à celui qui aimait des millions » ainsi que de la lettre K : « À l'amoureux des champs de blés dorés – le peuple des terres à blé de Tarnopol ».

Jusqu'à ce jour, la cousine Józefa évoquait avec fierté la participation de feu son époux dans les adieux « au roi de la poésie polonaise » : il avait marché entre Teofil Lenartowicz, qui arborait sa propre couronne (« Hommage du barde de Mazovie »), et une fort jolie Lituanienne portant – en compagnie de deux beaux jeunes gens – une couronne d'épis de blé, don de la jeunesse lituanienne.

Après cet événement, Józefa s'était pavanée, fière comme un paon, aussi Zofia s'était-elle permis un jour de faire remarquer que, dans le cortège, même les pompiers volontaires de Zakopane avaient réussi à se placer, ainsi que la société des valets de chambre de Cracovie, et que le char poussé par Dutkiewicz ne représentait pas un exploit si extraordinaire. La querelle aboutit à une rupture des relations pendant près de quinze jours, et elles ne furent rétablies qu'après intervention d'instances supérieures. « Si, en confession, le curé ne m'avait pas dit de me réconcilier avec toi, Zofia, je ne serais pas venue », lui confia alors en toute sincérité Mme Dutkiewicz. Depuis, pour la paix des familles, Zofia Turbotyńska n'abordait plus ce sujet.

Aujourd'hui, elle devait se l'avouer, absorbée par l'enquête elle avait négligé des questions non moins importantes et n'avait pas entrepris les efforts nécessaires pour que ce fût Ignacy qu'on déléguât au porter de la couronne de la section universitaire de médecine. Trois ans plus tôt, en tant que simple docteur, il n'avait aucune chance d'accéder à un tel honneur, il marchait presque en queue de la délégation universitaire, mais cette fois, si elle s'était activée plus énergiquement, il aurait eu sa chance. Hélas, elle ne s'était rendue que la veille chez Mme Cybulska, dont le mari était membre actif de l'Association des Médecins. Elle y avait passé une heure ennuyeuse devant un thé pour apprendre que, même si l'époux de Mme Cybulska tenait en haute estime le professeur Turbotyński, il était trop tard pour changer quoi que ce fût en la matière. Elle avait salué son hôtesse et était rentrée à la maison frigorifiée et de mauvaise humeur. Elle aurait pu encore se rendre chez Mme Gwiazdomorska, la femme du directeur délégué, ou – en tant que quasi-voisine – chez Mme Teichmann, dont le mari, en sa qualité de conseiller du gouverneur et chevalier de l'ordre de François-Joseph, aurait pu recommander son ancien et brillant élève. Alors qu'à présent, Ignacy devait à nouveau prendre place parmi tous les autres universitaires, même si c'était au milieu de leur délégation. *Tant pis*, songea-t-elle, *les gens meurent constamment, à cet égard les grands de ce monde ne se distinguent en rien de nous autres. Ce n'est ni le premier ni le dernier enterrement de cette importance, il y aura d'autres occasions.*

Vint le moment des discours. En *kontusz* noir, le costume traditionnel de l'aristocratie, le comte Tarnowski récita : « Après ce labeur divin, repose en paix, ô grand solitaire ! » puis il se mit à glorifier la grandeur du génie défunt et déplorer ses « cruelles épreuves ». Zofia Turbotyńska chercha du regard Mme Matejko, mais ne la vit nulle part. Elle ne fut visiblement pas la seule à faire cette association d'idées, car quelque part à côté elle entendit énoncer à voix basse un commentaire peu amène à l'adresse de la veuve. Le comte parla longtemps, à la surprise de Zofia : Tarnowski, qu'elle avait toujours vénéré, lui parut inintéressant et son discours, ennuyeux. Au bout d'un moment, elle cessa d'écouter, ses pensées voletèrent vers les morts de Mmes Mohr et Krzywda.

Le comte conclut son discours en rappelant les derniers mots de Matejko – plutôt l'une de leurs versions : « Ô Dieu, bénis ma patrie », le cortège commença ensuite à se former pour se rendre à la messe funèbre à l'église Notre-Dame. Suivant les consignes des maîtres de cérémonie, les appariteurs levaient haut les panneaux avec les chiffres qui indiquaient aux délégations leur place dans le cortège.

— Oh, Zofia, je vois le mien ! Le trente-six ! s'écria Ignacy et il partit prendre sa place.

Zofia demeura seule dans l'innombrable foule de badauds. C'est ce qu'elle attendait – plus tôt déjà elle avait décidé que, dans ces circonstances précisément, elle pourrait s'esquiver et rendre visite au neveu de la baronne Banffy. Elle lui avait envoyé la veille un coursier à l'Hôtel de Cracovie avec un message oral, lui disant que sa « tante » annonçait sa visite mardi « avant midi », sans préciser toutefois l'heure exacte. Mais avant même qu'elle pût s'éloigner discrètement en direction du parc Planty, elle tomba sur une voisine, Mme Zajączkowska. Une nouvelle fois se trouvait confirmé le vieil adage selon lequel il était impossible de traverser Cracovie sans se faire remarquer – on ne pouvait traverser la place du Marché sans rencontrer au moins un visage connu. Parfois, un salut poli de la tête suffisait, mais en général il était convenu de s'arrêter ou, comme dans ce cas précis, de faire quelques pas ensemble et d'échanger quelques remarques sur la météo et la santé. En compagnie de la caqueteuse Zajączkowska, qui ne tarissait pas d'éloges sur « ces émouvantes cérémonies », elle rejoignit le cortège en direction de l'église Notre-Dame.

En tête, la fanfare Harmonia jouait des marches funèbres, suivie par près d'une centaine de délégations, qui portaient les couronnes : les pompiers, la société sportive Les Faucons, les guildes des artisans, les représentants des protestants et des israélites, les acteurs du Théâtre municipal, les conseillers cantonaux de toute la Galicie, des ecclésiastiques en très grand nombre et beaucoup, beaucoup d'autres. La couronne des collègues artistes peintres fit grande impression : plusieurs dizaines de palettes insérées dans des feuilles de palmes tressées de rubans. Une personne fut même chargée de porter sur un coussin de velours toutes les décorations de Matejko, à commencer par la médaille de l'ordre de Français-Joseph, la Légion d'honneur et la médaille d'or du pape Léon XIII.

Près de l'église, elle voulut dire au revoir et s'en aller, non, courir à l'hôtel, lorsqu'il s'avéra que l'entreprenante Mme Zajączkowska, en sa qualité d'épouse de l'un des membres du comité des obsèques, disposait d'un billet d'entrée à la messe pour deux personnes. En d'autres circonstances, Mme Turbotyńska en aurait eu le souffle coupé d'excitation, mais enfin la situation était exceptionnelle. Elle craignait que le neveu Banffy n'attendît pas très longtemps et quittât l'hôtel dès que la sonnerie de midi retentirait. Mais, de l'autre côté, si elle refusait la place offerte par Mme Zajączkowska, la nouvelle de cet événement insolite se répandrait en ville à la vitesse de l'éclair, s'étoffant rapidement de toutes sortes d'incroyables histoires. *Une ville de commères!* pensa Zofia avec colère, mais elle remercia poliment pour l'invitation. Elle remit le ticket au pompier du service de l'ordre et pénétra dans l'église comme une martyre, pour en sortir une heure plus tard, à l'issue d'une grand-messe particulièrement solennelle qui ne lui procura aucune joie.

Elle n'avait pas contemplé les cheveux argentés du cardinal, ne s'était pas enthousiasmée de l'allure digne de Tarnowski, n'avait même pas essayé d'apercevoir Ignacy de loin. Après la cérémonie, le cortège se reforma et se mit en mouvement pour processionner autour de la place du Marché, dans le sens des aiguilles d'une montre. Lorsqu'elle sortit de l'église, la tête du cortège disparaissait déjà derrière la Halle aux Draps. Tous les magasins, les restaurants et les salons de thé sans exception étaient fermés. Les lampadaires, enveloppés de crêpe noir, étaient allumés, des drapeaux nationaux noir et jaune flottaient sur les façades des immeubles ainsi que des bannières noires de deuil, des habitants étaient aux fenêtres, qui lançaient des fleurs sur le cortège. Par deux fois Zofia faillit quitter la procession, d'abord rue Bracka puis rue Szewska, mais chaque fois elle avait l'impression que quelqu'un de connu la fixait du regard. Quand, enfin, près de la pharmacie de Gralewski, elle prit son courage à deux mains et tourna dans la rue Szczepańska, elle entendit un homme dire :

— Mais il convient de reconnaître honnêtement, ma chère, que la chorale La Lyre chante moins bien que le chœur de l'opéra de Lwów...

— Et il n'y avait pas de baldaquin... ajouta tristement une voix de femme.

Parmi tous les hôtels où le neveu de la baronne Banffy aurait pu descendre, le banalement nommé

Hôtel de Cracovie – bien que joliment situé tout près du parc Planty, au coin des rues Podwale et Garbarska – était le plus sordide. Et plus il était sordide, plus Zofia Turbotyńska redoutait la disgrâce si jamais quelqu'un la reconnaissait ; même si, d'un autre côté, elle se consolait en se disant qu'aucune personne honorable ne s'arrêterait au Cracovie, et puis la journée était exceptionnelle et tout le *beau monde* suivait le cortège.

Le bâtiment lui-même – pseudo-château anglais du Moyen Âge en brique crue, hérissé d'éléments entre la tourelle et la cheminée – n'évoquait en rien ce qu'il est convenu d'appeler un hôtel. À juste titre d'ailleurs : l'entrepreneur Marfiewicz l'avait fait construire des années plus tôt dans le but d'en faire les Nouveaux Bains municipaux ; à côté, il bâtit sa propre maison, fort agréable. *Étrange, vraiment,* pensa Zofia. *Avoir à sa disposition un si beau jardin et une villa de style italien, et ériger juste sous son nez cette caisse de briques, qui rassemble chaque samedi toute la populace de Cracovie couverte de la crasse d'une semaine…* Toujours est-il que ce commerce de Marfiewicz fut un échec, car, après une dizaine d'années, il réduisit les bains au rez-de-chaussée et, dans les deux étages supérieurs, il fit démonter les baignoires, casser les carrelages et installer des chambres d'hôtel : petites, sombres et laides, comme on le disait en ville, même si personne bien sûr n'y avait dormi. De l'avis général, néanmoins, on ne devait pas passer la nuit en un lieu où, peu auparavant, un individu inconnu lavait la saleté de son corps, aussi déconseillait-on vivement le Cracovie aux visiteurs de passage.

Regardant à droite et à gauche, pour vérifier si, par hasard, une autre matrone n'avait pas quitté l'enterrement de Matejko et pouvait repérer ce rendez-vous suspect, Zofia passa la porte d'entrée, située au coin de la rue, sous une pergola en bois. Elle sentit du fond du couloir une émanation d'humidité, d'eau savonneuse et de sueur. *C'est tout de même surprenant*, songea-t-elle, *qu'un homme de sa qualité, certainement fortuné, soit descendu dans un tel endroit.* Mais elle s'engagea plus loin, escomptant bien trouver la réception. Effectivement, sous l'escalier qui menait à l'étage, se trouvait un petit comptoir usé en acajou, derrière lequel se tenait un individu au crâne lisse comme un caillou, avec un pince-nez planté sur un imposant appendice tout rouge, attestant d'un amour certain pour la boisson. Il était en train de bâiller.

— Votre humble serviteur, chère madame, récita-t-il, cachant sa bouche grand ouverte.

— Monsieur le baron Banffy.

— Je vérifie s'il est dans sa chambre.

Il ôta son pince-nez, l'essuya avec un pan de sa jaquette, le remit en place et se mit à chercher parmi les clés.

— Il devrait y être… Qui dois-je annoncer ?

— Banffy, dit-elle, puis elle ajouta avec un plaisir perceptible dans la voix : Baronne.

Remarquant le regard narquois du réceptionniste, elle ajouta encore :

— Je suis sa tante. Veuve de son oncle paternel, précisa-t-elle, en indiquant sa robe noire, mise pour l'enterrement du maître.

— Jureeek ! s'égosilla le chauve. Juraaa !

Du fond de l'établissement, du côté des bains, arriva un gaillard blond, grand comme une armoire, taillé à la serpe, à l'air un peu benêt, sans nul doute le garçon des bains, le visage rouge et luisant à cause de la vapeur.

— Va à la quatorze et dis au monsieur qu'il a la visite de sa tante. Madame la baronne.

— La quatorze, répéta l'autre, hochant la tête. Sa tante. La baronne.

Et, faisant résonner ses pas lourds dans l'escalier, il grimpa à l'étage, pendant que le réceptionniste se dirigeait vers l'arrière-salle, sans nul doute pour vider un petit verre de slivovitz ou de prunelle.

L'hôtel de Cracovie, qui ne possédait aucune des commodités inhérentes aux hôtels proprement dits, ne possédait pas non plus de grand hall, où Mme Turbotyńska aurait pu prendre la pose appropriée, en attendant que le baron hongrois descendît au rez-de-chaussée. Pas de manteau de cheminée en marbre où appuyer le coude, pas de portrait à admirer, en tournant le dos à l'escalier pour se retourner brusquement et surprendre son prétendu neveu. Elle pouvait à la rigueur regarder dans un coin de la pièce, vers le plafond, et c'est ce qu'elle fit. Elle entendit les pas lourds du garçon de bains, qui descendait seul. À l'évidence, M. Banffy avait besoin d'un moment pour se rendre présentable. L'odeur d'eau savonneuse devenait insoutenable.

Elle l'entendit enfin dévaler l'escalier – d'un pas léger, il devait donc être relativement jeune –, s'écriant de loin, en polonais, ce qu'elle accueillit avec un grand soulagement : « Quel honneur… » Il s'interrompit au milieu de sa phrase lorsqu'elle se retourna et qu'à la place de son grand chapeau de deuil il aperçut son visage, qu'il avait déjà vu avant, ailleurs, dans d'autres escaliers.

Ils se tenaient l'un face à l'autre, immobiles, se jaugeant du regard : l'irritante matrone, qui furetait partout dans la Maison Helcel, et le mystérieux jeune homme, qu'elle avait vu parmi les pierres tombales, à peine trois jours auparavant, à l'enterrement de Mme Krzywda. Zofia n'y comprenait rien plus rien. Pour quelle raison le neveu de la baronne viendrait regarder l'inhumation d'une anonyme pensionnaire indigente ? Pendant un instant, le silence fut si profond qu'elle entendit du fin fond du rez-de-chaussée de lointains échos de clapotis et de joyeux bavardages.

— Je ne pense pas qu'ils aient un restaurant ici, commença-t-elle d'un ton sec, et d'ailleurs même si c'était le cas, il serait de toute façon fermé aujourd'hui… Nous allons rester ainsi debout ou vous allez m'inviter chez vous ?

— Oh, c'est très direct… Je ne sais si c'est convenable…

— Les sujets dont nous allons discuter n'entrent pas dans les catégories de bonnes ou de mauvaises mœurs, mais de la vie et de la mort, répliqua fermement Zofia, qui se sentit à nouveau comme une Modrzejewska sur scène.

Il pencha la tête sur le côté, comme un oiseau, et l'observa attentivement, avec méfiance. Mais elle ne tressaillit pas. Ses paupières, ses mains, même l'aigrette de son chapeau, demeuraient parfaitement immobiles.

— D'accord donc, je vous en prie.

Il se retourna, indiqua l'escalier et monta.

— *Sprechen Sie vielleicht Deutsch* ? Je comprendre tout en polonais, mais je préfère parler allemand.

— *Aber natürlich*, répondit-elle, posant son soulier sur la première marche.

La chambre de Banffy confirmait tout ce qui se disait en ville sur les chambres du Cracovie. Elle était petite et sombre, avec une seule fenêtre, étroite de surcroît – l'ancienne fenêtre d'une cabine de bains publics –, équipée n'importe comment, et encore plus mal entretenue. Des vêtements traînaient partout, et sur la commode, en plus de la cuvette et du broc d'eau, s'empilaient des livres, des journaux chiffonnés, quelques assiettes maculées d'un reste de sauce et deux chopes à bière vides ; cela empestait l'intérieur d'un célibataire.

— Asseyez-vous, je vous prie, proposa-t-il, en enlevant avec désinvolture de l'unique fauteuil une pile de vêtements, qu'il laissa tomber juste à côté sur le plancher.

Lui-même prit place sur le lit défait, qu'il recouvrit sommairement avec une couverture.

— Et entretenez-moi des questions de vie et de mort… ma tante, ajouta-t-il après un instant.

Zofia ignora la remarque.

— Commençons par la mort. Qu'est-ce qui vous reliait à Julia Krzywda puisque vous êtes venu à son enterrement ?

— Me reliait ? Eh bien, faut-il à présent obtenir une autorisation spéciale pour aller à des enterrements ?

Il attrapa sur la table de nuit un paquet de cartes et joua avec, en le passant d'une main dans l'autre.

— Qui donc délivre ce genre d'autorisation ? La Municipalité ? Vous peut-être ? reprit-il.

— Vous ne trouvez pas que c'est étrange de venir aux obsèques d'une personne inconnue ?

— Admettons, je ne suis pas le seul à le faire. Je suis attiré par la majesté de la mort, déclama-t-il avec emphase, en souriant du coin de la bouche.

Il était beau et il le savait parfaitement ; non pas comme le jeune Żeleński, avec sa première moustache, mais comme un homme conscient de son charme et sachant en tirer profit.

— Vous pouvez aussi admettre, madame… ?

— Madame Glodt.

— … Glodt, que je sois attiré par des *causes célèbres*. Et puisque dans l'établissement où réside ma chère tante on a commis deux meurtres, il est naturel qu'en tant que jeune homme profitant de la vie, je sois intéressé par ces événements.

— Les badauds approchent au plus près, s'immiscent partout. Vous vous teniez loin.

— Très clairement, j'ai une bonne vue.

— S'il en est ainsi, vous avez peut-être discerné les dangers qui menacent votre tante si chère à votre cœur ?

— Des dangers ? (Il éclata de rire.) Effectivement, elle risque de mourir d'ennui dans ce mouroir.

— Vous voulez parler de la Maison Helcel ?

— Je parle de Cracovie, riposta-t-il. Vienne est à une journée de voyage en train. Paris pas beaucoup plus, et elle, elle se morfond dans cette bourgade croupie. Si j'avais sa fortune, un quart d'heure après je mettrais les barrières de la ville derrière moi et hardiment en avant…

— Vous êtes donc si pressé de récupérer la fortune de votre tante ? Vous allez hériter d'elle ? Peut-être qu'il n'y a pas du tout de conspirateurs italiens qui veulent attenter à sa vie ?

Banffy fronça les sourcils et regarda attentivement le visage de Mme Turbotyńska.

— Des conspirateurs italiens ? Qu'est-ce donc que cette histoire de conspirateurs italiens ?

— Je sais par la femme de chambre de Mme la baronne que vous ainsi que sa patronne êtes menacés d'un danger mortel du fait d'Italiens, qui projettent de se venger d'actes du passé.

— Se venger ? Sur moi ? Mais je n'ai jamais séjourné en Italie de ma vie !

— Peut-être s'agit-il de votre oncle ? C'est la personne qui vous relie à votre tante.

— Mon oncle est mort, d'ailleurs toute sa vie il a été bourru comme un ours de Transylvanie, il ne mettait pas le pied hors de ses domaines et ne s'occupait que de croisement de bétail. Et puis, vous voyez où est l'Italie et où, la Transylvanie ? Qu'ont-elles à voir l'une avec l'autre ? Ce sont des contes à dormir debout.

— Et Mme Campiani ? Peut-elle avoir un lien avec tout cela ?

— Je n'ai jamais entendu ce nom.

— Épouse Walaszkowa, elle habite à la Maison Helcel, et badine avec un certain Fikalski…

— Chère madame Glodt (Banffy se leva du lit), vraiment, vous ne pouvez attendre de moi que je connaisse toutes les résidentes de la Maison où vit ma tante. Des actrices ? Oui. Des danseuses ? Volontiers. Mais des rombières ?

— Vous vous présentez comme un *bon vivant*, mais nous voyons bien tous deux que vous habitez dans des conditions qui, sans nul doute, ne sauraient satisfaire aucune actrice…

— Je m'étonne que vous connaissiez si bien ce milieu, répliqua-t-il. Certes, vous pouvez vous gausser de moi de ne pas dépenser des florins à droite et à gauche, mais je ne vois aucune raison de railler le dénuement de qui que ce soit. J'ai lu une fois dans un roman français que si les pièces sont rondes, c'est pour rouler. Parfois, on en a, d'autres fois, non.

— Je ne pensais pas qu'un baron Banffy souffrît de dénuement…

Il s'appuya nonchalamment contre la commode, les deux pouces dans les pochettes de son gilet à rayures.

— D'où vous vient cette défiance ? Fort bien, vous voulez ouïr l'histoire ? Je vous en prie. Vous n'avez sûrement pas entendu parler de Mlle Angela, chanteuse et écuyère…

— Je n'ai pas coutume d'entendre parler de ce genre de demoiselles.

— Mais croyez-moi que dans tout Vienne, et peut-être même dans tout l'empire, il n'y avait pas de femme plus belle. De fait, Krajevskij, un comte russe, lui offrit sa main, la couronne comtale et des domaines en Crimée. Elle accepta son soutien financier, mais refusa de l'épouser. Pourquoi ? Parce qu'elle en aimait un autre. Qui ? Vous devinez facilement. Nous étions tous deux fous d'elle. Nous la couvrions de diamants. Krajevskij lui acheta tout un cirque, avec lequel il l'emmena à Raab, ensuite à Brno, tout pour l'éloigner de son milieu viennois, ou plutôt de moi. Je n'avais plus un sou mais, dans cette situation, j'implorai une dame de ma connaissance et obtins d'elle quelques milliers de couronnes, promettant de les lui rendre sur les biens dont j'allais hériter, après quoi je rejoignis le cirque et m'engageai comme le plus humble des valets : je portais l'eau pour les éléphants et nettoyais les cages des excréments des tigres (Zofia leva les yeux au ciel), mais j'avais Angela pour moi seul, rien ne pouvait vaincre notre amour !

— Et qu'en disait le comte russe ? demanda-t-elle avec un intérêt feint, même si elle était certaine qu'il s'agissait de bavardage à la manière autrichienne ; elle devrait désormais presser la femme de chambre de la baronne Banffy, Polcia, pour en tirer quelques informations supplémentaires.

— Il s'est tiré une balle dans la tête. Par amour. Il ne voulait pas nous faire obstacle. Mais au moment où notre beau rêve allait devenir réalité, j'ai été accusé par la dame qui m'avait prêté l'argent de lui avoir soutiré de grosses sommes… J'ai dit adieu à Angela très tendrement, j'ai réussi à échapper à la police autrichienne et voilà comment je me suis retrouvé à Cracovie, dans un hôtel sordide, sans un sou vaillant, et je réfléchis ici de quelle manière…

Résonnèrent soudain des salves d'artillerie. Le convoi funèbre de Matejko devait être arrivé devant le parc de la Société de Tir, où la Confrérie Kurkowe rendait hommage au maître.

— Mon Dieu ! s'écria Zofia en polonais, après un coup d'œil à la montre de deuil en argent niellé agrafée à son col.

Elle se leva brusquement du fauteuil.

— Vous m'excuserez, il est temps pour moi de vous quitter. J'espère que nous aurons encore l'occasion de discuter.

Elle sortit en courant de la chambre, tandis qu'il restait immobile, surpris, le regard fixé sur la porte claquée avec force.

Lorsque, essoufflée, elle arriva au rond-point de la porte Saint-Florian, la fin du cortège disparaissait déjà dans la rue Lubicz. La foule devenait clairsemée, la majorité des habitants de Cracovie avaient renoncé à accompagner Matejko jusqu'au cimetière. Zofia Turbotyńska était partagée, mais le sens du devoir l'emporta. Elle attrapa un fiacre – non sans difficulté – et demanda qu'on l'emmenât le plus vite possible par la route de Varsovie au cimetière. Sur place, en réglant la course, elle prit conscience d'une chose terrible : la tombe de Matejko avait été érigée précisément dans la partie la plus récente du cimetière Rakowicki, dans les carrés où Mme Dutkiewicz venait d'acheter une concession. *Cette* partie du cimetière devenait soudain *celle-là* en un sens complètement différent. *Rien ne demeure constant en ce monde*, pensa-t-elle sentencieusement. Elle approchait de la tombe lorsque commença un nouveau discours ; elle s'arrêta en bordure de la foule et persévéra jusqu'à la fin de la cérémonie, supportant vaillamment la faim. L'obscurité tombait lorsque au milieu des gens qui commençaient à rentrer chez eux, elle retrouva Ignacy, et se mit à lui reprocher de ne pas s'être soucié d'elle et de ne l'avoir pas retrouvée dans la foule, une fois qu'il était arrivé au cimetière avec sa délégation.

— Mais, mon cœur, une fois séparés dans une telle cohue, il est impossible de se retrouver... s'excusa-t-il timidement. Je t'ai demandé pourtant de ne pas t'éloigner... Mais enfin, c'est bien que nous ayons participé tous deux à ce sublime événement national.

— Même si ce n'est plus comme pour Mickiewicz.

— C'est vrai, reconnut-il en hochant la tête avec mélancolie. C'est une époque où les mœurs se gâtent... Mais quoi d'étonnant, les gens ont la tête tourneboulée par toutes sortes de nouvelles élucubrations. Tu te rends compte de ce que j'ai lu dans *Le Temps* ? Eh bien, imagine qu'un apprenti est venu voir un artisan, un chaudronnier ou un sellier, je ne me souviens plus, brandissant une brochure social-démocrate, et lui a déclaré que les conditions existantes étaient impossibles, que la durée du travail ne devrait pas excéder quatre heures par jour, et d'autres absurdités de ce genre.

— Et qu'a fait l'artisan ?

— Il a d'emblée réalisé qu'il avait affaire à un fou que la lecture de revues socio-démocratiques avait détraqué mentalement, et l'a donc fait placer dans un hôpital.

— Penses-tu, en tant que médecin, lui demanda Zofia, qu'il peut guérir ?

— Mon cœur, je t'en prie, je suis anatomiste et non psychiatre. As-tu vu la couronne de palettes ?

— Bien sûr.

— Une trouvaille formidable !

Le soir, elle feuilleta attentivement les journaux. Démission du Premier ministre von Taaffe, mort du compositeur Tchaïkovski... Hélas, aucune mention des condoléances envoyées à la famille Matejko par le couple professoral Turbotyński. Par contre, une note relatait qu'une hypocrite, une certaine Mme Koźmian, avait envoyé dix zlotys rhénans pour les pauvres, au lieu d'une couronne aux obsèques de Matejko, ça oui...

Plus tard, en faisant un Tombeau de Napoléon, elle s'efforçait d'ajuster toutes ces histoires entre elles, mais sans résultat. Où placer Fikalski, où le mystérieux neveu Banffy, qu'est-ce qui les unissait ? Fikalski avait-il pu se servir de Banffy pour assassiner Mme Krzywda ? Assurément, ce jeune homme avait en lui quelque chose d'un animal, un animal qui avait enduré bien des épreuves, qui savait mordre et, s'il le fallait, ferait tout pour survivre. Cependant, même si pour quelque raison que ce soit, il avait connu la misère et serait prêt à étrangler une vieille dame, ce ne serait pas pour la somme modeste que Fikalski aurait pu lui proposer... *Admettons que Mme Krzywda a empoisonné Mme Mohr, Mme Czystogórska a tué Mme Krzywda et été tuée à son tour par le jeune Banffy... non, quel domino absurde. Et pourquoi n'a-t-on pas encore retrouvé Mme Czystogórska ? Le concierge n'a vu personne, ni la vieille, ni l'assassin, mais un corps, ce n'est ni un réticule en velours, ni une épingle à chapeau, ça se transporte, se traîne, se transbahute...* Les idées les plus étranges lui passaient par la tête : que l'on avait démembré la pauvre Mme Czystogórska et qu'on l'avait servie en plat aux résidents, ou bien qu'on avait brûlé son corps dans la chaudière, mais toutes ces idées étaient excessives. *Trop de figures dans cette patience. À moins que, évidemment...* Elle tira le ruban de la sonnette. Un moment après arriva Franciszka, un peu ensommeillée.

— Franciszka, lui dit-elle, demain matin… non. Après-demain. Après-demain, le matin, je te demanderai de me faire des courses un peu spéciales…

## CHAPITRE XIII

*Dans lequel Zofia Turbotyńska discute de monstres affreux, et ensuite, lorsque sont entreprises deux importantes expéditions hors de Cracovie, elle fouille dans les broussailles et les blasons et s'approche de la solution de l'énigme.*

En grimpant à nouveau l'escalier en pierre de la Maison Helcel, Zofia se sentit comme chez elle. *Qui sait* – elle laissa vagabonder son imagination –, *peut-être qu'un jour, dans de nombreuses années, au vingtième siècle, lorsque Ignacy aura vécu une très longue vie, sous le règne d'un nouvel empereur, je m'installerai moi-même au second étage, dans l'un des appartements ? Franciszka aura sa petite chambre plus près de l'entrée, et elle recevra les invités conviés par téléphone. Car, à ce moment-là, tout le monde aura le téléphone. Il ne faudrait pas, cependant, que ce soit la chambre où l'on a assassiné la pauvre Mme Mohr...* ajouta-t-elle précipitamment en pensée. Elle frappa ensuite à la porte du secrétariat et y entra sans attendre d'être invitée.

Seule la mère Zaleska se trouvait à l'intérieur. Toujours aussi émaciée et apathique, véritable ombre de son ancienne robustesse. Des bruits couraient selon lesquels la mère Juhel lui reprochait d'avoir engagé des « criminels », ne voulait entendre aucune excuse, et réfléchissait même à de possibles sanctions, y compris à lui enlever le poste de supérieure de la Maison et à la renvoyer dans les canicules de l'Orient, à Smyrne, où elle avait passé plus de vingt ans. Zofia décida de ne l'importuner avec aucune discussion et lui demanda seulement où se trouvait présentement sœur Alojza ; de fait, deux minutes plus tard, elle la trouva dans la bibliothèque de l'établissement.

— Nous ferions peut-être mieux de sortir, suggéra Alojza en lui clignant des yeux exorbités. Ici… les murs ont des oreilles !

Zofia acquiesça. Il était évident qu'un triple meurtre suscitait chez les résidents une fascination bien compréhensible ; il y avait peut-être moins d'excitation chez les convalescents, en général plus jeunes, qui avaient leurs projets d'avenir et n'attendaient qu'une seule chose : être « libérés » ; les pensionnaires vieux et malades, surtout ceux qui n'avaient pas les moyens de s'offrir des « sorties », n'avaient ici guère de distractions. Zofia Turbotyńska elle-même avait entendu une bribe de conversation entre deux vieilles dames, où l'une disait à l'autre : « De mon vivant, j'étais marchande, j'avais un étal place Szczepański. » Pour certains pensionnaires, le mystère des meurtres constituait un des signes avant-coureurs de la fin du monde, ou du moins de l'effondrement des mœurs modernes, et les incitait à craindre pour leur propre sécurité ; mais pour la majorité, il était l'une des dernières surexcitations dans leur vie – ils conversaient donc des heures durant au sujet de la cuisinière Sedlaczkowa et du concierge Morawski, échafaudant d'invraisemblables histoires. Ceux qui avaient eu l'occasion d'échanger quelques mots avec elle ou avec lui se vantaient à présent de « relations étroites » avec les assassins ou lançaient en l'air des questions rhétoriques : « Dieu seul sait si je ne devais pas être le suivant… » ou bien : « Moi, elle n'aurait pas réussi à m'empoisonner. Je déteste le goût des amandes ! » Aussi, à l'entrée de Zofia dans la bibliothèque de la Maison, où plusieurs résidents étaient présents, il se fit un silence absolu, et les oreilles sous les coiffes et les mèches grises semblaient encore plus grandes que d'habitude. Elles se mirent en quête d'un autre endroit.

À cette heure de la journée, il y avait du monde partout, et il faisait trop froid dans le jardin, elles montèrent donc au grenier pour parler, dans l'odeur de bois sec et des draps étendus.

— Ma sœur, a-t-on des nouvelles de Mme Czystogórska ? demanda à tout hasard Zofia, même si elle se doutait bien de la réponse.

— Hélas, aucune. La police la considère comme personne disparue : elle n'est plus dans la Maison, elle s'est volatilisée.

— Je souhaitais venir en aide à la famille de cette pauvre femme, leur transmettre au moins quelques zlotys rhénans…

— Je peux leur transmettre, soupira Alojza sans grand enthousiasme.

— Je préférerais leur porter ce réconfort personnellement, ou au moins par ma Franciszka.

— Autrefois, elle habitait rue Grodzka, mais depuis la mort de son mari et son installation chez nous, elle n'a plus aucune famille à Cracovie (Alojza hocha tristement la tête), mais seulement à Łobzów.

— C'est loin, reconnut Zofia, mais quand le but est noble, on surmonte de plus grands obstacles. Je vais y envoyer ma Franciszka, vous savez, celle qui a une grand-mère ici, la vieille Mme Gawędzina…

— Oui, oui, bien sûr, Mme Gawędzina, très pieuse… répondit machinalement Alojza, qui avait toujours, au sujet de chacune de ses ouailles, un mot gentil, souvent le même d'ailleurs.

Dans une partie éloignée du grenier, on entendit le craquement d'une poutre.

— Pourriez-vous, ma sœur, expliquer à Franciszka où habitent ces Czystogórski ?

— Le nom de ses parents est Morawski, comme le malheureux concierge, mais c'est deux familles différentes, corrigea Alojza. Évidemment, je le lui expliquerai.

Il y avait quelque chose dans la voix d'Alojza que Zofia n'avait jamais entendu auparavant. De l'irritation ? Elle pensa que la religieuse devait en avoir plus qu'assez de toute cette affaire de vieilles dames assassinées ou disparues, de la Maison Helcel, et assurément de Mme Turbotyńska aussi, qu'elle devait maudire depuis le jour où elle l'avait introduite elle-même dans les problèmes intérieurs de l'établissement. Ayant perçu l'impatience de celle qui était jusqu'alors son alliée, Zofia décida de prendre congé, mais lorsque toutes deux descendaient du grenier, avec précaution pour ne pas marcher qui sur sa robe, qui sur son habit, elle lui déclara avant de prendre congé :

— Je vous admire, ma sœur, pour l'aide véritablement chrétienne que vous m'apportez. Non seulement je vous suis reconnaissante, mais je vous admire. Tant de temps consacré, d'attention, tant de savoir… Dieu vous bénisse.

Elle n'avait peut-être pas suivi de cours de cuisine et tout son savoir culinaire lui venait de sa famille, des conseils de sa mère et de sa grand-mère, mais elle savait passer la pommade.

Puisqu'elle se trouvait au second étage, elle décida de reporter pour le moment sa conversation avec Lidia Walaszkowa, avec laquelle elle voulait sonder « la trame italienne », et de frapper à la porte de la comtesse Żeleńska. Cette fois, elle la trouva chez elle et tout se déroula presque comme la première fois – la bonne Ludwinia qui entrouvre la porte, le *Entrez*, qui parvient du petit salon, les mêmes fauteuils et l'horloge sous sa cloche de verre, mais la comtesse elle-même se montra beaucoup plus cordiale. Non au point de se lever de son fauteuil pour accueillir, quoiqu'on en dise, une bourgeoise, mais elle demanda à sa bonne de servir du thé et des gaufrettes Pischinger. La conversation porta naturellement d'emblée sur l'événement de la semaine, à savoir les obsèques de Matejko, que la comtesse Żeleńska avait contemplées depuis les fenêtres du palais Pod Baranami, résidence de ses cousins Potocki. Elle avait, bien entendu, lu le compte rendu détaillé dans *Le Temps* et avait discuté avec quelques personnes qui avaient suivi le cortège, mais elle restait sur sa faim et était curieuse du moindre détail : comment telle personne était habillée, comment a-t-on commenté les morceaux de bravoure des discours, et ainsi de suite. S'inspirant pour partie de ce qu'elle avait vu, inventant pour partie, Zofia lui raconta quelques épisodes de la cérémonie, rapporta un ou deux potins et dévia la conversation sur un autre sujet :

— J'ai entendu dire que la baronne Banffy n'a pas honoré les obsèques de sa présence. Son neveu, en revanche, y était…

— Son neveu ? C'est la première fois que j'en entends parler. Quant à elle, j'ai l'impression qu'elle ne s'intéresse pas du tout à ce qui se passe à Cracovie. Je le comprends, après tout elle a passé la moitié de sa vie dans un coin perdu de la Transylvanie. Mais enfin, c'est un événement national !

— Ô combien. Elle paraît toujours aussi préoccupée ?

— Préoccupée ? Furieuse, plutôt. Je dois vous dire, tant que Ludwinia n'est pas revenue de la cuisine, qu'elle se chamaille terriblement avec cette autre bonne pour savoir qui est la meilleure. Polcia ne travaille que pour une baronne, Ludwinia pour une comtesse ; voyez-vous, même pour le peuple, ce sont des questions importantes. Elles se lancent des piques, se font des reproches… mais lorsque Ludwinia a remarqué les bijoux que Polcia porte maintenant…

— Je l'ai vue au cimetière.

— C'est bien la question. Certes, elle ne les porte pas au travail, mais lorsqu'elle a fini, elle s'habille comme si elle était au moins une résidente de deuxième classe, avec une chambre particulière et un petit capital mis de côté… Encore un peu et Ludwinia attendra de moi une rivière de diamants. Mais j'ai le sentiment que ces largesses sont terminées, car, dernièrement, Mme Banffy était très fâchée contre Polcia. Ce qu'elle lui a donné, je pense qu'elle ne le reprendra plus, *mais c'est fini.*

À ce moment, Ludwinia entra avec le plateau, en faisant tinter les tasses, et la comtesse Żeleńska demanda :

— Et qu'en est-il des lots pour notre loterie ? J'espère que vous y pensez ? Noël approche !

— La mère Zaleska ne paraît pas très disposée à les céder gratuitement... Oh, voilà, merci, c'est assez, je vais boire deux gorgées et je file.

— Je sais, je lui en ai moi-même touché un mot.

— C'est très généreux de votre part, madame la comtesse...

— Une bagatelle... J'aime parfois contribuer au bien commun. Mais elle m'a informée que tout dépendait de vous maintenant, que vous aviez un arrangement.

— Je me réjouis qu'elle s'en souvienne, répondit Zofia, sans divulguer le fond de la chose, puis elle s'extasia sur le petit panier en porcelaine qui contenait les gaufrettes de Pischinger, se demandant s'il convenait d'en prendre une deuxième.

Sortant de chez la comtesse, elle partit à la recherche de l'Italienne, dont elle espérait obtenir la réponse à quelques questions fort importantes. Elle avait appris que Mme Walaszkowa avait essayé dans le passé d'introduire ses pratiques dans la cuisine, mais ses excentriques créations culinaires ne furent appréciées ni des religieuses, ni des habitants de la Maison, aussi la remercia-t-on poliment avant de lui recommander l'activité reposante de la broderie, où ses « pratiques méridionales » ne pourraient nuire à personne.

Elle la trouva au rez-de-chaussée, dans une vaste salle où, en compagnie d'autres résidentes permanentes et de quelques convalescentes, elle était occupée à broder des serviettes et des nappes. Absorbée par son travail, Mme Walaszkowa ne remarqua pas Zofia debout sur le seuil, qui observait fort attentivement la brodeuse, avec méfiance. *Dois-je lui parler de l'épouse de Fikalski, qui se meurt chez des cousins à Bochnia ?* se demandait-elle. *Ou alors elle le sait déjà parfaitement, en tant que complice de ce bigame, et ils ont assassiné ensemble Mme Mohr qui pouvait les démasquer ? Un crime commis par des amants...* Le monde en a déjà vu bien d'autres, elle-même avait lu des récits...

— Quelle magnifique broderie, chère madame !

S'avançant vers la chaise de Mme Walaszkowa, Zofia poussa un petit cri de ravissement qui, sur le coup, lui parut exagéré, sonnant faux.

Mais l'Italienne ne perçut aucune fausseté, à l'évidence elle prenait tout pour argent comptant. Elle leva la tête et, d'une voix un peu forte, comme il sied à une fille d'Italie, elle l'accueillit d'un bruissant :

— Bonnjourr, madame Turbotyńska !

Elles bavardèrent un moment des différent points de broderie, de la supériorité du point de croix sur le point de chaînette et inversement ; alors seulement, Zofia décida d'entrer dans le vif du sujet et demanda des nouvelles de « ce sympathique chevalier servant ». Mme Walaszkowa devint visiblement triste et lui proposa de sortir dans le couloir ; Zofia se dit que dans l'établissement tous avaient des secrets, mais presque personne n'avait d'endroit où les confier à une oreille amie. Elles prirent place sur un banc, sous – comme le remarqua Zofia du coin de l'œil – l'image de guingois d'un Saint-Joseph, l'œuvre certainement d'un pensionnaire aux prétentions artistiques.

— Il m'évite ces derniers temps, murmura Lidia tristement.

— Oh, vous savez... (Zofia essaya de jouer le rôle d'une femme expérimentée dans les affaires de cœur) avec les hommes, c'est toujours pareil... Nous ne pouvons jamais être assurées de leurs sentiments. Ni savoir si leur intérêt n'est pas que basse concupiscence…

— Piscence ?

— Du désir.

— Ah ! rit-elle, si c'est cela, alors très bien !

Mme Turbotyńska avait beaucoup de compréhension pour la frivolité… ou plutôt : elle se disait qu'elle avait beaucoup de compréhension pour la frivolité, mais cette manière de présenter les choses lui parut scandaleuse ; cependant, elle n'était pas ici pour veiller à la moralité d'une femme, inconnue, et étrangère de surcroît.

— Ou s'ils ne se préoccupent que de la dot, attirés par de l'argent facile.

— C'est ce qu'il pense, qué j'ai de l'argent, qué je suis riche, car il y a *una familia* Campiagni, de Véneto, *granda borgueziia*. Mais moi, je suis Campiani, de Udine. *Una altra familia*, pas beaucoup d'argent. Je ne lui dis rien. Pour quoi faire ? Il pense ce qu'il veut.

Cette fois, Zofia la perçut sous un tout autre jour, et elle ne savait plus lequel de ces deux-là était plus malin, plus habile dans les jeux de l'amour… peut-être leur seul but était-il de jouer à se séduire, et les personnes de leur âge s'adonnaient-elles à des comportements qui, aux yeux de Mme Turbotyńska, n'étaient tolérables que chez de jeunes fiancés ? Elle décida de ne pas parler de Mme Fikalska – que le combat continue.

— Vous avez raison, dit-elle en riant, il pense ce qu'il veut. Malheureusement… il se fait tard, et mon mari rentre déjeuner de l'université, je dois donc vite rentrer. Au revoir.

—Au revoir, répondit Lidia née Campiani, chasseuse de chasseurs de dots, en se levant du banc pour revenir à son travail d'aiguille interrompu.

— Ah, j'ai failli oublier ! (Zofia revint sur ses pas.) Une chose encore. Une broutille, vraiment. Je voulais vous demander si vous connaissiez une pensionnaire de la Maison, Mme la baronne Banffy…

— *Sciacallo di Piacenza !* siffla Mme Walaszkowa.

— Qui ?

— Le chien *furioso* de Piacenza, répéta-t-elle, mais voyant l'incompréhension de Mme Turbotyńska, elle leva l'index et sortit en toute hâte dans le couloir.

Elle revint quelques minutes plus tard, avec dans les mains l'un des dix tomes de *Tierleben*, de Brehm, qu'elle venait d'emprunter à la bibliothèque ; elle portait le livre avec précaution, un doigt marquant une page précise. Elle l'ouvrit sur une planche où figurait un chacal plutôt craintif et apeuré, avec la légende : *Schakal (Canis aueuse) 1/6 natürl. Große.*

— Oui, oui, je sais, je comprends. En polonais, « chacal ». Mais que voulez-vous dire ?

— Tous, en Italie, commença-t-elle à expliquer, ont entendu parler de la yene… Hyène de Brescia…

Pas seulement en Italie. Zofia Turbotyńska connaissait les récits sur le général autrichien von Haynau, rendu célèbre par les opérations qu'il avait menées durant la révolution de 1848 en Italie et en Hongrie, où il pendait n'importe qui sans distinction, comme si on était encore au Moyen Âge, et non au XIXe siècle. Mais que venait faire la baronne Banffy dans cette histoire ?

— … mais pas du chacal de Piacenza, termina Mme Walaszkowa.

— Piacenza ?

Zofia était incapable de situer cette ville.

Pendant un instant, Mme Walaszkowa sembla tentée

de retourner à la bibliothèque chercher un atlas, mais finalement elle répondit brièvement :

— En *Lombardia.* Vous voyez, à Piacenza régnait une *duchessa*, de la famille des *Absburgo*, une bonne souveraine, veuve de l'*imperatore* Napoleone… Mais la *signora* mourut, et vint un nouveau souverain, *duca di Lucca*, de la famille qui régnait avant la *duchessa*, et ensuite, rien qu'à Parme…

Zofia se sentit perdue non seulement dans la géographie de l'Italie, mais aussi dans les méandres de sa politique. Ici, au centre de l'Europe, c'était plus simple : elle avait passé toute sa vie, depuis le berceau, sous le sceptre d'un seul empereur et elle espérait, pour le reste de sa vie sur cette terre, être la sujette d'un autre tout au plus. La stabilité et l'ordre, et non l'anarchie méridionale.

— Quand la *rivoluzione* a éclaté et la guerre, les *Austriacchi* ont pris Parma et Piacenza… *maresciallo Radetzky*, vous connaissez ?

— Oui, celui de la marche… se souvint immédiatement Zofia.

Ignacy aimait beaucoup les marches, il allait souvent le dimanche au parc Planty pour y écouter l'orchestre militaire.

— *Allora*, quand Radetzky a vaincu l'armée du roi de Sardaigne, c'était un désastre terrible, une catastrophe, aussi en Lombardie et Toscania ce fut la *rivolta*. En dix jours, la cruelle Hyène, von Haynau, occupa Brescia et il tua hommes, femmes, et même les enfants. *Molto crudele* ! Les soldats battent les femmes à coups de fouet sur la *piazza, oh Dio !*

— Et ce Chacal ?

— Il était *tenente*… lieutnant ?

— Lieutenant, corrigea Zofia.

— C'est ça. La main droite de la Hyène, qui l'a envoyé à Piacenza. Il a fait pendre en un seul jour vingt hommes sur la Piazza Cavalli, et il frappait lui-même les femmes avec un *gatto a nove code*... un fouet, jusqu'au sang... Mon père m'a tout raconté, il l'a vu de ses propres yeux.

— C'était le baron Banffy? Le mari de Mme la baronne, qui habite ici, à la Maison? s'écria Zofia, sur laquelle ce récit sanglant avait fait forte impression.

— *Si, barone* Banffy, *bastardo!*

À cet instant, Mme Walaszkowa, ou plutôt Lidia Campiani, devint la carbonariste italienne telle que se l'imaginait Zofia. Une déesse romaine de la vengeance, prête à se jeter, un poignard à la main, sur la baronne Banffy pour les crimes commis par son mari, gisant dans le mausolée familial quelque part dans la lointaine Transylvanie. Il est vrai que le général von Haynau fut plus tard victime de désagréments – elle se souvint qu'en France ou en Angleterre, il fut solidement roué de coups par des ouvriers, de sorte qu'il cessa de voyager en Europe. Il n'était pas non plus difficile à imaginer que des patriotes italiens décideraient de se venger de l'oppresseur de leur peuple. On ne manquait pas de comptes rendus dans les journaux sur les attentats commis par des anarchistes russes ou italiens, comme cet Orsini, qui avait essayé devant l'Opéra de faire sauter avec une bombe l'empereur Napoléon III, ou Grinevitski qui avait réussi à tuer le tsar et lui-même par la même occasion.

En vérité, la vision de Cracovie comme antre de terroristes italiens lui parut terrifiante, mais séduisante à sa manière. Elle s'imagina les regards du monde entier tournés vers sa ville, des articles dans la presse mondiale... Non que Cracovie n'eût pas ses assassins politiques, ça non. Cinquante ans auparavant, on avait abattu, dans le parc Planty, un juge d'instruction, un certain Wolff. Il pourchassait si férocement les jeunes conspirateurs qu'il n'y eut bientôt plus de place dans les prisons de Cracovie. Et ces jeunes chantèrent par la suite : « Ils ont tué un loup, un parmi des milliers, vous les milliers de loups, tremblez de peur, tremblez »... Oui, mais c'était il y a bien longtemps.

*Toutefois,* se demanda Zofia, *quel retentissement aurait, cinquante ans plus tard, l'assassinat secret, au moyen de poison, de la vieille veuve d'un lieutenant austro-hongrois, fût-il un tortionnaire ?* Elle scruta encore Mme Campiani-Walaszkowa, veuve d'un fonctionnaire des chemins de fer galiciens, en convalescence à la Maison Helcel à la suite d'une crise de calculs rénaux. Le tempérament est une chose, mais elle n'avait rien d'une émissaire de dangereux conspirateurs. En outre, pourquoi recourir aux services de Mme Krzywda, alors qu'elle avait elle-même accès à la cuisine ?

— Je comprends que vous ne raffolez pas de Mme la baronne, constata-t-elle avec précaution.

Mme Walaszkowa proféra quelques mots en italien, dont Zofia n'avait pas l'intention de demander la traduction exacte. Leur sens était parfaitement clair.

— Une dame horriblé, ajouta la femme en revenant au polonais, mais pas parce que c'est une Banffy, elle n'est Banffy que par son mari... elle devait s'appeler autrement avant. Mais parce qu'elle est une *signora antipatica.*

Après cette dernière explosion de colère, comme si de rien n'était, elle joignit gentiment les mains sur le volume de Brehm.

— Je ne vais pas vous distraire plus longtemps de

votre magnifique broderie, lui dit Zofia avec un grand sourire. Je vous remercie infiniment pour cet entretien.

Après s'être saluées, elles partirent chacune dans une direction opposée : Mme Walaszkowa vers la bibliothèque rendre son soutien scientifique, Zofia Turbotyńska vers la sortie. Passant la porte de l'établissement, elle prit conscience que, pour aujourd'hui, sa vie véritable, d'enquêtrice, prenait fin ; elle allait déjeuner avec Ignacy, dîner avec lui le soir venu, et n'enverrait Franciszka voir la famille de Mme Czystogórska que le lendemain matin, quand elle-même entreprendrait une autre expédition. Il ne lui restait plus aujourd'hui qu'à observer le travail de la nouvelle bonne, qui l'irritait déjà par sa lenteur, à entendre le bruissement du journal d'Ignacy, à commencer peut-être la lecture d'un roman. Tout ceci bien plus terrifiant que l'horreur de trouver des cadavres dans des draps chiffonnés ou dans le recoin d'un grenier.

Pourtant même cette morne soirée d'automne devait apporter un bout d'éclairage fructueux, et du côté le moins prévisible : des colonnes du *Temps* que feuilletait Ignacy.

— Une affaire terrible à Barcelone, lança-t-il en l'air.

Mais Zofia ne releva pas.

— Vraiment, terrible.

Silence.

— Écoute seulement, mon cœur. Dans le théâtre de la ville, un anarchiste a jeté une bombe du type de celle d'Orsini. Vingt-deux personnes ont été tuées, quarante blessées, un bain de sang.

— Qu'y jouait-on ?

— *Guillaume Tell.* L'explosion a eu lieu pendant le second acte.

— Je n'ai jamais apprécié Rossini. Et, de toute façon, après l'ouverture il n'y a rien d'intéressant.

S'ensuivit un nouveau quart d'heure de silence; Ignacy découpait quelque chose dans le journal, et Zofia réfléchissait aux ennemis de l'ordre public. *À vrai dire, tous ces anarchistes, carbonari, rebelles, agissent de manière analogue, on peut les reconnaître... précisément à leur style. Nul besoin de s'évertuer à les identifier, ils ne dissimulent pas leurs crimes. Ce qui importe à tous les fauteurs de trouble, c'est de faire parler d'eux, de susciter l'effroi... S'ils avaient effectivement voulu assassiner l'un des résidents de la Maison, ils l'auraient fait avec fracas, et non en secret.*

Pour faire l'aller-retour à Krzeptów, un village près de Tarnów, en une journée, et avoir le temps de discuter avec la comtesse Wielhorska qui avait rédigé la lettre de recommandation pour Mme Krzywda, ou peut-être aussi avec certains serviteurs, et quiconque encore ayant connu la pensionnaire assassinée, Zofia Turbotyńska dut partir tôt le matin, à une heure où, d'habitude, elle paressait encore au lit. Pour cette raison, sans doute, elle somnola durant tout le trajet – le train la berçait, ses compagnons de voyage ne l'importunaient guère par leur bavardage, leur corpulence ou leurs odeurs, aussi elle garda peu de souvenirs de ce trajet. Cela dit, sa fatigue pouvait aussi s'expliquer autrement : en dépit de l'excitation soulevée par les nouvelles pistes et les récentes hypothèses, elle se sentait découragée; elle perdait peu à peu l'espoir de débusquer le meurtrier des vieilles dames. Rien ne concordait, tout ce qu'elle réussissait à établir lui échappait aussitôt des mains ; son unique succès avait été de prouver à la police que Mme Mohr avait été empoisonnée. Mais si le prix de ce succès, qui chatouillait agréablement son amour-propre – peut-être même plus agréablement qu'un poème publié dans l'*Hebdomadaire Illustré* ou la quête de fonds en compagnie de la comtesse –, devait être la condamnation de la cuisinière tchèque qui n'y était pour rien, alors c'était un succès insignifiant. Et plus ces pensées lui pesaient, plus elle devenait somnolente ; encore un peu et elle aurait manqué son arrêt.

Elle sortit de la gare, d'une largeur considérable, car formée de trois bâtiments reliés entre eux par des galeries en rez-de-chaussée, mais misérable et éminemment provinciale ; les deux tourelles érigées aux extrémités confinaient à la plaisanterie, comme si l'on avait flanqué d'une tour une chaumière de paysans. Le public estimait depuis longtemps que les gares de Galicie devraient être plus grandes, plus modernes, plus belles, mais pour le moment, peu de bâtiments avaient la chance de la gare de Cracovie, que l'on avait agrandie une vingtaine d'années auparavant et qui, même maintenant, connaissait des travaux de surélévation et d'embellissement. C'est pourquoi il fallait espérer que la mission civilisatrice de l'empire finirait par toucher également Tarnów...

— Vous cherchez un hôtel ? Besoin d'une chambre ? lui demanda un bonhomme serviable, qui traînait la jambe gauche.

— Non, tout au contraire, je dois aller plus loin.

— Avec quoi elle veut voyager ? Avec le train ? Une calèche ? Un fiacre ?

— Une calèche. Pour Krzeptów.

— À votre service, madame.

Il s'inclina et claudiqua vers un groupe de trois barbus, des cochers ; l'un d'eux se détacha du groupe et suivit l'intermédiaire, après quoi commencèrent les arrangements, les marchandages, les contestations. Acharnés évidemment, car Zofia n'avait pas l'intention de payer plus que le prix. Mais elle reconnut en son for intérieur qu'à Cracovie, pour cette somme, en comptant le pourboire du boiteux, elle n'irait même pas à l'église Saint-Benoît sur la colline de Lasota, où elle ne se rendait d'ailleurs qu'une fois l'an, le mardi après Pâques, pour la fête de Rękawka pendant laquelle la tradition voulait qu'on fît rouler du haut de la colline des œufs peints et décorés. (Personnellement elle détestait cette fête, mais Ignacy, qui appréciait les curiosités cracoviennes, adorait grimper en haut du tertre et jeter aux galopins affamés pains d'épices, saucisses grillées et menue monnaie ; pour sa part, elle estimait que c'était faire l'apologie d'une prodigalité excessive, mais, en bonne épouse, elle l'accompagnait chaque année sur le tertre et le regardait, mélancolique, dilapider la richesse de la maison Turbotyński.)

À Krzeptów, elle laissa le cocher devant l'auberge et partit à pied. Elle n'avait pas l'intention d'arriver dans n'importe quelle voiture au château des Wielhorski, pour qu'on la prenne pour la première péquenaude venue. Krzeptów ressemblait à des centaines d'autres villages de Galicie : une route serpentant dans le vallon, bordée de chaumières croulantes de vieillesse, d'où la misère chassait les paysans jusqu'à l'autre côté de l'océan, et, au sommet de deux collines, se faisant face, deux bastions de la puissance : une solide église en pierre, dont le clocher de loin témoignait de la piété de la population locale, et un vénérable château comtal. Ou plutôt ce qu'il en restait.

Car à mesure que Zofia Turbotyńska grimpait le chemin mal entretenu, creusé de fondrières, plus elle comprenait qu'elle n'approchait pas du château, mais de ses ruines. De derrière les ramures déployées des arbres du parc émergeait une large façade noircie, surmontée d'un fronton. En bas, un porche à colonnes, recouvert de vigne vierge, un peu plus haut, un mur découpé par trois grandes arcades. À travers les fenêtres brisées du rez-de-chaussée, on apercevait de sombres intérieurs, où les plafonds vermoulus ne laissaient entrer aucune lumière; le toit avait dû s'écrouler longtemps auparavant, car les arcades laissaient directement voir le ciel gris. On apercevait encore par endroits les restes des anciennes dépendances : les murs effondrés conservaient l'emplacement des écuries, des remises ou des communs d'autrefois, et au milieu de la cour, envahie par de nombreux érables, des acacias et une foule de chardons épineux, où, à chaque pas, s'accrochaient les volants de sa robe, on voyait toujours la margelle d'un ancien bassin. Dans le temps devait y couler une fontaine, car des tuyaux rouillés dépassaient du fond, mais la statue en pierre avait dû être volée des années auparavant.

Pas âme qui vive alentour. Les oiseaux migrateurs s'étaient déjà envolés pour l'hiver; parfois, au loin, croassait paresseusement une corneille désabusée. Si l'on pouvait s'imaginer l'incarnation du néant, ce serait certainement le château des Wielhorski : une large façade, lugubre, qui ne renfermait que ruine et désolation, coiffée, comme par dérision, d'un grand cartouche portant un blason. Sous la couronne à neuf branches, ornée de plumes d'autruche, on apercevait un fer à cheval et deux croix : l'une, un peu ébréchée, le surmontait, et la deuxième se trouvait à l'intérieur. Zofia n'était pas très versée en héraldique ; elle savait reconnaître le blason de son mari, et quelques autres des plus courants, mais elle était presque certaine qu'il s'agissait ici du blason des Lubicz. Dans le doute, elle sortit de son sac son petit carnet et copia le cartouche. Elle voulut d'abord en faire un croquis sommaire, mais dans ce lieu isolé elle se sentit soudain triste et mal à l'aise, aussi elle décida de le dessiner avec précision, comme le lui avait appris longtemps auparavant Mlle Buchbinder, qui lui avait enseigné le dessin, les bonnes manières et le français : avec les ombres et les contours. En hachurant attentivement les recoins ombreux, elle retrouva un certain calme, même si, évidemment, ce n'était pas très important. Le plus important était que la comtesse Wielhorska n'avait absolument pas pu, un ou deux ans auparavant, envoyer de lettre depuis Krzeptów : il était impossible qu'elle se fût assise à un bureau brisé en mille morceaux, pour tracer ses jolies lettres avec une encre faite de boue. À moins que, par miracle, elle habitât non au château, mais dans une des chaumières que l'on voyait en bas, et qui tenaient debout par l'opération du Saint-Esprit.

Vieille de près de cent ans, l'auberge avait pris ses aises comme un pacha à côté de la porte principale du village. De grandes dimensions, d'aspect robuste – à l'évidence, on buvait ici avec ardeur, elle avait été bâtie en conséquence –, couverte d'un toit de bardeaux à quatre pentes qui s'avançait légèrement en façade, formant ainsi un auvent soutenu par six solides colonnes. En été, les clients s'y abritaient de la canicule, et le commis de l'aubergiste allongeait à l'ombre ceux qui avaient trop bu, mais en cette saison l'avant-toit protégeait plutôt de la pluie. Vers midi, il n'y avait pas âme qui vive, à l'exception d'un vieux chien aux poils grisonnants qui sommeillait au pied du mur. Zofia grimpa vivement trois marches et ouvrit la large porte en demi-lune de l'auberge.

Elle se souvenait qu'à la campagne il convenait de saluer d'un traditionnel « Dieu vous bénisse », mais réalisant qu'un tel salut catholique risquait d'être déplacé dans cette ville à l'importante communauté juive, elle n'en fit rien.

— Bonjour.

— Il est bon, pour qui il est bon, commenta le tenancier en lui jetant un regard réticent de derrière toute une rangée de gobelets en épais verre moulé, qu'il essuyait avec un chiffon d'une propreté douteuse. Un jour comme un autre.

— Il est presque une heure, remarqua Zofia, après avoir comparé les aiguilles sur sa montre avec celles de la grande horloge suspendue derrière l'aubergiste, entre une étagère garnie de verres et une autre de bouteilles.

— Cela dépend où. Chez moi, il est toujours onze heures moins le quart, répondit-il posément.

— Je cherche Mme la comtesse…

— Ah oui ? Je pensais que la comtesse c'était vous. On ne voit pas chez nous de pareilles… élégantes.

— … Madame la comtesse Wielhorska, du château.

L'aubergiste s'arrêta d'essuyer les verres, posa sur le zinc celui qu'il tenait, passa ses doigts écartés dans sa barbe.

— Ben, vous pouvez toujours chercher… Des comtes,

il n'y en a plus ici depuis… oh, depuis l'époque de mon grand-père Chaskiel.

— C'est-à-dire depuis quelle année ?

Le tenancier soupira, posa son chiffon sur le comptoir.

— Quelle année, quelle année… Depuis l'année où le staroste de Tarnów avait proclamé que les seigneurs voulaient exterminer les paysans, qui sont alors venus avec des fléaux, des fourches, des pieux, à travers les congères de neige, car on était en hiver…

— On les a tués ? Ils sont partis ?

Mais lui, visiblement, aimait à raconter cette histoire et elle devait être narrée depuis l'origine.

— La première nuit, les maîtres se sont défendus, ils ont appelé à l'aide leurs domestiques, ils avaient sur place des carabines et des fusils de chasse, ils ont barricadé la porte avec des fauteuils, des lits, et quand des paysans, qui n'étaient pas d'ici, ont commencé à la défoncer, ils ont tiré à travers, ils en ont abattu deux ou trois.

Il s'interrompit un instant ; il avait dans ce récit ses pauses préférées, pas pour rassembler ses souvenirs, mais pour attiser la curiosité de l'auditoire.

— Ceux-là finirent par s'en aller. Ce n'est qu'au troisième jour que tout autour du village nos paysans d'ici ont pris position, tout excités. Ils ont placé des gars en faction. Dans le château, ils se demandaient s'il fallait se défendre ou fuir… deux jeunes maîtres ont voulu s'échapper à cheval, galoper à travers le parc et gagner la forêt, mais les paysans les ont pris dans une embuscade : « Où que vous allez comme ça, charognes ? », un deuxième aussitôt : « Faut les zigouiller, les charognes, prendre les chevaux et les écorcher, c'est tout permis par le district. » Les jeunes maîtres ont fait demi-tour, cinglé leurs chevaux, mais les autres les talonnaient avec leur fourches; ils ont tambouriné à la porte du château tandis que les paysans les rattrapaient… Et ça s'est terminé que cette fois, sans un seul coup de feu, ils ont pris le château et se sont éparpillés dans les pièces. Ils ont rassemblé toute la famille dans le salon. Les paysannes ont d'abord dit en pleurant : « Nous travaillons pour vous, et vous voulez nous massacrer », mais elles avaient déjà amené avec elles des couvertures, et elles ont tôt fait d'oublier les pleurs pour le pillage. Dans tout le château, les émeutiers se sont mis à briser les meubles, à défoncer les serrures des portes pour chercher des objets de valeur, mais ils n'ont rien trouvé ; pour finir, ils ont mis en pièces les tentures et fracassé les montants des portes. Mais il n'y avait rien, pas une seule bague, rien, à part les boucles qu'ils ont arrachées des oreilles de Mme la comtesse (Zofia frémit à la pensée de ses propres boucles d'oreilles) et des alliances, qu'ils ont récupérées chez tout le monde sauf du vieux monsieur le comte, alors ils lui ont brisé le doigt. Lui, il l'avait mérité, faites excuse, mais à ce moment-là il était déjà mort. Ils voulaient les torturer, leur crever les yeux, leur couper bras et jambes, mais un tumulte s'est fait, ils se sont soudain jetés sur eux avec leurs bâtons et, au bout de dix minutes, ils se battaient entre eux à coups de triques, parce que chacun voulait frapper les maîtres, mais il n'y avait pas assez de place, ce qui les a mis en rage, au point que leurs femmes, avec des cris, devaient les séparer, que d'autres avec leurs enfants maltraitaient la famille du comte, en disant : « C'est tout de votre faute, c'est à cause de vous qu'ils se battent comme ça ! » Finalement, les gars se sont raccommodés et ont commencé à battre les seigneurs à coups de fléaux, si bien qu'en peu de temps ne sont restés vivants que les deux jeunes maîtres, les plus vigoureux certainement. Ils les ont emmenés, déjà très affaiblis, les bras cassés, couverts de sang, tout nus ; on leur avait arraché leurs vêtements, je l'ai vu de mes propres yeux quand je n'étais encore qu'un petit garçon, deux des assaillants se sont disputé la tige d'une botte, au final ils l'ont déchirée. Quelqu'un, par compassion, a donné aux deux nobles une couverture, un bout de tissu, un peu de paille pour qu'ils ne gèlent pas, et ils les ont emmenés en traîneau jusqu'à la starostie de Tarnów. Ce n'est que là-bas qu'ils les ont égorgés, car pour un noble mort les Autrichiens payaient dix florins, pour un blessé huit et pour un en bonne santé cinq.

Les massacres de Galicie – Zofia avait entendu parler de ces horreurs, bien sûr, notamment par la bouche du jeune Żeleński. Il y avait moins d'un demi-siècle que le pouvoir impérial autrichien avait incité les paysans à attaquer les nobles polonais qui préparaient un soulèvement.

— Et depuis la famille Wielhorski a disparu ? Aucune comtesse Wielhorska ?

— Pas à ma connaissance, mais à l'époque j'étais petit comme ça (il se pencha par-dessus le comptoir et indiqua un petit mètre du sol). La dernière comtesse que j'ai vue, c'est celle, à l'époque, avec les oreilles qui saignaient. Après, quand ils l'ont massacrée, je ne regardais plus.

Zofia Turbotyńska tourna les yeux vers les fenêtres basses et vit à travers les étroites vitres empoussiérées que le cocher, fort heureusement, attendait toujours à l'endroit où elle l'avait laissé. Cette piste ne menait nulle part ; par acquit de conscience, elle demanda encore à l'aubergiste s'il connaissait Mme Krzywda. Peut-être avait-elle vécu quelque part dans les environs, et eu ainsi l'idée de la comtesse imaginaire qui lui avait prétendument écrit une lettre de recommandation. Mais non, il n'avait jamais entendu ce nom. Zofia était frigorifiée, de mauvaise humeur et fatiguée. L'idée la traversa de demander un petit verre de quelque chose de fort, mais la seule pensée qu'elle n'avait pas même dépensé un centime à Krzeptów la réchauffa. Elle remercia l'aubergiste pour l'entretien, resserra le col de son manteau et sortit dans le froid de novembre.

— Où étais-tu passée, ma chère Zofia ?

La question d'Ignacy l'accueillit dès le seuil ; elle n'avait pas le temps maintenant d'inventer des histoires vraisemblables pour expliquer sa journée si occupée, et puis elle devait avant tout et de toute urgence parler avec Franciszka, qui devait être certainement déjà rentrée de son expédition à Krowodrza.

— Ignacy, chaque chose en son temps... dit-elle en haussant la voix, en ôtant ses gants et les remettant dans leur boîte. Si tu souhaites dîner aujourd'hui avant minuit, non, si tu souhaites dîner tout court, alors, hélas, tu dois t'armer de patience et me laisser aller d'abord à la cuisine.

— Que prévois-tu pour ce soir ?

— De la carpe sauce grise ?

— Avec une salade de concombres, s'il te plaît.

— Très bien, il y aura aussi des concombres, lui répondit-elle, en s'efforçant de garder un ton dénué d'excitation, même si intérieurement elle trépignait d'impatience pour savoir comment Franciszka s'en était sortie avec sa mission.

Du hall, elle l'apercevait de dos, en train de nettoyer la cuisinière, frottant soigneusement chaque plaque de cuisson.

— Il faut penser au dîner, il est plus que temps, dit-elle à haute voix en entrant, pour qu'Ignacy l'entendît jusque dans le salon, puis elle parla naturellement, voire elle baissa légèrement la voix : Et alors ?

— Oh, elle est vivante, madame ! Elle est vivante ! Vous aviez raison !

Jamais auparavant, depuis l'arrivée de Franciszka dans la maison, Zofia ne l'avait vue aussi réjouie ; elle était convaincue que la raison de cette joie n'était nullement que la personne en question fût en vie – car ni sa santé ni même son existence n'avaient aucune importance pour la jeune bonne –, mais simplement que Zofia et sa cuisinière avaient toutes deux pris goût à la même chose : fureter dans la vie des gens et montrer que la réalité en est très différente de celle qu'elle paraît à certains.

— Je le savais ! Raconte ! Raconte donc !

Puis elle ajouta plus haut :

— Oui, certainement, de la carpe sauce grise !

— Avec de la salade aux concombres ! parvint du salon un discret rappel.

— Avec de la salade ! répondit-elle.

— Je suis partie voir sœur Alojza, j'ai porté votre lettre, elle a regardé un moment, fait la grimace, mais elle m'a dit le nom des gens et où est leur maison. Je marche, je marche, je marche... ce n'était pas à Krowodrza où habitent les riches fermiers, mais plus loin encore, vers les dernières maisons, pas des plus reluisantes, où l'une penche vers l'autre presque effondrée. Je continue, je demande où habitent ces Morawski, pour finir, un pauv' petit gars me dit « Là-bas ». Je cogne à la porte, je cogne...

— Et du chou-fleur ! s'écria Zofia pour faire bonne mesure...

— Une bonne femme m'ouvre, pas très vieille, donc je vois que c'est pas elle. Je demande si je suis bien chez les Morawski. Elle confirme. Aaaaah, je dis, c'est vous que je viens voir, que j'ai fait tout ce chemin depuis Cracovie. Ma maîtresse m'envoie parler à votre tante, Mme Czystogórska. L'autre se raidit et me regarde de travers. Ma tante n'est pas là, qu'elle me dit. Je hoche la tête et je dis bon, d'accord, mais j'ai un message à lui transmettre, je vais attendre. L'autre encore : sa tante n'est plus nulle part, assassinée sûrement, la police l'a cherchée. Ils ont pas trouvé de cadavre, mais tous on la considère comme morte. Mère de Dieu ! j'ai crié là-dessus. Mère de Dieu ! J'ai fait tout ce chemin depuis Cracovie, et elle, comme morte. Ma maîtresse va se fâcher contre moi. Et je vois bien que l'autre s'apprête à me fermer la porte au nez, j'ai un poêlon de bouillie sur le feu qu'elle dit, ça va brûler. Ben retirez-le du feu, je réponds, j'en ai une pour une minute, c'est une affaire importante. Elle répète : ma tante n'est pas là, sans doute morte. Je hausse les épaules et je dis que, ha, peut-être que ma maîtresse va être contente, au lieu de se fâcher, car c'est quand même une belle somme qu'elle doit rendre, tout ce que cette tante des Morawski avait mis de côté pour son cercueil et son enterrement, de quatrième classe d'accord, mais ça fait quand même cinquante couronnes… Bon, je vois que le poêlon sur le feu, oublié. Cinquante couronnes qu'elle crie, cinquante couronnes ! Rends-les ! On est ses seuls héritiers. Aaaaah, je réponds, c'est pas aussi simple, y a pas de papier, c'est un prêt sur parole. Ma maîtresse m'a dit de rendre l'argent, mais seulement en mains propres. Si elle est morte, elle est morte, paix à son âme. Si on la retrouve, alors je rendrai…

Zofia en rosit de plaisir ; elle reconnaissait, certes, dans ce récit, des bribes de son plan, qu'elle avait demandé à Franciszka d'apprendre par cœur, mais elle voyait maintenant combien la jeune fille avait ajouté d'elle-même, comme elle avait finement attisé l'avarice de Mme Morawska.

— Dieu vous garde, je dis, je tourne les talons et je m'en vais. L'autre est toujours à la porte grand ouverte. Revenez, elle me crie, quand j'ai fait une vingtaine de pas, revenez ! Je me retourne, mais je bouge pas. Pourquoi je reviendrais, si on retrouve votre tante vivante, vous enverrez quelqu'un à la Maison Helcel, pour demander… Revenez ! elle crie. Alors je reviens. Ma tante est là, qu'elle dit, mais dans cette maison Helcel, ils assassinent tout l'monde. Ça fait dix vieilles qui zont zigouillées. Alors, not' tante, elle s'est enfuie. Ils ont envoyé des policiers la chercher, mais elle s'est bien cachée, ils la trouveront pas. Qu'ils pensent donc qu'elle est morte ! Et elle m'emmène à l'intérieur, et la voilà, la tante, elle s'est cachée dans une petite alcôve, derrière l'armoire. Je regarde, sur le mur y a un kilim, et l'armoire devant, mais ce kilim à l'air de bouger, il bouge, et de derrière sort une toute petite vieille aux cheveux tout blancs. Elle dit à l'autre : que le feu du Ciel te tombe dessus, tu fais entrer une inconnue, tu me montres à une inconnue, l'autre répond que c'est pour rendre l'argent qu'elle avait prêté. Je n'ai jamais prêté, crie la vieille, de l'argent à personne, et elle s'obstine, une femme honnête, vraiment, je m'dis, mais là-dessus je réponds : Vous êtes Mme Czystomorska ? Czystogórska qu'elle hurle sur moi. Czystogórska ! Aaaah, c'est que ma maîtresse, j'réponds, a tout mélangé, parce que moi je dois aller chez Mme Czystomorska avec l'argent. Et, ni une ni deux, j'étais dehors.

— Donc, elle se cache, car elle pense…

— Que c'est elle maintenant qu'on va tuer. Comme s'il n'y avait personne d'autre à liquider dans la Maison, s'offusqua Franciszka.

— Parfait, parfait !

Zofia leva presque les bras pour étreindre Franciszka, mais elle se maîtrisa ; elle s'approcha juste un peu d'elle.

— Tu as réussi, bravo… Mais qu'as-tu sur le visage ? demanda-t-elle soudain, après l'avoir examinée attentivement. Tu es toute rouge.

— Ce n'est rien, madame, répondit la bonne, en rougissant de plus belle.

— Franciszka !

La jeune fille baissa la tête et haussa les épaules.

— Franciszka !

— C'est pour les boutons sur le front.

— Quels boutons ?

— J'en ai pourtant. Ici. Et ici.

Elle lui montra deux petits vésicules à la racine des cheveux.

— Qu'est-ce que tu t'es fait ?

— Comme j'allais à Krowodrza, loin, loin, un endroit où je n'ai jamais été… commença-t-elle et elle s'interrompit de suite.

— Ouiii ?

— J'ai pensé que, sans doute, je n'y retournerais plus jamais de ma vie. Et comme il y avait ce vieux mur…

— Franciszka, par pitié, quel vieux mur ?

— Tout est écrit dans *Le Secours angélique comme aide et assistance en grande misère,* commença-t-elle en prenant son courage à deux mains. Si on a des boutons sur le front, alors Marianna Werner, qui était une célèbre voyante…

Zofia avait envie de demander ce que cette Marianna Werner avait vu, mais elle se tut.

— … conseille de se rendre à un endroit où il y a de vieux murs en pierre, de frotter ce mur jusqu'à ce que la main soit humide et, avec cette main, de se frotter le visage, la poitrine et les mains. De le faire trois fois, puis de s'en aller, sans regarder en arrière, et sans jamais revenir à cet endroit. Comme j'étais à Krowodrza et qu'il y avait ce vieux mur, tout croulant… je ne reviendrai plus jamais ici, j'me suis dit…

— Je ne veux plus en entendre parler. Je refuse d'écouter un mot de plus, déclara d'un ton sec Zofia. Pas un mot. Je ne serais pas étonnée qu'après avoir frotté ce mur tes mains se mettent à peler, et que sur le front tu aies encore plus de gros boutons. *Le Secours angélique*, elle est bien bonne celle-là. Une voyante. Des incantations à Krowodrza.

Elle ne pouvait comprendre comment cette fille futée – voire, elle pouvait le reconnaître, intelligente – qui, avec tant d'habileté, avait conduit l'affaire Czystogórska, croyait en même temps comme en parole d'évangile à ce qui était dit dans ces petites brochures de foire, vendues quelques centimes, sources de préjugés et de bêtise. Elle sentit que sous l'effet de la colère sa poitrine ondulait au-dessus du rebord de son corset, aussi, pour se calmer, elle respira profondément à plusieurs reprises, et se contenta de dire :

— Chou-fleur à la hollandaise. Concombres. Carpe sauce grise. Au dessert, gelée d'airelles. Avec de la crème, s'il en reste. Sinon, ajouta-t-elle d'une voix résignée, sans crème.

Avant sept heures, Franciszka termina de préparer le dîner. *Un trésor, il faut le reconnaître, pas une servante*, pensa pour la énième fois Mme Turbotyńska. De la cuisine arrivaient au fur et à mesure les différents plats, servis par la nouvelle bonne, dont Zofia ne se rappelait toujours pas le prénom. Elle s'adressait à elle le plus souvent de manière impersonnelle ou, encore mieux, l'ignorait et se concentrait sur quelque chose de prosaïque, comme retirer les arêtes de la chair blanche du poisson, arrosée de sauce grise sucrée, à la polonaise, avec des raisins secs et des amandes.

— Tu es bien silencieuse, chère Zofia ? interrogea Ignacy, qui se bagarrait aussi avec son lot d'arêtes. J'ai le sentiment que quelque chose te tracasse.

— Moi ? Pas du tout.

— Pourtant quelque chose cloche. N'est-ce pas dû au surmenage ? Tu t'es éclipsée ce matin alors que moi je dormais encore sur mes deux oreilles, tu t'es évanouie comme un rêve doré, tu étais sans doute encore à la Maison Helcel…

— Si j'y étais aussi souvent qu'il te semble… passe-moi la salade de concombres, s'il te plaît… oui… je n'aurais plus du tout le temps de m'occuper de la maison. Bien sûr, je dois de temps à autre discuter des problèmes de la quête, qui devient une question de plus en plus urgente, ce serait infiniment plus facile de le faire par téléphone, au lieu de devoir chaque fois faire ces périples en dehors de la ville (Ignacy ignora courageusement cette remarque), mais aujourd'hui j'avais des préoccupations tout autres…

Et, afin de détourner l'attention de son mari qui, décidément, s'intéressait par trop à ce que Zofia faisait de son temps, elle changea le sujet de la conversation pour l'un de ses dadas.

— Mais, imagine-toi, j'ai trouvé un petit moment pour te faire un tout petit présent.

— Un présent ? Lequel donc ?

— Oh, une bagatelle, vraiment, se défendit-elle, puis elle se retourna. Quelqu'un pourrait-il me passer mon aumônière ? Le sac, en velours, ajouta-t-elle, voyant que la jeune bonne ne connaissait pas ce mot, puis elle tendit le bras dans un geste éloquent d'attente.

La petite bonne regarda en hésitant à droite et à gauche, elle aperçut la bourse en velours rouge dans un creux du fauteuil, y courut, l'apporta et la lui tendit.

— Merci. Oh, où l'ai-je... ici.

Elle sortit son petit carnet et, pour ne pas trop révéler son contenu, d'un geste précis, elle en arracha une feuille.

— Voilà, un petit dessin pour toi, d'un blason, qui peut-être te plaira. Assez ancien.

Ignacy tapota des deux mains les poches de sa veste et de son gilet, trouva son pince-nez, le chaussa et examina le dessin.

— Vraiment, fort bien exécuté, j'ai toujours dit que tu avais du talent... C'est bien sûr le blason des...

— ... Lubicz ?

— Non, regarde ici : une des branches de la croix supérieure est manquante. Lors du partage du patrimoine, l'un des Lubicz a attaqué en armes son frère et l'a dépossédé, c'est pourquoi cette croix a une branche brisée, ressouvenance éternelle du préjudice infligé, d'où, bien entendu, le nom de ce blason – Krzywda.

*Mais bien sûr !* songea Zofia. Krzywda – qu'elle n'avait jusqu'ici considéré que comme un nom de famille, sans prendre en compte la signification littérale du mot : « préjudice ».

— Il est très joli, vraiment, je vais le faire encadrer et le suspendrai au-dessus de mon bureau. Une couronne comtale, je ne me souviens plus à quelle famille elle appartient... ah, oui, sans doute aux Rzewuski. Il me semble qu'ils sont les seuls comtes à se prévaloir du blason Krzywda...

— Les Wielhorski aussi, ajouta machinalement Zofia qui, depuis plusieurs minutes n'écoutait plus les paroles d'Ignacy.

Elle n'entendit pas son « Ah, oui, les Wielhorski aussi ». En un instant, elle éprouva cette sensation dont parlaient les romans, où de brillants détectives découvrent soudain, en une illumination, la quasi-totalité des liens de cause à effet. Les faits commençaient à s'engrener comme les roues dentées d'un mécanisme, tous les éléments prenaient soudain sens, et même si l'un d'eux demeurait obscur, elle savait désormais où chercher. Son couteau et sa fourchette à poisson suspendus immobiles au-dessus de l'assiette, pour la première fois de sa vie, Zofia Turbotyńska faisait l'expérience de la plus véritable révélation, du déchirement du voile des apparences, au-delà duquel la réalité apparaît dans tout son éclat.

— ... et aussi, si j'ai bonne mémoire, les Znaniecki et les Huściło.

Ignacy termina d'énumérer de mémoire la liste des titulaires de ce blason, héraldiste amateur et amoureux de la salade de concombres, dont il posait une quatrième portion sur son assiette.

— Ma chérie, où vas-tu donc ? s'écria Ignacy depuis le salon, lorsque, une demi-heure plus tard, emmitouflée dans sa cape de fourrure, elle s'éclipsa de l'appartement. Tu n'envisages tout de même pas d'organiser une loterie à cette heure ?

Zofia avait déjà la main sur la poignée de porte, mais hésita un instant. Elle fit ensuite quelques pas en arrière et, se tournant vers Ignacy, lui dit :

— Ignacy, chaque femme qui veut être aimée de son mari doit garder une part de mystère. Sinon, elle devient plate comme une planche à pain et ennuyeuse comme la pluie. Veux-tu que je perde tout attrait à tes yeux ?

Ignacy replia son journal et fixa sa femme avec un certain étonnement. Mais l'instant d'après, sur son visage franc apparut un sourire espiègle, qu'elle voyait rarement.

— Vas-y, vas-y ! Si c'est cela le prix à payer, ma foi, je préfère ne rien savoir ! s'écria-t-il.

Un instant, il lui sembla qu'il avait fait un léger clin d'œil.

— Holà, chère madame, holà, où…

Le réceptionniste tenta de l'arrêter, mais à cette heure il tenait à peine debout et s'accrochait désespérément à son comptoir pour sentir la solidité du bois et assurer la réalité de sa présence. Avant qu'il puisse réagir, Zofia frappait déjà à la porte du numéro quatorze à coups rapides et vifs. Elle entendit le grincement du lit en bois, puis des pas et le tour de clé dans la serrure.

— Monsieur Banffy, nous devons parler sérieusement.

# CHAPITRE XIV

*(Le dernier si l'on ne compte pas l'épilogue)*
*Dans lequel Zofia Turbotyńska, bourgeoise de Cracovie, élucide le mystère des meurtres de la Maison Helcel, fait tomber le châtiment sur le crime et, par là même, obtient des lots pour sa loterie en faveur des enfants scrofuleux.*

Le onze novembre, à dix heures précises du matin, dans le secrétariat de la Maison Helcel, sous le regard attentif des fondateurs, se réunit le groupe assez nombreux des acteurs de ce drame – chacun d'eux convié de manière appropriée. En qualité de maîtresse des lieux, la mère Zaleska avait accepté ce stratagème contre la promesse de découvrir l'identité de l'assassin des pensionnaires, et l'assurance que les noms des salariés accusés à tort seraient lavés de tout soupçon, avec une retombée positive sur la réputation de l'établissement. Ainsi, elle ne serait plus menacée d'un renvoi dans la brûlante Smyrne.

Dès le matin, sœur Alojza – qui se tenait maintenant à la porte, appuyée contre l'un des battants – avait fait le tour des chambres pour transmettre les invitations aux personnes en question. Elle avait tout simplement convoqué sœur Bibianna au secrétariat pour raison de service. Selon les recommandations de Zofia, elle avait déclaré à la comtesse Żeleńska que la supérieure souhaitait partager avec elle une information intéressante – elle avait prononcé le mot *information* avec tant de gourmandise qu'il avait résonné comme le mot *potin*, et la comtesse Żeleńska arriva donc en avance et prit place dans le fauteuil le plus confortable. À sa suite entrèrent d'un même pas la baronne Banffy et sa femme de chambre, que l'on avait sollicitées au sujet d'une supposée lettre arrivée de Hongrie ; Lidia Walaszkowa, née Campiani et Alfons Fikalski avaient quant à eux été conviés ensemble, en tant que « proches associés », pour une prétendue affaire de revenus.

Chaque personne ou couple qui pénétrait dans le secrétariat s'étonnait de la présence des autres, mais pour le moment personne ne parlait, sinon pour échanger des salutations et des banalités sur la météo – qui était mauvaise. L'étonnement fut plus grand quand Zofia Turbotyńska fit son entrée trois minutes avant dix heures en compagnie du neveu de la baronne Banffy (qui salua sa tante d'un signe de tête, puis s'inclina en direction de toutes les autres personnes à la fois) et du juge d'instruction Klossowitz, comme d'habitude impeccablement vêtu de son uniforme coupé à la perfection. Les bouts de ses bottes à haute tige soigneusement lustrées reflétaient à présent l'intérieur de la pièce et tous ceux qui s'y trouvaient réunis : trois religieuses, quatre pensionnaires, une bonne, un neveu et l'infatigable et importune personne qui avait réussi à les faire venir ici par ses intrigues.

— Je me réjouis, commença-t-elle, que vous ayez tous trouvé le temps de venir à cette réunion et de consacrer deux ou trois quarts d'heure à écouter les quelques mots que je souhaite dire au sujet des derniers événements tragiques survenus dans cet honorable établissement…

Klossowitz croisa les jambes, Fikalski, qui se tenait jusqu'alors debout, appuyé sur sa canne, s'assit finalement sur la chaise qu'Alojza avait apportée d'une autre pièce. Après avoir repoussé cavalièrement des papiers sur le bord d'un des bureaux, le neveu de la baronne s'assit dessus, ce que la mère Zaleska considéra avec une grimace de désapprobation.

Ils étaient donc pratiquement tous assis, sans un mot – les uns gigotant nerveusement, d'autres avec une expression d'indifférence sur le visage, d'autres encore tout excités. Seule Mme Turbotyńska, vêtue d'une élégante robe de taffetas vert, spécialement choisie pour l'occasion, déambulait dans la pièce tel un satellite, puis revenait vers le centre et repartait vers l'extérieur, contournant les chaises et les fauteuils, faisant bruire les volants de sa robe sur le plancher.

Comme nous le savons, Zofia Turbotyńska était une femme sûre d'elle, qui possédait un certain talent à manier le verbe. Mais elle n'aurait jamais rêvé avoir l'audace d'empiéter sur les compétences d'honorables érudits et de professeurs, et elle ne se voyait d'ailleurs pas discourant *ex cathedra*; elle décida pourtant de prononcer un exposé de type universitaire, mêlant des questions de criminologie, d'éthique et même d'esthétique. Elle se répétait que l'affaire était sérieuse, qu'il fallait donc la raconter *avec dignité*. Elle sortit de son aumônière le petit carnet, couvert jusqu'à la dernière page de son écriture fine, inclina légèrement la tête et commença d'une voix calme, quoique très légèrement tremblante :

— De même qu'un spécialiste de la peinture Renaissance sait attribuer telle ou telle œuvre à la main d'un peintre précis, de même un criminel commet son crime d'une manière qui lui est propre, on pourrait dire dans un style personnel…

Ici, Klossowitz leva les yeux au ciel.

— Qu'est-ce qui nous surprend dans le mystère de la Maison Helcel ? Nous avons trois décès : celui de Mme Mohr, empoisonnée en secret et déplacée au grenier de sorte que personne n'a remarqué qu'il s'agissait d'un meurtre ; ensuite Mme Krzywda, étranglée brutalement en plein jour, quasiment à la vue des autres résidents de la Maison ; et enfin Mme Czystogórska, qui a disparu sans laisser de trace, comme évanouie dans l'atmosphère.

Elle jeta un coup d'œil à ses notes qu'elle avait rédigées la veille, assise dans le bureau d'Ignacy, en réfléchissant devant un album de peinture.

— D'abord, un discret paysage nocturne de Gierymski, puis une scène de bataille pleine de sang et de fureur de Matejko, et enfin… enfin, nous avons un carré blanc sur fond blanc, à supposer que quelqu'un ait un jour l'idée de peindre une chose pareille, dit-elle avec un petit rire. Le vide idéal. Comment découvrir le style reconnaissable, la signature assurée de l'assassin ?

Impatienté, Klossowitz voulait visiblement l'interrompre : il tiraillа d'abord sa moustache, ouvrit même la bouche, mais Zofia le fusilla du regard. Et reprit son récit.

— Rien ne cadre ici, car l'assassin a dû changer de méthode, poussé par les circonstances. Madame Mohr, nous le savons, a été empoisonnée…

— Par la cuisinière Sedlaczkowa, ne put se retenir Klossowitz.

— Nous y viendrons plus tard, si vous permettez, monsieur le juge d'instruction. Elle a été empoisonnée avec du cyanure, servi dans une coupe de crème à l'amande. Non par Mme Sedlaczkowa, mais, ainsi que je vais le prouver tantôt, par une personne travaillant à la cuisine, Mme Krzywda. (La mère Zaleska sursauta sur sa chaise.) La présence du poison a été confirmée par les médecins, ce dont peut-être vous n'étiez pas tous au courant ici ; le corps a été porté au grenier, après le décès, ou du moins après la perte de connaissance. C'étaient justement ces heurts, ces bruits de pas, dont se plaignait Mme Wężykowa. Manifestement, même une aliénée peut parfois dire des choses sensées. Mme Krzywda était-elle capable de porter le corps ? Ce n'était pas une femme chétive ; Mme Mohr, en revanche, était menue, malade et légère. Néanmoins, s'il est possible de se faufiler dans le couloir sans faire de bruit, il est impossible d'emprunter inaperçu ce même couloir en portant un corps enveloppé dans un plaid quand une gardienne zélée veille dans le bureau de garde.

Sœur Bibianna devint cramoisie.

— Ce n'était pas le cas, cependant, car, comme elle me l'a elle-même avoué, elle a été assaillie d'un moment d'angoisse spirituelle et est descendue en courant à la chapelle pour prier, étendue en croix sur le sol…

Sur le visage de la nonne apparut à ce moment-là l'expression d'un immense soulagement, bien qu'elle eût conscience que la mère supérieure ne laisserait pas passer pareille négligence, même si les raisons en étaient de nature religieuse.

— Profitant de cette situation, Mme Krzywda a déposé le corps dans le grenier et est revenue sans se faire remarquer dans sa chambre. Mais pourquoi voulait-elle assassiner une vieille dame qui ne lui avait rien fait ? Mme Sedlaczkowa possédait au moins un motif : la victime était la veuve du juge qui l'avait condamnée à la prison pour avoir il y a longtemps empoisonné son mari. La situation se présente de manière très cohérente : poison là et poison ici ; mais une femme qui, par désespoir, verse de la mort-aux-rats dans l'assiette de son mari, aurait de nouveau recours au même poison, dont elle dispose facilement dans la cuisine de l'établissement, et non à une substance aussi raffinée et difficile à identifier que le cyanure... Laissez-moi terminer, monsieur le juge, s'il vous plaît, tout va s'expliquer. Mais revenons à Mme Krzywda, quel motif était donc le sien ?

Là, elle s'interrompit et jeta un regard circulaire sur les personnes présentes.

— Supposons pour le moment qu'il existe une personne, imaginée par nous. Un artiste, pour revenir à notre métaphore, qui n'agirait pas personnellement, mais au moyen du pinceau de son apprenti peintre, à qui il a donné consigne d'exécuter un ouvrage. Imaginons l'indigne donneur d'ordre, qui voulait la disparition de Mme Mohr. Pourquoi ? Dans un moment. Toujours est-il qu'il a encouragé par l'appât du gain ou obligé sous la menace l'indigente Julia Krzywda à commettre le crime. Il lui a fourni le poison adéquat et s'est assuré qu'on ne le soupçonne en aucun cas de complicité.

— Mais pouvons-nous, juste comme ça, imaginer quelqu'un de cette sorte ? demanda timidement la mère supérieure.

— Seulement en théorie, ne craignez rien. Admettons aussi que Mme Krzywda éprouve par la suite des remords. Ou bien que le commanditaire, qui lui avait promis une certaine somme, lésine à présent sur le dû… Elle menace de révéler le crime, le commanditaire doit agir vite, il n'a pas le temps de recourir à des méthodes subtiles, telles que le poison… Connaissant la disposition de la Maison et l'emploi du temps de ses habitants, il se glisse dans la chambre et sur-le-champ il étrangle brutalement Mme Krzywda ; c'est dangereux, mais il est aux abois : à tout instant il risque lui aussi l'échafaud. Il prend ce risque et il réussit. Personne ne l'a remarqué, il peut continuer à jouir tranquillement de la vie.

— Vous avez conçu tout cela de manière fort ingénieuse, déclara la baronne Banffy depuis sa place. Mais l'homme que nous avons imaginé existe-t-il ?

— Oui et non. Mais je peux vous révéler qu'il se trouve ici, avec nous, dans cette pièce.

Un brouhaha s'éleva dans le secrétariat : chuchotements, soupirs indignés, bruits de chaises, trémoussements dans les fauteuils.

— Mais pourquoi a-t-il donc assassiné Mme Czystogórska ? poursuivit Zofia. Et comment s'y est-il pris puisque la police de Cracovie n'a toujours pas retrouvé son corps ? Si la commanditaire était Mme Sedlaczkowa, nous pourrions supposer que Mme Czystogórska a vu le second meurtre et qu'elle a été habilement liquidée et transformée en paupiettes de veau…

— Madame Turbotyńska ! s'indigna la comtesse Żeleńska, mais sur un ton trop excité pour paraître convaincant.

— Le jour où l'on a appris la disparition de Mme Czystogórska, on a effectivement servi des paupiettes de veau. Mais Mme Sedlaczkowa n'a pu tremper là-dedans, car la police avait déjà eu le temps de l'arrêter. Que l'on n'ait pas transformé Mme Czystogórska en paupiettes, j'en ai la preuve, irréfutable. Si les subordonnés de M. le juge Klossowitz n'ont pas retrouvé le corps, moi, ou plutôt ma bonne, oui. Le corps va...

Klossowitz fronça les sourcils et voulut répondre, mais elle n'eut pas besoin de l'arrêter, car, en vérité, il ne savait que dire.

— ... très bien. Il est vivant. Autrement dit : Mme Czystogórska vit chez des parents à elle, les Morawski, dans une maison après Krowodrza...

— Que Dieu soit loué ! s'écrièrent à l'unisson les religieuses, et leur soulagement se mêla à l'exclamation de Klossowitz.

— C'est impossible ! Mes hommes ont fouillé cette maison !

— Ils sont, visiblement, moins dégourdis que ma Franciszka. Ce qui, à vrai dire (elle le regarda droit dans les yeux), ne m'étonne pas outre mesure. Il y a là-bas une armoire, derrière l'armoire un kilim, derrière le kilim une alcôve, dans l'alcôve Mme Czystogórska, saine et sauve, mais effrayée par les meurtres dans la Maison, qui s'est mis dans la tête qu'elle serait la prochaine victime... Voilà comment nous avons élucidé le mystère de l'un des « meurtres », mais il en reste encore deux, bien plus graves, car réels. Avons-nous quelqu'un qui correspondrait au commanditaire du meurtre ? Mais oui. Il est assis là, dit-elle en pointant du doigt Fikalski, qui fit une mine outragée.

— C'est assez de ces plaisanteries ! s'écria-t-il. Assez de ces contes des mille et une nuits ! Ce n'est pas un jeu de charades, vous organisez ici une espèce de théâtre, très bien, j'adore moi-même le théâtre, mais des accusations très graves sont proférées à l'encontre d'une personne foncièrement honnête ! Et, qui plus est, devant des dames !

— Foncièrement honnête ? Vraiment ? Niez-vous que vous connaissiez personnellement Mme Mohr...

— Ce n'est pas un crime !

— Que vous vous disputiez avec elle...

— J'en avais le droit, comme tout un chacun !

— Car, par sollicitude pour Mme Walaszkowa ici présente (à cet instant, l'Italienne qui, jusqu'alors soutenait ardemment Fikalski par une série de marmottements et de soupirs, s'immobilisa), Mme Mohr vous menaçait de divulguer un certain secret qui aurait ruiné votre projet de mariage ?

— Alfonso ? Qué veut dirre cela ?

Abasourdie, l'Italienne regardait tantôt son amoureux, tantôt l'accusatrice.

— Je n'en ai pas la moindre idée... ce sont de viles accusations ! protesta Fikalski.

— Niez-vous que vous êtes déjà marié ? Que votre épouse, que vous avez précipitée dans la folie, vit enfermée, avec pour toute ressource une petite rente que lui versait Mme Mohr ? Qui non seulement a eu pitié d'une pauvre âme, mais aussi d'une seconde, de l'âme de votre victime, que vous vouliez épouser, commettant ainsi le crime de bigamie, pour ensuite accaparer sa fortune ?

Friande de potins, la comtesse Żeleńska en rosit de plaisir ; les nonnes étaient horrifiées, le baron Banffy observait la scène avec un certain amusement, sa tante et sa bonne paraissaient s'ennuyer. Au centre de l'attention se trouvait bien sûr Fikalski, qui, d'un coup, avait perdu son aplomb ; tout rouge, il tirait sur son faux-col, qui oppressait son large cou, et s'efforçait de reprendre sa respiration.

— Je n'ai jamais… je… je n'ai jamais eu l'intention… ce n'est pas de la dot… ce n'est pas de la dot dont il s'agissait… aucune bigamie… jamais… un homme d'un certain âge… a besoin de tendresse, d'amour… il a besoin d'attention, de badinage… d'un joli pied dans un soulier, qui dépasse de sous la robe…

À cet instant, Mme Walaszkowa n'y tint plus, elle sauta sur ses pieds et lui asséna un coup d'éventail sur la tête avec une telle force que deux brins en ivoire cassés tombèrent par terre, quant au postiche sur le crâne dégarni, il fut complètement ruiné.

— Vous déplacerez cette chaise… là-bas ! dit-elle au jeune Banffy en indiquant son siège, qu'il plaça immédiatement à l'endroit désigné, dans le coin opposé, le plus éloigné de Fikalski.

— Peut-être que je m'attribue trop de mérite, continuait Zofia, mais je pense qu'en exposant aujourd'hui la manière dont certains individus essaient d'abuser d'infortunées femmes seules en leur faisant miroiter l'idylle du mariage, je remplis la dernière volonté non écrite de Mme Mohr, qui a souhaité souffler au nez de M. Fikalski un mariage lucratif avec Mme Campia…

— Walaszkowa, émit une voix nasillant de sanglots.

— Walaszkowa. Nous avons le motif…

— Je récuse… protesta à voix basse l'aspirant bigame, mais personne ne prêta attention à ses récriminations.

— Mais, dans cette nouvelle configuration, tous les éléments ne concordent pas non plus, car, outre que

M. Fikalski souffre de la goutte et aurait quelque difficulté à prendre rapidement la fuite, la nuit du meurtre de Mme Krzywda, il était présent, de même que bon nombre d'entre nous, à l'inauguration du Théâtre municipal. En plus de Fikalski, s'y trouvaient Mme la comtesse Żeleńska, Mme la baronne Banffy, moi-même, et tous…

— Moi aussi, fit Klossowitz en levant la main.

— … nous nous sommes vus mutuellement et pouvons nous fournir mutuellement un alibi. Vous aussi ?

— Oui, confirma le juge d'instruction.

— On peut supposer que nous n'avons pas tous vu tout le monde, mais il y avait assez de personnes présentes au théâtre pour témoigner que nous n'avons pas pu assassiner personnellement Mme Krzywda.

— Mais il a pu aisément charger du meurtre le concierge, s'illumina Klossowitz. Et ça tombe bien, Morawski est déjà aux arrêts, attrapé par la police municipale, et attend un juste jugement. Évidemment, l'éventuelle incitation au meurtre par M. Fikalski…

— Et l'Italienne ! s'écria la femme de chambre de la baronne Banffy, qui suivait les débats avec attention, mais ne comprenait pas tout. Et l'affaire est résolue !

— Je récuse ! répéta d'une voix enrouée le galant confondu. Je n'ai commandité aucun meurtre !

Mme Walaszkowa se contenta de renifler bruyamment.

— Il pourrait y avoir des circonstances atténuantes, mais l'action de la police…

— N'a apporté rien de bon, termina Zofia, car le concierge n'a pas trempé dans cette affaire.

— Elle est bien bonne celle-là ! éclata de rire Klossowitz. S'il n'y avait pas trempé, il aurait accepté de témoigner. Il a été aperçu dans le bâtiment, dans des locaux où, selon ses affirmations, il ne se trouvait pas…

— Car il avait d'autres raisons de mentir. Et je dois dire, pour autant que je connaisse le nid de guêpes qu'est cette ville, comme l'appelle Mme la comtesse Żeleńska, sa décision de se taire était pleinement justifiée. Même si, évidemment, elle aurait pu avoir des conséquences dramatiques pour lui. Par chance, j'ai recueilli son témoignage que, par la présente, je remets à la police pour les besoins du procès.

Elle sortit d'une serviette deux pages écrites à la main et les tendit à Klossowitz qui, ne sachant trop quelle attitude adopter dans cette situation, souleva les deux feuilles du bout des doigts, comme s'il tenait un objet délicat en verre, et les tint ainsi quelques instants. Après quoi, retrouvant son sang-froid, il les parcourut des yeux, les plia en quatre et les glissa dans une des poches de son uniforme.

— Nous avons jusqu'ici toujours fait l'hypothèse que la clé du mystère des meurtres était l'empoisonnement de Mme Mohr : celui qui en voulait à sa vie a commandité son empoisonnement et, par la suite, assassiné aussi l'empoisonneuse. À ceci près, mesdames et messieurs, que personne ne voulait attenter à la vie de Mme Mohr.

Dans le silence qui suivit ces paroles, on n'entendit qu'un gémissement plaintif « Mais comment est-ce possible ? » articulé par sœur Alojza, qui faisait très attention de ne pas déranger Mme Turbotyńska, mais cette fois elle n'y tint plus.

— Car elle a été empoisonnée par le plus grand des hasards. Il y a quelque temps de cela, un Brésilien avait tenté d'assassiner l'amiral (elle jeta un œil sur ses notes) Mello au moyen d'un cadeau, un album rempli de dynamite.

— Sainte Mère de Dieu ! gémit sœur Bibianna.

— Imaginez, s'il vous plaît, ce qui serait arrivé si un facteur distrait avait remis le colis à quelqu'un d'autre ? C'est ce qui arrivé dans notre cas. Vous vous souvenez, madame la comtesse, que la veille de sa disparition Mme Mohr se querellait le soir, après le dîner, avec sa sœur ?

— C'est possible, répondit-elle avec hésitation. C'était il y a un mois... il n'y a pas moyen de se rappeler toutes les disputes dans cet établissement. Chaque jour quelqu'un se chamaille ici pour une raison ou pour une autre... Je pensais que ma vie prendrait fin sans doute pas dans des conditions idylliques, mais au moins confortables, pas dans cette maison... d'intranquille vieillesse !

Ayant toujours à l'esprit sa loterie, Zofia laissa la comtesse achever ce geste quelque peu théâtral, puis elle reprit le fil interrompu de son récit :

— Quoi qu'il en soit, lorsque nous avons conversé pour la première fois, vous m'avez dit que vous aviez entendu ce soir-là une dispute entre les deux sœurs. Effectivement, il n'était pas rare que la plus jeune reproche à l'aînée de ne pas assez prendre soin d'elle, de manger trop peu et de risquer de s'affamer pour de bon. Ô ironie, elle est morte non pour avoir jeûné, mais pour avoir mangé. Si, ce soir-là, elle n'avait pas pris de dessert... mais j'anticipe sur les faits. Il est vrai que dans la chambre d'à côté, deux femmes se disputaient, à ceci près que la sœur de Mme Mohr était à cette heure-là depuis longtemps en voyage vers les eaux. Cette seconde femme était la pensionnaire Mme Krzywda.

— Elle la nourrissait de force ? demanda sœur Bibianna, en infirmière expérimentée.

— Tout au contraire. Elle essayait de lui reprendre le dessert.

Une rumeur traversa la pièce. Le jeune Banffy demanda :

— Vous dites qu'elle devait être la meurtrière puisqu'elle savait que le dessert était empoisonné, mais elle savait aussi qu'il était arrivé dans cette chambre par hasard ?

— Oui, en effet. Par un malencontreux concours de circonstances, dont je parlerai dans un instant. Elle conjurait certainement Mme Mohr, par tous les saints… nous ne pouvons que deviner les arguments qu'elle a dû employer, mais nous savons qu'il n'y a pas eu de violence, car les légères abrasions sur le corps de la morte ont été causées par la chute derrière le coffre, pas directement par une lutte. Pour finir, Mme Mohr a demandé à l'intruse de sortir, la menaçant sans doute d'appeler à l'aide, un risque que Mme Krzywda ne pouvait pas courir, car la discrétion était essentielle à son projet. En définitive, paniquée, elle a décidé de retourner en cachette dans la chambre durant la nuit et de cacher le corps. Tout à fait inutilement, car si elle avait laissé Mme Mohr empoisonnée au cyanure dans son lit, on aurait considéré la mort de la vieille dame comme tout à fait ordinaire et naturelle, on aurait procédé aux examens de routine et on l'aurait déposée dans sa tombe. Mais la panique est la pire conseillère d'un assassin, termina-t-elle sentencieusement.

— Pourquoi donc quelqu'un chercherait à empoisonner l'une de nous ? demanda la comtesse Żeleńska. Nous avons toutes nos défauts, chacune de nous, habitantes de cet étage, peut donner des motifs peut-être pas de meurtre, mais assurément d'irritation… malgré tout…

— Les motifs pouvaient être variés. Par exemple, le jour de l'enterrement des deux victimes, la femme de chambre de Mme Banffy m'a abordée et m'a confié que sa maîtresse était depuis longtemps inquiète... (À cet instant la baronne Banffy jargonna quelque chose à sa bonne dans la seconde langue officielle de l'Autriche-Hongrie, que, dans la pièce, personne à l'exception de la famille Banffy ne parlait.) Et qu'il s'agissait selon elle d'une vengeance du passé, de vengeurs italiens.

— *Sciacallo di Piacenza!* s'écria celle qui, à cet instant, et pour obtenir l'effet voulu, devait pousser un cri, à savoir Lidia Campiani-Walaszkowa.

— Exactement ! Peut-il s'agir de la haine à l'encontre de son mari, qui s'est illustré par le massacre cruel de Piacenza ?

Le jeune Banffy écarquilla les yeux, il n'avait visiblement jamais entendu parler de la jeunesse tumultueuse de son oncle.

— Recevait-elle des lettres de menaces ? Elle possède à Cracovie, continuait avec une pointe de sarcasme Zofia, un proche parent, le neveu de son mari, qui vit dans un hôtel, certes médiocre...

— Vraiment, devons-nous... s'offusqua le jeune homme.

— Lequel ? s'anima en revanche Fikalski, que la vie des hôtels, des restaurants, des cabarets et tout ce qui était lié au divertissement fascinait au plus haut point.

— Le Cracovie, répliqua entre ses dents Zofia. Malgré tout, comme vous pouvez voir, il mène une vie de *bon vivant*, et ne dédaignerait certainement pas la fortune familiale, dont, par un étrange coup du sort, il a perdu sa propre part, quoique pas de la manière dont il le raconte, car (elle se tourna vers lui) la petite histoire des aristocrates luttant pour les égards de la belle écuyère, il l'a trouvée dans le journal. Il me semblait bien que mon mari me l'avait lue il y a quelque temps, et en effet j'ai trouvé cet entrefilet dans son cahier d'articles découpés, et le héros n'en était pas le baron Banffy, mais le comte Tibor Sztaray.

— Sztaray ? soupira la comtesse Żeleńska. Je connaissais un Sztaray, j'ai dansé un jour avec lui, à un bal chez les Pálffy de Erdõd !

— Cela n'est d'aucun intérêt dans l'affaire, l'interrompit Klossowitz, que l'impatience étouffait littéralement.

— Oui et non. Peu de personnes, monsieur le juge d'instruction, sont ce qu'elles prétendent être. Chacun de nous joue toutes sortes de rôles, se présente aux autres sous son meilleur jour, mais parfois il pousse la chose trop loin. Monsieur Banffy, voyez-vous, n'avait aucune idée du passé militaire de son propre oncle et a affirmé que celui-ci avait passé sa vie dans ses domaines... Quoi qu'il en soit, s'il héritait de Mme la baronne, il pouvait espérer une amélioration de ses finances. De même que la femme de chambre, qui escomptait un confortable legs dans le testament...

— Mais pour rien au monde je ne pourrais faire du mal à Mme la baronne, ma bien-aimée bienfaitrice ! jura la bonne. Bien sûr, nous avons eu parfois des désaccords, comme il arrive dans une maisonnée, mais de là à empoisonner...

— Cela pouvait remonter peut-être à l'époque des réceptions organisées en Transylvanie, avec ours dansant en spectacle ? Ou à un passé encore plus éloigné, à son enfance, passée dans un couvent ? Peut-être est-ce à cette époque que quelqu'un a conçu un désir de meurtre...

— Un désir de meurtre dans un couvent ? Mais c'est impossible, protesta la mère Zaleska. Il y a la richesse spirituelle, l'assistance des sœurs…

— C'est tout à fait possible, au contraire.

— Où tout cela nous mène-t-il ? demanda la baronne Banffy d'un ton sec.

Jusqu'alors assez indifférente à ce qui se disait, elle perdait clairement patience depuis qu'il était question d'elle.

— Veuillez, je vous prie, vous concentrer sur le véritable coupable du meurtre, qu'apparemment vous ne parvenez toujours pas à identifier, et non de détails inventés ou insignifiants de ma vie !

— Inventés ! En effet, répliqua Zofia, mais non par moi, par vous. Vous n'avez jamais été au couvent, n'avez jamais été orpheline dans votre enfance…

— Madame ! Je ne peux pas écouter de tels propos ! protesta la loyale femme de chambre. J'en ai entendu beaucoup aujourd'hui, mais qu'une simple roturière s'adresse ainsi à des personnes de haute naissance…

— Vous n'allez nulle part.

Klossowitz se leva de sa chaise et utilisa comme argument la masse de sa personne, ses moustaches et ses yeux noirs, qui lui conféraient l'allure d'un militaire résolu.

— Vous restez à votre place et vous écoutez. Je vous en prie, madame Turbotyńska, poursuivez.

— Et donc : vous n'étiez pas au couvent… Votre vie, que nous connaissons, dont nous pouvons lire des présentations dans le Gotha et les chroniques mondaines de la presse hongroise, commence très tard, et votre histoire antérieure n'est connue que par des récits qu'il est difficile de relier à des personnes et des lieux quelconques. Rien d'étonnant à cela, car cette histoire, vous l'avez le plus simplement du monde volée !

Mme Banffy ne dit rien, mais si le regard pouvait tuer, non seulement Mme Turbotyńska, mais aussi tous les auditeurs de ces mots (à l'exception peut-être de la fidèle Polcia, qui, de toute façon, n'aurait pipé mot à quiconque) seraient tombés morts ; la comtesse Żeleńska, en revanche, s'installa plus confortablement dans son fauteuil, prête à savourer un véritable festin. Convaincue qu'elle aurait matière à récits aux *tea parties* durant les mois à venir. Le jeune Banffy resta de marbre.

— C'est l'histoire d'une autre femme, d'une véritable aristocrate, qui a également habité dans cette Maison.

La comtesse eut une expression de méfiance, mais Zofia expliqua d'emblée :

— C'est l'histoire de la comtesse Julia Krzywda-Wielhorska qui, il y a de nombreuses années, a juré de se venger. Elle travaillait à la Maison Helcel comme pensionnaire indigente, Mme Krzywda...

Aussitôt, la plupart des personnes présentes se mirent à chuchoter entre elles, parler, s'interpeller, de sorte qu'un terrible brouhaha emplit le secrétariat ; Alojza finit par rétablir le calme en faisant retentir son trousseau de clés qu'elle cogna à plusieurs reprises sur une poignée de porte en bronze.

— En février de la mémorable année 1846, à Krzeptów, on a assassiné toute la famille Wielhorski : le comte, un vieillard de quatre-vingts ans, sa femme paralytique, clouée au lit depuis des années, leur fils, unique à cette époque, car le deuxième, à la fin de l'insurrection nationale, s'était réfugié en France, où il est mort sans descendance, ainsi que leur belle-fille et deux petits-enfants. La seule personne qui a survécu était une fillette de dix ans, Julia, qui s'est d'abord cachée dans une armoire puis, lorsqu'elle a entendu que dans le château on commençait à casser les meubles, s'est réfugiée dans le conduit d'une cheminée, où personne n'avait fait de feu depuis le matin. À un moment, les paysans pillards ont même jeté des documents dans le foyer, pensant qu'il s'agissait de registres du domaine, et ont voulu y mettre le feu, mais, par chance, les épaisses couvertures ne voulaient pas brûler et ils y renoncèrent. Une seule chose... Vous n'irez nulle part, madame (elle s'adressa à Mme Banffy, qui s'était levée de sa chaise), il y a un policier en faction sous la fenêtre, à la porte un second, ne faites pas d'esclandre et écoutez attentivement... Une seule chose fut épargnée à la fillette : elle ne vit pas de ses propres yeux l'assassinat de ses proches. Elle s'était cachée ensuite dans l'une des chambres de ses parents. Mais le sort a fait qu'elle a vu quelque chose qu'elle n'a pu oublier jusqu'à la fin de sa vie : Marychna, qui travaillait dans la maison comme femme de chambre, et qui, maintenant, aux côtés de son fiancé, était la principale meneuse du massacre de Krzeptów; la fillette l'entendait depuis l'armoire exciter les autres à frapper plus fort, jusqu'à ce que les crânes éclatent. Mais avant tout, Marychna avait ses propres plans bien élaborés et ingénieux, c'était une dégourdie de première : dès que la foule avait envahi le château, elle ne s'était pas précipitée dans le salon, où l'on avait rassemblé les Wielhorski, mais dans les chambres pour les fouiller. Elle plaça quelques personnes pour garder certaines pièces et veiller à ce que personne ne mette la main sur les plus grandes richesses – car elle savait où elles étaient cachées. Elle rafla tous les bijoux, les papiers de banque, les pièces d'or de leurs caches, de sorte que les autres pillards ne trouvèrent à se partager que des boucles d'oreilles, quelques alliances et une chevalière, arrachées aux victimes. Par une fissure dans la porte de l'armoire, la petite Julia vit Marychna, âgée d'à peine dix ans de plus qu'elle, ouvrir les cachettes du secrétaire, emplir son tablier des colliers dans leurs écrins, des montres, des perles, les fourrer sous la veste de son fiancé, qui déambulait dans les pièces, hésitant et maladroit, étonné par tout ce qu'il voyait. À cet instant-là, Julia jura sur la mémoire de ses parents que si elle survivait, elle n'aurait de paix tant qu'elle ne se vengerait pas de Marychna.

Zofia s'interrompit pour reprendre son souffle.

— Et qu'est-elle devenue par la suite ? questionna Alojza, qui écoutait ce récit le rouge aux joues.

— La victime ou la tortionnaire ? La victime s'esquiva à la nuit tombée, avant que le château ne soit incendié ; des parents proches l'accueillirent, la mirent à l'école dans un couvent et eux-mêmes reprirent la propriété, mais en peu de temps ils l'avaient hypothéquée puis perdue. Une fois adulte, elle ne pouvait compter sur un bon parti, elle devint donc d'abord dame de compagnie d'une femme fort âgée des environs de Lwów, ensuite gouvernante. Elle travaillait soit en ville, soit dans ses environs. Elle vivait très modestement, gagnant ainsi la reconnaissance et le respect de ses employeurs, elle ne s'est jamais mariée, avait une conduite irréprochable. Mais ce n'était qu'une façade. Un héritage modique d'une tante éloignée et tout l'argent qu'elle gagnait, elle les mettait de côté dans l'unique but de sa vie : accomplir son vœu de vengeance. Elle a traqué Marychna, on peut dire, dans le monde entier, engageant toutes sortes d'aventuriers et d'informateurs, soudoyant des policiers dans divers pays. Qu'a-t-elle découvert ? Eh bien, que Marychna, qui devait partager le butin avec son fiancé, avait déplacé le trésor dans un endroit plus sûr sans rien lui dire, après quoi, sans même lui faire un signe en guise d'au revoir, elle était partie voyager en Europe. À Prague, elle avait ouvert un magasin puis un deuxième. Elle acquit de la distinction et prit des leçons de bonnes manières. Elle se maria avec un homme âgé, mais très respecté dans sa ville, qui, voyant sa richesse, savait qu'elle ne l'épousait pas pour son argent. En effet, elle convolait pour le nom, et le vieux monsieur a quitté cette vallée de larmes… (elle jeta un coup d'œil à ses notes) à peine six mois après la cérémonie… à l'église Saint-Michel…

— Nous n'avons nul besoin de détails si précis… la pressait l'impatient Klossowitz.

— Monsieur le juge d'instruction, je considère, au contraire, que nous en avons besoin. On dit que le diable gît dans les détails. À suffisamment creuser, on peut décortiquer le diable des détails. Il va de soi que la comtesse Wielhorska n'a pas eu d'emblée tous ces renseignements, diverses bribes d'information lui parvenaient de différentes sources ; certaines étaient mensongères, d'autres erronées, d'autres encore de simples ragots. Bref, il y a une bonne dizaine d'années, elle a appris que son ennemie jurée s'appelait désormais Maria, baronne Banffy, qu'elle vivait en Transylvanie, aux côtés de son mari, dans une confortable résidence et qu'elle se portait à merveille. Les bijoux et les pièces d'or emportés du château de Krzeptów ont constitué l'assise d'une considérable fortune, accrue par les deux mariages. Cette sanglante plé-bé-ienne, martela-t-elle en fixant droit dans les yeux la furieuse Mme Banffy, qui prenait de grands airs, se faisant passer pour quelqu'un d'autre, a finalement atteint son but et a épousé un véritable baron avec un vrai château.

— Pfff! un château quelconque, répliqua Polcia avec véhémence, un petit château provincial de rien du tout. Une coquille.

— Elle a appris tous ces éléments d'un certain jeune homme fort ingénieux, un quart polonais, un quart tchèque et à moitié hongrois, qu'elle a rencontré dans une gargote praguoise, car elle avait beaucoup entendu parler de son habileté de traqueur. Il était maigre, un peu dépenaillé, perdait systématiquement tout ce qu'il possédait aux cartes et à d'autres plaisirs…

— Il n'y a rien de mal à cela! s'anima Fikalski.

— Les avis sur le sujet sont partagés, le coupa la mère supérieure.

— Mais des légendes circulaient sur ses talents à retrouver les fils prodigues qui se ruinaient la santé dans des lupanars, les filles déshonorées se cachant de la colère de leurs parents dans des chaumières de montagnards, les planques de faux-monnayeurs, et les receleurs qui se terrent dans les coins… Il a non seulement débusqué Marychna, mais aussi appris que pour ses vieux jours elle projetait de s'installer à Cracovie. Ici même, dans l'établissement de bienfaisance fondé par le couple Helcel. À ce stade, les événements ont pris un cours plus rapide.

Le silence était tel dans la pièce que l'on n'entendait que la respiration sifflante de Fikalski, fasciné, et les bruits de pas et de voix dans le couloir.

— Assassiner Marychna dans son domaine, dans la lointaine Hongrie, au milieu de nombreux serviteurs, aurait été très compliqué, mais la Maison Helcel a paru à la comtesse Wielhorska un endroit bien plus accessible. Elle savait, cependant, que pour perpétrer le meurtre il ne suffisait pas d'arriver de Lwów, de franchir l'entrée principale, de passer par cette porte et de trouver la victime. Elle devait connaître cet endroit, ses habitudes, la disposition des pièces. En son nom propre, elle a écrit une lettre à l'administration, sollicitant l'accueil d'une certaine Mme Krzywda, une sainte femme. Je ne sais pas, et ne le saurai jamais, pourquoi elle a utilisé son propre papier à en-tête. Elle a pourtant toujours agi avec circonspection. Voulait-elle, dans le secret de son cœur, être découverte et arrêtée ? Elle savait que la Maison ne recevait que des habitants de Cracovie et des environs – peut-être ne connaissait-elle personne à qui demander une telle recommandation et a-t-elle décidé de mettre dans la balance le poids de son propre titre ? Ou alors, avec raison d'ailleurs, elle a prévu que la lettre serait archivée dans cette grande armoire et que personne, enfin, presque personne, ne lui prêterait attention ? Quoi qu'il en soit, une place dans l'établissement a été accordée à Julia Krzywda, elle est donc venue s'installer ici, et elle a logé son complice dans un hôtel bon marché. Mais lui... mais vous (elle s'adressa au prétendu jeune Banffy) n'aviez pas l'intention de vous contenter de si peu, n'est-ce pas ?

Toujours assis sur le bureau de la supérieure, dans la même attitude nonchalante, le jeune homme se contenta de hausser les épaules. Puis, écartant les bras, il dit finalement :

— La vie m'a appris qu'il faut saisir l'occasion au vol. Sinon, je serais mort depuis longtemps, mais, comme un bon chrétien, je serais dans une fosse de pauvres.

— Au moins en tant qu'honnête homme, dit entre ses dents la femme de chambre de la baronne.

— Vous avez préféré faire chanter Mme Banffy. Oh, pas pour de grosses sommes, car elle ne vous les aurait pas données. Ni sur des sujets graves. Vous ne l'avez pas menacée de révéler les meurtres des Wielhorski, car, après tant d'années, personne ne l'aurait amenée devant les tribunaux. Non. Vous avez menacé de révéler son origine, d'exposer la paysanne sous ces velours et ces bijoux, sous ce titre, tout ce vernis. Durant toute votre vie (elle se tourna vers la baronne renfrognée, tassée dans son fauteuil), vous avez veillé, ma chère dame, à vous élever, pour regarder les autres de haut, comme on vous regardait autrefois. Vous avez appris les bonnes manières, la distinction, les langues, grimpé les échelons successifs de la richesse, d'un mariage à l'autre, et voilà que vous vous teniez au sommet élevé de votre vie, dont un petit voyou pouvait d'un geste vous précipiter dans le ridicule, lancer des commérages sur la simple paysanne des environs de Tarnów, qui, s'étant enrichie, a embobiné un vieillard tchèque, puis un baron hongrois et se pose en grande aristocrate… Il y a trop en Galicie de familles nobles de fraîche date, pour qu'on vous le pardonne.

Elle se tenait juste au-dessus d'elle, fixant ses mains qui se crispaient sur les plis de sa robe, puis pivota aussitôt sur ses talons et s'adressa de nouveau au prétendu neveu de la baronne :

— Vous avez pompé votre part, comme un moustique. Pas trop, mais suffisamment pour survivre, pour profiter des plaisirs de la vie. Tant qu'elle était vivante, vous aviez votre petit revenu. Et assez de décence pour paraître à l'enterrement de la comtesse Wielhorska, peut-être par gratitude pour vous avoir mené à cette poule aux œufs d'or… hum, plutôt d'argent… Car vous avez offert à Mme Banffy non seulement votre silence, mais aussi votre aide pour débusquer l'auteur des lettres de menaces anonymes, qui l'ont plongée dans une détresse nerveuse… et qu'il n'y a pas si longtemps vous aviez envoyées vous-même à la demande de votre patronne, la comtesse Wielhorska.

— Oui ! Oui ! s'écria finalement Mme Banffy, relevant fièrement la tête. Je recevais des lettres anonymes ! Et plus d'une ! On m'a confondue avec quelqu'un d'autre, je peux vous montrer ces courriers pleins des propos les plus odieux, des menaces de mort, dans lesquelles on m'intime d'aller me confesser, de faire pénitence, de demander pardon pour des fautes commises il y a près d'un demi-siècle ! Mais ce n'est pas un déshonneur d'être la victime d'un chantage, accusée de fautes qu'on n'a pas commises ! Vous avez dit vous-même que nous nous sommes tous vus au théâtre, nous y étions ensemble, avec M. le juge d'instruction, Mme la comtesse, M. Fikalski… je vous ai même raccompagnée en voiture au pied de votre immeuble…

— En effet, acquiesça doucement Zofia, vous avez tout à fait raison. Nous nous sommes tous vus, oh oui, d'une loge à l'autre et dans ce magnifique foyer du Théâtre municipal. Nous étions tous au théâtre. Sauf votre femme de chambre qui, pour sa maîtresse, la baronne, ferait tout. Peut-être même tuer ?

— Je n'étais pas à la Maison Helcel ! s'écria la bonne terrifiée, voyant où voulait en venir Zofia.

Mme Banffy la saisit par l'épaule, y enfonçant les ongles comme des griffes de vautour.

— Évidemment que vous n'étiez pas à la maison, dit en riant Zofia. Vous étiez au théâtre. Mesdames et messieurs (elle alla au bureau et se tourna pour faire face à l'assemblée), voici comment les événements se sont déroulés. Mme Wielhorska, connue ici sous le nom de Mme Krzywda, pensionnaire indigente, s'est proposée comme aide aux cuisines, en qualité de prétendue cuisinière, ce qu'elle n'était évidemment pas : elle ne faisait que guetter une occasion propice. Le jour où l'on servait un dessert à l'amande dans des coupes en verre, elle a empoisonné une des portions au cyanure. Malheureusement pour Mme Mohr, la bonne de Mme Banffy s'est querellée au sujet de la coupe ; elle était persuadée que la portion réservée à la baronne était plus petite ou moins bien et, au dernier moment, elle l'a échangée avec une autre. C'est ainsi que le dessert empoisonné a été servi à la veuve du juge, qui n'y était pour rien. Mme Krzywda était une meurtrière, certes, mais mue par un sens personnel de la justice, elle voulut empêcher la mort d'une personne innocente. Elle se hâta donc d'aller récupérer la coupe, ce qui déclencha la dispute entendue par Mme la comtesse Żeleńska. Mais lorsque la vieille dame la menaça d'ameuter du monde, elle renonça. Elle est revenue après minuit, pour cacher le corps dans le grenier. Il a été retrouvé seulement par moi.

— Par le concierge, protesta Klossowitz.

— Par le concierge, que j'ai envoyé au grenier. Mme Banffy pendant ce temps, à qui sa femme de chambre avait raconté en passant la dispute autour du dessert, a compris que le temps était venu de la mise en œuvre des menaces, et que tôt ou tard elle serait victime d'un empoisonnement. Sachant qui se disputait avec sa bonne pour deux desserts en apparence identiques, elle a compris qui en voulait à sa vie. Elle s'est donc confiée à sa femme de chambre…

— Oh, comme elle s'est confiée ! Elle m'a tout raconté ! s'écria la bonne Polcia. Elle m'a dit que des conspirateurs en avaient après elle, des Italiens, des carbonari, qu'ils voulaient la tuer, que je devais me faire passer pour elle au théâtre, que pendant ce temps-là elle réglerait une chose importante, qui lui sauverait la vie. Et combien de bijoux elle m'a donnés ! Ça (elle montra les boucles d'oreilles) et ça (une bague) et de nombreux autres, que je garde dans un coffret…

— Beaucoup trop, souffla Mme Banffy.

— Je l'ai compris quand je me suis souvenue de ce que m'a dit ma futée Franciszka : « Coiffées d'un chapeau, toutes les dames se ressemblent ». Notamment s'agissant d'un chapeau garni d'une épaisse voilette. Toutes deux sont de même stature, elles ont pu aisément échanger leurs robes. Mme la baronne a trouvé le temps d'étrangler Mme Krzywda, ce qui évidemment explique la brutalité de ce meurtre ; elle était avant tout pressée par le temps et, par ailleurs, elle n'a point l'habitude de la subtilité, elle a toujours été une femme endurcie, qui s'est frayé son chemin dans la vie en jouant des coudes. C'est pourquoi le style des deux meurtres est si dissemblable. Ils sont l'œuvre de deux virtuoses différents. Ou plutôt de deux bâcleuses : deux crimes conçus de manière intéressante, mais le premier a été manqué, et le deuxième, à l'évidence, découvert… Durant l'entracte, la baronne est entrée au théâtre comme messagère portant un télégramme important pour son maître, elle a changé de robe avec sa bonne dans la salle de bains puis est rentrée tranquillement à la Maison à la fin de la soirée. C'est pourquoi elle ignorait complètement ce qui avait été joué dans la première partie du spectacle. Pourquoi vous êtes-vous à ce point brouillée dernièrement avec madame ? demanda-t-elle à la bonne. La soupçonniez-vous de quelque chose ?

— D'abord, elle m'a dit... (Polcia était manifestement bouleversée) d'abord elle m'a dit que ces assassins étaient venus et avaient, par erreur, étranglé Mme Krzywda. J'ai même prié pour cette pauvre femme... Que, grâce à elle, ma maîtresse était en vie... J'avais toujours peur pour elle et à ce moment-là... au cimetière... nous avons parlé. Mais oui, oui, j'ai commencé ensuite à me douter...

— Et qu'a-t-elle répondu ?

— « Mais va, disait-elle, à la police, rue Mikołajska. Dis-leur que ta maîtresse a tué Mme Krzywda. Moi, je dirai alors que tout Cracovie m'a vue à la première. Toi, par contre, tu te chamaillais avec Mme Krzywda (elle avait le menton qui tremblait d'émotion), et qui les enquêteurs croiront-ils ? Mme la baronne ou une larbin ? » Voilà ce qu'elle m'a dit. Et qu'est-ce que je pouvais faire ? Aller droit à l'échafaud ? (Elle jeta un regard circulaire sur les personnes présentes.) Qu'est-ce que j'y pouvais, hein ?

— Il suffit que vous parliez maintenant, la rassura Klossowitz.

— Mme la baronne aurait pu être démasquée aussi par une autre personne. Son « neveu ». Mais il aimait trop une vie de confort pour, par loyauté envers son ancienne patronne...

— Oh, comme vous êtes intelligente (l'homme passa à l'allemand) et morale ! Loyauté, patronne... avec l'argent qu'elle me payait, je n'aurais eu que du pain sec. Sans rien dessus. Je devais me montrer loyal à l'égard d'une meurtrière ? D'une empoisonneuse ? L'une vaut l'autre, sauf que l'une était une véritable aristocrate déguisée en pauvresse et l'autre une pauvresse déguisée en aristocrate. Et qu'est-ce que ma dénonciation lui aurait rapporté, hein ? Je suis venu à l'enterrement, bon, je n'en ai pas honte. Mais je ne l'aurais pas sortie de la terre en dénonçant l'autre. Elle continuerait à y pourrir... (la comtesse Żeleńska et la supérieure Zaleska, à l'énoncé de ces mots, levèrent en même temps leurs mains à la bouche, telles deux marionnettes actionnées par une même ficelle) comme elle y pourrit maintenant.

— En revanche, vous auriez perdu à coup sûr votre source de revenus. Comme vous la perdez maintenant. Je vous conseille de rechercher un travail honnête...

— C'est le travail qui me trouve, répliqua-t-il, je ne crèverai pas de faim.

— Mais de crever, comme vous le dites, vous en avez eu peur. Car, mesdames et messieurs (elle s'adressa à tout le monde, cette fois en polonais), je n'en saurais pas la moitié si je n'avais pas informé ce monsieur que la baronne Banffy avait déjà engagé des hommes de main, qui devaient le tuer et noyer son corps dans une des baignoires de l'Hôtel de Cracovie...

— Ce n'est pas vrai ! s'indigna Mme Banffy, qui avait enfin une bonne raison de s'indigner.

— Bien sûr que ce n'est pas vrai (Zofia lança un coup d'œil triomphant au jeune homme), il s'est laissé berner comme un enfant ! Il a suffi que je lui fasse un peu peur, j'ai inventé les surnoms de quelques truands, qui sévissent soi-disant dans des ruelles obscures de Cracovie, et il s'est mis à table comme un enfant de chœur.

Toisant le prétendu Banffy, elle ne remarqua pas que Klossowitz avait quitté sa place, était passé devant Alojza et avait ouvert la porte ; lorsque Zofia se retourna, elle vit un policier qui emmenait la baronne Banffy par le bras.

— Eh bien, je vois que les événements s'accélèrent à un rythme fulgurant, et M. le juge d'instruction a de nouveau trouvé une raison de croire mes paroles. C'est pour moi un grand honneur (elle s'inclina avec un petit sourire ironique), mais permettez-moi de terminer mon récit par une morale. Et que Mme Banffy l'entende aussi (elle leva un index, qui, comme une baguette magique, arrêta le policier qui entraînait la baronne vers la porte). Si vous étiez allée immédiatement à la police pour leur dire que Mme Krzywda voulait vous tuer et avait, par erreur, empoisonné l'innocente Mme Mohr, votre persécutrice aurait été en prison pour meurtre, et vous auriez vécu en paix. Certes, pas entourée du même respect qu'auparavant. Votre bonne ne vous aurait plus traitée comme une divinité incarnée, les religieuses auraient cessé de chuchoter qu'à la Maison Helcel vivaient non seulement une authentique comtesse mais en prime une baronne, et chaque pensionnaire indigente aurait pu vous dire : « Ne prends pas tes grands airs. » Ce n'est pas le crime d'autrefois qui vous a perdue, mais votre vanité.

La grande scène s'achevait. La Modrzejewska *bis*, épuisée, avec des gouttelettes de sueur sur les tempes et la lèvre supérieure, s'assit dans l'unique fauteuil libre : celui où était assise Mme Banffy encore l'instant d'avant.

— Eh bien, ma Mère (elle regarda la supérieure, inclinant la tête), Mme Sedlaczkowa sort de prison, M. Morawski aussi. Les lots, si je comprends bien, seront offerts ?

— Je ne conçois pas d'autre décision, décréta de son fauteuil la comtesse Żeleńska, qui depuis longtemps n'avait assisté à un spectacle aussi excitant, et comme elle avait l'habitude de payer ses divertissements, elle décida de le faire en offrant son soutien.

— Amen, acquiesça la mère Zaleska laconiquement et sans grand enthousiasme, mais l'on voyait qu'elle se réjouissait de ce dénouement. Je dois juste en discuter avec la mère Juhel.

— C'est parfait ! s'écria la comtesse Żeleńska en tapant dans ses mains, signe que l'affaire était conclue. Et maintenant, mesdames et messieurs, pardonnez-nous, mais, avec Mme Turbotyńska, nous devons encore arriver à l'heure à une certaine cérémonie.

À mesure que la stupeur des personnes présentes dans le secrétariat retombait, tous, y compris les nonnes, se mirent à parler, une voix couvrant l'autre, à formuler des hypothèses et des griefs. Il fallait leur laisser le temps de relâcher la tension. Le prétendu Banffy se tenait déjà à la porte et enfilait ses gants de peau fine.

— Félicitations, dit-il avec un sourire aigre à Zofia, qui sortait également. On trouve toujours son maître.

— Dites-moi, je vous prie, demanda-t-elle avec un sourire radieux, qu'allez-vous faire maintenant ? Et comment vous appelez-vous vraiment ? Qui êtes-vous ? Autrichien, Polonais, Hongrois, Ruthène ?

Mme Walaszkowa passa près d'eux, jouant des coudes pour éviter à tout prix de sortir de la pièce avec Fikalski.

— Quelle importance ? Il n'existe rien de tel que les nations, il n'y a que des royaumes et des empires. Sous un seul sceptre, sous une seule couronne. Nous ne sommes pas plus différents que les habitants de Lwów de ceux de Cracovie ; vous verrez que dans vingt ans, cinquante au plus, il n'y aura plus de nations. Je suis moi. Tantôt ici, tantôt là. Ce que je vais faire ? Ce qui est nécessaire. Je ne périrai pas.

— Là-dessus, je n'ai pas le moindre doute.

— Zofia, Zofia (son cœur battit plus fort d'entendre la comtesse Żeleńska l'appeler par son prénom), je t'en prie, nous ne pouvons pas arriver en retard.

Mme Turbotyńska se retourna encore une fois, salua de la tête la supérieure et sœur Alojza, puis descendit allègrement l'escalier en pierre. Le mois le plus étrange de sa vie prenait fin, couronné d'un incontestable succès. Elle pensa qu'enfin elle pouvait maintenant congédier la nouvelle bonne, qui depuis plusieurs jours lui tapait sur les nerfs par son indolence.

Devant la Maison Helcel, l'attelage attendait déjà avec, à l'intérieur, Tadeusz Żeleński, qui accourut à la rencontre des dames, s'inclinant profondément, et aida ensuite, non sans effort, sa vénérable cousine à s'installer sur le siège capitonné.

— Non, merci beaucoup, refusa Zofia avec un sourire quand il lui offrit son aide.

Après quoi, gracieuse comme une biche elle sauta à l'intérieur. Elle était heureuse comme une bulle dans une coupe de champagne.

# ÉPILOGUE

L'après-midi du premier janvier, le professeur et son épouse étaient un peu somnolents, alourdis par la digestion du déjeuner du nouvel an, cuisiné par Franciszka et servi par une nouvelle bonne, engagée à l'essai, envers laquelle il y avait déjà quelques réserves, mais peu importe.

— As-tu lu, mon cœur, demanda Ignacy de son fauteuil, as-tu lu que cette baronne avec laquelle nous sommes rentrés en voiture… tu ne t'en souviens sans doute plus… le jour de l'inauguration du théâtre…

— Ouiiii ?

Zofia soutint poliment la conversation, comme elle avait l'habitude de le faire, d'un demi-mot ou d'un marmottement.

— C'est une meurtrière ! Vraiment, on ne soupçonne pas la puissance de crime qui nous entoure. Elle a assassiné cette pensionnaire, à la Maison Helcel. Qui, de son côté, voulait elle-même attenter à sa vie ! Tu passerais un an à réfléchir, tu n'inventerais pas pareille intrigue.

Il fit bruisser triomphalement son journal.

— Assurément, Ignacy. J'en ai des frissons dans le dos.

— Ils l'ont arrêtée le onze novembre, le jugement a eu lieu maintenant, elle restera en prison jusqu'à la fin de sa vie.

— Oh, le onze novembre! Ce devait être une date historique pour toute la Pologne...

— Hé oui, conclut le professeur en repliant son journal, c'est une triste affaire.

Le onze, en effet, la comtesse Żeleńska avait emmené la triomphante détective à l'un des événements les plus magnifiques de la saison, auréolé de gloire non seulement parce qu'il concernait l'une des sommités la Nation, mais aussi parce que l'entrée n'était réservée qu'à la crème de la société. Zofia Turbotyńska avait assisté au mariage de grand écrivain Henryk Sienkiewicz.

— Mais aussi... quelle idée! commenta Ignacy en s'installant plus confortablement dans son fauteuil. Qu'un homme de mon âge épouse une gamine de dix-huit ans! La responsabilité en revient, paraît-il, à la belle-mère. Car on dit que son père, ce Romanowicz d'Odessa, a déjà tout ce qu'il pourrait désirer, aussi n'a-t-il pas insisté. Mais la belle-mère a mis un point d'honneur à pousser la demoiselle devant l'autel avec une célébrité.

— Ou à la pousser hors de la maison.

— Peut-être, oui... oui, peut-être.

Tous deux songeaient à cette situation embarrassante : les jeunes mariés, ou plutôt la jeune mariée et le plus si jeune marié, étaient rentrés séparément de leur lune de miel à Venise, ce qui avait donné lieu à un scandale retentissant, et à des plaisanteries qu'Ignacy et Zofia entendaient tous les deux. Dans son cas à lui, il les tenait de ses confrères professeurs qui les narraient en fumant le cigare, quant à elle, des épouses de professeurs qui l'en régalaient – dans une version quelque peu adoucie – en buvant des liqueurs. Ils n'avoueraient bien entendu jamais l'un devant l'autre qu'ils les connaissaient.

— Il faut cependant reconnaître que le mariage lui-même, dans la chapelle, était somptueux. L'archevêque paraissait encore plus digne qu'à l'inauguration de la Maison Helcel, tout bonnement sublime. Dommage que si peu de personnes, répéta-t-elle, comme chaque fois qu'elle relatait cet événement, que si peu de personnes aient eu la chance de le voir…

Ce récit, bien sûr, ne faisait plus grand effet sur Ignacy, mais les dames avec lesquelles, en compagnie de la comtesse Żeleńska, elle avait conversé durant la loterie, cette loterie merveilleusement réussie, à laquelle *Le Temps* avait consacré un entrefilet spécial, étaient extraordinairement impressionnées. Zofia savait que la chose allait fructifier encore longtemps, à la fois par la cordialité de celles qui percevaient en elle une personnalité importante, et l'envie de celles qui ne lui pardonnaient pas sa promotion sociale. Elle était assurée qu'elle saurait utiliser tant l'envie que la cordialité à ses fins, si le besoin s'en faisait sentir.

À son grand étonnement, elle se surprit à penser que le mariage de Sienkiewicz, en considérant même le délicieux déjeuner de noces dans la salle des glaces de l'Hôtel Grand, lui avait procuré moins de joie que celui du concierge Morawski. La « canaille », évoquée par le passé, avait fini par trépasser dans sa tanière de la rue Długa, et sa veuve put enfin, dans la majesté de la loi, refaire sa vie avec l'élu de son cœur de soixante-quatre ans. D'un autre côté, ce décès dans le sous-sol était survenu bien à propos…

Zofia et Ignacy restèrent un instant silencieux. Le calme était profond, derrière les fenêtres la neige tombait doucement sur les pavés de la rue Saint-Jean, et autour d'eux prenait ses aises une toute nouvelle arrivante, l'année 1894, apportant avec elle trois cent soixante-quatre jours pleins d'événements. Dans sa chambre de service, Franciszka lisait pour la centième fois l'*Assistance angélique* sous une chromolithographie encadrée, représentant saint Jan-Kanty. Ignacy estimait que ce cadeau de Noël ferait particulièrement plaisir à la jeune fille, et en plus il était porteur de valeurs religieuses et morales ; son épouse avait décidé de ne pas polémiquer, en revanche elle était allée dans la chambre de Franciszka glisser sous l'oreiller un carnet de tickets donnant accès aux meilleures places pour les quatre représentations à venir du cirque Sidoli, qui devait revenir à Cracovie fin janvier, avec un tout nouveau programme, riche de numéros extraordinaires et de tableaux équestres.

— J'ai failli oublier, dit Ignacy. Un technicien viendra après-demain pour enfin installer ton fameux té-lé-phone.

Après quoi, il s'endormit.

FIN

## REMERCIEMENTS DES AUTEURS

Nous remercions infiniment Tomasz Fiałkowski et Konrad Myślik pour leurs précieuses informations et conseils au sujet de l'histoire de Cracovie, ainsi que Stanislaw Kobiela de la Société d'information de Bochnia, pour les renseignements historiques concernant cette ville. Nous adressons des remerciements particuliers à Barbara Grotkowska-Galata, directrice de la Maison d'Aide sociale L. A. Helcel à Cracovie, Ewa Mosór-Radwańska, directrice de l'unité thérapeutique et de soins, ainsi qu'à tous les salariés et les pensionnaires de la Maison Helcel, qui nous ont fait visiter le bâtiment, et ont fait preuve de patience et de gentillesse durant cette visite.

Nous attestons par ailleurs que, si certains héros du livre sont des personnages historiques, bon nombre d'actions qui leur sont attribuées sont le fruit de l'imagination romanesque, et que la Maison Helcel, autant que nous le sachions, ne fut jamais le lieu d'aucun crime.

*Jacek Dehnel et Piotr Tarczyński*

Déjà parus chez Agullo Fiction

Laura Mancini
*Rien pour elle*

Magdaléna Platzová
*Le Saut d'Aaron*

Dragan Velikić
*La Fenêtre russe*
*Le Cahier volé à Vinkovci*

Osvalds Zebris
*À l'ombre de la Butte-aux-Coqs*

Astrid Monet
*Soleil de cendres*

Maria Galina
*Autochtones*
*L'Organisation*

Joe Meno
*La Crête des damnés*
*Le Blues de La Harpie*
*Prodiges et Miracles*

Viliam Klimacek
*Bratislava 68, été brûlant*

Bogdan Teodorescu
*Le dictateur qui ne voulait pas mourir*

Dmitri Lipskerov
*Léonid doit mourir*
*L'Outil et les Papillons*
*Le Dernier Rêve de la raison*

Jaroslav Melnik
*Espace Lointain*

Saad Z. Hossain
*Djinn City*
*Bagdad, la grande évasion !*

S.G. Browne
*Héros secondaires*
*La Destinée, la Mort et Moi, comment j'ai conjuré le sort*

Vladimir Lortchenkov
*Le Dernier Amour du lieutenant Petrescu*

Anna Starobinets
*Refuge 3/9*

Rui Zink
*Le Terroriste joyeux*
*L'Installation de la peur*

Déjà parus chez Agullo Noir

Miguel Szymanski
*Château de cartes*

Jurica Pavičić
*L'Eau rouge*

Arpád Soltész
*Le Bal des porcs*
*Il était une fois dans l'Est*

Valerio Varesi
*La Main de Dieu*
*La Maison du commandant*
*Or, Encens et Poussière*
*Les Mains vides*
*Les Ombres de Montelupo*
*La Pension de la via Saffi*
*Le Fleuve des brumes*

Frédéric Paulin
*La Nuit tombée sur nos âmes*
*La Fabrique de la terreur*
*Prémices de la chute*
*La Guerre est une ruse*

Wojciech Chmielarz
*Les Ombres*
*La Cité des rêves*
*La Colombienne*

*La Ferme aux poupées*
*Pyromane*

Magdalena Parys
*Le Magicien*
*188 mètres sous Berlin*

Bogdan Teodorescu
*Spada*

Déjà parus chez Agullo Court

Rui Zink
*L'Installation de la peur (nouvelle édition augmentée)*

Maja Thrane
*Petit Traité de taxidermie*

Sigbjørn Skåden
*Oiseau*

Asja Bakić
*Mars*

Yan Lespoux
*Presqu'îles*

Visitez notre site Internet
www.agullo-editions.com
pour découvrir les univers de nos romans,
de leurs auteurs et de
leurs traducteurs.

Retrouvez Agullo Éditions sur
Facebook, Twitter et Instagram.

Achevé d'imprimer en mai 2022
sur les presses de l'Imprimerie
CPI Firmin Didot
au Mesnil-sur-l'Estrée (27650)
pour le compte de Agullo Éditions.

ISSN : 2551-5861
ISBN : 978-2-38246-015-3
Dépôt légal : août 2022
Numéro d'impression : 169583